손창섭

잉여인간

Published by MINUMSA

For information address Minumsa Publishing Co.
506 Shinsa-dong, Gangnam-gu, 135-887.
www.minumsa.com

Second Edition, 2005

ISBN 89-374-2003-1(04810)

오늘의 작가총서 3

손창섭

잉여인간

민음사

차례

비 오는 날

이렇게 비 오는 날이면 원구(元求)의 마음은 감당할 수 없도록 무거워지는 것이었다. 그것은 동욱(東旭) 남매의 음산한 생활 풍경이 그의 뇌리를 영사막처럼 흘러가기 때문이었다. 빗소리를 들을 적마다 원구에게는 으레 동욱과 그의 여동생 동옥(東玉)이 생각나는 것이었다. 그들의 어두운 방과 쓰러져가는 목조 건물이 비의 장막 저편에 우울하게 떠오르는 것이었다. 비록 맑은 날일지라도 동욱 오뉘의 생활을 생각하면, 원구의 귀에는 빗소리가 설레고 그 마음 구석에는 빗물이 스며 흐르는 것 같았다. 원구의 머릿속에 떠오르는 동욱과 동옥은 그 모양으로 언제나 비에 젖어 있는 인생들이었다.

동욱의 거처를 왕방하기 전에 원구는 어느 날 거리에서 동욱을 만나 저녁을 같이한 일이 있었다. 동욱은 밥보다도 먼저 술을 먹고 싶어 했다. 술을 마시는 동욱의 태도는 제법 애주가였다. 잔을 넘어 흘러내리는 한 방울도 아까워서 동욱은 혀끝으로 잔굽을 핥았다. 기독교 가정에서 성장했을 뿐 아니라 몇몇 교회에서 다년간 찬양대를 지도해 온 동욱의 과거를 원구는 생각하며, 요즈음은 교회에 나가지 않느냐고 물어보았다. 동욱은 멋쩍게 씽긋 웃고 나서 이따금 한번씩 나가노라고 하고, 그런 때는 견딜 수 없는 절망감에 숨이 막힐 것 같은 날이라는 것이었다. 동욱은 소매와 깃이 너슬너슬한 양복저고리에, 교회에서 구제품을 탄 것이라는, 바둑판처럼 사방으로 검은 줄이 죽죽 간 회색 바지를 입고 있었다. 무엇보다도 그는 구두가 아주 명물이었다. 개미허리처럼 중간이 잘록한 데다가 코숭이만 주먹만큼 뭉툭 솟아오른 검정 단화를 신고 있었다. 그건 꼭 채플린이나 신음 직한 괴이한 구두였기 때문에, 잔을 주고받으면서도 원구는 몇 번이나 동욱의 발을 내려다보는 것이었다. 그동안 무얼 하며 지냈느냐는 원구의 물음에 동욱은 끼고 온 보자기를 끄르고 스크랩북을 펴 보이는 것이었다. 몇 장 벌컥벌컥 넘기는데 보니, 서양 여자랑 아이들의 초상화가 드문드문 붙어 있었다. 그 견본을 가지고 미군 부대를 찾아다니며, 초상화의 주문을 맡는다는 것이었다. 대학에서 영문과를 전공한 것이 아주 헛일은 아니었다고 하며 동욱은 싱글싱글 웃었다.

동욱의 그 싱글싱글한 웃음을 원구는 이전부터 몹시 꺼렸다. 상대방을 조롱하는 것 같은, 그러면서도 자조적이요, 어쩐지 친애감조차 느껴지는 그 싱글싱글한 웃음이, 원구에게 어떤 운명적인 중압을 암시하여 감당할 수 없이 마음이 무거워지는 것이었다. 대체 그림은 누가 그리느냐니까 지금 여동생 동옥이와 둘이 지내는데, 동옥은 어려서부터 그림을 좋아하더니 초상화를 곧잘 그린다는 것이다. 동옥이란 원구의 귀에도 익은 이름이었다. 소학교 시절에 동욱이네 집에 놀러 가면 그때 대여섯 살밖에 안 되던 동옥이가 귀찮게 졸졸 따라다니던 기억이 새로웠다. 동옥은 그 당시 아이들 사이에 한창 유행되었던, '중중 때때중 바랑 메고 어디 가나'를 부르고 다녔다. 그 사이 이십 년이라는 세월이 흐르고 보니 동옥의 모습은 전연 기억도 남지 않았다. 동욱의 말에 의하면 지난번 일사 후퇴 때 데리고 왔는데 요새 와서는 짐스러워 후회될 때가 있다는 것이었다. 그의 남편은 못 넘어왔느냐니까, 뭘 여태 처년데, 했다. 지금 몇 살인데 미혼이냐고 묻고 싶었지만, 원구는 혼기가 지난 동욱이나 자기 자신도 아직 독신인 걸 생각하고, 여자도 그럴 수가 있을 거라고 속으로 주억거리며 그는 입을 다물었다. 동옥의 나이가 지금 이십오륙 세가 아닐까 하고 원구는 지나간 세월과 자기 나이에 비추어 속어림으로 따져보는 것이었다. 술에 취한 동욱은 자꾸 원구의 어깨를 한 손으로 투덕거리며, 동옥이 년이 정말 가여워, 암만 생각해도 그 총기며 인물이 아까워, 그런 말을 되풀이하는 것이었다. 그러고는 다시 잔을 비우고 나서, 할 수 있나 모두가 운명인걸 하고 고개를 흔드는 것이었다. 동욱은 머리를 떨어뜨린 채 내가 자네람 주저 없이 동옥이와 결혼할 테야, 암 장담하구 말구, 혼잣말처럼 그렇게도 중얼거리는 것이었다. 종잡을 수 없는 동욱의 그런 말에 원구는 무슨 영문인지도 모르면서, 암 그럴 테지 하며 동욱의 손을 쥐어흔드는 것이었다. 동욱은 음식집을 나와 헤어질 무렵에 두 손을 원구의 양 어깨에 얹고 자기는 꼭 목사가 되겠노라고 했다. 그것이 자기의 갈 길인 것 같다고 하며 이제 새 학기에는 신학교에 들어가겠다는 것이었다. 어깨가 축 늘어져서 걸어가는 동욱의 초라한 뒷모습을 바라보고 서서 원구는 또다시 동욱의 과거와 그 집안을 그려보며, 목사가 되겠노라고 하면서도 술을 사랑하는 동욱을 아껴줘야겠다고 생각하는 것이었다.

그 뒤에 원구가 처음으로 동욱을 찾아간 것은 사십 일이나 계속된 긴 장마가 시작된 어느 날이었다. 동래(東萊) 종점에서 전차를 내리자, 동욱이가 쪽지에 그려준 약도를 몇 번이나 펴보며 진득진득 걷기 힘든 비탈길을 원구는 조심스럽게 걸어 올라갔다. 비는 여전히 줄기차게 내리고 있었다. 우산을 받기는 했으나 비가 후려치고 흙탕물이 튀고 해서 정강이 밑으로는 말이 아니었다. 동욱이가 들어 있는 집은 인가에서 뚝 떨어져 외따로이 서 있었다. 낡은 목조 건물이었다. 한쪽 귀퉁이에 버티고 있는 두 개의 통나무 기둥이 모로 기울어지려는 집을 겨우 지탱하고 있었다. 기와를 얹은 지붕에는 두세 군데 잡초가 반 길이나 무성해 있었다. 나중에 들어 알았지만 왜정 때는 무슨 요양원으로 사용되어 온 건물이라는 것이었다. 전면은 본시 전부가 유리 창문이었는데 유리는 한 장도 남아 있지 않았다. 들이치는 비를 막기 위해서 오른편 창문 안에는 가마니때기가 드리워 있었다. 이 폐가와 같은 집 앞에 우두커니 우산을 받고 선 채, 원구는 한동안 움직이지 않았다. 이런 집에 도대체 사람이 살고 있을까? 아이들 만화책에 나오는 도깨비집이 연상되었다. 금세 대가리에 뿔이 돋은 도깨비들이 방망이를 들고 쏟아져 나올 것만 같았다. 이런 집에 동욱과 동옥이가 살고 있다니. 원구는 다시한 번 쪽지에 그린 약도를 펴보았다. 이 집임에 틀림없었다. 개천을 끼고 올라오다가 그 개천을 건너선 왼쪽 산비탈에는 도대체 집이라고는 이 집 한 채뿐이었다. 원구는 몇 걸음 다가서며 말씀 좀 묻겠습니다, 하고 인기척을 냈다. 안에서는 아무런 응답이 없었다. 원구는 같은 말을 또 한 번 되풀이했다. 그래도 잠잠하다. 차차 거세지는 빗소리와 도랑물 소리뿐, 황폐한 건물 자체가 그대로 주검처럼 고요했다. 원구는 좀 더 큰 소리로 안녕하십니까? 하고 불러보았다. 원구는 제 소리에 깜짝 놀랐다. 목에 엉컸던 가래가 풀리며 탁터져 나오는 음성이 예상 외로 컸던 탓인지, 그것은 마치 무슨 비명처럼 들렸기 때문이다. 그러자 문 안에 친 거적 귀퉁이가 들썩하며, 백지에 먹으로 그린 초상화 같은 여인의 얼굴이 나타난 것이다. 살결이 유달리 희고, 눈썹이 남보다 검은 그 여인은 원구를 내다보며 좀처럼 입을 열지 않았다. 저게 동옥인가 보다고 속으로 생각하며, 여기가 김동욱 군의 집이냐는 원구의 물음에 여인은 말없이 약간 고개를 끄덕여 보였을 뿐이다. 눈썹 하나 까닥하지 않는 그 태도는 거만해 보이는 것이었다. 동욱 군 어디 나갔습니까? 하고, 재차 묻는 말에도 여인은 먼저처럼 고개만 끄덕했다. 그러고 나서 원구를 노려보듯 하는 그 눈에는 까닭 모를 모멸과, 일종의 반항적 태도까지 서려 있는 것이었다. 여인이 혹시 자기를 오해하고 있지 않나 싶어, 정원구(丁元求)라는 이름을 밝히고 나서, 동욱과는 소학교에서 대학까지 동창이었다는 것과, 특히 소학 시절에는 거의 날마다 자기가 동욱이네 집에 놀러 가거나, 동욱이가 자기네 집에 놀러 왔다는 것을 설명해 주었다. 그래도 여인의 표정에는 별다른 변화가 없었다. 원구는 한층 더 부드러운 음성으로 혹시 동욱 군의 여동생이 아니십니까? 동옥이라구…… 하고 물었다. 여인은 세 번째 고개를 끄덕여 보인 것이다. 그리고 비로소 그 얼굴에 조소를 품은 우울한 미소가 약간 풀리는 것이었다. 동욱이 어디 갔느냐니까, 그제야 모르겠는데요, 하고 입을 열었다. 꽤 맑은 음성이었다. 그러면 언제 들어올지 모르겠군요, 하니까 이번에도 동옥은 머리를 끄덕이는 것이었다. 무례한 동옥의 태도에 불쾌와 후회를 느끼면서 원구는 발길을 돌이키는 수밖에 없었다. 동욱이가 돌아오거든 자기가 다녀갔다는 말을 전해 달라고 이르고 돌아서는 원구에게 동옥은 아무런 인사도 하지 않았다. 물탕에 젖어 꿀쩍거리는 신발 속처럼, 자기의 머리는 어쩔 수 없는 우울에 잠뿍 젖어 있는 것이라고 공상하며 원구는 호박 덩굴 우거진 철둑길을 걸어 나갔다. 그 무거운 머리를 지탱하기에는 자기의 목이 지나치게 가는 것같이 여겨졌다. 그것은 불안한 생각이었다. 얼마쯤 가다가 원구는 별 생각 없이 걸음을 멈추고 뒤를 돌아보았다. 안개비 속으로 바라보이는 창연한 건물은 금방 무서운 비명과 함께 모로 쓰러질 것만 같았다. 자기가 발길을 돌리자 아마 쓰러질는지도 모른다는 생각에, 이제나 저제나 하고 집을 지켜보고 섰던 원구는 흠칫 놀라듯이 몸을 떨었다. 창문 안에 드리운 거적을 캔버스 삼아 그림처럼 선명히 떠올라 있는 흰 얼굴이 눈에 띄었기 때문이다. 그것은 동옥의 얼굴임에 틀림없었다. 어쩌자고 동옥은 비 뿌리는 창문에 붙어 서서 저렇게 짓궂게 나를 바라보고 있는 것일까? 어려서 들은, 여우가 사람을 홀린다는 이야기가 연상되어 전신에 오한을 느끼며 발길을 돌이키는 원구의 눈앞에 찢어진 지우산을 받고 다가오는 사나이가 있었다. 다행히도 그것은 동욱이었다. 찬거리를 사러 잠깐 나갔다가 오노라는 동욱은, 푸성귀며 생선 토막이 들어 있는 저자 구럭을 한 손에 들고 있었다. 이먼 델 비 맞고 왔다가 이렇게 돌아가는 법이 있느냐고 하며 동욱은 원구의 손을 잡아끄는 것이었다. 말할 기력조차 잃은 사람처럼 원구는 묵묵히 그 뒤를 따라갔다. 좀 전의 동옥의 수수께끼 같은 태도는 더욱 이해할 수 없는 무거운 그림자가 되어 원구의 머리를 뒤집어씌우는 것이었다. 동욱에게 재촉을 받고 방 안에 들어서는 원구를 동옥은 반항적인 태도로 힐끔 쳐다보는 것이었다. 물론 일어서거나 옮겨 앉으려고도 하지 않았다. 비 오는 날인데다가 창문까지 거적때기로 가려서 방 안은 굴속같이 침침했다. 다다미 여덟 장 깔리는 방인데, 다다미 위에다 시멘트 종이로 장판 바르듯 한 것이었다. 한쪽 천장에서는 쉴 사이 없이 빗물이 떨어졌다. 빗물 떨어지는 자리에는 양동이가 놓여 있었다. 촐랑촐랑 쪼르륵 촐랑, 빗물은 이와 같은 연속적인 음향을 남기며 양동이 안에 가 떨어지는 것이었다. 무덤 속 같은 이 방 안의 어둠을 조금이라도 구해 주는 것은 그래도 빗물 소리뿐이었다. 그러나 그 빗물 소리마저, 양동이에 차츰

물이 늘어갈수록 우울한 음향으로 변해 가는 것이었다. 동욱은 별로 원구와 동옥을 인사시키거나 소개하려 하지 않았다. 동욱은 젖은 옷을 벗어서 걸고, 러닝셔츠와 팬츠 바람으로 식사 준비를 할 터이니 잠깐만 앉아 있으라고 하고, 부엌으로 나가는 것이었다. 부엌이라야 따로 있는 것이 아니라, 비어 있는 옆방이었다. 다다미는 걷어서 벽 한구석에 기대어놓아 판장뿐인 실내에는 여기저기 빗물이 오줌발처럼 쏟아졌다. 거기에는 취사도구가 너저분하니 널려 있는 것이었다. 연기가 들어간다고 사잇문을 닫아버리고 나서, 동욱은 풍로에 불을 피우느라고 부채질을 하며 야단이었다. 열 시가 조금 지난 회중시계를 사잇문 틈으로 꺼내 보이며, 도대체 조반이냐 점심이냐는 원구의 질문에, 동욱은 닝글닝글 하며 자기들에게는 삼시의 구별이 없다고 했다. 언제든 배고프면 밥을 끓여 먹고, 밥 생각이 없는 날은 종일이라도 굶고 지낸다는 것이었다. 동욱이가 부엌에서 혼자 바삐 돌아가는 동안 동옥은 역시 한자리에 앉아 꼼짝도 하지 않았다. 동옥은 가끔 하품을 하며 외국에서 온 낡은 화보를 뒤적이고 있었다. 그러한 동옥이와 마주 앉아 자기는 도대체 무엇을 생각해야 하며, 또한 어떠한 포즈를 지속해야 하는가? 원구는 이런 무의미한 대좌를 감당할 수 없어 차라리 부엌에 나가 풍로에 부채질이나마 거들어줄까도 생각해 보는 것이었다. 그러나 고만한 행동도 이 상태로는 일종의 비약이라 적지 아니한 용기가 필요했다. 그러는 동안 원구는 별안간 엉덩이가 척척해 들어옴을 의식했다. 양동이의 빗물이 넘어서 옆에 앉아 있는 원구의 자리로 흘러내린 것이었다. 원구는 젖은 양복바지의 엉덩이를 만지며 일어섰다. 그제야 동옥도 양동이의 물이 넘는 줄을 안 모양이다. 그러나 동옥은 직접 일어나서 제 손으로 치우려고 하지도 않았다. 앉은 채 부엌 쪽을 향해 오빠 물 넘어, 했을 뿐이었다. 동욱은 사잇문을 반쯤 열고 들여다보며, 이년아, 네가 좀 치우지 못해? 하고 목에 핏대를 세웠다. 그러자 자기가 나서기에 절호한 기회라고 생각한 원구는, 내가 내다버리지 하고 한 손으로 양동이를 들어 올렸다. 그러나 한 걸음도 미처 발을 옮겨놓을 사이도 없이 양동이는 철그렁하는 소리와 함께 한쪽 옆이 떨어지며 물이 좌르르 쏟아졌다. 손잡이의 한쪽 끝 갈퀴가 구멍에서 벗겨진 것이었다. 순식간에 방바닥은 물바다가 되고 말았다. 여태껏 꼼짝 않고 앉아 있던 동옥도 그제만은 냉큼 일어나한 걸음 비켜서는 것이었다. 그 순간의 동옥의 동작이 예사롭지가 않았다. 원구에게 또 하나 우울의 씨를 뿌려주는 것이었다. 원피스밑으로 드러난 동옥의 왼쪽 다리가 어린애의 손목같이 가늘고 짧았기 때문이다. 그러한 다리를 옮겨 디디는 순간, 동옥의 전신은 한쪽으로 쓰러질 듯이 기울어지는 것이었다. 동옥은 다시 한 번 그 가늘고 짧은 다리를 옮겨놓는 일 없이, 젖지 않은 구석 자리에 재빨리 주저앉아 버리고 말았다. 그러고는 희다 못해 파랗게 질린 얼굴에 독이 오른 눈초리로 원구를 잡아먹을 듯이 노려보는 것이었다. 동옥의 시선을 피하여 탁류의 대하 가운데 떠 있는 것 같은 공포에 몸을 떨며, 원구는 마지막 기력을 다하여 허우적거리듯, 두 발로 물고인 방바닥을 절벅거려보는 것이었다.

그 뒤로는 비가 와서 가게를 벌일 수 없는 날이면 원구는 자주 동욱이네 집을 찾아가는 것이었다. 불구인 그 신체와 같이 불구적인성격으로 대해 주는 동옥의 태도가 결코 대견할 리 없으면서도, 어느 얄궂은 힘에 조종당하듯이 원구는 또다시 찾아가지 않을 수 없는 것이었다. 침침한 방 안에 빗물 떨어지는 소리가 듣고 싶어서일까? 동옥의 가늘고 짧은 한쪽 다리가 지니고 있는 슬픔에 중독된 탓일까? 이도 저도 아니면, 찾아갈 적마다 차츰 정상적인 데로 돌아오는 동옥의 태도에 색다른 매력을 발견한 탓일까? 정말 동옥의 태도는 원구가 찾아가는 횟수에 따라 현저히 부드러워지는 것이었다. 두 번째 찾아갔을 때 동옥은 원구를 보자 얼굴을 붉혔다. 그러고는 고개를 숙였다. 세 번째 찾아갔을 때는 원구를 보자 동옥은 해죽이 웃어 보인 것이다. 그러나 그것은 우울한 미소였다. 찾아갈 때마다 달라지는 동옥의 태도가 원구에게는 꽤 반가운 것이었다. 인사불성에 빠졌던 환자가 제정신으로 돌아온 때처럼 고마웠다. 첫 번 불렀을 때는 눈을 감은 채 아무런 반응도 없던 환자가, 두 번째 부르자 눈을 간신히 떴고, 세 번째 불렀을 때는 제법 완전히 눈을 떠서 좌우를 둘러보다가 물 좀, 하고 입을 열었을 때와 같은 반가움을 원구는 동옥에게서 경험하는 것이었다. 두 번째 갔을 때에는 지난번 빗물 쏟아지던 자리에 양동이가 놓여 있지 않았다. 그 자리에는 제창 떼꾼히 구멍이 뚫려 있었다. 주먹이 두어 개나 드나들 만한 그 구멍은 다다미에서부터 그 밑의 판장까지 뚫려 있었다. 천장에서 흘러내리는 빗물은 그 구멍을 통과하여 판장 밑 흙바닥에 둔탁한 음향을 남기며 떨어졌다. 기실 비는 여러 군데에서 새는 모양이었다. 판장으로 된 천장에는 사방에서 빗물 듣는 소리가 났다. 천장에 떨어진 빗물은 약간 경사진 한쪽으로 흘러오다가 소눈깔만 한 옹이구멍으로 새어 흐르는 것이었다. 그날만 해도 원구와 동욱이가 주고받는 말에 비교적 냉담한 동옥이었다. 그러나 세 번째 갔을 때부터는 원구와 동욱이가 웃을 때는 함께 따라 웃어주는 것이었다. 간혹 한두 마디씩은 말추렴에도 들었다. 그날은 일찌감치 저녁을 얻어먹고 돌아오려고 하는데, 비가 하도 세차게 퍼부어서 자고 오는 수밖에는 없었다. 한 손에 우산을 들고 선 채 회색 장막을 드리운 듯, 비에 뿌예진 창밖을 내다보며 망설이고 있는 원구의 귀에, 고집 피우지 말고 자고 가라는 동욱의 말에 뒤이어, 이런 비에는 앞 도랑에 물이 불어서 못 건너십니다, 하는 동옥의 음성이 들린 것이었다. 그날 밤

비로소 원구는 가벼운 기분으로 동옥에게 말을 걸 수가 있었던 것이다. 언제부터 그림 공부를 했느냐니까, 초상화 따위가 뭐 그림인가요, 하고 그 우울한 미소를 지어 보이는 것이었다. 원구는 동옥의 상처를 건드릴 만한 말은 일절 꺼내지 않았다. 어렸을 때 얘기가 나와서 어딜 가나 강아지 새끼처럼 쫓아다니는 동옥이가 귀찮았다는 말을 하고, '중중 때때중'을 자랑스레 부르고 다녔다니까 동옥의 눈이 처음으로 티 없이 빛나는 것이었다. 갑자기 동욱이가 '중중 때때중' 하고 부르기 시작하자 동옥도 가느다란 소리로 따라 부르는 것이었다. 노랫소리가 그치고 나니 방 안에는 빗물 떨어지는 소리가 유달리 크게 들리는 것이었다. 비가 들이치는 바람에 바깥벽 판장 틈으로 스머드는 물은 실내의 벽 한구석까지 적시기 시작하는 것이었다. 그런데 이상한 것은 동옥을 대하는 동욱의 태도였다. 대수롭지 않은 일에도 이년 저년 하고 욕을 퍼붓는 것이었다. 부엌에서 들여보내는 음식 그릇을 한 손으로 받는다고 해서 이년아 한 손으로 그러다가 또 떨어뜨리고 싶으냐, 하고 눈을 흘겼고, 램프에 불을 켜는데, 불이 얼른 댕기지 않아 성냥알을 두 개비째 꺼내려니까, 저년이 밥 처먹구 불두 하나 못 켜, 하고 노려보는 것이었다. 그럴 때마다 동옥은 말없이 마주 눈을 흘겼다. 빨래와 바느질만은 동옥의 책임이지만 부엌일은 언제나 동욱이가 맡아 한다는 것이었다. 동옥이가 변소에 간 틈에, 될 수 있는 대로 위로해 주지 않고 왜 그리 사납게 구느냐니까, 병신 고운 데 없다고 그년 맘 쓰는 게 모두가 틀렸다는 것이다. 우선 그림 값만 하더라도 얼마 전까지는 받아 오면 반씩 똑같이 나눠 가졌는데, 근자에 와서는 동욱을 신용할 수가 없다고 대소에 따라 한 장에 얼마씩 또박또박 선금을 받고야 그려준다는 것이었다. 생활비도 둘이 똑같이 절반씩 부담한다는 것이다. 동옥은 자기가 병신이기 때문에 부모 말고는 자기를 거두어 오래 돌봐줄 사람이 없으리라는 것이다. 오빠도 언제든 자기를 버릴 것이 아니겠느냐, 그렇기 때문에 자기는 자기대로 약간이라도 밑천을 장만해 두어야 비참한 꼴을 면하지 않겠느냐고 한다는 것이었다. 그러한 동옥의 심중을 생각할 때, 헤어져 있으면 몹시 측은하기도 하지만 이상하게 낮만 대하면 왜 그런지 안 그러리라, 안 그러리라 하면서도 동욱은 자꾸 화가 난다는 것이었다. 동옥은 불을 끄고는 외로워서 잠을 이루지 못한다고 했다. 반대로 동욱은 불을 꺼야만 안심하고 잠을 들 수가 있다는 것이었다. 동욱은 어둠만이 유일한 휴식이노라 했다. 낮에는 아무리 가만히 앉았거나 누워 뒹굴어도 걸레처럼 전신에 배어 있는 피로가 가시지 않는다는 것이었다. 그러한 동욱은 심지를 낮추어서 희미하게 켜놓은 불빛에도 화를 내어, 이년아 아주 꺼버리지 못해 하고 소리를 질렀다. 동옥은 손을 내밀어 심지를 조금 더 낮추었다. 그러고 나서, 누가 데려오랬나 차라리 엄마하고 거기 있을 걸 괜히 왔지 하고 좋알대는 것이었다. 그러자 동옥은 벌떡 일어나며, 이년 다시 한 번 그 주둥일 놀려봐라, 나두 너 같은 년 끌구 오구 싶지 않았다, 어머니가 하두 애원하시듯, 다 버리구 가더라두 네년만은 데리구 가라구 해서 끌구 와 이 꼴이다, 하고 골을 내는 것이었다. 동옥은 말없이 저편으로 돌아누웠다. 어렴풋이 불빛이 있음에도 불구하고 어둠이 가슴을 내리누르는 것 같아서 원구는 오래도록 잠을 이룰 수가 없었다. 동욱도 잠이 안 오는 모양이었다. 동옥 역시 필경 잠이 들지 않았으련만 죽은 듯이 가만히 있었다. 후두둑후두둑 유리 없는 창문으로 들이치는 빗소리를 들으며, 사십 주야를 비가 퍼부어서 산꼭대기에다 배를 매어둔 노아네 가족만이 남고 세상이 전멸을 해버렸다는, 『구약 성경』에 나오는 대홍수를 원구는 생각하는 것이었다. 그러다가 어렴풋이 잠이 들려고 하는 때였다. 커다란 적선으로 생각하고 동옥과 결혼할 용기는 없는가? 하는 동욱의 음성이 잠꼬대같이 원구의 귀를 스쳤다. 원구는 눈을 떴다. 노려보듯이 천장을 바라보며 그는 반듯이 누워 있었다. 동욱의 입에서 다시 무슨 말이 흘러나올지도 모른다는 긴장을 느끼면서. 그러나 동욱은 아무 말이 없었다. 빗물 떨어지는 소리만이 여전히 계속되고 있을 뿐이었다. 원구가 또다시 간신히 잠이 들락할 때였다. 발치 쪽에서 빠드득빠드득 하는 이상한 소리가 났다. 원구는 정신을 바짝 차리고 귀를 세웠다. 뱀에게 먹히는 개구리 소리 비슷한 그 소리는 뒷벽 쪽에서 들리는 것이었다. 원구는 이번에는 상반신을 일으키고 앉아 귀를 기울이는 것이었다. 그 바람에 동욱이도 눈을 떴다. 저게 무슨 소리냐고 한즉, 뒷방의 계집애가 자면서 이 가는 소리라는 것이었다. 뒷방에도 사람이 사느냐니까, 육순이 넘은 노파가 열두 살 먹은 손녀를 데리고 산다고 했다. 그 노파가 바로 이 집 주인인데, 전차 종점 나가는 길모퉁이에 하꼬방 가게를 내고 담배, 성냥, 과일, 사탕 같은 것들을 팔아서 근근이 생활해 가고 있다는 것이었다. 뒷집 소녀는 잠만 들면 반드시 이를 간다는 것이었다. 동욱도 처음 며칠 밤은 그 소리에 골치를 앓았지만 요즘은 습관이 되어 괜찮노라고 했다. 이러한 방에서 빗물 떨어지는 소리와 이 가는 소리를 듣고 지내면 아무라도 신경과민이 생길 것이라고 생각하며, 원구는 좀 전에 동욱이가 잠꼬대처럼 한 말의 의미를 되새겨보는 것이었다.

사오 일 지나서였다. 오래간만에 비가 그치고 제법 날이 훤해져서 잡화를 가득 벌여놓은 리어카를 지키고 섰노라니까, 다 저녁때 원구의 어깨를 치는 사람이 있었다. 동욱이었다. 그는 역시 소매와 깃이 다 처진 저고리와 검은 줄이 간 회색 바지를 입고 있었다. 옷이라고는 그것밖에 없는 모양이라, 비에 젖은 것을 그냥 짜서 말리곤 해서 여기저기 구김살이 져 있었다. 그보다도 괴이한 채플린식의 그 검정 단화의 주먹 같은 코숭이가 말이 아니었다. 장화 대용으로 진창을 막 밟고 다녀서 온통 흙투성이였다. 그러한 동욱의 꼴에 원구는 이상하게 정이 갔다. 리어카를 주인집에 가져다 맡기고 와서 저녁을 같이하자고 원구는 동욱의 손을 끌었다. 동욱은 밥보다도 술 생각이 더 간절하다고 했다. 두 가지 다 먹을 수 있는 집으로 원구는 동욱을 안내했다. 술이 몇 잔 들어가 얼근해지자 동욱은 초상화 '주문 도리'를 폐업했노라고 했다. 요즘은 양키들도 아주 약아져서 까딱하면 돈을 잘리거나 농락당하기가 일쑤라는 것이다. 거기에다 패스 없는 사람의 출입을 각 부대가 엄중히 단속하기 때문에 전처럼 드나들 수가 없다는 것이었다. 며칠 전에는 돈 받으러 몰래 들어갔다가 순찰 장교에게 걸려서 하룻밤 몽키 하우스의 신세를 지고 나왔다는 것이다. 더구나 요즈음은 국민병 수첩까지 분실했으므로 마음 놓고 거리에 나와 다닐 수도 없다는 것이었다. 분실계를 내고 재교부 신청을 하려니까 그 때문에 동회로 파출소로 사오 차나 쫓아다녀 봤지만 까다롭게만 굴고 잘 들어주지 않는다는 것이었다. 까짓 거 나중에는 삼수갑산엘 갈망정 내버려두겠노라고 했다. 그래 차라리 군에라도 들어가 버릴까 하고, 마침 통역 장교를 모집하기에 그 원서를 타러 나왔던 길이노라고 했다. 어디 원서를 좀 구경하자니까 동욱은 닝글닝글 웃으며, 수속이 하두 복잡하고 번거로워 아예 단념하고 말았다는 것이다. 동욱은 한동안 말이 없이 술잔을 빨고 앉았다가, 가끔 찾아와서 동옥을 좀 위로해 주라는 것이었다. 세상 사람들이 모두 자기를 조소하고 멸시한다고만 생각하고 있는 동옥은 맑은 날일지라도 일절 바깥출입을 않고 두더지처럼 방에만 처박혀 산다는 것이었다. 그리고 모든 사람에게 반감을 품고 있다는 것이다. 그러한 동옥도 원구만은 자기를 업수이 여기지 않고 자연스레 대해 준다고 해서 자주 찾아와 주기를 여간 기다리지

않는다고 했다. 초상화가 팔리지 않게 된 다음부터의 동옥은 초조
와 불안 속에서 한층 더 자신의 고독을 주체하지 못해 쩔쩔맨다는
것이었다. 동욱은 그러한 동옥이가 측은해 못 견디겠노라 했다. 언
젠가처럼, 내가 자네람 동옥이와 결혼할 테야, 암 하구 말구 하고
동욱은 고개를 주억거리는 것이었다. 술집을 나와서 동욱은 이번에
도 원구의 손을 꼭 쥐고 자기는 기어코 목사가 되겠노라고 했다. 동
옥을 위해서나 자기 자신을 위해서나 그것만이 이 무거운 짐을 조
금이라도 덜 수 있는 유일한 길인 것 같다는 것이었다.

그 뒤에 한번은 딴 볼일로 동래까지 갔던 길에 동욱이네 집에 잠
깐 들른 일이 있었다. 역시 그날도 장맛비는 구질구질 계속되고 있
었다. 우산을 접으며 마루에 올라서도 동욱만이 머리를 내밀고 맞
아줄 뿐, 동옥의 기척이 없었다. 방에 들어가 보니, 동옥은 담요를
머리까지 푹 뒤집어쓰고 죽은 사람처럼 누워 있었다. 이틀째나 저
러고 자빠져 있다고 하며 동욱은 그 까닭을 설명했다. 뒷방에 살고
있는 주인 노파에게, 동욱이도 몰래 동옥은 이만 환이나 빚을 주고
있었는데, 노파는 이 집까지도 팔아먹고 귀신같이 도주해 버렸다는
것이다. 어제 아침에 집을 산 사람이 갑자기 이사를 왔기 때문에 그
사실을 알았는데, 이게 또한 어지간히 감때사나운 자여서 당장 방
을 비워 내라고 위협하듯 한다는 것이었다. 말을 마치고 난 동욱은,
요 맹꽁이 같은 년아, 글쎄 이게 집이라구 믿구 돈을 줘, 하고 발길
로 동옥의 옆구리를 걷어찼다. 이년아, 이만 환이면 구화로 얼만 줄
아니, 이백만 원이다, 이백만 원이야. 내 돈을 내가 떼였는데 오빠
가 무슨 상관이냐구? 그래 내가 없으면 네년이 굶어 죽지 않구 살
테냐? 너 같은 병신이 단 한 달을 독력으루 살아? 동욱은 다시 생각
을 해도 악이 받치는 모양이었다. 원구를 위해 동욱은 초밥을 만든
다고 분주히 부엌으로 들락날락했으나, 원구는 초밥을 얻어먹자고

그러고 앉아 견딜 수는 없었다. 그보다도 동옥이 이틀 동안이나 아무것도 먹지 않고 저러고 누워 있다고 하니, 혹시 동욱이가 잠든 틈에라도 몰래 일어나 수면제 같은 것을 먹고 죽어 있지나 않는가 싶어 불안한 생각이 솟았다. 원구는 조금이라도 더 앉아 견디기가 답답해서 자리를 일어서며, 아무래도 방을 비워주어야 하겠거든, 자기도 어디 구해 보겠노라고 하니까 동옥이가 인가 많은 데를 싫어하기 때문에 이 근처에다 외딴집을 구하는 수밖에 없다는 동욱의 대답이었다.

그 뒤로는 원구도 생활에 위협을 느끼기 시작했다. 한 달 가까이나 장마로 놀고 보니 자연 시원치 않은 장사 밑천을 그럭저럭 축내게 된 것이었다. 원구가 얻어 있는 방도 지루한 비에 습기로 눅눅해졌다. 벗어놓은 옷가지며 이부자리에까지도 곰팡이가 끼었다. 그의 마음속에까지 곰팡이가 스는 것 같았다. 이런 날 이런 음산한 방에 처박혀 있자니, 동욱과 동옥의 일이 자연 무겁고 우울하게 떠오르는 것이었다. 점심때가 거의 되어서 원구는 퍼붓는 비를 무릅쓰고 집을 나섰다. 오늘은 동욱이와 마주 앉아 곰팡이 슨 속을 술로 씻어 내리며, 동옥이도 위로해 주어야겠다고 생각하고 원구는 술과 통조림을 사들고 찾아갔다. 낡은 목조 건물은 전과 마찬가지로 금방 쓰러질 듯이 빗속에 서 있었다. 유리 없는 창문에는 거적도 그대로 드리워 있었다. 그러나 동욱이, 하고 원구가 불렀을 때, 곰처럼 마루로 기어 나오는 사나이는 동욱이가 아니었다. 이 집에 살던 젊은 남녀는 어디 갔느냐는 원구의 물음에, 우락부락하게는 생겼으되 맺힌 데가 없이 어딘가 허술해 보이는 사십 전후의 그 사나이는, 아하 당신이 정(丁) 뭐라는 사람이냐고 하고 대답 대신 혼자 머리를 끄덕끄덕 하는 것이었다. 원구가 재차 묻는 말에 사나이는 자기가 이 집 주인이노라 하고 나서, 동욱은 외출한 채 소식 없이 돌아오지 않게 되었고, 그 뒤 동옥 역시 어디로 가버렸는지 모르겠다는 것이었다. 동욱이가 안 돌아오는 지는 열흘이나 되었고 동옥은 바로 이삼 일 전에 나갔다는 것이다. 원구는 더 무슨 말이 없이 서 있었다. 한 손에 보자기 꾸러미를 들고 한 손으로 우산을 받고 선 채 원구는 사나이의 얼굴만 멍하니 바라보는 것이었다. 원구는 그대로 발길을 돌려 몇 걸음 걸어 나가다가 되돌아와 보자기에 싼 물건을 끌러 주인 사나이에게 주었다. 이거 원 이거 원 하며 주인 사나이는 대뜸 입이 헤벌어졌다, 그러고는 자기 여편네와 아이들이 장사 나갔기 때문에 점심 한 그릇 대접할 수는 없으나, 좀 올라와 담배라도 피우고 가라고 권하는 것이었다. 무슨 재미로 쉬어 가겠느냐고 하며 원구가 돌아서려니까 주인은, 잠깐만 하고 불러 세우고 나서 대단히 죄송하게 되었노라고 하며 사실은 동옥이가 정 누구라고 하는 분이 찾아오면 전해 달라고 편지를 맡기고 갔는데, 그만 간수를 잘못해서 아이들이 찢어 없앴다는 것이었다. 그래도 아무 말을 않고 멍청히 서 있는 원구를 주인 사나이는 무안한 눈길로 바라보며 동욱은 아마 십중팔구 군대에 끌려 나갔을 거라고 하고, 동옥은 아이들처럼 어머니를 부르며 가끔 밤중에 울기에 뭐라고 좀 나무랐더니 그 다음날 저녁에 어디론가 나가버렸다는 것이다. 죽지나 않았을까, 자살을 하든, 굶어 죽든…… 하고 혼잣말처럼 중얼거리며 돌아서는 원구의 등에다 대고, 중요한 옷가지랑은 꾸려가지고 간 모양이니 자살할 의사는 없었음이 분명하고, 한편 병신이긴 하지만 얼굴이 고만큼 밴밴하고서야 어디 가 몸을 판들 굶어 죽기야 하겠느냐고 주인 사나이는 지껄이는 것이었다. 얼굴이 고만큼 밴밴하고서야 어디 가 몸을 판들 굶어 죽기야 하겠느냐는 말에 이상하게 원구는 정신이 펄쩍 들어, 이놈 네가 동옥을 팔아먹었구나 하고 대들 듯한 격분을 마음속 한구석에 의식하면서도, 천근의 무게로 내리누르는 듯한 육체의 중량을 감당할 수 없어 그는 말없이 발길을 돌이켰다. 이 놈, 네가 동옥을 팔아먹었구나, 하는 흥분한 소리가 까마득한 먼 곳에서 자기를 향해 날아오는 것 같은 착각에 오한을 느끼며, 원구는 호박 덩굴 우거진 밭두둑 길을 앓고 난 사람 모양 허정거리는 다리로 걸어 나가는 것이었다.

공휴일

오래간만에 맞이하는 휴일이라서 별로 좋을 일도 없지만, 그렇다고 또한 안 좋을 것도 없었다.

조그만 자기의 세계에서 아무 데도 국척(跼蹐)되는 일 없이, 멋대로 하루를 경영할 수 있는 것이 짜장 즐겁지 않은 바는 아니었다. 그러면서도 조반상을 물리고 나면, 옷을 바꾸어 입기가 바쁘게 가방을 들고 은행으로 나가는, 틀에 박힌 듯한 생활을 기계처럼 움직여온 지 근 십 년 이제는 완전히 습관화되어 버린 일과에서 하루를 거른다는 것은 어딘가 허수한 맥 빠진 감이 아주 없지도 않았다. 마치, 언제고 같은 박자로만 움직이고 있던 시계추가 잠시 정지되어 있는 상태와도 흡사한 것이었다.

남들처럼 주체할 수 없는 젊음을 함부로 흘리며, 아무 데고 싸돌아다니는 데서만 비로소 행복과 사귈 수 있다고 드는, 모던한 취미를 애초부터 기권하고 지내오는 도일(道一)이었다. 반면에 또한 눈을 발가매고 헐레벌떡 다우쳐 다녀야만 당장 목구멍에 풀칠을 할 수 있도록 그렇게 절박한 처지에 놓여 있는 도일이도 아니었다.

그러므로, 그것이 계절로 보아 어떠한 철이든 간에, 한 달에 두 번씩 찾아와 주는 공휴일은 그로 하여금 그의 소굴을 지키게 하는 외에, 별달리 신통한 의미나 행동을 가져다주지는 못했었다.

그런 날이면, 도일은 대개로 사방 여섯 자 몇 치밖에 더 안 되는 자기의 자유스러운 생활의 영토 안에서, 은행장의 이름으로 신문이나 잡지에 게재할 경제 논문을 쓰거나, 최근에 바다를 건너온 각종 잡지며 신문을 뒤적이거나, 그러다가 좁쌀 개미 떼같이 자디잔 활자에 신경이 지치면 어린애처럼 책장에서 별별 종류의 서적을 다 끄집어내다가는 그림이랑 사진이랑 실컷 구경도 하고, 거기에도 싫증이 나면 어항 속에서 노상 호기를 피우고 있는 두 마리의 미꾸라지와 한 마리의 붕어 새끼를 상대로 무엄한 희롱을 걸어보기도 하는 것이었다.

요즈음은 한결 선선해진 탓에 미닫이를 꼭 닫아둔 채로 종일을 안에서만 지낼 수 있는 것이 더욱 다행스러웠다.

오늘도 안방에 들어가 언제나처럼 아버지와 맞상으로 아침 식사를 치르자 제 방으로 돌아온 도일은 정지된 시계추의 그 맥 빠진 허수함을 느끼는 것이었다.

책상 앞에 베개를 타고 앉은 채, 그는 충치에 박힌 밥알을 성냥개비로 쑤셔 내며, 유리 그릇 속 어족의, 자기와 같이 단조로워 보이기만 한 생활을 관찰하는 것이었다.

문득 파란 공중에 연이 날 듯, 밤색 책상 위의 한편 구석에 놓여 있는 새하얀 종잇조각이 어항을 들여다보고 있는 도일의 시신경을 자극하였다. 그는 슬며시 그쪽으로 눈을 이동시키자 엽서만 한 그 종이를 무심히 한 손으로 집어본다. 그것은 어제 저녁 밖에서 돌아온 도숙(道淑)이가 들여뜨려 준 제 여학교 동창생인, 그리고 도일이와도 일시 약혼 말이 있었던 아미(娥美)의 결혼 청첩장이다.

사망 신고서나 부고와 마찬가지로 조금도 감정이 풍겨지지 아니하는, 빡빡한 그 문면을 도일은 다시 한 번 읽어보고 나서, 어제 저녁때와 다름이 없이 공식적인 구식 문구가 가져다주는 권태에 한가히 관심을 기울여보는 것이다.

右兩人華燭之典擧行 玆敢奉邀

尊駕幸賜 光臨之榮專此敬望

主禮者 ○ ○ ○

請牒人 ○ ○ ○

청춘을 묻어버리는 한 구절의 장송문(葬送文)——그것은 고래로, 이 남녀의 결혼의 내용을 암시해 주는 청춘의 비문이 아닐까? 그들은 진실로 그 무미건조한 비문 앞에 준비되어 있는 초라한 생활의 무덤 속에, 행복이라는 것이 있다고 믿는 것일까? 도일에게서는 좀체 사랑의 단물이 우러나지 않는다고 해서 아미는 영리하게도 이미 미국 유학의 장래가 약속되어 있다고 하는, 모 미국 기관에 봉직 중인 청년에게로 나비 모양 날아가 버리고 만 것이었다.

부고장과 같은 착각을 일으키게 하는 이 결혼 청첩장에다가 도일은 연필로 흑색 테두리를 진하게 그려 넣고 주례자니, 청첩인이니 하는 글자 옆에다 사자(嗣子)니, 친척 대표니 하는 글자까지 끼워 넣은 다음, 의미 없이 여백에다가 물방울 같은 동그라미를 무수히 그려나가다 말고, 그는 문득 뜻하지 않게 가느다란 한숨을 토하는 것이었다. 손톱만큼도 아미에 대한 미련에서가 아님은 물론이었다. 도리어 아미에게 미련을 가질 수 없는 데서 오는 삭막한 기분에서일지 모른다.

안방에서 마루를 거쳐오는 발소리가 점점 가까이 오더니, 도일의 방 앞에서 멎었다. 동시에 미닫이가 열리며 도숙의 얼굴이 나타났다. 짙은 화장을 베푼 얼굴에 차림도 외출복이었다.

"정말 안 가보실려우?"

"어딜?"

"어딘, 아미 결혼식에 말예요."

그러고는 도일이 결혼 청첩장을 앞에 놓고 앉았는 것을 그제야 깨닫고 해죽이 미소를 띠우며 들어와 문을 닫았다.

"노상 식상한 체하면서두, 역시 총각이라 별수 없는 모양이구려."

그러고 나서야 청첩장에 검은 테두리와, 사자니, 친척 대표니 하는 글자들을 비로소 발견하고, 도숙은 대뜸 얼굴색이 달라졌다.

"이러면 부고게…… 오빠 아미를 원망하고 계시는구려? 그들의 결혼을 저주하는 거지 뭐유?"

도일은 그 말에 대해 치렁치렁한 변명과 해설을 가하기가 성가시러워, 또한 아무리 애써 설명한댔자 자기의 심경이 그대로 저쪽에 수긍될 까닭이 없다고 생각했기 때문에 그는 잠자코 소처럼 멋없이 씩 웃어 보였을 뿐이었다.

마음상이 그리 좋지 않아가지고 도숙이 저 혼자 나가버린 다음, 얼마 안 있다 이번에는 도일의 약혼자인 금순(琴順)이가 찾아온 것이다.

금순은 먼저 안방으로 들어가 어른들을 뵙고 나서, 아까 도숙이가 그랬듯이 마루에 발소리를 내며 도일의 방 앞에까지 걸어와 섰다.

약혼하기 전까지는 그렇게 조심스러워하고 수줍어만 하던 금순이가, 약혼하고 난 다음부터는 같은 조심성과 수줍음이라 할지라도, 그것을 나타내는 경우와 정도와 성질이 달라졌다. 도일의 방에 들어올 때의 태도, 그것 한 가지만 두고 보더라도, 오랫동안 이웃에서 살아오면서 가까이 지냈건만, 도숙이 없을 때는 무슨 볼일이 있거나 놀러 왔다가도 결코 도일의 방에 들어와 앉는 법이 없었다. 어쩌다 도숙이를 따라 들어오는 경우라도 숨듯이 도숙의 뒤에 절반쯤 몸을 가리고 앉거나 모로 앉아 시선을 피해 가며, 묻는 말에나, 그것도 곧잘 얼굴을 붉히고 대답하다가는, 도숙이만 일어서면 뒤에서 누가 붙잡기라도 하는 듯이 질겁을 해 일어나 분주히 따라 나가버리는 금순이었다. 그러한 금순의 태도에 접할 적마다, 알고 있는 남자 앞에서도 저럴 때야, 어떻게 모르는 남자의 아내가 될 수 있을까 하고 도일은 객쩍은 걱정을 다 해보는 것이었다. 그러다가 뜻밖에도, 아니 어쩌면 그것은 당연히도 그와 약혼하게 되자 그 후로는 도일을 대하는 금순의 태도가 봄비 맞은 풀포기마냥 나날이 달라져가는 것을 보고 도일은 신기하게 여기기 전에 먼저 어리둥절했던 것이다. 전과는 반대로 도리어 도숙이 없을 때 찾아오기를 좋아했고, 방 앞에 와서도 처음엔 기침을 하고 문을 두드려 대답이 있어야만 살며시 열고 들어오던 것이, 그냥 기침만 하고 문을 열게 되다가, 요새 와서는 기침 소리도 안 내고 그냥 방긋이 문을 열고는 들어서게까지 되었던 것이다.

오늘도 금순은 아무 소리도 없이 살짝 미닫이를 연 다음, 얼굴에 넘치도록 미소를 담으며 조심스럽게 들어서는 것이었다. 왈칵 달려들어 손을 잡아 앉힌다든가 혹은 아스러지게 껴안고 수염 난 볼로 마구 비벼준다든가 그러는 일 없이, 베개를 타고 앉은 채, 반가울 것도 없고, 안 반가울 것도 없다는 듯이 그대로 히쭉 웃어 보이고 마는 도일이 남달리 점잖은 까닭이라고 금순은 오산하고 있는지도 모른다. 그렇지만 남녀 간의 애정이라는 것이, 아기자기하게 얽히려면 여자의 솜씨에 달렸다고 믿고 있는 금순은 가라스 양말이라나

뭐라나 그 살이 몽땅 드러나 보이는 양말을 신은 발을 스커트 밑으로 감추려는 노력조차 가져보지 않고, 될 수 있는 대로 도일에게 바싹 다가앉아 분 냄새인지 향수 냄새인지, 혹은 여자의 살 냄새인지, 여하튼 말하자면 그것들이 혼합된, 젊은 여자만의 전용 냄새를 보자기로 뒤집어씌우듯, 머리가 다 아찔할 정도로 풍겨주어, 도일의 그 어떤 감정을 자극시켜 놓는 것이 이제 머지않아 부부가 될 수 있는 저희들끼리만의 오붓한 비밀이라고 믿고 있는 모양이었다. 양말을 신은 듯 만 듯, 발가락을 하나하나 헤일 수 있도록 환히 들여다보이는 금순의 발이, 도일에게는 징그럽기만 했다. 금세라도 저놈의 발이 발동을 개시하여 자기의 턱밑에 추켜들고 혀끝으로 쭐쭐 핥아달라고 조르지나 않을까 싶어 도일은 은근히 맘이 쓰일 정도였다. 도일의 신경이 미처 감당하지 못할 정도로 압박을 느끼는 것은 물론 금순의 알른알른 비치는 발, 그것뿐만은 아니었다. 간혹 가다가 도숙이가 위통을 벗어부치고 화장을 하느라고 야단치는 현장을 구경할 때가 있다. 그럴 제마다 도일은 그 피둥피둥 살찐 어깨에서, 전에 동물원에서 본 기억이 있는 하마의 등덜미나 엉덩짝을 연상하며 현기증을 일으킬 뻔하는 것이었다. 남자들은 흔히 여성의 육체미라는 것을 말하지만 아직도 아내를 가져보지 않았고, 여자의 나체를 본 경험이 없는 도일은, 여동생의 어깻죽지에서만 생각할 때 도대체 어디에 여자의 육체미라는 것이 있느냐고, 발달되지 못한 자기의 감각을 한탄하는 일조차 있었다.

어떤 술좌석에서 한 친구가 도일에게 이런 말을 한 적이 있었다.

"자넨 여자의 뱃가죽을 만져본 일이 있는가? 총각이니 아직 없을 테지, 그게 아주 신비스럽단 말야."

그 친구는 친절하게도 여자의 뱃가죽의 신비스러움을 구체적으로 설명해 주기 위해서, 술을 먹다 말고 자꾸 도일의 배를 좀 내놔

보라고 졸랐다. 그걸 거절하자면, 한참이나 아웅당해야 될 일이 귀찮아, 무탈한 남자들끼리만의 석상이라 그러면 어디 실험해 보라고 하며, 도일은 허리띠를 끄르고 양복바지 괴춤을 풀어놓아 주었던 것이다. 친구는 만족한 듯이 뺏뺏한 그 손바닥으로 도일의 배꼽 아래께를 두어 번 벅벅 쓸어보고 나서, 손가락 끝을 집게처럼 해가지고, 이걸 좀 보라고 하며 뱃가죽을 집어 보이는 것이다.

"이렇게 가죽이 집히지 않나? 가죽이 가죽대로 이렇게 집힌단 말이야, 하지만 여자의 뱃가죽은 안 잡힌단 말일세. 가죽이 살과 맞붙어서 팽팽한 게 손에 잡히질 않거든. 비계가 많아 그렇다는데, 건 아무리 야윈 여자라도 마찬가지란 말일세."

그때 도일은 허연 돼지비계만을 배가 불룩하도록 먹고 난 것처럼 메슥메슥하고 닝닝해서 종시 다시는 젓가락을 들지 못하고 말았었다. 그 뒤로는 여자와 가까이 있게 될 적마다 살찐 돼지의 허연 비계 덩이가 눈앞에 어른거려 입 안이 다 텁텁해지기도 했다.

지금도 어서 아미의 결혼식에 가자고 도일의 무르팍을 쥐고 흔들며 조르고 앉았는 금순의 온 몸뚱어리가 번지르르한 비계투성이만 같아, 한 손으로 깔깔한 자기의 턱을 쓰다듬으며 입맛만 쩝쩝 다셔보는 것이었다.

"어서요. 늦어지기 전에 같이 가봐요. 남의 결혼식을 자주 봐둬야, 우리 할 때도 서투르지 않지 않아요."

그러나 도일은 남의 결혼식을 구경하기보다는, 이 여인의 뱃가죽이나 한번 만져보는 게 오히려 현명한 일인지 모른다고 생각했다. 비계는 보기와 달라 눈을 꾹 감고, 꼭꼭 씹어보면 의외로 고소한 맛도 있다고들 하지 않는가?

"그러지 말구, 어디 금순의 뱃가죽이나 한번 만져보게 해주."

그 말은 금순의 귀에 무던히 놀랄 만한 감정의 비약으로 들린 모양이다. 더구나 점잖다고 여겨온 도일이었으니까, 그 말이 가장 비밀한 감정의 돌발적 흥분이라고 단순히 곡해해 버린 금순은 도일의 다리를 꼬집고 눈을 흘겨 보이며, 그 눈이랑 얼굴색 전체가 이글이글 타오르는 것 같았다. 그러한 금순의 오해에 접하자 도일은 도리어 뱃가죽을 만져볼 흥미마저 상실해 버리고 말았다. 따라서 남의 결혼식 구경에만 비상한 관심을 갖고, 남자의 다리나 꼬집고 눈을 흘겨 보이는 튀색할 애교에, 자랑과 만족을 만끽하려 드는 이러한 여인과 결혼하고 보면, 그야말로 매일 결혼식 구경이나 끌려 다니게 되고, 또한 허구한 날을 다리나 꼬집히고, 눈 흘김이나 받아야 할 일이 을씨년스럽기도 했다. 그렇게 조심스럽고 수줍어할 줄 밖에 모르던 이 소녀가 어느새 자기 방에 기척도 없이 드나들게 되고, 이렇게 또한 다리를 꼬집고, 눈을 흘기게까지 되었슨즉, 앞으로 한 이불 속에서 밤을 지내야 될 때가 오면 이 여인은 아마도 솔가지 꺾어 때듯 우적우적 자기의 신경을 분질러버릴지도 모른다고 도일은 생각하는 것이었다. 그러면 하루라도 속히 파혼해 버려야 하지 않을까? 그러나 그러기 위해서는 성가신 사단이 벌어져야 할 것이다. 그 문제를 도일은 정식으로 끄집어낼 용기가 나지 않았다.

사실 생각해 보면 도시 약혼 자체가 우습게 맺어졌던 것이기는 했다. 피차 내용을 빤히 아는 처지라 정식으로 혼담이 오고 가게 되자, 양쪽 어른들이며 금순이 편에서 의외로 결정적인 태도로 나오게 되었을 때, 도일은 별로 구미가 당기는 것도 아니었지만, 그렇다고 꼬집어 거절할 조건도 용기도 미처 발견하지 못하고 우물쭈물하는 사이에 이를테면 전차 같은 것을 타고 가다가 사소한 일로 이 정류장에서 내릴까 말까 머뭇거리는 동안에 전차는 그만 떠나버리고 말 듯이, 그 본새로 약혼이랍시고 이루어졌던 것이다.

이성이나, 결혼 문제 같은 데 대해서 남들처럼 흥미를 품지 못하는 도일이, 혹시 생리적 결함을 가지고 있지나 않나 염려하여 양친은 어느 날 도일이와 동좌했을 때, 우연히 꺼내는 말처럼 병원에 가보기를 권하여 그로 하여금 고소케 한 일이 있었다. 젊은 남녀 간의 애정이라면 대뜸 육체적인 관계만을 의미하리만큼 되어 있는 요즈음에 있어서 자기처럼 그 문제에 냉담할 수 있는 것은 이것도 역시 생리적 결함에는 틀림없을 것이라고 생각하는 것이다. 그의 이러한 권태증은 이성 문제나 결혼 문제에 한해서뿐은 아니었다. 자기를 둘러싸고 있는 온갖 인물에게 도일은 흥미도 애정도 느껴보지 못하는 것이었다. 다만 그에게는 의무만이 있을 뿐이었다. 아들로서, 친구로서, 은행원으로서, 국민으로서의 의무만을 감당해 나갈 뿐이었다.

정녕 결혼식 구경 갈 마음이 내키질 않으면 데리고 거리라도, 혹은 바닷가라도 좀 거닐어줘야 인사가 아니냐고, 얼굴이 빨개가지고 떼쓰듯 조르는 금순을, 진창발로 좋아라고 주인에게 뛰어오르는 개를 쫓아버리듯 하여 간신히 돌려보내고 난 도일은 밀린 사무를 겨우 시간 내에 정리하고 났을 때처럼 일시에 전신의 피로를 느끼는 것이었다. 담배를 즐길 줄 모르는 그는 이런 때 어항 속의 미꾸라지와 붕어 새끼를 들여다보는 것으로 거친 신경을 쉬는 수밖에는 도리가 없었다.

오늘은 제멋대로 하루를 살 수 있는 오래간만의 공휴일임에도 불구하고 부고장 같은 청첩장과, 연애도 할 줄 모르는 맹추라고 오빠를 얕보는 여동생과, 비계가 번지르르한 약혼자로 말미암아 벌써 한나절 이상이 낭비되었다고 생각하니 도일에게는 자못 알끈한 생각이 없지 않았다.

너희의 주인이, 혼자만의 세계와 시간을 침범당했는데 어찌 너희들만이 무사해서 될 법이냐고, 너희들도 어디 좀 그래 보라고 하며 도일은 펜대 꼭지로 어항 속에서 공격을 가해 보는 것이었다. 그러나 미꾸라지와 붕어 새끼는 그 행동이 도일이보다는 훨씬 민첩한 데가 있어 날쌔게 몸을 뒤채 상하 좌우로 용하게 펜대 끝을 피해 버리는 것이었다. 도일은 더욱 고놈들의 재빠른 동작이 얄미웁기까지 하여 무도한 폭군처럼 펜대를 물속에서 마구 휘저어보는 것이었다. 난데없이 재난에 부딪친 요 조그만 생명체들은, 과연 당황해서 연방 흰 배때기를 뒤집어 보이며 유리벽에 대가리를 들이받을 뻔도 하는 것이었다.

대문 소리가 들리더니 금순일 따라 나갔던 어머니가 들어오는 기척이 났다. 부엌 쪽으로 사라졌던 모친의 발소리가 이번에는 마루를 돌아 도일의 방 앞으로 다가왔다.

"애야, 문 좀 열어라."

도일은 장난하던 손을 멈추고 얼른 미닫이를 열었다. 인절미를 모둑히 쌓아올린 접시와, 조청을 담은 보시기를 식상에 받쳐 들고 어머니는 들어오셨다. 흰 팥고물 묻힌 인절미를 무엇보다 좋아하는 도일이었다. 그가 집에 있는 날이면 으레 점심으로 오늘처럼 인절미를 사다 상에 놓아가지고 들어오시는 어머니였다.

아들이 맛있게 떡 먹는 것을 바라보며, 자기도 한두 개 같이 집어 먹고 나서 상을 한쪽으로 밀어놓은 다음 어머니는 장성한 이 아들의 눈치를 살펴가며 품어오던 말을 이 기회에 꺼내보기로 하는 것이다.

"금순일, 섭섭하게 저 혼자 돌려보내 되겠니 어디. 이렇게 노는 날일랑 저이 집에꺼정 좀 바래다두 주고 그 어른들두 찾아 뵙구 그래야지."

아무 말 않고 충치에 박힌 팥고물을 쑤셔 내고 앉아 있는 아들을 잠시 지켜보고 앉았던 어머니는 말을 낸 김에 다 해버리고 말리라 결심한 듯이 다시 입을 여는 것이었다.

"남들은 너보다 훨씬 늦게들 정혼허구두 다들 성례들을 하는데, 너두 얼른 식을 지내야 허지 않겠니."

이것은 공휴일마다 팥고물 묻은 인절미의 대가로 으레 어머니에게서 듣는 말이었다. 가정이나 여성에게 아니, 누구하고든 사람과의 관계에 있어서 도무지 알뜰히 굴 줄 모르는 이 아들에게, 어머니는 몹시 초조한 생각으로 어서 부부 생활의 재미를 맛보게 해주고 싶은 모양이었다. 더구나 외아들 외딸인 네 식구뿐인 가정에, 생활 걱정은 없겠다, 슬하에 어린것이 없고 보니 남들처럼 어서 며느리의 공대도 받아보고 싶고, 손자도 보고 싶으리라. 그러한 모친의 심사를 도일이 아주 모르는 바 아니로되, 그는 그러한 가정적 인연이 거추장스러워 견딜 수가 없었다. 어머니나 아버지가 똑같이 자기를 하늘처럼 믿고 극진히 사랑해 주는 줄을 누구보다도 그 자신 잘 알고 있었다. 그러면서도 자기편에서는 그와 같은 진한 사랑을 가져 어버이를 대할 수 없는 것이 항시 쓸쓸한 생각이었다. 그저 부모에 대한 자식으로서의 의무만을 다하는 것으로서 끝나지 아니하고, 그 이상의 깊은 사랑으로 보답해야 된다는 것이 그로서는 마음의 부담이기도 했다. 도대체, 어머니나 아버지는 어떻게 자기를 그렇듯 사랑할 수가 있을까고 생각해 보는 일도 있었다. 부모로서의 의무나 노후에 의탁할 타산에서뿐 아니라, 그것들 이상으로 깊고 넘치는 맹목적인 사랑이 자기에게 부어지고 있다고 생각할 제, 도일은 그것을 부모에게도, 혹은 자식에게도 갚을 자신이 없이, 받기만 해야 하는 괴로움조차 경험해 보는 것이었다.

"전 공연히 약혼을 했나 봐요. 이제라도 취소해 버렸음 좋겠는데."

남편이란 아내에게 의무 이상의 사랑을 가져야 하고, 아버지란 자녀에게 또한 그래야 된다면, 도일에게는 도저히 그럴 자신이 없는 것이었다. 아들의 이러한 심리까지를 이해할 수 없는 모친은 이 말을 듣자 금세 기운이 폭 빠져버리고 마는 것이었다.

"왜, 그 애가 네 맘에 족하지 않으냐?"

여기서도 기다란 설명을 늘어놓아야 할 성가시러움과, 또한 그래 봤자 어머니에게 자기의 생각이 통해질 수 없다고 단념한 도일은 잠자코 쓸쓸하게 웃어 보일 뿐이었다.

이번 피란 통에 드러나게 주름이 늘어난 모친의 얼굴을 그는 한참이나 물끄러미 바라보다가 느닷없이 뚱딴지 같은 말을 묻는 것이었다.

"어머니가 정말 저를 낳으셨수?"

이 어린애 같은 질문에 어머니는 그만 어처구니가 없어서 무어라고도 대답하지 못했다. 어머니의 얼굴을 들여다보고 있노라면 어인 까닭인지 이이가 어째 내 어머니일까? 그렇게 도일에게는 느껴지는 것이었다. 혈연관계의 인연이 그에게는 어인 까닭인지 도무지 애정적으로 느껴지지가 않았다. 직장에 있어서 자기 위의 과장이나, 부장이 갈려 새 사람이 오듯이, 부모나 형제라는 것도 그렇게 쉬 바뀔 수 있을 것처럼 도일에게는 생각되는 것이었다.

언젠가는 도숙을 가만히 바라보고 있자니까, 암만해도 자기의 여동생으로 믿어지질 않았다. 그래서 도일은,

"도숙 씨!"

하고 한번 불러본 것이었다. 그러니까 도숙은 눈을 동그랗게 뜨고 도일을 말끄러미 쳐다보다가,

"오빠 미쳤수?"

그리고 얼굴을 붉혔던 것이었다. 그게 마침 공교롭게도 도숙이 위통을 절반이나 드러내놓고 화장에 몰두해 있던 통이라, 더 경우

가 우스웠었다.

"나는 무어 하나 부러운 것 없이 지내지만 똑 한 가지 며느리와 손자를 보지 못하는 일이 한이다."

모친은 가만히 한숨을 길게 쉬고 나서 상을 들고 나가셨다.

모친이 나간 뒤 조금 만에 결혼식에 갔던 도숙이가 돌아왔다. 여느 때 없이 대문간에서부터 큰 소리로 '오빠, 오빠' 하고 부르며 뛰어 들어온 것이다.

신발도 끄르지 않고 마룻가에 걸터앉은 채, 도일의 방문을 열고 들여다보며, 도숙이 지껄이는 이야기의 내용은 이러했다.

결혼식이 막 시작되어 신랑 신부가 주례자 앞에 가지런히 섰을 때였다. 별안간 뒷문에서 왁자지껄 떠드는 소리가 나더니 어린애를 업은 젊은 여자와 그의 어머니인 듯한 노파와 그의 오빠인 듯한 청년이 살기가 등등해서 달려들어 오는 길로 다짜고짜 신랑 쪽을 향해 성난 범처럼 뛰어들려 했다는 것이다. 아기를 업은 젊은 여자는 신랑의 처였다는 것이다. 결혼식장은 삽시간에 난장판이 되었다. 이놈 이 개 같은 놈 하고 바락바락 소리를 지르며 덤벼드는 세 사람을, 신랑 편의 우인들이 매달려 제지시키느라고 법석대는 통에 어느새 신랑은 옆문으로 달아나 보이지 않게 되었고, 아미는 후행을 섰던 저의 동무들에게 부축당하며, 한편 구석 벽에 얼굴을 묻고 울더라는 것이었다. 더구나 가관인 것은, 내빈으로 참석했던 몇 명의 서양 사람이 그 수라장으로 화해 버린 결혼식 광경을 열심히 촬영하며 돌아가더란 것이었다.

"울고 있는 아미를 보니까, 나도 어떻게 분하고 슬프던지, 그러면서두 이상해요. 한편으로는 쌔완한 생각이 들거든요. 아마 오빠하구 약혼 않구, 그런 남자와 정혼해 놓고 노상 뽐내며 돌아다니는 꼴이 보기 싫었댔서 그런가 봐요."

이해할 수 없을 정도로 도숙은 몹시 흥분해서 웃고 떠들어댔다. 어머니도 나와 서서 듣고 있다가 혀끝을 끌끌 찼다.

도일은 아무런 말도 하지 않았다. 도숙이 모양 허턱 흥분하지도 않았고, 어머니처럼 혀를 차지도 않았다. 그러면서도 그 눈이 여느 때 없이 빛나는 것 같기도 했다.

도숙이가 안방에 잠깐 들어갔다가 도로 밖으로 나가버린 다음 도일은 농성하듯 도로 방문을 닫고 책상 앞에 웅크리고 앉았다. 전처를 두고 버젓이 숫장가를 들려던 아미의 신랑감을 생각할 때, 무슨 일에도 결단성이 없는 도일은 그 청년의 놀라운 뱃심에 불현듯 현기증을 느낄 정도였다. 그자는 허연 돼지비계를 몇 사발이라도 맨입에 널름널름 집어먹을지도 모른다고 생각하며, 금세 제 입이 텁텁해지는 것 같아 도일은 손등으로 입술을 문지르는 것이었다.

그러자 무심히 책상 위로 향해 있던 도일의 눈이 전에 없이 동그랗게 확장되었다. 확실히 경이에 빛나는 눈으로 어항을 노려보기 시작하는 것이었다. 유리 그릇 속에는 미꾸라지 한 놈이 배때기를 위로 하고 떠 있다.

도일은 얼른 펜대 끝으로 그놈을 건드려 보았다. 그것은 이미 완전한 주검의 흔적이었을 뿐이었다. 도일은 그놈을 책상 위에 건져 놓고 잠시 바라보았다. 고요한 그 주검은 자기의 생명의 한 토막이 잘리어 떨어진 것같이 느껴지기도 했다. 세 마리의 조그만 어족의 생명과 자신의 생명이 합쳐져서 협착한 자기의 세계를 지켜온 탓이라고 할까?

그러나 그는 죽은 놈에 대해서보다 살아 있는 놈의 무료에 더 관심이 끌려 어항 속을 엿보는 것이었다.

한 마리의 미꾸라지와 붕어 새끼는 전이나 다름없이 제멋대로의 삶을 짊어지고 있었다. 붕어 새끼는 언제나 같은 모양으로 물 위에

떠서 천천히 꼬리를 흔들며 입을 놀리고 있고, 미꾸라지란 놈은 밑
바닥에 배를 깔고 엎드려서 벌름거리고 있었다. 그러다가 붕어 새
끼는 주둥이를 유리에다 대고 아래로 더듬어 내려가기도 했다. 그
리 되면 자연 미꾸라지와 서로 몸이 부딪치기도 했다.

"저놈들이 저러다 연앨 하면 어쩌지?"

도일은 엉뚱한 생각에 애가 쓰이기까지 했다. 그야 물론 미꾸라
지는 미꾸라지끼리, 붕어는 붕어끼리 그런다면 상관없는 일이라 하
겠지만, 늘 위쪽으로만 꼬리를 살래살래 흔들며 떠돌아가는 붕어
새끼와, 이건 반대로 줄곧 밑창에만 엎드려 있는 미꾸라지가 서로
결혼을 하게 된다면 그것은 틀림없는 일종의 비극이 아닐 수 없다
고 생각되는 것이었다.

그러한 도일에게는 문득 자기와 금순과의 관계가 머리에 떠올랐
다. 별수 없는 미꾸라지와 붕어 새끼와의 결혼! 도일은 그만 저도
모르게 숨을 몰아 내쉬었다.

"아아!"

어엿이 아내를 두고 새 장가를 들려는 배짱도 없이 미꾸라지와
붕어 새끼의 결혼이 가져오는 희비극을 도일은 도저히 감당해 낼
자신이 없었다.

몇 분 뒤에 도일은 옷걸이에서 양복을 벗기어 갈아입고 마루로
나와 구두끈을 매고 있었다.

어머니가 내다보고 어디 가느냐고 물었다.

"잠깐 금순에게 다녀올까 해서요."

모친이 반색을 해서 일어서며, 그러려면 그 집에 늙은이도 아이
들도 있다 하니 무어든 좀 사들고 가라고 일러주려니까, 미처 말할
사이도 없이,

"곧 다녀오겠습니다."

하고 도일은 대문 밖으로 사라져버리고 말았다.

도일이가 자기 편에서 여자를 찾아나서는 일은 처음이었던 것이다.

아들이 닫고 나간 대문 쪽을 바라보는 어머니의 얼굴에 환히 주름이 퍼지는 것은 그러나 잘못이었다.

그동안은 속으로만 혼자 다짐해 오던 것이나, 오늘이야말로 파혼을 전언할 용기가 있다고 제 딴에는 자신하고 집을 나선 도일이었기 때문이다.

생활적

아침이 되어도 동주(東周)는 일어날 생각을 하지 않는다. 송장처럼 그는 움직일 줄을 모르는 것이다. 그만큼 그의 몸은 지칠 대로 지쳐버린 것이다. 몸뿐이 아니다. 마음도 곤비(困憊)할 대로 곤비해 있었다. 심신이 걸레 조각처럼 되는 대로 방 한구석에 놓여 있는 것이다. 걸레 조각처럼——이것은 진부한 표현일지 모른다. 그렇지만 동주의 주제를 나타내는 데 이에서 더 적절한 말은 없을 것이다. 기름기 없이 마구 헝클어진 머리털, 늙은이같이 홀쭉하니 졸아든 채 무표정한 얼굴, 모서리가 닳아서 너슬너슬해진 담요로 싸고 있는 야윈 몸뚱이, 그러한 꼴로 방 한편 구석에 극히 작은 면적을 차지하고 누워 있으니 말이다. 정물(靜物)인 듯 가만히 있다가도, 반 시간이 못 가서 그는 한번씩 돌아눕곤 한다. 거적만 깔았을 뿐인 마룻방이라 파리한 엉덩뼈가 아파서 한 모양대로 오래 누워 견디지 못하는 것이다. 몸을 움직일 때마다 집 전체가 한쪽으로 기울어지는 것 같아 동주는 눈을 떠본다. 정말 집이 약간 흔들리는지도 모른다. 세운 지 오래된 판잣집이어서 그렇게 맥을 못 추는 것이다. 두 칸 푼수는 실히 되게 지어가지고 판자로 절반을 막아버렸다. 그래서 방이 둘——두 세대가 들어 살 뿐 아니라, 소유권도 두 사람이 가지고 있는 것이다. 방구석에 누더기처럼 놓여 있지만 동주는 그래도 어엿이 이 방의 주인인 것이다. 이른 조반을 먹고 춘자(春子)가 공장에 간 뒤, 방은 빈 듯이 고요하다. 다만 순이(順伊)의 신음 소리와, 봉수(鳳洙)의 식기 다루는 소리가 옆방에서 들려올 뿐이었다. 봉수는 옆방의 소유주다. 평안도 사투리를 그대로 쓰는 사십 전후의 건장한 사나이다. 해방 전에 만주에서 관헌을 끼고 공공연하게 아편장사를 했다는 것과, 지금까지 백 명 이상의 여자를 상대해 보았다는 것이 그의 자랑이었다. 식구라곤 장기간 와병 중인 열네 살 먹은 딸뿐이다. 순이라고 한다. 뒷간 출입도 온전히 못 하는 순이는 진종일 누운 채 그 무겁고 단조로운 신음 소리를 내는 것이 일이었다. '으응, 으응, 으응.' 그것은 마치 무덤 속에서 송장이 운다면 저러려니 싶은, 듣는 사람에게 어쩔 수 없이 죽음을 생각게 하는 암담한 소리였다. 처음 듣는 사람이면 누구나 소름이 끼칠 것이다. 동주가 어렸을 때 물귀신 운다는 말이 동네에 돌았다. 사람이 빠져 죽은 앞 강에서, 해만 지면 '우우, 우우' 하고 물귀신이 운다고들 하며 어른들도 겁을 냈다. 동주는 명확히 그런 소리를 듣지는 못했지만 어둡기만 하면 혼자는 뒷간에도 못 나갔던 것이다. 순이의 신음 소리를 들으며 물귀신 운다는 소리가 연상되어 처음 얼마 동안 동주는 잠자리까지 어수선했던 것이다. 순이는 밤에도 자는 것 같지 않았다. 밤낮없이 누워서 신음 소리만을 내는 것이었다. 그것은 마치 신음 소리를 내기 위해 장치한 기계와도 같았다. 동주는 종내 어느 날 순이에게 물어보았다. "너 어째서 그렇게 밤낮 신음 소리를 지르니? 그렇게 죽어오게 아프냐?" 순이는 얼굴을 찡그렸다. "그럼 어떻게 해요. 그냥은 심심해서 못 견디겠는걸." 그때부터 동주는 무겁고 암담한 순이의 신음 소리를 아껴주기로 한 것이다. 그 신음 소리는 머지않아 죽을지도 모르는 순이의 최선을 다한 생활이었기 때문이다. 아침이면 제 손으로 밥을 지어먹고 봉수는 날마다 그러한 딸을 혼자 남겨둔 채 장사를 나가는 것이다. 그의 장사라는 것이 또한 극히 수상한 종류였다. 봉수가 조석으로 들고 나가고 들고 들어오는 보스턴백에는 언제나 여남은 통의 성냥이 들어 있는 것이다. 자기 말로는 성냥 장사를 한다는 것이지만 암만해도 그 말이 곧이 믿어지지가 않았다. 이 집을 양도해 주고 환도한 천식(天植)이가 그때 동주의 귀에다 입을 대고 "사실은 저자가 성냥 행상을 가장하고, 마약 장사를 하는 거라네. 조심하게." 이렇게 귀띔을 해주고 간 탓이겠지만, 동주가 보기에도, 돈과 여자라면 사족을 못 쓰는 봉수가 결코 성냥통이나 팔러 다닐 꽁생원은 아니었다. 그러한 봉수는 성냥이 들어 있는 보스턴백을 한 손에 들고 집을 나가는 길에 으레 들창 너머로 동주의 방을 들여다보는 것이다. "미스터 고(高)상, 그럼 댕게 오뤠다. 쌀은 일어서 물에 당가 놨쉐다." 순이에게 흰죽을 쑤어 먹여달라는 의미인 것이다. 동주는 언제나처럼 들은 체 만 체 누워 있을 따름이다. 봉수 역시 대답을 기다리는 것은 아니다. 제멋대로 코를 벌름거리며, "그래두 이 방에는 분 냄새랑 구리무 냄새가 막 풍기구 팬티 않아." 싱글거리고 천천히 돌아서서 언덕을 내려가는 것이다. 동주는 그 '미스터 고상'이 질색이었다. 요즘도 부산 거리에서는 자주 '긴상'이니 '복상'이니 하는 소리를 듣거니와, 그때마다 동주는 '우메보시' 맛이 연상되어 입 안이 시금털털해지며, 군침이 고여서 야단이었다. 마찬가지로 '미스터 리(李)'니 '미스터 고'니 하는 말을 들을라치면 까닭 없이 구역이 났다. 더구나 봉수는 그냥 '미스터 고'라고 부르는 게 아니라, 반드시 '미스터 고상'

이다. 그뿐이 아니라 그는 또한 춘자를 으레 '미세스 하루코상' 이라고 부르는 것이다. 그게 춘자에게도 이상했던지, 남의 이름을 왜 그렇게 서양식으로 부르느냐고 물은 적이 있다. 그때 봉수는 물어주기를 기다리고나 있었던 듯이, 도리어 춘자가 당황해할 정도로 장광설을 휘두른 것이었다. 인간이란 시대의 추세에 민감하지 않아서는 안 된다는 것이다. 시대가 어떻게 움직이는가를 잘 보아가지고, 언제나 그 시대에 맞게 행동해야 된다는 것이다. 시대에 뒤떨어져서 허덕이거나, 시대의 중압에 눌려 버둥거리지만 말고 시대와 병행하며 그 시대를 최대한으로 이용해야만 한다고 했다. 결국 인간이란 수하를 막론하고 종국적인 목적은 돈 모으는 데 있다는 것이다. 여하한 권세나 지위도, 여하한 명성이나 인기도, 따지고 보면 결국은 돈 모으기 위하는 데 있고, 또한 돈 앞에 굴하지 않는 것이란 없다고 했다. 그리고 돈만 있을 말이면 양귀비나, 삼천 궁녀라도 거느릴 수 있다는 것이다. 그러기에 자기는 어떠한 시대에나 돈 모으는 데는 자신이 있다는 것이었다. 왜정 시대에는 만주에서 북지로 넘나들며, 금지되어 있는 아편 장사를 대대적으로 하였고, 이북에 있을 때에는 그렇게 악착같이 들볶는 공산주의자들 틈에서 그래도 고래등 같은 기와집이 일 년에 한두 채씩은 꼭꼭 늘어갔노라고 했다. 이제 앞으로 일이 년이면 자기는 또 여기서도 판을 치고 돌아갈 터이니 두고 보라는 것이다. 그렇기 때문에 자기는 지금 영어 공부를 하고 있노라고 했다. 봉수는 호주머니에서 표지가 떨어져 나간 영어 회화책까지 꺼내 보이며 현대는 영어 만능 시대이니만큼, 영어를 몰라가지고는 우쭐거릴 수 없다는 것이다. 일어와 중국어는 이를 것도 없고, 재북 시기에는 노어에도 능숙했기 때문에 자기는 현재 한국어, 일어, 지나어, 노어 등 사 개 국어에 통달하는데, 앞으로 일 년만 지나면 영어에도 자신이 설 터이니 그리 되면 오 개 국어에 능통하게 된다는 것이다. 영어에만 통하면 돈벌이가 무진장으로 있다고도 했다. 자기는 요즘도 매일 몇 차례씩은 거리에서 미군을 붙잡고 영어 연습을 한다는 것이다. 그래서 그런지 한국 사람에 대해서도 저절로 '미스터'나 '미세스'나 '미스'를 붙여서 불러질 뿐 아니라, 그래야만 멋이 난다는 것이다. 그러고는 누워 있는 동주를 경멸의 시선으로 넌지시 넘겨다보며 학교 공부를 해서 영어도 제법 한다면서 왜 매일 저러고만 누워 있느냐고 했다. 몸이 허약한 탓도 있겠지만 그까짓 건강 따위는 마음 하나에 달렸다는 것이다. 자기가 동주만큼만 현대적 학문을 쌓았다면 지금도 발에 흙을 안 묻히고 다니리라는 것이다. 그렇게 한바탕 연설조로 지껄이고 난 봉수는 이마의 땀을 문대고 나서 호색적인 눈으로 춘자의 전신을 훑어보다가, "미세스 하루코상은 처음 왔을 때보다 몸이 부쩍 파리했습니다. 미스터 고상이 약질이니까 잠자리가 고된 탓두 아닐 텐데……." 그러고는 개가 구역질을 하듯 꾸룩꾸룩 이상한 소리로 웃어 보이는 것이었다. 그동안 동주는 그린 듯이 누워 있었다. 훈기에 섞여 배어드는 지린내와 구린내를 어쩔 수 없듯이, 젖은 옷처럼 전신에 무겁게 감겨드는 우울을 동주는 참고 견디는 도리밖에 없다고 생각하는 것이었다. 오늘날까지 삼십여 년간 모든 것을 참고 견디어만 오지 않았느냐! 죽음까지도 참고 살아오지 않았느냐 말이다. 동주의 감은 눈에는 포로 수용소 내에서 적색 포로에게 맞아 죽은 몇몇 동지의 얼굴이 환히 떠오르는 것이었다. 따라서 올가미에 목이 걸린 개처럼 버둥거리며 인민 재판장으로 끌려 나가던 자기의 환상을 본다. 동시에 벼락같이 떨어지는 몽둥이에 어깨가 절반이나 으스러져 나가는 것 같던 기억. 세 번째의 몽둥이가 골통을 내려치자 '윽' 하고 쓰러지던 순간까지는 뚜렷하다. 동주는 그만 가위에 눌린 때처럼 '어, 어' 하고 외마디 신음 소리를 지르고 몸을 꿈틀거리며 돌아눕는 것이다. 이마에는 식은땀이 약간 내배이는 것이었다. 옆방에서는 한결같이 순이의 신음 소리가 들려오고 있었다. 그 암담한 소리는 순이가 자기도 살아 있다는 유일한 신호였다. 살아 있다는 것은 동주에게 있어서 그냥 견딜 수 없이 뻐근한 상태일 뿐이었다. 무엇이든——하다못해 공기나마 담고 있어야 하는 항아리처럼 그의 머리와 가슴속에는——희망 아니면 절망이나 공허라도 채워져 있어야 하니까 말이다. 순이의 신음 소리를 들으며 동주는 한동안을 더 그러고 누워 있었다. 그는 누운 채 한 손을 사타구니로 가져갔다. 거기에 달린 물건을 꽉 틀어쥐었다. 아까부터 소변을 참아온 것이다. 동주는 움직이지 않고 이대로 더 오래 누워 있고 싶었다. 견디어본다. 오 분, 십 분 정도. 동주는 마침내 더 못 참고 일어나고야 만다. 오줌 방울을 찔끔거리며 그는 문을 차고 달려 나가는 것이다. 동주는 일어난 김에 순이에게 죽을 쑤어주어야겠다고 생각했다. 소변을 보고 나서 그는 옆방으로 갔다. 마치 벌집을 쑤셔놓은 것처럼 파리 떼가 방 안 가득히 윙윙 날고 있었다. 그런 속에서 순이는 말없이 고개를 젖히고 쳐다보았다. 동주도 묵묵히 순이의 얼굴을 내려다보고 나서 석유풍로에 불을 당겼다.

순이 아버지가 준비해 놓고 나간 냄비를 그 위에 얹었다. 순이는 그냥 멀거니 동주를 보고 있었다. 순이는 석 달 동안이나 꼬박 누워 있는 것이다. 순이 아버지는 한 번도 환자를 병원에 데리고 가거나 의사를 청해다 보이려 하지 않았다. 그 이유는 극히 단순했다. 자기는 사십 평생 병으로 인해 귀중한 돈을 낭비해 본 일이 없다는 것이다. 말하자면 웬만한 병쯤은 내버려둬서 저절로 낫게 해야 된다는 것이다. 무슨 병이든 나을 때 되면 낫고야 만다는 것이다. 저절로 낫지 않는 병이라면 아무리 돈을 써도 소용이 없다는 것이다. 사람이란 누구나 자기의 명수(命數)를 타고 났거늘 어찌 인력으로 생사를 좌우할 수 있겠느냐는 것이다. 그러니 병명조차 모르는 채 순이의 몸은 나날이 못해만 갔다. 푹 꺼져 들어간 순이의 두 눈에는 빛이 없었다. 피부색도 희다 못해 푸른 기운이 도는 것 같았다. 순이는 죽음을 기다리고 있을지도 모른다고 생각했다. 동주는 벌써부터 그렇게 생각해 오는 것이었다. 동주는 다가앉아 얼굴을 들여다보며 묻고 싶었던 걸 물었다. "너 죽고 싶으냐?" 소녀는 금세 얼굴이 긴장되었다. 퀭한 눈으로 동주의 얼굴을 지켜보는 것이었다. 순이는 필시 자기의 말을 잘못 알아들었거나, 오해한 것이라고 동주는 생각했다. 좀 더 분명한 음성으로 다시 물었다. "죽고 싶지?" 소녀는 약하기는 하나 날카롭게 '아악' 소리를 지르고 담요로 얼굴을 쌌다. 순이는 전신을 와들와들 떨기 시작했다. 흰자위 많은 동주의 눈이 담요 속에 감춰진 순이 얼굴을 원망스러이 노려보고 있었다.

춘자가 공장에서 돌아오기 전에 동주는 물을 두어 바께쓰 길어다 놓아야 하는 것이다. 물 바른 부산, 가뜩이나 이런 산꼭대기에서는 그게 결코 용이한 일이 아니었다. 샘터까지는 십오 분 이상 걸렸다. 판잣집과 판잣집 사이의 좁은 길을 빠져나가면 산허리에 간신히 알아볼 정도로 발이 붙지 않는 비탈길이 있다. 그 길을 얼마간 돌아 올라가면 범 형상을 한 바위 밑이라서 범바위 우물이라는 샘이 있다. 그리로 통하는 길 언저리에는 맨 똥이다. 거기뿐 아니라 이 부근 일대는 도대체가 똥오줌 천지였다. 공기마저 구린내에 절어 있는 것이었다. 이곳 하꼬방들에는 변소가 없었다. 그러므로 여기 주민들은 대소변에 있어서 아주 개방적이었다. 남녀노소의 구별 없이 누구나 빈터를 찾아 나와 아무 데고 웅크리고 앉아 용변을 보는 것이다. 앞으로는 훤히 트인 바다를 내려다보고, 맑게 갠 하늘이랑 우러러보며 동주도 별수 없이 어디든 쪼그리고 앉아 뒤를 보곤 했다. 소변 같은 건 아무것도 아니었다. 옆방의 봉수는 문턱에 서서 냅다 갈기기가 보통이었다. 다른 집에서들도 거개가 그랬다. 그렇기 때문에 이 산 전체가 거름 더미같이 지린내와 구린내를 쉴 사이 없이 발산하는 것이었다. 밤에는 말할 나위도 없거니와, 낮이라도 조금만 부주의하면 똥을 밟기가 예사였다. 우물터에 가고 오는 길에서 동주는 여러 번 그 지독하게 독한 인분을 밟고 얼굴을 찡그렸다. 그런 때 동주에게는 이 일대 주민들이 온통 구더기처럼만 보이는 것이었다. 이 방대한 거름 더미에서 무수히 꿈틀거리고 있는 구더기. 샘터 또한 동주에게는 적지않이 무서운 곳이었다. 함경도 사투리와 평안도 사투리를 쓰는 아주머니들에게 동주는 걸핏하면 괄시를 받았다. 샘터에는 언제나 십여 명의 여인네가 북적대고 있었다. 많은 때는 이십여 명이나 들끓었다. 차례로 서서 순서를 기다리는 것이 아니다. 우물을 둘러싸고 저저끔 바가지로 긁어내는 것이다. 어깨들을 비벼대며 달라붙어 물을 퍼내는 아주머니들 틈에 동주는 좀체 뚫고 들어가 한몫 끼일 용기가 나질 않는다. 바께쓰를 든 채 남의 뒤로만 빙빙 돈다.

그러나 요행 한 사람이 삐어져 나오는 틈을 타서 어깨를 들이밀면 어느새 뛰어들었는지 옆에 섰던 아주머니가 팔꿈치로 동주의 옆구리를 밀어내는 것이다.

"남덩 어런이 왜 점잖디 못하게 이르케 덤베때리우."

동주는 밀려나와 또 남의 뒤로만 서서 돌며 기회를 기다리는 것이다. 그러다 한참 만에 간신히 한 바께쓰 퍼놓으면 이번엔 들고 오는 게 큰일이다. 물통을 든 편으로 허리가 반이나 휘어진 채 다른 한쪽 손을 연신 내저으며 걷기 시작하는 것이다. 물이 넘어서 양복 가랑이와 발을 적신다. 전신에 땀이 비 오듯 흘러내린다. 게다가 고르지 못한 비탈길이라 얼마를 못 가서 허리가 켕기고 숨이 가빠진다. '출렁' 소리가 나게 바께쓰를 내려놓는다. 그나마 십여 차나 쉬어가지고 집에까지 돌아온 때는 바께쓰의 물이 반밖에 남아 있지 않는 것이다. 그렇게 두서너 번 샘터를 다녀오면 동주는 그만 견딜 수 없는 피로에 짓눌리는 것이다. 그의 몸이 극도로 허약해진 것은 사실이다. 포로 수용소에 있을 때보다 추세기는커녕 더 꺼져 들어가는 것이 분명했다. 주체하기 힘들도록 무거워진 몸을 방 안으로 옮겨간다. 쓰러지듯이 동주는 한구석에 누워버리는 것이다. 그러고는 지린내와 구린내 속에서 그는 파리와 벼룩의 엄습을 참고, 한 시간이든 두 시간이든 또 죽은 듯이 누워 있는 것이다. 그동안 동주는 옆방에서 들려오는 순이의 그 무거운 신음 소리를 들으며, 순이보다는 도리어 자기가 먼저 죽을지도 모른다는 생각을 해보기도 하는 것이다. 그러면 춘자와 봉수가 저녁때 돌아와서 얼마나들 놀랄까? 그 당황해하는 꼴을 생각하며 동주는 오래간만에, 실로 오래간만에 미소 같은 것을 얼굴에 그려보는 것이다. 춘자나 봉수가 놀란다고 해도 그것은 물론 동주를 애석히 여겨서가 아니다. 도리어 봉수는 춘자와 이 집을 독점할 수 있게 되어 은근히 만족해할 것이다. 다만 송장을 치는 데 약간의 비용이 든다는 것과, 주검에 대한 본능적인 공포가 그들을 잠시 무의미하게 놀래줄 것뿐이다. 하기는 동주와 춘자의 관계 자체가 또한 그렇게 무의미한 것이기는 했다.

동주가 반공 포로 수용소를 나온 것은 두어 달 전 일이었다. 근 일주일이나 낯선 집에서 신세를 졌다. 그러던 어느 날 목욕탕에서 돌아오는 길에 동주의 어깨를 붙잡는 사람이 있었다. 육 년 만에 보는 천식이었다. 그는 바로 동주의 소학 동창일 뿐 아니라 팔촌 처남이기도 했다. 그때는 모든 사람이 반공 포로 석방에 감격하여 극도로 흥분해 있던 시기다. 천식은 "이제부터 우리 생사를 같이하세." 하며 동주의 손을 아프도록 잡아 흔들었던 것이다. 그날 저녁으로 동주는 데리러 온 천식을 따라나섰다. 장마로 질척거리는 하꼬방촌의 좁은 언덕길을 몇 번이나 굴러날 뻔하면서 그때 천식에게 안내되어 온 집이 바로 지금 동주가 목석같이 누워 있는 방이었던 것이다.

천식에게는 노모와 자기 부처 외에 어린애 둘이 있었다. 그는 육이오 사변 전에 월남해 있었다. 일주일이 못 가서 천식의 노모와 그 부인은 동주 앞에서 노골적으로 좋지 않은 얼굴을 했다. 방도 좁고 거북한 점이 많으므로 잠만은 봉수의 방에 가 자기로 했다. 당시도 순이는 병석에 누워 지냈다. 천식이네 식구들은 순이를 폐병이라고 하며 몹시 꺼렸다. 그 뒤로는 동주가 방에 드나드는 것도 싫어했다. 마침내는 식사도 아이를 시켜 옆방으로 날라 왔다. 동주는 봉수와 마주 앉아 수저를 놀리며 자기가 살아 있다는 것에 무의미를 느끼는 것이었다. 얼른 어떻게든 해야겠는데 하고 초조해하면서도 어떻게 하는 도리가 없었다. 송장처럼 외계의 힘을 빌리지 않고는 적극적으로 자신을 움직여보지 못하는 위인이었다. 이북에 있을 때만 해도 가까운 친구들이 모두 재빠르게 월남들을 했건만 동주만은 매일 벼르기만 하다가 종내 못 넘어오고 만 것이라든지, 사변이 터지자 남들은 죽기를 기 쓰고 공산군에 나가기를 기피했건만, 그는 끝끝내 숨어 견디지 못하고 마침내 끌려 나가고야 말았던 것도, 결국은 동주 자신의 이러한 성격에 원인이 있었던 것이다. 곤경에 직면하게 되면 그것을 극복하기 위해 끝까지 버둥거려보는 것이 아니라 어떻게든 될 대로 되겠지 하고 막연히 시간의 해결 앞에 내맡겨버리고 마는 동주였다. 그렇기 때문에 그때도, 쉽사리 직장은 얻어걸릴 것 같지 않았고, 눈에 보이게 건강은 점점 나빠만 가서 어떻게든 될 대로 되기를 기다리며, 순이 옆에 종일 누워 지내는 날이 많았던 것이다. 순이는 동주를 좋아하지 않았다. 결코 웃음이라고는 떠오르는 일이 없을 뿐더러, 흰자위 많은 눈을 이상하게 위로 치뜨며 사람을 쏘아보는 버릇이 있는 동주를 순이는 무서워했던 것이다. 순이는 쉬지 않고 신음 소리를 내고, 동주는 끊임없이 그 소리를 들으며, 말 한마디 건네는 일 없이 파리가 왕왕거리는 무더운 방에 그러고들 누워 지냈던 것이다. 그러한 동주에게 정말 어떻게든 되기는 되었다. 그것은 환도하는 직장을 따라 천식이네가 서울로 올라가버린 것이다. 천식이는 떠날 때 방의 소유권을 동주에게 양도해 주는 동시에, 쌀 한 말과 현금 삼백 환을 남겨주고 간 것이었다. 그런 지 이삼 일 뒤에 동주는 거리에서 뜻밖에도 춘자를 만났던 것이다. 춘자 편에서 먼저 걸음을 멈추고 동주를 빤히 쳐다보았다. 동주도 춘자를 마주보았다. 어디서 본 듯한 얼굴이기는 한데 누군지가 기억에 얼핏 떠오르지 않았다. 춘자가 먼저 말을 걸었다. "저, 실례지만 교토(京都) 히가시야마(東山) 중학교 다니지 않았어요?" 어딘가 발음이 이상했다. 동주가 그렇다고 하니까, 그러면 '미야다 도시오'를 알겠느냐고 물었다. 그제야 동주는 앞에 서 있는 여자의 얼굴에서 중학 동창인 '미야다 도시오'의 어린 여동생의 모습을 발견할 수가 있었다. 그러면 당신은 '미야다'의 여동생이 아니냐고 그제야 놀랐다. 여자는 이번에는 일본 말로 자기는 '미야다'의 누이동생인 '하루코'라고 했다. 그러고는 대뜸 눈물이 글썽글썽해지는 것이었다. 춘자는 도리어 제 편에서 동주를 가까운 중국 음식점으로 끌고 들어갔다. 거기서 춘자는 자기가 겪어온 파란 중첩한 과거를 눈물 섞어 이야기하는 것이었다. 해방되던 해 봄에 한국 청년과 결혼해 가지고 해방이 되자 곧 남편을 따라 한국으로 나왔다는 것이다. 남편의 고향인 전라도에 가 살다가 여수 순천 반란 사건 통에 경찰에서 일 보던 남편은 학살당했다. 그 뒤 일본에 돌아가려고 부산에 오기는 했으나, 호적 초본이 있어야 외무부에 정식 수속을 밟을 수 있는데, 친정과 연락이 취해지지 않아서 여태 돌아가지 못하고 있노라는 것이었다. 부산에 와서 삼 년 이상 아는 사람 하나 없는 낯선 고장에서 약한 여자의 몸으로 목숨을 이어오기가 얼마나 고달팠는지 모른다는 것이었다. 현재는 어떤 피복 공장에 다니며 간신히 입에 풀칠을 해간다고 했다. 춘자는 동주를 오빠라고 불렀다. 이런 데서 오빠를 만나게 되니 물에 빠진 사람이 배를 만난 것같이 든든하다는 것이었다. 동주는 솔직히 지금의 자기 처지를 말하고 나서 힘이 되어주지 못해 유감이노라고 했다. 춘자의 얼굴에는 일시 실망의 빛이 어렸으나, 자기는 무슨 물질적인 조력을 바라는 것이 아니니 정신적으로나마 극력 붙들어달라는 부탁이었다. 동주는 할 말이 없었다. 요즘은 줄어서 열두 관 얼마밖에 안 나가는 자기의 육체 속에 도대체 얼마만 한 정신적 알맹이가 들어 있을까를 생각해 보는 것이었다. 그것은 남을 붙들어주기는 고사하고 자기의 고깃덩이마저 주체하지 못해 일그러져가고 있지 않느냐. 동주는 견딜 수 없는 피로를 의식하며 묵묵히 젓가락을 놀리는 것이었다. 춘자는 거의 강제로 그날 동주를 따라와서 집까지 알고야 돌아갔던 것이다.

옆방에서 순이의 신음 소리가 뚝 그쳤다. 죽은 듯이 누워 있던 동주는 눈을 떴다. 그리고 판장 너머로 귀를 재웠다. 그는 천천히 하나, 둘, 셋 하고 입 속으로 세기 시작하는 것이다. 백을 세도록 옆방에서 아무 기척도 없으면 동주는 순이가 절명했다고 생각하기로 한 것이다. 그러나 대개는 동주가 백까지 세기 전에 순이는 다시 신음 소리를 계속하거나 깡통에다 오줌 누는 소리를 내는 것이었다. 어떤 때는 구십을 넘어 세도록 옆방이 고즈넉하기도 했다. 그런 때는 흰자위 많은 동주의 눈이 오래간만에 약간 광채를 띠는 것 같기도 했다. 어제 일이었다. 백을 세도록 옆방에서 아무 소리도 나지 않았다. 동주의 숨이 가빠졌다. 그는 제법 벌떡 일어났다. 틀림없이 그는 순이가 죽었다고 생각한 것이다. 숨이 졌을 순이의 얼굴을 여러 모양으로 상상하며 동주는 옆방으로 들어가 보았다. 금년치고 최고로 더운 날인 데도 문이 닫힌 채로 있었다. 판자문을 반쯤 열고 머리를 기웃한 동주의 눈에 해괴한 광경이 확 비친 것이다. 수건 하나 가리지 아니한 알몸으로 순이는 누운 채 허리를 굽혀 자기의 사타구니를 열심히 들여다보고 있는 것이었다. 자연 동주의 시선도 순이의 사타구니로 끌렸다. 그 어느 한 부분에 쌀알보다 작은 생명체가 여러 마리 꼬무락거리고 있는 것이 눈에 띄었다. 동주는 그게 이가 아닌가 생각했다. 순이도 그때야 깜짝 놀라 동주를 흘겨보며 담요로 몸을 가렸다. 곧 자기 방으로 돌아온 동주는 그제야 그 조그만 생물들이 이가 아니라 구더기인 것을 깨달았던 것이다. 순이는 이제 오래지 않아 죽을 거라고 동주는 생각했다. 오히려 자기가 먼저 죽을지도 모른다고도 생각해 보는 것이다.

　문 밖에서 인기척이 났다. 신발 소리로 봉수임에 틀림없다고 생각하는데 정말 문이 열렸다. 그는 언제나 자기 방으로 들어가기 전에 동주의 방부터 먼저 들르는 것이었다. 봉수는 보스턴백을 옆에 놓고 자리에 앉기가 바쁘게 자기 방 쪽으로 귀를 기울이는 것이다. 순이의 신음 소리를 분명히 듣고 난 봉수는 "오늘두 무사했군. 괜스레 죽었을까 봐 걱정하면서 왔더니." 하고 버릇처럼 입맛을 다시는 것이었다. 그 말을 들을 적마다 동주는 언어가 지니는 무거운 우울을 견디어내야 하는 것이다. 왜냐하면 순이가 하루라도 속히 죽기를 봉수는 기다리고 있는 것이기 때문이다. 순이는 그의 친딸이 아니었다. 팔일오 해방 이후, 평양에 돌아와서 얻은 여자의 전부(前夫) 자식이었다. 순이 어머니는 순이 하나를 데리고 과부로 늙으며 큰 포목점을 경영하고 있었다. 장삿속에는 귀신같은 여인이었다. 그 여자의 장사 수완과 재산에 반한 봉수는 제 편에서 억지로 뛰어들다시피 해서 남편이 되었던 것이다. 유엔군 평양 철수시, 오랜 세월을 정들어온 집과 알뜰한 살림을 성큼 놓고 오지 못해, 순이 어머니만은 남았다가 천천히 뒤에 오기로 하고, 우선 봉수와 순이만이 한 걸음 앞서 피란해 왔던 것이다. 그 후 오늘까지 순이 어머니의 소식은 알 길이 없었다. 봉수는 동주네 방에 들어와 앉으면 쉽사리 움직이려 하지 않았다. 벽에 걸려 있는 춘자의 넓은 슈미즈나 스커트 같은 것을 유심히 둘러보며 "이 방에 들어와 앉으문 그래두 죽신하니 여자 냄새가 풍게서 일어나구 싶디가 않아." 그러고는 누워 있는 동주를 상대로 여자 얘기를 끄집어내는 것이다. 동주야 대답을 하거나 말거나, 봉수는 저 하고 싶은 이야기를 저 혼자 대꾸를 해가며 지껄이는 것이었다. 그것은 거의 매일 비슷한 소리였다. 만주와 북지로 돌아다니면서 여자들을 녹여내던 이야기에서부터 나체 댄스며, '미루미루 캉캉' 이야기에까지 번져나가다가는 결국 남자란 여자 없이 살 수 없는 동물이라는 결론에 도달하는 것이다. 성현 군자로부터 곤충 같은 미물에 이르기까지, 똑같이 그 문제에서만은 벗어날 수 없지 않았느냐는 것이다. 두고 보매 춘자와 동거하면서도 동주는 지나치게 점잖다는 것이다. 남자가 성욕을 잃게 되면 그건 폐물이라는 것이다. 그리고 마지막으로 꼭꼭 빼놓지 않고 한다는 소리가 또한 견딜 수 없이 우울한 이야기인 것이다. "일본 네펜넨 대리구 사는 맛이 아주 기가 맥히대디? 제미씨, 누구 나한테 일본 년 하나 붙에주디 않나. 그렇대문 내 한 밑천 듬뿍 쒜주갔는데……." 그러고는 꾸룩꾸룩 이상한 소리로 웃어넘기는 것이다. 오늘도 그러한 봉수의 웃음소리를 들으며 동주는 왜 자기가 이처럼 천대를 받아야 하는가를 연구해 보는 것이다. 그러나 동주의 머리는 이미 무엇을 차근차근 생각하는 힘을 잃고 있었다. 한참 동안 봉수가 제멋대로 떠들고 돌아간 뒤, 동주는 그냥 그렇게 파리가 왕왕거리는 방 안에 죽은 듯이 그러고 누워 있는 수밖에 없는 것이었다.

그러한 동주의 감은 눈앞을, 이북에 남아 있는 노부모와 처자의 얼굴들이 우물 속에 보이는 구름처럼 흘러가 버리는 것이었다.

돌아오는 길에 춘자는 왜된장과 파나 시금치 따위를 한 묶음씩 사 들고 오곤 하였다. 그걸로 아침저녁 된장국만 끓여 먹는 것이다. 쌀은 한 되 가지고 둘이서 이틀은 먹어야 했다. 그래도 춘자는 싱싱한 물고기처럼 꼬리를 저었다. 혹시 점심때마다 봉수를 만나 먹고 싶은 걸 얻어먹는 탓이나 아닐까 동주는 해석해 보는 것이다. 동주는 하루에 두 때만 먹는 것도 대개는 반이나 남긴다. 식사 시간도 일정하지 않았다. 언제든 허기져 견딜 수 없어야 일어나 억지로 먹는다. 죽어라 하고 입맛이 당기질 않는 것이다. 게다가 소화도 아주 나빴다. 어떤 날은 춘자가 돌아올 임시에야 조반 겸 저녁 겸 먹기도 한다. 그런 때는 춘자가 신문지로 덮어놓고 나간 밥그릇에 쌀알이 보이지 않을 정도로 파리가 까맣게 달라붙어 있는 것이다. 파 토막이 떠 있는 된장국에는 조그만 구더기 새끼들이 수없이 헤엄치고 있기도 했다. 여느 때는 그래도 구더기를 건져 내고 몇 술 떠먹었다. 그러나 오늘은 구더기가 살고 있는 된장국을 먹지 못했다. 순이의 사타구니에 욱실거리는 구더기를 본 탓일까? 춘자가 돌아와서 땀에 젖은 옷을 갈아입고 국그릇을 들여다보았다. "이고, 안 묵고 두니까 구데기가 생기지 않아요." 놀란 얼굴이다. 눈살을 찌푸렸다. 판장벽을 기대고 멀거니 앉아 있는 동주를 향하고 춘자는 한숨을 끄는 것이다.

"몸이가 좀좀 나빠만 가지 않아요." 춘자는 결코 저희 나라 말을 쓰지 않았다. 반드시 발음이 어색한 국어만을 쓰는 것이다. 춘자는 그것이 한국 사람에 대한 자기의 정성이라고 생각하고 있는 모양이었다. 그는 또 어쩐 일인지 동주를 '오빠', '단신', '선산님'으로 때에 따라 구별해 불렀다. 자기의 신세타령을 하거나 고향 이야기를 할 때에는 으레 '오빠'다. 밤에 잠자리에서나 그밖에 대개는 '단신'이라 불렀다. 어떤 문제에 대해서 의견을 물을 때는 정해 놓고 "선산님은 오또케 생각하세요?" 했다. 그것은 일종의 우울한 공식이었다. 춘자가 이미 여러 남자를 거쳐왔다는 것은, 방세를 못 내서 쫓겨났다고 하며 고리짝 하나를 지고 굴러들어 온 그날부터 나타나기 시작했다. 첫날밤에 춘자는 아무 거리낌 없이 첫 번째 남편과 두 번째 남편과 세 번째의 남편 이야기를 동주에게 들려준 것이었다. 경위로 있다가 여순 사건 때 죽은 첫 번째 남편은, 언제나 춘자에게 메리야스제 분홍색 드로어즈만을 입게 했다는 것이다. 그이외의 드로어즈는 입지 못하게 할 뿐만 아니라, 둘이 있을 때는 겉옷을 다 벗어버리고 분홍색 메리야스 드로어즈만을 입고 있어달라고 졸랐다는 것이다. 두 번째의 남편은 삼십이 가까운 대학생이었다고 한다. 학교에는 잘 나가지 않으면서 전시 학생증을 가지고 있었다고 한다. 이 작자는 밤이면 으레 문을 잠그고 나체 댄스를 강요했다는 것이다. 처음에는 망측스러워 얼굴을 찡그렸지만, 습관이 되니까 특유한 묘미가 생겨서 거를 수 없었다는 것이다. 세 번째 남편은 키가 작달막하고 통통한 무역 브로커였다고 한다. 그는 여자를 셋이나 데리고 살았지만 그래도 한 달이면 스무 날은 자기한테만 와 있었다는 것이다. 이 친구는 어린애처럼 밤마다 여자의 젖꼭지를 물고서야 잠이 드는 버릇을 가지고 있었다는 것이다. 그러나한 여자에게 어린애가 생기면 이 사나이는 딴 여자에게로 옮아갔다는 것이다. 젖꼭지를 물지 않고는 잠을 이룰 수 없었기 때문이라는 것이다. 이 남자와 살기 시작하여 처음 얼마 동안은 젖꼭지가 빨갛게 부어올라서 조금만 건드려도 소리를 지르도록 아팠다는 것이다. 참말인지 거짓말인지 종잡을 수 없는 이러한 이야기를 춘자는 한자리에 누운 동주의 전신을 두 손으로 어루만져 가며 신이 나서 지껄였던 것이다. 그 첫날밤 일을 생각할 때 동주는 지금도 온몸에 오한을 느끼는 것이었다. 퇴폐적이랄 수밖에 없는 춘자의 흥분한 언동에서가 아니다. 도리어 반대로 동주는 그날 밤의 자기 자신에게 놀랐기 때문인 것이다. 여러 해 동안 여자의 피부에 접촉하지 못한 데다가 건강도 지금보다 훨씬 나은 탓이었겠지만 춘자의 기괴한 이야기와 몸가짐에, 지금 생각하면 얼굴이 찡그려지도록 동주는 저도 모르는 사이에 끌려들어 가고 말았던 것이다. 그날 밤 동주는 그냥 수컷이었을 뿐이었다. 그 뒤에도 춘자는 거의 밤마다 동주를 가만두지 않았다. 타오르는 듯한 젊음을 감당하지 못해 야위어가는 동주의 육체에 매달려 내내 앙탈이었다. 그러한 춘자가 마침내 동주는 징그럽기까지 했던 것이다. 성적 흥분을 거의 상실하다시피 한 동주는 당장도 저녁 준비를 하노라고 눈앞에 서서 돌아가는 춘자의 정력적인 육체를 바라보다가 부지중 '아아!' 하고 절망을 발음하는 것이다. 그러고는 누가 발길로 지르기라도 하듯 맥없이 모로 쓰러지는 것이었다. 사지를 오그리고 눈을 감았다. 무덤 속에 들어가면 이렇게 흙으로 덮어주리라 느껴지듯, 산다는 것의 무의미와 우울이 쾅쾅 소리를 내어 다지는 것처럼 전신을 내리누르는 것이었다. 동주는 사뭇 안간힘을 쓰다시피 무엇을 참고 견디어내는 것이었다.

밖에서 돌아오는 봉수는 역시 동주의 방부터 들렀다. 앉는 길로 옆방에 귀를 기울이는 것도 마찬가지다. 순이의 신음 소리가 언제나처럼 들려왔다. 봉수는 확실히 기대에 어그러진 표정을 지었다. "오늘두 무사히 넹겠군. 똑 죽었을 것만 같아서 꽤니 걱정했디." 속하곤 반대다. 또 입맛을 다시는 것이다. 동주는 누운 채 한숨을 쉬었다. 오늘은 신기하게도 봉수가 여자 얘기를 하지 않았다. 그 대신 엉뚱한 소리를 끄집어냈다. 동주더러 집을 팔지 않겠느냐는 것이다. 마침 이 집을 사겠다는 사람이 나섰다는 것이다. 자기도 이 집을 팔아버리고 밑으로 내려가 우동 가게라도 내고 싶다는 것이다. 동주도 누워서 '미세스 하루코상'에게 얻어만 먹으니 다만 얼마건 밑천을 만들어가지고 하다못해 자기처럼 성냥 장살 하거나 담배 장사라도 해보라는 것이다. 그러면 자연 건강도 좋아지리라는 것이다. 그래도 동주가 잠자코 누워 있으니까 봉수는 답답해 못 견디겠는 모양이다. "아, 산 사람이문 말을 좀 하소고레. 송장터럼 무슨 사람이 그 몰골이야." 그는 동주의 어깨를 몇 번 흔들어보는 것이다. 작자가 나섰을 때 냉큼 팔아버려야지, 이보다 얼싸한 집도 모두들 버리고 환도하는 판에 좀 더 있으면 그냥 준대도 가질 사람이 없으리라는 것이다. 사실 똑똑한 사람이라면 지금이라도 누가 찌그러져가는 이따위 판잣집을 사겠느냐, 마침 어수룩한 친구를 삶아서 바가지를 씌우려는 판이노라고 했다. "그러면 집을 팔아가지고 나도 어디 아편 장사라도 해볼까." 동주가 잠꼬대처럼 중얼거린 말이지만 효과가 있었다. 봉수는 말을 뚝 끊고 잠시 동주를 노려보는 것이었다. 그러나 마침내 그는 "이거 웬 파리가 이렇게 많아." 의미 없이 그런 소리를 하고는 얼굴에 달라붙는 파리떼를 날리고 나서 슬며시 자기 방으로 돌아가 버린 것이다. 그날 저녁에 춘자가 돌아오자 봉수는 판자 너머로 "미세스 하루코상." 하고 은근히 부르는 것이었다. 그러고는 자기가 거리에 우동 가게를 내려고 하는데, 마땅한 일본 여자를 하나 소개해 달라고 했다. 왜 하필 일본 여자라야 쓰느냐고 춘자가 약간 우월감을 나타내며 물으니까 '기쓰네 우동', '카레 우동', '고모쿠 우동', 그런 것들을 만들자면 아무래도 일본 여자라야 하겠다는 것이다. "난 꼭 일본 녀잘 한번 마음대루 부레 보고 싶단 말예요. 미세스 하루코상, 정말 참한 걸루 하나 소개해 달라우요." 절반은 동주더러 들으라는 말인 줄을 동주도 깨닫는 것이다. 거기에 대한 춘자의 대답 같은 건 아무래도 좋았다. 이미 동주에게는 순이의 암담한 신음 소리 외에 아무것도 남아 있지 않았기 때문이다. 다음날 저녁에 춘자는 정말 봉수와 함께 우동 장사를 해보겠노라는 말을 꺼냈다. 다리가 저리도록 공장에 가서 하루 종일 미싱을 돌려봐야 두 사람의 호구도 잘 안 되지 않느냐? 배불리 먹지도 못하고, 남같이 입지도 못하고, 몸이 불편해도 참고 매일같이 공장에 나가야만 하는 자기는 도대체 무슨 재미로 사는 것인지 모르겠다는 것이다. 살아서 본국에 돌아가게 될지 말지 한 자기가 타국에 와서 한결같이 이런 비참한 생활을 계속해야 한다는 건 너무나 섧다는 것이다. 좀 더 즐겁게 살 수 있는 터를 닦아보고 싶다는 것이다. 마침 봉수가 우동 가게를 같이 하자고 하니 이야말로 절호의 기회라는 것이다. 오늘 낮에 봉수와 함께 가게를 가보았는데 목도 좋더라는 것이다. 자기는 요리 솜씨에도 꽤 자신을 갖고 있기 때문에 단연 인기를 끌 수 있으리라는 것이었다. 그러면 당신도 아침저녁 가게에 내려와서 구미에 당기는 걸로 식사를 하라는 것이다. 운동도 되고 영양도 보충될 터이니 차차 건강이 회복되지 않겠느냐는 것이다. 그러한 말들을 동주는 흥미 없이 그냥 듣고만 있었다. 그것은 순이의 신음 소리만큼도 동주에게 영향을 끼치지는 못했다. 다만 '즐겁게 살 수 있는 터를 닦아보겠다.'라는 한마디만이 동주의 귀에 귀지처럼 걸렸을 뿐이다. 그는 한숨 쉬듯 입속으로 그 한마디를 중얼거려 보고 그 말이 지니고 있는 의미의 실없이 놀라운 부피 앞에 위압을 느끼는 것이었다. 춘자는 물론 동주의 승낙 같은 건 기다리지도 않았다. 열적은 자기의 심경을 변명하듯 한번 그래본 것이다. 그렇기 때문에 이튿날부터 춘자는 우동 가게 개업 준비에 분망하기 시작했다. 봉수는 나가는 길에 또 창 너머로 머리를 내밀었다. 순이의 흰죽을 부탁하고 나서, 춘자만 가게 일을 거들어 준다면 집일랑 안 팔아도 좋으니 안심하고 누워 있으라는 것이었다. 그리고 둘이는 버젓이 어깨를 같이하고 비탈길을 내려가는 것이었다. 그들이 나가고 난 뒤, 동주는 잊혀진 물건처럼 방 한구석에 여전히 남겨져 있었다. 아무것도 생각지 않기로 한 그의 감은 눈앞을, 이북에 남아 있는 노부모와 처자의 얼굴들이 우물 속에 보이는 구름처럼 차례차례 흘러가 버리는 것이었다. 동주는 여태 자기가 살아 있어서 그렇다고 생각한다. 살아 있는 동안은 아무런 상념이나 환영이 떠올라도 별수 없다고 생각한다. 동주는 살아 있는 것에 대항이라도 하듯이 몸을 무겁게 뒤채어 돌아눕는 것이었다.

얼마 전부터는 물 소동이 더 심해졌다. 비교적 이 근처에서는 물이 잘 나는 편인 쌍나무 샘물을 못 먹게 된 뒤부터는 그쪽 사람들이 한 우물로 와 몰려오기 때문이다. 샘 좌우에 노송이 마주 서 있다고 해서 '쌍나무 샘'이라고들 불렀다. 며칠 전에 그 샘에서 사람의 해골 부스러기 같은 것이 나왔다. 모두들 꺼림칙해서 샘을 깨끗이 쳐내기로 했다. 그러나 쳐내면 쳐낼수록 해골 조각은 점점 더 많이 긁혀 나오는 것이었다. 마침내는 그것이 고총(古塚)이라는 것을 알았다. 우물을 쳐내는 사람들은 퉤퉤 침을 뱉고, 섬뜩해서 다 돌아가버리고 말았다. 여태 송장물을 먹고 살아왔다고 머리를 동이고 눕는 아주머니가 있는가 하면, 송장물은 약수라고 하며 일부러 찾아오는 해소병쟁이 할아버지도 있었다. 하여튼 그로부터는 쌍나무 샘으로 물을 길러오는 사람은 없어진 것이다. 모두들 동주가 다니는 범바위 우물로 몰려드는 것이었다. 조석 때가 아니라도 샘터는 시장처럼 북적거렸다. 거센 사투리들이 얽히어 싸움이 그칠 사이가 없었다. 따라서 동주는 물을 길어오기가 더욱 어려워졌다. 아주머니들 틈으로 비집고 들어가다가는 핀잔을 받고 밀리어 나왔다. 기운이 없는 동주는 젊은 아주머니가 떠미는 바람에 바께쓰를 붙안고 나가 동그라진 적도 한두 번이 아니었다. 동주는 마침내 범바위 샘터를 단념하는 수밖에 없었다. 그는 아무도 없는 쌍나무 우물로 갔다. 거기에는 언제나 물이 충충히 고여 있었다. 이렇게 지린내와 구린내와 땀에 절어가지고, 파리와 구더기 속에서들 살면서도 노상 송장물을 가리는 사람들이 동주에게는 우스웠다. 그러나 동주는 춘자나 봉수에게는 송장물이라는 말을 하지 않았다. 춘자도 봉수도 돌아오는 길로 땀에 젖은 셔츠를 벗어 걸고는 송장물을 한 그릇씩 들이켜고 나서 냉수 맛이 제일이라고 했다. 그러던 참에 오늘은 범바위 우물에서 사건이 터졌던 것이다. 쌍나무 샘을 전용하는 동주에게는 사실 아무 상관도 없는 일이었지만 엉뚱하게도 그 비화가 동주에게로 튀어온 일이었다. 밖에서 여러 사람의 신발 소리가 엉클어지고, 지껄이는 소리가 나더니, 열려 있는 문으로 들여다보며 분명히 동주를 부르는 것이다. 얼마 전까지만 해도 동주는 낯선 사람에 대해서는 병적으로 공포를 품어왔다. 공산 정치 하에 있었을 때는 더 심했었다. 정체를 모르는 사람에겐 어떻게 대해야 될지를 모를 뿐 아니라, 도대체 이 세상에 자기에게 위해를 가할망정 누구 하나 이득을 가져다줄 사람은 없다고 생각했기 때문이다. 그러나 요즘은 낯선 사람도 무섭지 않았다. 현재의 동주에게는 아무런 위험이나 불행도 무색할 수밖에 없는 까닭이다. 전 같으면 낯선 사람들이 우 몰려와서 불러낼 때, 불안한 생각에 오금부터 졸아들었을 것이지만 오늘은 그렇지 않았다. 도리어 귀찮다는 듯이 눈썹을 찌푸리며 누운 채 얼굴만을 돌려 내다보는 것이다. 오륙 명의 남녀가 기웃거리는 앞에서, 제법 자개수염이랑 기른 오십 가까운 사나이가 여럿이 몰려온 사유를 설명하는 것이었다. 지난밤에 누가 범바위 우물에다 똥을 퍼다 부었다. 알다시피 판자로 뚜껑을 해 덮고 튼튼히 쇠를 잠갔음에도 불구하고 어떤 무도한 사람이 판자 뚜껑을 뜯고 똥을 퍼다 넣었다는 것이다. 세상에 이런 변이 어디 있느냐, 음용수에 오물을 버리면 법률에 의거해 처벌을 받는다고 자개수염은 법률 용어까지를 인용해 가며 분개하는 것이었다. 동주는 그만 과히 무의미해졌다. 사람들에게 향하고 있던 머리를 도로 벽 쪽으로 돌려버리고 말았다. 자개수염은 당황해서 "잠깐만." 하고 불렀다. 뒤에서 누가 "그 새끼 끌어내다 때리우. 그래야 정신 드우다." 하고 소리를 질렀다. 자개수염은 뒤로 고개를 틀어 너무 서두르지 말라고 제지하고 나서, 다시 동주를 보고, 몸이 불편한 모양 같으나 잠깐만 이쪽으로 얼굴을 향해 달라고 했다. 동주는 시끄럽다는 듯이 얼굴을 돌렸다. 딴 일이 아니라, 범바위 우물을 먹는 사람들끼리 모여 대체 똥을 퍼다 부은 사람이 누구이겠는가에 관해서 진지하게 토의를 했다는 것이다. 그 결과 전부의 의견이 동주가 그랬을 것이라는 데 일치했다는 것이다. 어느 한 사람의 의견이 그런 것이 아니라 실제 날마다 우물에 가 살다시피 한 아주머니들의 의견이 모두 그렇다는 것이다. 그렇지만 자기는 결코 그 말을 그대로 믿는 것은 아니노라 했다. 왜냐하면 사람이란 무슨 일이건 목격하기 전에는 단정을 내려서는 안 된다는 것이다. 그러나 그냥 내버려 둘 말이면 철없이 혈기에 날뛰는 젊은이도 있고 해서 어떤 불상사를 일으킬지 몰라, 일을 원만히 해결 짓기 위해서 자기가 이렇듯 선두에 서 온 것이니, 바른 대로 말을 해달라는 것이었다. 그러나 동주는 아무 말도 하지 않았다. 샘터에 모이는 여인네들은 자기를 빙충이거나 정신병자로 여겼을지도 모른다고 동주는 생각하는 것이다. 게다가 물 한 번 제대로 못 긷고 줄곧 괄시만 받아왔으니 응당 반감을 품고 있으리라고 믿고 있을 것이다. 그랬기 때문에 이런 경우에 그런 짓을 할 수 있는 가장 가능한 인물로 동주를 먼저 의심하는 것은 어쩔 수 없는 일일 것이다. 억센 사투리를 쓰는 아주머니들은 우물에 똥을 퍼다 넣은 사람이 틀림없이 동주라고 믿고 있을 것이다. 그렇다면 아무리 동주가 아니라고 변명을 한대야 곧이들어 주지 않을 것이 아니냐. 아무 대답이 없이 동주는 벽을 향해 도로 얼굴을 돌려버리고 말았다. 밖에서는 어투가 대단히 거칠게 나왔다. 끌어내라, 다리를 꺾어봐라, 똥을 퍼다 먹여줘라, 하는 소리가 들렸다. 이제는 자개수염도 완전히 동주가 저지른 것으로 인정하는 모양이었지만, 과연 그는 자개수염 값을 하느라고, 폐인이 다 된 사람을 어디 성한 사람 다루듯 할 수야 있느냐, 그랬다가 만일 근처에 불이라도 질러놓으면 더 큰일이 아니냐고, 성이 가라앉지 않은 사람들을 달래어가지고 돌아가버렸다.

"에라, 이 자식 똥이나 처먹고 뒈져라." 마지막으로 돌아서는 사람이 그러면서 발길로 문을 힘껏 지르고 가는 것이었다. 동주는 그저 무거웠다. 온 몸뚱이가, 그리고 이 구린내 나는 공기가 무거워서 견딜 수 없는 것이다. 그러나 견디어내는 수밖에 달리 어쩔 수 없지 않느냐? 순이의 신음 소리에 간신히 자기가 살아 있다는 것을 의식하며 동주는 그대로 하루를 또 보내야 하는 것이다.

아침에 나갈 때처럼 봉수와 춘자가 어깨를 가지런히 하고 돌아왔다. 그들은 돌아오는 길에 범바위 우물 소동을 듣고 온 모양이었다. 그냥 말을 들었을 뿐만 아니라 동주가 그 사건의 장본인이라는 지적 밑에, 동거자로서의 책임을 철저히 추궁당한 모양이었다. 춘자는 볼멘소리로 묻는 것이었다. "오빠가 참말 그러지 않았지요?" 변명하기에 소비되는 무의미한 노력에 질려서 동주는 아까 모양 대답을 하지 않았다. "설마 미스터 고상이 그러디야 않았을 테디." 봉수의 말을 들으니 동주는 정말 자기가 그런 짓을 할 리가 없다고 생각되는 것이었다. 그렇지만 동주가 내처 잠자코 있으니까 춘자도 봉수도 부쩍 의심을 품는 모양이었다. "그거 참. 아, 먹는 물에 똥을 타문 어떻게 해. 허허, 그거 참." 봉수가 곁눈질로 동주를 보며 어처구니없다는 듯이 그러자, "바르게 말을 해봐요. 오빠가 그렇게 했소? 오빠가 그랬지요?" 춘자는 왈칵 대들 듯이 캐어묻는 것이었다. 그 말을 들으면 동주는 참말 자기가 그랬는지도 모른다고 생각이 드는 것이었다. 그렇게 생각하니 어째 꼭 그런 것만 같다. 그러나 다음 순간, 아무래도 요즈음 자기의 머리가 좀 이상해진 것 같다고 동주는 생각하는 것이었다. 그것은 육신보다도 정신이 차차 흐려지는 징조인지도 모른다. 밤낮 귀신의 울음소리 같은 순이의 신음 소리를 듣고 지내는 까닭일까? 혹은 요즈음 송장물을 먹기 시작한 탓일까? 이러다가는 아무래도 자기가 순이보다 먼저 죽게 될 것이라고 동주는 생각하며, 그리 되면 아침마다 순이의 죽을 누가 쑤어줄까? 그리고 그 신음 소리를 귀담아들어 줄 사람이 없지 않겠느냐고 별 걱정이 다 드는 것이었다.

이튿날 아침에 자개수염이 와서 동주에게 사과를 했다. 어제는 대단히 실례를 했다는 것이다. 우물 소동의 진상이 드러났다는 것이다. 날마다 직장에서 늦게야 돌아오는 독신 남자 몇 사람이, 물을 길러 갈 적마다 우물에 쇠가 잠기어 있는 데 화가 치받쳐서, 참다못해 오물을 퍼다 넣었다는 것이다. 조금도 나쁘게 생각지 말아달라고 거듭 뇌이고 나서 자개수염이 돌아가자, 이번에는 봉수가 들창으로 얼굴을 들이밀고, 춘자더러 오늘은 몹시 바쁠 터이니 얼른 나가자고 졸랐다. 그리고 동주를 향해 오늘 오후에는 드디어 개업을 할 예정인데 상호는 산수옥(山水屋)이라 했노라는 것이다. 이름이 아주 좋지 않느냐고 하고 나서, 바람도 쏘일 겸 가끔 내려와서 구경도 하고 식사도 하라는 것이었다. 가게 일 때문에 오늘 밤부터는 돌아오지 못하겠노라 선언한 다음, 마치 오래 함께 살아온 부부처럼 춘자와 봉수가 팔을 끼다시피 하고 언덕길을 내려간 뒤였다. 죽을 끓여주려고 동주가 옆방으로 가보니 뜻밖에도 벽에 등을 기대고 순이도 일어나 앉아 있는 것이었다. 어쩐 일이냐고 동주가 약간 놀라는 표정을 했더니, 하도 누워만 지내니까 좀 일어나 앉아보고 싶어진다고 하는 것이었다. 그러나 오래 그러고 있으면 피곤할 터이니 곧 누우라고 하고, 동주가 석유풍로에 불을 댕기려니까, 순이는 고개까지 저어보이며 오늘은 조금도 시장기가 느껴지질 않으니 그만두라고 했다. 그리고 순이는 나들이 갈 때나 명절날 입으라고 엄마가 지어준 새 옷이 저 고리짝 속에 있을 터이니 좀 꺼내달라고 했다. 동주는 고리짝을 열어보았다. 봉수와 순이의 낡은 겨울옷들이 몇 가지 나올 뿐이었다. 아무리 뒤져보아도 순이가 말하는 새 옷은 눈에 띄지 않았다. 없다니까 순이는 머리를 갸웃거리며 이상하다는 것이다. 진관사 깨끼저고리와 자주색 오빠루치마가 들어 있을 터이니 한 번 더 잘 찾아보아 달라고 했다. 동주는 몇 번을 더 뒤적거려보았지만 그런 건 눈에 띄지 않았다. 순이는 눈을 깜박거리며 이상해했다. 엄마가 어제 아침에 내게 입혀보고 나서 분명히 그 고리 속에 넣는 걸 보았는데 하고 순이는 기억을 더듬는 표정을 하는 것이었다. 어제 아침이라니 너 꿈을 꾼 게 아니냐고 물었더니, "그럼 그게 꿈이었나." 하고 수줍은 듯이 고개를 숙이는 순이의 얼굴이, 마치 심육칠 세의 건강한 소녀처럼 동주에게는 예쁘게 보이는 것이었다. 그동안도 피로해서 숨결이 가빠지는 순이를 부축해 눕혀놓고 동주는 밖으로 나왔던 것이다.

순이는 그날 마침내 죽었다. 산수옥이 개업하는 날 오후에 아무도 없는 방에서 순이는 혼자 당연히 죽어간 것이다. 동주가 물을 길어다놓고 나서 도로 들어와 누우려고 하는데 순이의 신음 소리가 들리지 않았다. 동주는 숨을 죽이고 귀를 기울였다. 하나, 둘, 셋 세기 시작했다. "아흔여덟, 아흔아홉, 배―ㄱ." 그래도 옆방에서는 아무 기척이 없었다. 동주는 긴장을 느끼며 일어나 옆방으로 갔다.

순이는 입을 반쯤 벌린 채 자는 듯이 누워 있었다. 입에는 거품 흔적이 있었다. 파리가 몇 마리 입가로 기어 다니고 있었다. 이미 싸늘하게 식은 소녀의 손을 동주는 쥐어보았다. 그리고 잠시 고요한 얼굴을 들여다보다가 그는 왈칵 시체를 끌어안았다. 자기의 입술을 순이의 얼굴로 가져갔다. 인제는 순이가 아니다. 주검이었다. 동주는 주검에 키스를 보내는 것이었다. 주검 위에 무엇이 떨어졌다. 눈물이었다. 섧지도 않은데 눈물이 쏟아지는 것이었다. 자기는 분명히 지금도 살아 있다고 동주는 의식했다. 살아 있으니까 죽을 수 있다고 생각했다. 그것만은 자기가 확신할 수 있는 단 하나의 '장래'라고 생각하며, 동주는 주검의 얼굴 위에 또 한 번 입술을 가져가는 것이었다.

미해결의 장

—군소리의 의미

5월의 어느 날

아무리 궁리해 보아도 나는 집을 떠나야만 할까 보다. 그것만이 우선 나에게 있어서 하나의 해결일 듯싶게 생각되는 것이다. 그 '해결'이라는 말은 더할 나위 없이 내 맘에 꼭 드는 것이다. 그 말은 충분히 나를 취하게 하는 것이다. 그러나 도대체 나는 언제가 되면 노상 집을 떠날 수 있을 것인가? 하루에 몇 번씩 혹은 몇십 번씩 '해결'을 생각하고 거기에 도취하면서도 종내 나는 해결을 짓지 못한 채 지금까지 이러고 있는 것이다. 나는 도무지 주위와 나를 어떠한 필연성 밑에 연결시키지 못하는 것이다. 당장 이 방 안에 있어서의 내 위치와 식구들과의 관계부터가 그러하다.

대장〔父親〕은 지금 막 뜯어놓은 넝마 무더기에서 쓸 만한 것을 열심히 추려 내고 앉아 있는 것이다. 머리에는 구겨진 등산모가 얹혀 있다. 얼굴에서는 제법 자개수염이 특색이다. 비대한 몸집에 되는 대로 걸치고 있는 미군 작업복도 역시 낡은 것이다. 대장이 그렇게 소중히 여기는 근엄성이나 위엄은 찾아볼 수가 없다. 그래도 그런 것이 조금이라도 남아 있다면, 저 자개수염 끝에서나 엿볼 수 있을까? 넝마를 뒤적거리고 있는 대장은 굶지 않으려고 버둥대는 제품 직공에 불과한 것이다. 그 이외의 아무것도 아닌 것이다. 간반방에는 안개처럼 먼지가 뿌옇다. 금붕어 물 마시듯, 우리 일곱 식구는 별수 없이 그걸 꼴깍꼴깍 먹고사는 것이다. 그러나 나는 척수(脊髓)를 깎아내는 것 같은 저 재봉틀 소리만은 사랑하기로 하고 있는 것이다. 참말이지 이 방 안에서 저 소리마저 뚝 그치고 만다면 대체 어떻게 될 것인가? 그러면 마치 빛 없는 동굴이 아니냐? 그러나 지금도 열심히 재봉틀을 돌리고 있는 지숙(志淑)을 바라보면 나는 견딜 수 없이 무거워지는 것이다. 지숙의 얼굴에서 나는 일찍이 웃음을 본 일이 없다. 언제나 양초처럼 희기만 한 얼굴에는 표정조차도 없는 것이다. 지숙은 여자 대학생이다. 그러면서도 오후에는 일찌감치 돌아와서 제품 일을 해야 하는 것이다. 그는 나를 경멸하고 있는 것이다. 그것은 내가 미국 유학을 단념했다는 데 있는 것이다. 어이없게도 우리 집 식구들은 온통 미국 유학열에 들떠 있는 것이다. 이제 겨우 열한 살짜리 지현(志賢)이 년만 해도, 동무들끼리 놀다가 걸핏하면 한다는 소리가 "난 커서 미국 유학 간다누." 다. 그게 제일 큰 자랑인 모양이다. 중학교 이학년생인 지철(志哲)이는, 다른 학과야 어찌 되었건 벌써부터 영어 공부만 위주로 하고 있다. 지난 학기 성적표에는 육십 점짜리가 여러 개 있어서 대장이 뭐라고 했더니 "응, 건 다 괜찮아. 아, 영얼 봐요. 영얼요!" 하고, 구십팔 점의 영어 과목을 가리키며 으스대는 것이었다. 영어 하나만 자신이 있으면 다른 학과 따위는 낙제만 면해도 된다는 것이 그놈의 지론이다. 영어만 능숙하고 보면 언제든 미국 유학은 가능하다는 것이다.

우리 오 남매 중에서 맨 가운데에 태어난 지웅(志雄)이 또한 마찬가
지다. 고등학교 일 학년인 그 녀석은, 어느새 미국 유학 수속의 절
차며 내용을 뚜르르 꿰고 있다. 미국 유학에 관한 기사나 서적은 모
조리 구해 가지고 암송하다시피 하는 것이다. 지숙이 역시 나를 노
골적으로 멸시할 정도니 더 말할 여지가 없다. 지철이나 지웅이는
그래도 아직 저희들 꿈에만 도취해서 나를 업신여기고 비웃고 할
여유가 없다. 그렇지만 지숙은 노상 대학생이노라고 자기만족에만
머무르지 않고, 제법 남을 비판하고 경멸하는 데서 오는 쾌감을 향
락하려 드는 것이다. "오빠 뭐 하러 사는지 몰라!" 이게 날더러 하
는 소리다. 물론 나 따위는 거들떠보지도 않고 외면한 채 하는 소리
인 것이다. 그래도 어머니만은 좀 다르다. "얘, 미국이구 뭐구 밥부
터 먹어야겠다. 목구멍에 풀칠도 제대로 못 하는 주제에 미국은 다
뭐니." 이러한 어머니를 대장은 점잖게 나무라는 것이다. "원 저렇
게라구야. 아 아이들의 웅지(雄志)를 북돋아주지는 못할망정 그 무
슨 좀된 소리요. 그러니까 한국 사람은 천생 이런 꼴을 못 면하는
거여!" 그러자 삼 남매는 일제히 어머니를 몰아세우는 것이다. 비록
밥을 굶는 한이 있더라도 미국 유학만은 꼭 해야 한다는 것이다. 정
계나 학계에 출세한 사람들의 이름을 여럿 들어 보이며, 그들은 모
두 미국 유학을 했다는 것이다. 그중에서도 지웅이는 고학의 길이
얼마든지 있다는 것을, 실례와 세밀한 숫자까지 일일이 들어가며
웅변조로 나오는 것이다. 마침내 모친도 누그러져서, "오냐, 오냐,
그러문야 작히나 좋겠니. 하 답답해하는 소리다. 될 수만 있으면 미
국은 한 번씩 다녀와야지. 암 그렇구말구." 하고, 그 가느다란 목을
주억거려 보이는 것이다. 그러고 나면 결론이나 내리듯이 대장은
극히 만족한 어조로 중얼거리는 것이다. "오냐, 다섯 놈이 모두 박
사, 석사 자격을 얻어가지구 미국서 돌아만 와봐라!" 오 남매가 당

장 미국서 박사, 석사 학위를 얻어가지고 귀국하게 된 것처럼 대장은 신이 나는 것이다. 그러다가 문득 윗목에 누워 있는 나를 발견하고 나서 대장은 무슨 모욕이라도 당한 듯이 노려보는 것이다. "죽어라, 죽어!" 그러나 그 이상 더 만족할 만한 욕설이 얼른 떠오르지 않아서 대장은 입만 몇 번 쭝긋거리다가 외면하고 마는 것이다. 나는 약간 실망하는 것이다. 왜냐하면 "죽어라, 죽어!" 소리 뒤에는, 고무장갑 같은 대장의 손이 내 따귀를 갈기는 것이 거의 공식화되어 있었기 때문이다. 이러한 식구들 가운데서 나만 정말 아무것도 아닌 것이다. 암만 해도 자신이 미국을 가야 할 하등의 이유도 나는 발견하지 못하는 것이다. 미국은 고사하고 나는 요즈음 대학에도 제대로 나가지 못하는 것이다. 그것은 납부금을 제때에 바치지 못해서만도 아닌 것이다. 물론 그것이 하나의 중요한 동기이기는 하였다. 그러나 그보다도 나는 주위와 자신의 중압감을 감당해 나갈 수 없는 것이다. 이 대가리가, 동체가, 팔다리가, 그리고 먼지와 함께 방 안에 빼곡 차 있는 무의미가 나는 무거워 견딜 수 없는 것이다.

부산에 피란 가 있는 동안, 대장은 한사코 싫다는 나를 우격다짐으로 법과대학에 집어넣었던 것이다. 만약 법대에 들어가지 못하면 대장은 자결하고 말겠노라고 위협까지 했던 것이다. 내가 법대에 못 들어가면 단지 그 이유로 자결하겠다고. 그때만 해도 참말 나는 어렸던 것이다. 지금 생각하면, 비대한 대장의 몸뚱이가 영도 다리에서 투신을 하거나, 음독을 하고 버둥거리는 광경을 상상만 해도 나는 웃지 않고 견딜 수 없는 것이다. 합격 발표를 보고 돌아오는 길에 대장은 닭을 한 마리 사 들고 왔다.

그놈을 통째로 고아서 내게다 안겨놓더니, 법대를 마치고 미국 가 삼사 년만 연구하고 돌아올 말이면, 장차 장관 자리 하나는 떼어 논 당상이라는 것이었다. 그러면서 대장은, 날더러 꿈에도 잊지 말고 장관의 걸상 하나는 걸머지고 다녀야 한다는 것이었다. 왜정 시대에 전문학교 법과를 나와가지고, 전후 다섯 번이나 '고문(高文)'에 응시했건만 종내 뜻을 이루지 못하고 만 대장의 간곡한 당부인 것이다. 도대체 대장은 어째서 다섯 번이나 '고문' 시험을 쳤는지, 그리고, 인간이 무슨 탓으로 장관을 지내보고 죽어야 하는지, 나는 오래 두고 생각해 보아도 그 까닭을 알 수 없는 것이다. 어쨌든 나는 대장이 꿈에도 잊지 말라는 그 장관의 걸상을 억지로 떠메고 다니느라고, 대가리가, 동체가 이렇게 무거워졌는지도 모르겠다. 그러기에 나는 무거운 몸을 방구석에 뉘어 지내는 일이 많은 것이나. 그러다가 대장의 입에서 "죽어라, 죽어!" 하는 말이 튀어나오고, 고무장갑 같은 그 손이 내 뺨을 후려갈기고 나면, 할 수 없이 나는 일어나 밖으로 나가는 것이다. 그러나 결코 나는 대장의 소원대로 죽으러 나가는 것은 아니다. 어디서 미술 전람회라도 있으면 나는 거기를 찾아가 시간을 보내는 것이다. 그러나 요즈음은 대개 문 선생네 집에 가서 광순(光順)이와 나란히 누워 낮잠을 자는 것이다.

저녁때가 거의 되어서, 의류 구제품을 한 보따리 꾸려 이고 모친이 돌아왔다. 그것은 안면 있는 몇몇 고아원을 찾아다니며, 그냥은 사용할 수 없는 구제품을 헐값으로 사오는 물품이다. 집에서 그걸 일일이 뜯어가지고 각종 아동복을 재생해서 시장에 내다 넘기는 것이다. 구제품을 사들이는 일이나, 제품을 내다 파는 일은 전적으로 모친의 소임인 것이다. 대장은 집에서 제품 일을 거들기는 해도 물건 보따리를 둘러메고 밖으로 나다니지는 못하는 것이다. 그것은 위신과 체면을 손상시키는 일이라고 해석하기 때문이다. 대장은 헌 미군 작업복에 등산모를 쓰고 앉아서 지숙에게 잔소리를 들어가며 마름질을 하거나, 더러는 재봉기를 돌리기도 하는 것이다.

모친은 동댕이치듯 짐을 내려놓더니 내 옆에 와서 말없이 누워

버리었다. 모친은 견딜 수 없이 피로한 것이다. 육체도 정신도 과로와 생활난에 완전히 지쳐버린 것이다. 그러한 모친의 몸뚱이는 흡사 중병을 치르고 난 사람처럼 야윌 대로 야위었다. 해골처럼 뼈만 남아 있는 것이다. 워낙 살기 없는 체질이기는 하지만, 요즘 와서는 두드러지게 가늘어진 것이다. 그 가느다란 목과 팔과 어깨에는 서리 맞은 덩굴에 호박이 달려 있듯, 여섯 식구가 주렁주렁 매달려 있는 것이다. 모친과는 반대로, 아무렇게 다루어도 도무지 축이 갈 줄 모르는 대장의 비대한 몸뚱이에 나는 늘 위압을 느끼는 것이다. 우리 가족은 벌써 반년 이상이나 점심이라는 걸 잊고 지내는 것이다. 그것도 밥은 아침뿐이요, 저녁은 우유죽인 경우가 태반이다. 그래도 대장의 체중은 왜 그런지 줄지 아니하는 것이다. 그러한 대장을 바라보며 나는 고무로 만든 인형을 생각하는 것이다. 바람만 잡아넣으면 얼마든지 늘어나는 고무사람 말이다. 하기는 저녁마다 대장은 바람 대신 사이다 병으로 하나씩 약주를 집어넣는 것이다. 대장은 단 하루 저녁이라도 술을 거르고는 견디지 못하는 것이다. 아마도 대장의 우둘우둘한 몸집은 술살이 오른 탓일지도 모른다.

갑자기 으스스 춥다고 하며 모친은 와들와들 몸을 떨기 시작한다. 구제품 보따리를 정리하고 있던 지숙이가 얼른 이불을 내려서 덮어드렸다. 그러고 나서 지숙은 자기가 하던 일을 대장에게 맡기고, 저녁 준비를 하러 부엌으로 나가는 것이다. 여러 가지 색깔과 모양의 옷가지를 뒤적거리면서 대장은 못마땅한 태도로 나를 힐끔힐끔 바라보았다. 그러다가 마침내 '죽어라, 죽어!' 하는 소리가 대장의 입에서 또 폭발된 것이다. 나는 언제나처럼 누운 채 무엇을 기대하며 소리 나는 쪽으로 고개를 돌렸다. 대장은 입을 실룩거리고 손끝을 약간 떨며 일어나서 내게로 다가오는 것이다. 나의 기대는 과연 어긋나지 아니한 것이다. 나는 얼른 일어나 앉았다. 대장의 손이 내 따귀를 갈기기에 편리한 자세를 취해 주기 위해서인 것이다. 왼쪽 귀 밑에서 찰싹 소리가 났다. 거푸 오른편 뺨에서도 같은 소리가 났다. "죽어라, 썩 죽어!" 그 뒤에는 적당한 말이 얼른 생각나지 않아서 대장은 입만 히물거리다가 도로 제자리에 돌아가버린 것이다. 대장은 죽으라는 말을 최대의 욕이라고 생각하고 있는 것이다. 그러나 대장은 화가 나거나 감동을 하거나, 여하튼 급격한 흥분이 오게 되면 제대로 말을 못 하고 마는 것이다. 그 대신 흥분하는 시간은 극히 짧은 것이다. 아무리 격분했다가도 불과 오 분 이내에 완전히 평상 상태로 돌아가는 것이다. 대장은 아무 일도 없었다는 듯이, 지금도 평시의 태도로 하던 일을 계속하는 것이다. 공식같이 대장의 손이 나의 양쪽 따귀를 후려칠 적마다, 나는 정말 고무인형을 생각하는 것이다. 그것은 꼭 공기를 넣어서 부풀게 한 고무장갑같이 느껴지기 때문이다. 그처럼 대장의 손맛은 그다지 맵지 아니한 것이다. 방 안에는 먼지가 연기처럼 자욱하다. 구제품을 들추어놓은 데다가 대장의 육중한 몸집이 낡은 다다미 바닥을 진동시킨 까닭이다. 나는 말없이 일어나 밖으로 나왔다. 밖에는 안개 같은 가랑비가 뿌리고 있었다. 어디를 갈까? 나는 잠시 망설이다가 이내 걸음을 떼어놓았다. 내가 찾아갈 곳은 역시 광순이밖에 없는 것이다. 그러나 광순은 벌써 출근했을지도 모른다. 광순은 저녁때에 출근했다가 아침에야 돌아오는 희한한 직업을 가지고 있는 것이다.

"어디 가? 형."

학교가 파하고 나서 신문을 팔다가 돌아오는 지철이 놈이다.

"미국!"

나는 엉뚱한 그 한마디를 던지고 분주히 골목을 빠져나갔다. 그러면서 나는 만족했다. '미국!' 그 대답이 웬일인지 스스로 몹시 흡족한 것이었다.

5월의 어느 날

오늘도 나는 나 자신을 해결할 아무런 방도도 없이 하여튼 잠시
나마 집을 나와본 것이다. 굶어도 축갈 줄 모르는, 비대한 몸집에
등산모를 쓰고 앉아 구제품을 뜯고 있는 대장, 서리 맞은 호박 덩굴
처럼 가늘게 시든 목과 팔을 움직여가며 마름질을 하고 앉은 모친,
진드기처럼 악착스레 재봉틀에 달라붙어 있는 무표정한 여자 대학
생 지숙을 팽개쳐둔 채, 먼지가 자욱한 그 방을 나는 빠져나온 것이
다. 참말 그놈의 다다밋장은 대체 얼마나 오랜 물건인지 모르겠다.
꺼풀이 한 겹 벗겨져 온통 속이 나와버린 것은 문제가 아니지만, 사
람이 움직일 때마다 발밑에서 풀썩풀썩 먼지가 이는 데는 견딜 수
없는 것이다. 그렇지만 이제 나는 적어도 몇 시간 동안은 그러한 집
에 돌아가지 않아도 좋을 것이다. 전찻길을 건너고, 국민학교 담장
을 끼고 돌아서 육이오 때 파괴된 채로 버려둔 넓은 공터를 가로질
러, 나는 또 문 선생네 집을 찾아가는 것이다. 국민학교의 그 콘크
리트 담장에는 사변 통에 총탄이 남긴 구멍이 숭숭 뚫려 있었다. 나
는 오늘도 걸음을 멈추고 그 구멍으로 운동장을 들여다보는 것이
다. 마침 쉬는 시간인 모양이다. 어린애들이 넓은 마당에 가득히 들
끓고 있다. 나는 언제나처럼 어이없는 공상에 취해 보는 것이다. 그
공상에 의하면, 나는 지금 현미경을 들여다보고 있는 병리학자인
것이다. 난치의 피부병에 신음하고 있는 지구덩이의 위촉을 받고
병원체의 발견에 착수한 것이다. 그것이 '인간'이라는 박테리아에
의해서 발생되는 질병이라는 것은 알았지만, 아직도 그 세균이 어
떠한 상태로 발생, 번식해 나가는지를 밝히지 못하고 있는 것이다.
그러니 치료법에 있어서는 더욱 캄캄할 뿐이다. 나는 지구덩이에
대해서 면목이 없는 것이다. 나는 아이들을 들여다보며 한숨을 쉬

는 것이다. 아직은 활동을 못하지만, 그것들이 완전히 성장하게 되면 지구의 피부에 악착같이 달라붙어 야금야금 갉아먹을 것이다. 인간이라는 병균에 침범당해, 그 피부가 느적느적 썩어 들어가는 지구덩이를 상상하며, 나는 구멍에서 눈을 떼고 침을 뱉었다. 그것은 단순한 피부병이 아니라, 지구에게 있어서는 나병과 같이 불치의 병일지도 모른다는 생각을 안고 나는 발길을 떼어놓는 것이다. 그 어처구니없는 공상이 맘에 들어서 나는 얼마든지 취한 채 걷는 것이다. 갑자기 눈앞에 누가 막아선다. 여자가 웃고 서 있는 것이다. 광순이었다.

"아, 어디 가우?"

문 선생네 집에, 나는 문 선생을 보러 가는 것은 아니었다. 물론 이 광순이를 만나러 가는 것이었다. 광순은 말없이 생긋이 웃는 채로 손에 들고 있는 것을 내밀어 보였다. 그것은 수건과 비누가 들어 있는 대야였다.

"목간?"

왜 그런지 그제야 나는 안심이 되는 것 같았다.

"내 곧 다녀올게요."

광순은 역시 웃음으로 얼굴을 장식한 채 나를 지나쳐버렸다. 얼마나 웃기 잘하는 여자냐? 지숙이와는 꼭 반대인 것이다. 광순의 낯에서는 언제든 눈부신 미소가 사라질 적이 없다. 근심도 애수도, 그 미소의 바닥으로만 흘러가 버릴 뿐, 결코 그것을 지워버리거나 흐려버리지는 못하는 것이다.

간반 방 아랫목에 문 선생은 혼자 일어나 앉아 있었다.

"광순이 없어. 밖에 나갔어. 아마 오늘은 안 들어올 걸세."

몹시 당황한 소리였다. 문 선생은 내가 찾아오는 것을 싫어하는 것이다. 나는 그러한 문 선생을 무시하고 안으로 들어가 앉았다. 문

선생은 퀭한 눈으로 잠시 나를 노려보듯 하다가,

"광순인 아주 나갔다니까. 정말 오늘은 안 돌아온다니까."

하고 애원하듯 하는 것이다.

"네, 잘 알았습니다. 광순이가 목간 간 줄두 알구, 물론 문 선생이 날 꺼려한다는 것두 잘 알구 있습니다. 사실입니다. 난 그런 걸 죄다 알구 있는 겝니다."

문 선생은 할 수 없다는 듯이 야윈 상반신을 힘없이 벽에다 기대고 눈을 감는 것이었다. 문 선생의 신색은 며칠 전보다 훨씬 나빠진 것같이 보였다. 윗목에는 이부자리가 펴놓은 대로 있었다. 그것은 좀 전까지 광순이가 자고 있던 자리인 것이다. 나는 이불을 들추고 그 속으로 기어들어 갔다. 밤에도 제대로 잠을 못 자는 나는 가끔 여기에 와서 낮잠을 자는 것이다. 왜 그런지 광순의 이불 속에 들어가 누우면 잠이 잘 오는 것이다. 맑은 오월의 대기를 등지고 나는 이제 광순이가 돌아올 제까지 여기서 잠을 자야 하는 것이다. 그러나 광순은 목간에서 돌아와서 나를 깨우지 아니한 채 출근해 버린 것이다.

내가 눈을 떴을 때는 방 안이 어슴푸레해 있었다. 밖에서 늦도록 놀다가 돌아온 이 집 아이들이 떠들썩하는 바람에 나는 잠을 깬 것이었다. 문 선생에게는 삼 남매가 있다. 장남이 국민학교 오 학년, 장녀가 삼 학년, 차남이 내년에 국민학교에 들어갈 나이인 것이다. 문 선생의 부인은 피란지에서 죽었다. 산후가 깨끗하지를 못해 시름시름 앓다가 마침내 갓난애와 전후해서 세상을 떠난 것이다. 그런 데다가 지금 노모와 세 어린애를 거느린 문 선생은 완전히 생활능력을 상실한 폐인인 것이다. 그는 이미 사변 전부터 위장병으로 나았다 더했다 하는 것이었다. 의사에 따라서 위산과다증이라고도 하고, 위궤양의 증세가 확실하다고도 한다는 것이다. 그러한 그는 대개 방 안에 우두커니 앉아 있거나, 누워 있거나 하는 것이다. 그러다가 미음술이라도 몇 모금씩 뜰 정도가 되면 한결 볼썽도 나아져서 하릴없이 밖에 나다니기도 하는 것이었다. 이러한 이 가정의 생활은 전적으로 문 선생의 여동생인 광순의 힘에 의존하고 있는 것이었다. 하기는 그들의 노모가 전차 거리에다 담뱃갑을 벌여놓고 밤낮 지키고 앉아 있기는 하지만, 그 수입이란 고작 아이들의 학비나 용돈밖에는 안 되는 것이었다. 그러나 모친에게 있어서는 수입의 다소가 문제가 아닌 것이다. 딸의 신세를 생각할 때, 가만히 집구석에만 박혀 있을 수가 없는 것이었다. 한편 분 선생은 또한 문선생대로, 자기는 온 천하의 죄를 혼자서 짊어지고 있는 것처럼 생각하고 있는 것이다. 광순이나 모친에 대해서뿐 아니라, 그는 누구 앞에서고 제대로 고개를 들지 못하는 것이다. 진성회(眞誠會)의 회합 때에도, 문 선생만은 고개를 푹 떨어뜨리고 앉아서 한 번도 자기를 주장하는 일이 없는 것이다. 그렇다. 나는 진성회에 관해서 여기에 몇 마디 적어두어야 하겠다. 그것은 정말 견딜 수 없이 나를 무의미하게 만들어주기 때문이다. 진성회의 회원은 현재, 나의 대장, 문 선생, 장 선생, 이렇게 세 사람뿐이다. 진실하고, 성실한 사람들끼리 모여 국가 민족과 인류 사회를 위해서 진실하고 성실한 일을 하다가 죽자는 것이 소위 진성회의 취지인 것이다. 그들은 이 지구상에서 자기네 세 사람만이 가장 진실하고 성실한 인간이라고 생각하고 있는 것이다. 따라서 민족과 인류를 위해 진실하고 성실한 일을 할 수 있는 인재도 역시 자기들뿐이라고 자신하고 있는 것이다. 그들은 한 달에 한 번씩 정례 회의를 열고 세상이 자기들을 몰라주고 하늘이 때를 허락하지 않음을 개탄하는 것이다. 그러다가 진주는 땅에 묻혀도 썩지 않는다고 자위하고 헤어지는 것이다. 그들은 우리 집에서 열리었던 결성식 및 제1회 총회에서, 상당한 토론 끝에 나에게 준회원의 자격을 부여했던 것이다. 그때 나는 참말 어처구니없이 당황했던 것이다. 동시에 나는 준회원이 되기를 거부했었다. 그러나 그들은 내 의사를 사양의 뜻으로 오인했던지, 이구동성으로 권하는 말이, 앞으로 나이와 함께 수양을 쌓으면 훌륭한 정회원이 될 바탕이 보이니, 주저하거나 낙망하지 말고 입회하라는 것이었다. 이 말에 나는 정말 실없이 두 번째 당황했던 것이다. 진성회의 정회원이 될 바탕이 내게 있다면 사실 나는 마지막이라는 생각이 들었다. 게다가 회장으로 선임된 대장은 거연히 내게다 '비서'라는 직분까지를 명했던 것이다. 나는 그 준회원과 비서의 자격으로 서너 번 회의에 참석한 일이 있는 것이다. 대장과 문 선생 간의 대화를 통해 장 선생의 이름은 전부터 듣고 있었지만 정작 내가그를 대해 보기는 결성식 날이 처음이었다. 그는 보통 사람의 두 배나 되는 거대한 체구의 소유자였다. 회원 명부에 의하면 마흔두 살이었다. 대장은 누구 앞에서나 '나보다 약하고 불행한 사람을 위해봉사하다가 죽자.'라는 말을 자랑스럽게 내세웠는데, 그보다도 더빈번히 장 선생은 사필귀정이라는 문구를 득의하게 사용하는 것이었다. 그가 고향에서 면사무소 총무로 있을 때, 사필귀정 선생이라는 별명으로 통했다는 것은 나중에야 알았다. 그러나 그의 사필귀정보다도, 실제 생활 내막을 엿보았을 때, 장 선생은 내 머리에서잊혀지지 않는 존재가 되었던 것이다. 제2차 정례 회의가 장 선생네 집에서 열리는 날이었다. 나는 대장이나 문 선생보다 한 걸음 앞서 장 선생 댁을 왕방했던 것이다. 그때 장 선생은 그 거대한 체구에다 조그만 에이프런을 두르고 있었다. 그 에이프런에는 장난감같은 주머니가 붙어 있을 뿐 아니라, 가장자리에는 색실로 수까지놓여 있었다. 그는 방 안에 풍로를 들여놓고 한창 요리를 만드는 중이었다. 그것은 밀가루에다 가루우유를 섞어 반죽을 해서 굽는 소위 자가식 우유빵이란 것이었다. 풍로 옆에는 두서너 살짜리에서부터, 그 위로 한두 살씩 층이 져 보이는 사내애 세 놈이 무릎을 모으고 앉아 콧물을 닦아가며 빵이 익기를 기다리고 있는 것이었다. 우선 세 개를 구워서 아이들에게 하나씩 들려주었다.

"이거 봐, 느들 있다 엄마 온 댐에 빵 먹었다 소리 하문 안 된다. 알았지? 그러문 그 빵을 도루 뺏을 테야!"

장 선생은 아이들에게 그렇게 타일러서 나가 놀다 오라고 밖으로 내쫓았다. 장 선생에게는 아들만 육 형제가 있다는 것이다. 그 부인이 국민학교 준교원이었다. 순전히 그 수입으로 여덟 식구의 생계를 유지해 가는 것이다. 아침나절 부엌 동자까지 거의 장 선생이 맡아본다는 것이다. 그리고 낮에는 학교에 안 가는 아이들을 데리고 종일 집을 지킨다는 것이다. 장 선생이 빵을 다 굽고 나서, 풍로며 기타 도구들을 내다치우고 들어온 뒤에야 대장과 문 선생이 왔다. 장 선생은 어린애처럼 얼굴을 붉히며, 그냥 있기에는 과히 섭섭해 그러노라고 하며, 빵을 접시에 담아 내놓았다. 그것은 두 개씩밖에는 차례가 돌아가지 않았다. 문 선생만은 소화시킬 자신이 없다고 종내 손을 대지 않았다. 그러나 허기져 지내는 대장과 나는 솔직한 말로 널름널름 먹어치웠다. 문 선생 몫만 두 개가 접시에 그대로 남아 있을 때였다. 문득 밖에서 사람의 신발 소리가 난 것이다. 동시에 "웬 손님이 이렇게 여러 분 오시었을까." 하는 여자의 음성이 들리었다. 장 선생의 부인이라고 내가 직감하는 순간, 장 선생의 안색이 확 변하더니, 남아 있는 빵을 접시째 번개같이 집어다가 에이프런 밑에 감춰버린 것이었다. 석고처럼 굳어버린 장 선생의 얼굴을 바라보며, 까닭 없이 나도 얼굴을 붉히었던 것이다. 그때 이후 나는 장 선생을 잊어버리지 못하는 것이다. 그렇다고 별반 교섭을 갖는 일도 없건만, 이상하게 그러한 장 선생의 모습이 내 머리에서 사라지지 않는 것이다.

"아저씨, 일어나. 얼른 일어나서 가!"

문 선생의 막내놈이 나를 흔들어 깨우는 것이다. 아까 잠시 눈을 떴다가 나는 도로 이불을 뒤집어쓰고 누워 있었던 것이다. 이불 속에는 여러 가지 냄새가 배어 있었다. 그것은 광순의 살 냄샐까? 땀 냄샐까? 어쩌면 여러 종류의 사내들에게 묻혀 가지고 온 별의별 냄새가 다 섞이어 있는지도 모른다. 아무튼 광순의 이불에는 야릇한 냄새가 젖어 있는 것이다. 아무런 '해결'도 없는 나의 머리에는 그건 좀 독한지도 모른다. 그러기에 나는 늘 그 냄새에 취하는 것이다. 일어나 보니, 벌써 방 안에는 불이 켜져 있었다. 문 선생은 여전히 눈을 감은 채, 아랫목 벽을 등지고 그림자같이 앉아 있는 것이다. 아이들은 세 놈이 다 저희 아버지 뽄으로 하는 일 없이 우두커니 앉아 있는 것이다. 그러나 그 애들의 눈은 한결같이 나를 노려보고 있는 것이다. 그 연유를 나는 잘 알고 있는 것이다. 아이들이 배가 고프다고 저녁을 재촉하면, 문 선생은 턱으로 나를 가리키며, 가거들랑 먹으라는 것이다. 그래서 아이들은 어서 내가 일어나 나가기를 기다리다 못해, 막내놈이 마침내 흔들어 깨우고야 마는 것이다.

나는 이불을 개어 얹고 말없이 밖으로 나왔다. 나는 곧장 전찻길로 나가 담배 목판을 지키고 앉아 있는 문 선생의 모친 앞에서 걸음을 멈추었다.

"광순이는 오늘 저녁도 출근했습니다. 그리고 집에서들은 내가 무서워서 밥을 굶고 앉아 있습니다."

내 음성은 공연히 떨리기까지 한 것이다. 문 선생의 모친은 말없이 나를 쳐다보았다. 나는 그 눈을 보았다. 그 눈은 딸을 생각하는 눈이었다. 그것은 영원히 구원받을 수 없는 눈이라는 생각이 내게는 들었다.

5월의 어느 날

우리 집 식구들 가운데서 나는 이방인시당하고 있는 것이다. 그
들은 이방인에 대해서는 주저 없이 힐난과 조소를 퍼부을 수 있는
것이다. 마침 오늘은 온 가족이 오래간만에 한자리에 모여 앉게 되
었다. 그들은 이 기회에 집단적으로 나를 비난하려 드는 것이다. 물
론 그중에서도 나를 가장 증오하는 사람은 대장이다.

"제 구실하긴 틀렸어, 저건."

그러기에 대장은 지금도 그 말을 아마 열 번은 되풀이했을 것이
다. 그러나 그가 나를 원수처럼 증오한다는 사실은 '죽어라, 죽어!'
하며 그 고무장갑 같은 손으로 나를 구타하는 것으로 보아 더 정확
히 알 수 있는 일이다. 그는 가만히 있다가도 발작적으로 내게다 손
찌검을 하는 것이다. 우리 식구 가운데서 대장이 안심하고 때릴 수
있는 상대는 나뿐이다. 다른 식구에게는 감히 손을 대지 못하는 것
이다. 더구나 지숙이 앞에서는 끽 소리도 못 하는 것이다. 저렇게
체통이 크고 자개수염이랑 기른 대장이, 지숙에게 핀잔을 들어가면
서 마름질을 하고 앉은 것을 볼 때 나는 신기한 생각이 드는 것이
다. 지숙에게는 어떤 보이지 않는 힘이 있는지도 모르는 것이다. 웃
음이라고는 지어본 일이 없는, 탈바가지 같은 그 얼굴 때문일까? 어
쨌든 대장이 나를 증오하는 사람이라면, 지숙은 나를 가장 경멸하
는 사람인 것이다. 지숙이가 나를 경멸하는 이유는 극히 간단한 것
이다. 한창 청운의 뜻에 불타야 할 청년이 전연 입신양명에 대한 야
심이 없다는 데 있는 것이다.

한참들 제멋대로 나를 깎아내리고 있던 가족 중에서 그래도 모
친은 나를 가리켜 혹시 실연이라도 한 탓이 아닐까 했다. 그러자 지
숙은,

"그러면 아주 제법이게요!"

하고 일소에 붙인 것이다. 노상 누구를 사랑할 만한 정열이 있다면 오빠는 출세 영달에 그토록 무관심하지는 않으리라는 것이다. 물론 지철이나 지웅이도 나를 대수롭지 않게 여기는 것은 사실이다. 그들은 영어 실력 여하에 따라 인간의 자격을 평가하고, 양행(洋行)을 했느냐 아니냐에 의해서 인간의 가치를 규정하려 드는 것이다. 그러한 그들의 눈에는, 첫째 내 영어 실력이 의심스러운 것이다. 더구나 내가 미국 유학의 희망을 완전히 포기했다는 말을 지숙에게서 들은 그들은,

"그럼 형은 뭣 하러 살까?"

하고, 이해할 수 없다는 듯이 고개를 갸웃거렸던 것이다. 지철이나 지웅에게는 즉 산다는 것은 미국 유학을 의미하는 것이다. 인생의 목적은 미국 유학에 있다고 신앙하는 것이다. 이것은 비단 지철이나 지웅이만이 지닌 생각은 아니다. 대장도 지숙이도 대동 소이한 의견인 것이다. 그저 모친만이 약간 다른 것이다. 모친에게는 우선 먹고 사는 문제가 더 중요한 것이다. 물론 미국 유학도 나쁘지는 않지만 어떻게 하면 굶지 않고 지내느냐 하는 것이 더 절박한 문제인 것이다. 간신히 하루 두 끼를 먹어나가는 것도 저녁은 대개 우유죽으로 굶때는 형세에, 미국 가는 비용을 장만한다는 것은 틀림없이 수수께끼와 같은 이야기인 것이다. 미국은 차치하고 밥을 굶으면서까지 다섯 아이를 학교에 보내는 일이 과연 옳은지조차 모친은 잘 알 수가 없는 것이다. 그 가느다란 목과 팔과 허리와 다리에 이미 모친은 집안을 꾸려나갈 자신을 거의 잃고 있었기 때문이다. 모친 혼자 아무리 발버둥을 쳐봐도, 나날이 늘어만 가는 빚을 꺼나가는 도리가 없었던 것이다. 단 하나 생활 밑천으로 남아 있는 재봉틀마저 까딱하다가는 빚값에 거덜 날 염려가 있는 것이다. 모친은 자주

슬퍼지는 것이었다. 아이들이 미국으로 떠나는 것을 못 보고 죽을 것같이 생각되기 때문이다. 요즘 와서는 밖에 나갔다 돌아오면 자꾸 눕고만 싶어지는 것이다. 그게 다 좋지 않은 일이라고 생각하는 것이다.

이러한 가족들에게 나는 아무것도 바라는 것이 없는 것이다. 나는 그저 어서 날이 저물기만을 기다리고 있는 것이다. 어두워지면 나는 찾아갈 곳이 있는 것이다. 그것은 광순이가 저녁마다 출근하는 어두운 뒷골목인 것이다. 거기에 찾아가면 광순의 '오피스'가 있는 것이다. 광순은 골목 안에 있는 어느 집의 방을 하나 빌려가지고 있는 것이다. 그 방을 광순은 '마이 오피스'라고 부르는 것이었다. 나는 그동안 두서너 번 광순을 따라 거기에 가본 일이 있었다. 그러나 광순은 결코 나를 자기의 '오피스'까지 데리고 들어가지는 아니하였다. 대문 앞에서 그는 으레 백 환짜리 석 장을 내 손에 쥐어주고는 저 혼자 들어가버리는 것이었다. 광순은 나보다 두 살 위인 스물다섯이다. 그래서 나는 누나를 따라다니는 것처럼 겁이 안났다. 나는 도리어 자랑스럽기도 했던 것이다. 광순은 얼마 전까지도 여자 대학생이었다. 낮에는 학교에 나가 지식을 샀고, 밤이면 뒷골목에 있는 자기 '오피스'에서 몸을 팔았다. 여자 대학생이라는데서 광순은 단연 인기가 있었다. 그의 단골손님은 태반이 대학생이었다. 쇼트에도 딴 색시들의 올나이트보다 비싼 값에 흥정이 되었다. 그래도 지저분한 사내는 잘 받지 않았다. 돈 뭉치를 내보이며,

"하룻밤만, 단 하룻밤만."

하고, 조르는 작자도 있었다. 그는 광순이와 단 하룻밤만 잠자리를 같이할 수 있으면 다음 날은 죽어도 좋다고 생각하는 모양이었다. 일방 광순에게 결혼을 간청하는 대학생도 있었다. 여하한 물질적 정신적 조건에도 응할 터이니, 자기와 결혼해 달라고 우는 친구도

있었다. 광순에게는 확실히 어떠한 매력이 있는 것이다. 그것이 어디서 오는 매력인지를 나는 정확하게 모르는 것이다. 그러나 광순을 생각하면 그 얼굴에 넘치는 미소가 내 눈에는 먼저 보이는 것이다. 광순이라면 덮어놓고 웃는 얼굴이 떠오르는 것이다. 피부는 보이지 않고 그냥 웃음만으로 윤곽을 새겨놓은 모습으로 느껴지는 것이다. 그와 같이 광순의 얼굴에서는 티 없이 맑은 웃음이 잠시도 사라질 줄 모르는 것이다. 나는 진정 그렇게 웃고만 있는 얼굴을 본적이 없는 것이다. 그 웃음이 광순이가 지닌 매력의 비밀일까? 지식층 탕아들이 녹아나는 것도 그 미소 탓일까? 단골손님들 사이에서 가끔 난투극이 벌어지는 것을 보아도 광순에게는 남다른 매력이 있다는 것을 알 수 있는 것이다. 그러나 근자에 이 사실을 학교에서 알게 된 것이다. 신성한 학원을 욕되게 하는 자라고 하여 당장 퇴학 처분을 내린 것은 물론이다. 그렇다고 광순의 인기가 떨어지는 것은 아니었다. 여전히 여대생으로 통하며, 도리어 손님들 사이에 동정을 끄는 것이었다.

내가 이 모양으로 광순이에 관한 생각에 잠겨 있는 동안 어느새 저녁때가 된 모양이다. 사잇문으로 음식 그릇들이 들어오기 시작했다. 역시 멀건 우유죽이었다. 가루우유를 끓인 속에 쌀알이 간혹 섞이어 있을 정도이다. 나는 이 우유죽을 대할 때마다 콱 질리는 것이다. 식욕이 갑자기 준다. 거기서 떠오르는 특이한 냄새가 코에 젖은 것이다. 나는 그 냄새를 감당하지 못하는 것이다. 물론 다른 식구들도 마지못해 공연히 휘휘 저어가며 약 먹듯 떠먹고 있는 것이다. 그 가운데서도 국민학교 오학년인 지현이는 숟갈로 그릇 바닥을 저어서 쌀알만을 골라 먹고 있는 것이다. 두어 술 뜨다 말고 숟갈을 놓은 채 나는 그러한 식구들을 그저 바라만 보고 앉아 있는 것이다. 그러한 내 입에서는 무의식중에 쓸데없는 말이 흘러나온 것이다.

"지숙이가 대학을 그만둔다면, 적어도 그 비용으로 죽 대신 밥을 먹을 수 있을 텐데……."

그러자 때그락 하고 숟갈 놓는 소리가 났다. 물론 지숙이었다.

"오빤, 공부보다도 밥이 중하다구 생각하우?"

나는 일부러 지숙의 시선을 피했다.

"죽어라, 죽어, 당장 나가 즉사하란 말이다!"

그 소리가 끝나는 것과 동시에 고무장갑 같은 대장의 손이 내 따귀를 간긴 것이다 한쪽으로 쏠리는 상반신을 지탱하려고, 얼김에 내어 짚은 내 손이 공교롭게 옆에 있는 지현의 죽 그릇을 뒤집어엎었다. 대장의 손이 또 한 번 움직였다.

"성큼 나가 죽어 없어지지 못해!"

나는 말없이 일어나 밖으로 나왔다. 밖에는 옅은 황혼이 차일처럼 무겁게 내려덮이고 있었다. 그러나 나는 대장의 명령대로 죽으러 나온 것은 아니다. 나는 한 번도 죽음을 생각해 본 일이 없기 때문이다. 그것은 살아 있는 나와는 아무 상관도 없는 것이니까. 대장이 그처럼 권하는 죽음보다도 차라리 나는 광순을 찾아가야 하는 이 시간의 운명을 감수하는 것이다.

내가 광순의 '오피스' 앞에 나타났을 때는 아주 어두워 있었다. 광순은 아직 출근 전이었다. 할 수 없이 나는 대문간에서 기다리기로 했다. 배에서는 꼬르륵 소리가 났다. 광순은 얼마 오래지 않아서 왔다.

"오래 기다렸수?"

나는 고개를 모로 저었다. 광순은 이내 핸드백을 열고 백 환짜리 석 장을 꺼내주었다. 나는 그 돈을 받아들고 바로 골목 어귀에 있는 도넛 집으로 갔다. '젠자이'를 청했다. 언젠가 여기서 광순이에게 나는 '젠자이'를 얻어먹은 일이 있었던 것이다. 또 배에서 소리가 났다. 나는 불시에 기름이 자르르 흐르는 쌀밥과 김이 떠오르는 만 둣국을 생각하는 것이었다. 그러나 잠시 뒤 내 앞에 날아온 것은 진한 세피아 색깔의 '젠자이'였다. 나는 좀 당황한 것이다.

"아닙니다. 나는 여태 저녁을 굶었습니다. 정말입니다. 저녁을 굶었습니다."

그리고 나는 일어서 나가려 했다. 젠자이를 날아온 아주머니가 내 소매를 붙잡았다.

"이건 뭐예요. 누굴 놀리는 거예요?"

"놀리다니요……. 난 밥을 먹어야 하거든요. 만둣국에 꼭 밥을 먹어야 한단 말예요."

"이이가 미쳤나 봐. 아니 그럼 으째서 젠자인 청했어요?"

"아, 돈을 치르문 되잖소? 자 이렇게 돈만 치르문 그만 아뇨."

나는 백 환짜리를 한 장 꺼내서 탁자 위에 놓고 나온 것이다. 나는 어떻게서든 밥을 먹어야 한다는 생각이 들었다. 그것은 만둣국하고가 아니라도 좋은 것이다. 어쨌든 기름이 흐르는 백반 한 그릇이 필요한 것이다. 몇 군데 기웃거리다가 나는 마침내 어떤 양식점으로 들어갔다. 의자에 앉아서 메뉴를 들여다보니 여러 가지가 적혀 있다. 그 가운데 '돈가스'라는 글자가 있었다. 왜 그런지 나는 그 발음이 내게 알맞은 것 같았다. 만둣국만은 못해도 나는 오래간만에 돈가스와 백반을 먹어보고 싶었다. 하지만 자세히 들여다본즉, 그 밑에는 삼백 환이라는 가격이 기입되어 있었다. 옆에 와 지키고 있는 소녀더러 나는 돈가스는 얼마냐고 물어보았다. 소녀는 좀 깔보는 눈치로,

"거기 적혀 있는 대로예요."

했다.

"틀림없이 삼백 환이란 말이지?"

"그렇다니까요!"

나는 일어서는 수밖에 없었다. 이백 환밖에 소지금이 없으니, 백 환을 더 장만해 가지고 오겠다고 일러놓고 나는 밖으로 나왔다. 그러나 나는 이상하게 마음이 놓이질 않는 것이다. 나는 되돌아가 그 소녀에게 십 분 안으로 꼭 백 환을 더 마련해 가지고 오겠다는 것을 약속했다. 소녀뿐 아니라 거기 있는 사람들은 일제히 나를 경멸하는 눈치로 바라보는 것이다. 나는 그 길로 식당을 나와 광순의 '오피스'를 향해 뛰어갔다. 나는 그 문간에 서 있는 한 색시에게 부탁해서 광순을 불러냈다. 무슨 일인가 하고 광순은 이내 따라나왔다. 나는 급히 쓸 일이 있다고 하고 백 환을 더 청했다. 광순은 잠자코 백 환짜리를 한 장 내 손에 얹어주었다.

"난 결코 이 돈을 나쁜 데 쓰려는 게 아닙니다. 윤기가 흐르는 백반을 먹으려는 겁니다. 꼭 백 환이 모자라거든요."

광순은 그러면 같이 가 먹자고 따라나섰다. 마침 저녁도 설치고 온 김이라, 오래간만에 돈가스 맛을 좀 보겠다는 것이다. 나는 앞장 서서 자신 있게 양식점 문을 밀고 들어섰다. 그러나 아까의 그 소녀는 눈에 띄지 않았다. 몸이 불편해서 방금 돌아갔다는 것이다. 나는 실망한 것이다. 광순을 떠밀 듯이 하고 나는 밖으로 나오고 말았다. 우리는 결국 딴 음식집으로 가서 비빔밥을 먹기로 한 것이다. 주문한 음식을 기다리는 동안 광순은 내게 엉뚱한 질문을 하였다.

"대체 날 뭐 하러 찾아오군 하세요? 지상(志尙)은 나한테 뭘 기대하느냐 말예요."

물론 나는 그 말에 대답하지 못한 것이다. 나는 짜장 광순에게 무엇을 요구하는 것일까? 그건 확실히 내게는 과중한 질문인 것이다. '너는 왜 사느냐?' 하는 물음이나 다름없기 때문이다. 그 질문의 여독으로 인해서 돌아오는 길에도 나는 골치가 아팠다. 광순의 미소에서도 나는 좀 실망한 것이다. 낡은 노트장의 여백에다 이런 군소리를 끄적거리고 있는 지금도 나는 딱하기만 한 것이다.

6월의 어느 날

어느새 장마는 아니련만 어제부터 내리는 비가 그칠 줄을 모른다. 이런 날은 더욱 실내의 먼지가 밖으로 빠지지를 못하고 고여 있는 것이다. 하도 먼지를 많이 마셔서 그런지 이제는 내 목구멍에서까지 봉당내가 나는 것이다. 방에 있으면서도 전신이 비에 젖은 것처럼 눅눅해 견딜 수 없는 것이다. 그것은 몸뿐 아니라 마음이나 영혼까지도 꿀쩍하니 젖어 있는 것같이 느껴지는 것이다. 이런 주제로 그래도 나는 무슨 해결을 기다리고 있는 것이다. 언필칭 대장은 날더러 죽으라고만 한다. 죽기만 하면 만사는 해결난다는 듯이. 그러면 대장은 어째서 자기가 죽으려고 하지 않을까? 저녁마다 사이다 병으로 하나씩 마시는 술맛을 잊지 못해서일까? 아들딸이 미국 가서 박사, 석사 자격을 얻어가지고 돌아올 때를 기다리기 위해설까? 그러면서 나보고만 죽으라는 것이다. 그러나 이렇게 살아 있는 나 자신이 죽을 수 있을까? 나는 사실 죽음보다도 더 절실히 기다리는 것이 있는 것이다. 어쩌면 영원히 없을지도 모르는 내 인생의 해결에 관해서 병신처럼 생각하고 있는 것이다. 그러나 다행히도 오늘은 아침부터 쉬지 않고 재봉틀 소리가 들리는 것이다. 재료난으로 여러 날을 놀던 판이라, 하루에 봉창을 때우자는 셈인지, 식구들은 제품 작업에 몰두하고 있는 것이다. 그들은 빗소리에도 전연 개의치 않는 것이다. 가끔 세차게 쏟아지는 빗소리에 재봉틀 소리까지 실없이 무력해지기도 하는 것이다. 그보다도 지금 내 옆에서 히히거리는 선옥(善玉)의 울음소리가 나는 더 견딜 수 없는 것이다. 대체 열아홉 살이나 먹은 계집애가 저토록 울음을 해결이라고 오인하는 수가 있을까? 선옥은 모친의 언니의 딸이라, 나와는 이종 사촌간인 것이다. 그는 일주일 전에 군산서 소위 청운의 뜻을 품고 상경한 것이다. 서울서 어디든 취직이라도 해가지고, 대학에 다니고 싶다는 것이다. 대학을 마치는 길로 미국 유학을 가겠다는 지숙의 편지를 받을 적마다, 선옥의 향학열은 불길같이 타올랐다는 것이다. 지숙이처럼 미국 유학은 못 갈망정, 국내에서라도 대학은 꼭 나와야 되겠다는 생각으로, 서울만 가면 이모네도 있고 해서 어떻게 되려니 싶어 왔다는 것이다. 그러나 선옥은 상경 후 며칠이 못 가서 자기 앞에는 절벽이 가로놓여 있다는 것을 깨달은 것이다. 믿고 온 이모네 집안이란 게 이꼴인데다가, 취직 또한 조련치 않은 일인 걸 깨닫고 보니, 대학은 차치하고 앞으로 먹고 산다는 것조차 난감한 일이었다. 그래도 대장은, 선옥의 앞에서 체면을 잃지 않으려고 자개수염을 비틀면서, 이렇게까지 생활을 절약하는 것은, 아이들의 미국 유학의 막대한 비용을 장만하기 위해서라는 것이다. 그러면서 선옥이더러는 고향에 돌아가라는 것이다. 하루에도 몇 번씩 다지는 것이다. 그때마다 선옥은 어린애처럼 히이히이 우는 것이다. 처음 선옥이가 우는 것을 보았을 때, 나는 백치가 아닌가 느꼈다. 히이히이 하는 그 울음소리라든지, 울다가는 웃고, 웃다가는 울고 하는 품이 도무지 예사롭지 않아 보였던 것이다. 내일이라도 고향 집으로 돌아가라고 대장이 따지듯 하면, 선옥은 울면서 돌아가지 못할 이유를 설명하는 것이다. 선옥은 세 살 때 부친을, 아홉 살 때 모친을 잃고 오빠의 손에서 길러진 것이다. 오빠의 덕으로 간신히 고등학교까지 나왔다는 것이다. 그러나 최근의 오빠는 마약 환자로서 폐인에 가깝다는 것이다. 선옥이가 학교를 나오자, 이제는 돈벌이를 해서 자기의 약(아편)값을 당하라는 오빠의 명령이었다. 올케는 올케대로, 그만큼 돌봐줬으니 앞으로는 취직을 해서 곤궁한 살림을 도우라는 것이었다. 선옥은 그래도 대학에 가겠노라고 우겼더니 그럴 테면 부잣집 첩이나 양갈보로 팔아버리겠다고 오빠가 못살게 굴었다는 것이다. 그래서 선옥은 결국 오빠하고도 올케하고도 싸우고 서울로 뛰어올라왔다는 것이다. 오빠와 올케는 이모네를 특히 지숙을 원수처럼 생각하고 있다는 것이다. 왜냐하면 자기는 미국 유학을 가느니, 현대 여성은 과거와 달라 밥을 굶어도 최고 학부를 나와야 하느니 하고, 아무것도 모르는 선옥을 충동질했다고 해석하기 때문이라는 것이다. 그 말을 들었을 때, 나는 갑자기 이종형인 선옥의 오빠가 좋아졌던 것이다. 내가 선옥이었다면 정말 남의 첩이 되어서든, 양갈보질을 해서든 이종형의 마약값을 당하고, 그 집 살림을 도와주었을 걸 하고 후회했던 것이다. 나는 지금도 선옥의 울음소리를 들으며 내가 여자였더라면 하는 생각에 취해 보는 것이다. 그렇다면 나는 광순을 따라 그 '오피스'에 나가도 무의미하지는 않을 것이다. 선옥은 다행히 여자가 아니냐. 그리고 여자도 물론 인간이 아니냐. 인간의 일이 어찌 저렇게 값싼 눈물로 해결될 수 있단 말이냐. 나는 참말 왜 이리 어이없는 생각만을 되풀이하는 것일까?

갑자기 방문이 열리며, 누가 자신 없이 나를 찾는 소리가 들렸다. 그것이 뜻밖에도 십여 살 먹은 사내애였다. 소년은 나를 손가락질하며,

"저 아저씨 말야요. 울 아버지가 좀 오래요."

했다. 나는 그놈이 누군지 얼른 알아보지 못했다.

"너 이 아버지가 누구냐?"

"아, 울 아버질 몰라요. 날마다 놀러 오문서두……."

소년은 문 선생의 아들이었다. 소년은 비에 젖어서 꾀죄죄해 있

었다. 나는 이유도 묻지 않고 일어나 소년을 따라나갔다. 하나밖에 없는 지우산을 소년과 같이 받고, 발이 빠지는 골목을 돌아갔다. 그러다가 나는 갑자기 걸음을 멈추었다. 어느 집 추녀 밑에 유령이 나타나 있었기 때문이다. 그도 다 찢어진 지우산을 받고 서 있었다. 해골처럼 바짝 마른 몸에 낡은 레인코트를 입고, 머리에는 방한모를 눌러쓰고 있었다. 떼꾼한 눈이 나를 노려보고 서 있는 것이다. 그가 문 선생이라는 것을 깨달은 것은 몇 분 뒤였다.

"웬 일입니까? 방한모를 다 떨쳐 쓰구."

문 선생의 얼굴은 몹시 창백하였다. 입술이 퍼렇게 된 것을 보니 추운 모양이었다.

"자네, 광순이 얘기를 밀고했을 테지?"

"밀고라니요?"

나는 선뜻 그 의미를 알아차릴 수가 없었다.

"광순이 직업 말이야. 그 애 직업이 뭐라는 걸 진성회 동지들에게 밀고하지 않았느냐 말야?"

그 말을 듣자 나는 정말 어이없었다. 여기까지 따라 나온 것을 후회하였다.

"문 선생! 그렇게 당치않은 얘길랑 그만둡시다. 그게 대체, 문 선생이나 내게 무슨 관계가 있습니까?"

"자넨 왜 그렇게 고의적으로 날 오해하는지 몰라. 내게 있어서는 그게 사활에 관한 문제가 아닌가? 그렇게 중대한 문제가 아닌가? 내게 상관이 없다니?"

"그러면 문 선생의 생사가 내 손에 달렸단 말씀입니까?"

"자넨 내 말을 통 못 알아듣는구만. 내 속을 좀 알아달란 말이야. 내일이 바루 진성회 제6차 정기 총회가 아닌가? 그동안 광순의 직업에 관해서 동지들을 속여온 것이, 나는 얼마나 괴로웠는지 몰라.

그러기에 이번 회의 때는 모든 것을 사실대루 자백하구 나서, 어떤 가혹한 처벌이라두 달게 받을 각오였네. 그러나 혹시 자네가 밀고를 했다면, 벌써 회장이나 장 선생이 알구 있을 거란 말야. 그렇다면 나는 오늘 안으로 죽어버리는 수밖에 없어. 그 수치스런 사실을 내 입으루 고백하기 전에, 동지들이 이미 알구 있다면, 나는 자살하는 길밖에 도리가 없단 말이네."

나는 입을 봉한 채 하릴없이 문 선생의 얼굴을 바라보고 있었다. 아니 그건 문 선생이 아니다. 문 선생의 유령에 불과한 것이다. 유령이 아니고야 그렇게 맹랑한 말을 정색하고 지껄일 수 있을까? 나는 그대로 발길을 돌리고 말았다. 문 선생이, 아니 그 유령이 처마 밑에서 쓰러지듯 뛰어나와 내 소매를 잡았다.

"이거 봐, 지상이. 나는 그 문제 때문에 이 며칠 동안 잠을 못 자구 고민했네. 여동생이 인육시장에서 벌어오는 돈으루 나와 내 가족이 살아가고 있다는 사실만두, 낯을 들 수 없는 일인데, 진실하고 성실하게만 살려는 동지들이 알구 있다면 대체 날 뭘루 보겠나? 세상에 나처럼 불행한 죄인은 없을 거야!"

그의 야윈 볼 위로 눈물이 한 방울 주르르 흘러내리는 것이다. 나는 더 견딜 수 없어서 걸음을 옮겨놓았다.

"여보게, 지상이. 바른 대로 좀 대답을 해주게나. 회장이나 장 선생이 알구 있는가? 그 사실을 정말 알구 있느냐 말야?"

"문 선생! 당신은 유령이 아닙니까? 이미 인간의 유령이란 말예요. 유령이 왜 그리 추근추근하게 굽니까?"

"유령?"

"그렇습니다. 문 선생은 유령입니다. 하기는 세상 사람이 죄다 유령인지두 모릅니다. 문 선생은 그래 유령 아닌 인간을 본 적이 있습니까?"

약간 얼굴이 질려, 눈을 크게 뜨고 나를 쳐다보는 문 선생을 그대로 무시해 버리고 나는 다시 걷기 시작했다. 그러나 집 앞에까지 돌아와서도 나는 도무지 방에 들어갈 용기가 나지 않았다. 유령이라는 말을 수없이 입속으로 뇌어보며 나는 잠시 문 앞에 서 있었다. 안에서는 여전히 재봉틀 소리가 흘러나왔다. 그것은 빗소리에 눌리어 약하게 들리었다. 저건 유령의 신음 소리에 틀림없다고 나는 생각했다.

좀 뒤에 나는 골목 밖으로 걸어 나가고 있는 자신을 발견하였다. 인간도 유령도 아닌 너무나 막연한 자신의 몰골을. 하여튼 나는 한사코 걸어나가고 있는 것이었다. 나도 어디든 가야 할 게 아니냐! 우리 집 식구들이 미국 가기 위해서만 살듯이 나도 살아 있는 이상 어디든 가야 할 게 아니냐 말이다. 그러는 동안에도 내 발길은 어느새 광순네 집을 향하고 있는 것이었다. 내가 어디를 가야 할지를 광순이가 가르쳐주겠다고 약속이라도 한 것처럼 나는 광순이를 찾아가는 것이다. 그러나 전찻길을 건너 국민학교 담장을 끼고 돌아가다가 저만큼, 쓰러질 듯한 몸을 어린 아들에게 의지하고 걸어가는 문 선생의 파리한 뒷모양을 발견하고 나는 걸음을 멈추고 말았다. 그 자리에 서서 문 선생의 모양이 보이지 않을 때까지 바라보았다. 그러고 나서 나는 다시 발길을 돌이켰다. 문 선생네 집에 찾아가기를 단념하고, 광순이의 오피스가 있는 뒷골목에 먼저 가 기다리기로 한 것이다. 우산은 받았지만, 빗발이 후려쳐서 아랫도리는 쥐어짜게 젖었다. 좀 뒤에 나는 목적한 뒷골목에 이르렀다. 시간이 이른 탓인지 비가 와서 그런지 오늘은 유달리 한산했다. 나는 광순의 '오피스'가 있는 대문 앞에 한동안 서 있다가, 마침내 대문을 밀고 뜰 안으로 들어섰다. 맞은편 대청에서는 여자만 네댓 명 둘러앉아 저녁을 먹고 있었다. 그중의 한 노파가 목을 길게 뽑고 나를 내다보며 웬 사람이냐고 물었다. 나는 광순의 이름을 댔다. 노파는 나를 미심쩍게 위아래로 훑어보고 나서 광순은 아직 오지 않았다고 했다.

"네, 건 옳은 말씀입니다. 그래서 난 광순이 방에 들어가서 광순이를 기다리려고 하는 것입니다. 광순이 방이 어느 건 줄 몰라 그럽니다."

그러나 노파는 조금도 내 속을 알아주려고 하는 사람이 아니었다. 덮어놓고 밖으로 나가서 기다리라는 것이다. 노파하고는 전연 얘기가 통하지 않는 것이다. 나는 구원이나 청하듯이 식탁에 둘러 앉아 있는 색시들을 향해 광순의 방을 알려달라고 애원해 보았다. 그러나 색시들도 역시 같은 대답이었다. 나는 할 수 없이 밖으로 나왔다. 나는 대문간에 우두커니 서서 세 시간 가까이나 기다린 것이다. 광순은 완전히 어두워서야 왔다. 오늘따라 나는 광순의 방에 들어가 보고 싶었다. 그래야만 할 것 같았다. 광순은 순순히 내 청을 들어주었다. 들어선 방은 좁은 한 칸이었다. 개켜서 뒤편으로 밀어놓은 이부자리에 넘어지듯 나는 기대앉았다. 나의 심신은 몹시 피로해 있었던 것이다. 나는 이러한 피로가 어디서 오는 것인지를 정확히 알 수가 없었다. 그것은 저녁을 굶은 탓만은 아닌 것 같았다. 나는 눈을 감았다. 어디가 편찮으냐고 광순이가 묻기에, 그냥 피곤해 그런다고 했더니, 광순은 이내 요를 펴주며 잠시 누워서 쉬라고 했다. 나는 할 수 없이 광순이가 시키는 대로 했다. 내가 자리에 눕자 이불을 덮어주고 나서 광순은 경대 앞에 앉아 화장을 시작하는 모양이었다. 나는 누운 채 고개를 돌려 피로한 눈으로 광순을 바라보았다. 슈미즈 바람으로 광순은 경대 앞에 앉아 있었다. 졸지에 나는 몹시 불안해지기 시작했다. 광순의 희멀건 피부가 나를 압박해오기 때문이다. 나는 어느새 도로 상반신을 일으키고 있었다. 그리고 나는 떨리는 음성으로 중얼거린 것이다.

"나두 무슨 목적이 있어야 하지 않습니까? 광순이를 찾아오는 무슨 뚜렷한 목적 말입니다."

광순은 내게로 얼굴을 돌렸다. 그저 언제나 다름없이 웃는 얼굴이다.

"오빠가 한번은 날더러 지상이하구 연애하느냐구 합디다. 지상이를 사랑하느냔 말예요."

"그래서, 그래서 뭐랬소?"

"버얼써 연애가 끝났다구 했죠. 그래서 지상이는 나한테 위자료를 받으러 다닌다구 그랬어요."

나는 요 위에 일어나 앉아 있었다. 머리가 점점 더 무거워지는 것이었다. 나는 의미도 없이 세수하듯 두 손으로 얼굴을 문대보는 것이다. 밖에서 광순을 부르는 소리가 났다. 사내의 음성이었다. 광순은 얼른 저고리만 걸치고 밖으로 나갔다. 몇 마디 얘기가 오고 갔다. 광순은 이내 돌아 들어와서 손님이 왔으니 이제 그만 돌아가라는 것이었다. 나는 물론 광순이가 하라는 대로 하는 수밖에 없었다. 일어나 나오려다 말고, 나는 손을 내밀었다. 광순은 핸드백을 집어다가 그 속에서 백 환짜리 석 장을 꺼내주었다. 내가 대문간을 나서려니까 거기에 젊은 사내가 서 있었다. 나는 걸음을 멈추고 정신없이 지껄였다.

"자, 어서 들어가십시오. 그리고 광순에게 뭐든 자신 있게 요구하십시오. 나두 이렇게 삼백 환의 위자료를 받아가지구 갑니다."

나는 참말 별수 없는 인간인 것이다. 나는 도무지 무슨 해결을 얻을 수 없는 인간인지도 모르는 것이다. 나는 별안간 허기중을 강렬히 의식하며 밖으로 나선 것이다. 비는 이미 멎어 있었다.

6월의 어느 날

문 선생네 집을 찾아가는 길에 나는 오늘도 콘크리트 담장의 구
멍에 눈을 대고 국민학교 운동장을 들여다보는 것이다. 그러나 오
늘은 수업 시간인 모양이다. 넓은 운동장에는 불과 육칠 명의 아동
들이 선생의 호령에 따라서 동일한 동작을 반복하고 있을 뿐이었
다. 아직 완전히 발육하지 못한 인간의 세균은 앞으로 지구덩이의
피부를 파먹어 들어가기 위해서 열심히 단련하고 있는 것이라고 나
는 공상할 수가 있는 것이다. 피부가 썩어서 는질는질 무너지고 구
정물이 질질 흐르는 지구덩이를 상상하며 나는 구멍에서 눈을 떼고
침을 뱉었다. 그리고 나 자신의 피부까지 근질거리는 것같이 느끼
며, 문 선생네 집을 향해 나는 넓은 공터를 가로질러 건너갔다.

광순은 여태 자고 있었다. 윗목에 요를 깔고 아무것도 덮지 않은
채 반듯이 누워 있는 것이다. 파리떼가 성가스러워 그런지 얼굴을
신문지로 가리고 있었다. 한쪽 다리만 쭉 펴고, 한쪽 다리는 가드라
져 세우고 있는 것이다. 스커트가 홀렁 벗겨져서 드로어즈만 입은
아랫도리는 노출되어 있었다. 내가 소리 없이 방 안에 들어섰을 때
문 선생은 아랫목 벽에 기대앉아 그러한 광순의 모양을 정신없이
바라보고 있는 것이었다. 나를 보자 문 선생은 어이없이 당황해하
는 것이었다. 나는 물론 그처럼 경솔한 문 선생의 태도에 구애받을
필요가 없는 것이다. 나는 잠자코 광순의 옆에 가 누워버렸다. 이대
로 한숨 늘어지게 잠을 자야 하는 것이다. 나는 밤에는 통 잠을 못
자는 것이다. 그 대신 낮잠으로 봉창을 때우는 것이다. 그러나 집에
서는 낮잠마저 제대로 잘 수 없는 것이다. 그래서 나는 여기에 자주
낮잠을 자러 오는 것이다. 단지 조용한 탓일까? 혹은 광순이가 옆
에 있어주는 탓일까? 광순이를 믿기 때문에 문 선생이 마음 놓고 않

을 수 있듯이, 나 역시 광순이가 있기 때문에 안심하고 잘 수 있는 것일까? 그렇지만 나보다도 문 선생은 더욱 광순이를 무시할 수 없는 것이다. 그럼에도 불구하고 문 선생은 광순을 무시하려 드는 버릇이 있는 것이다. 특히 며칠 전 제6차 진성회 월례회의 때는 생판 추태를 보였던 것이다. 그날 문 선생은 우리 대장과 장 선생 앞에서 광순의 직업을 사실대로 고백한 것이다. 동시에 어린애처럼 소리내 울면서 이제는 안심하고 죽을 수 있노라고 했다. 대장과 장 선생은 잠시 말을 못 하고 얼굴만 마주 보았다. 그들은 조금 전까지만 해도, 판에 박은 듯한 그들의 인생론을 한바탕 피력했던 것이다. 물론 그것은 진실하고 성실한 생활로 돌아가야만 인류는 구원을 얻을 수 있다는 것, 그렇건만 현대인은 거개가 비진실한 생활의 감탕 속으로만 빠져들어가고 있다는 것, 그러나 자기네 진성회 동지들만은 초연히 진실하고 성실하게 살 뿐 아니라, 나아가서 민족과 인류를 위해서 진실하고 성실한 사업에 일생을 고스란히 바치자는 내용인 것이다. 물론 그러한 담론 가운데서, 대장은 '나보다 약하고 불행한 사람을 위해서 전심전력으로 봉사해야 한다.'라는 말을 수없이 되풀이했고, 장 선생 또한 '사필귀정'을 말끝마다 연발했던 것이다. 그러한 대장과 장 선생의 생각으로는, 광순의 생활 방법이란 진실이나 성실과는 정반대로 여지없이 타락한 윤락의 생활임에 틀림없는 것이다. 그런 까닭에 문 선생의 고백을 듣고 난 그들은 졸지에 입이 얼어버리고 말았던 것이다. 그러자 문 선생은 방바닥에 엎드려 껑껑 느껴 울며, 속죄의 의미로서 자기는 동지들의 손에 죽어야하겠으니, 이 비굴한 놈을 당장 죽여달라고, 그 가죽과 뼈만 남은 가슴을 두들겼다는 것이다. 이러한 이야기를 나는 광순에게서 들은 것이다. 그날 대장과 장 선생은 낯을 잔뜩 찡그리고, 마치 광순을 뱀이나 옴두꺼비처럼 노려보다가 돌아갔다는 것이다. 지금도 눈을 감고 맥없이 벽에 기대 있는 문 선생의 그림자 같은 자세를 바라보고 있는 내 눈에는, 당장 죽여달라고 하며, 그 야윈 가슴을 난타하는 문 선생의 모양이 자꾸만 떠오르는 것이다.

"문 선생!"

나는 무의식중에 그렇게 불렀다. 문 선생은 무겁게 눈을 떴다. 그리고 광채 없는 시선을 내게로 보냈다.

"문 선생은 진정 죽고 싶습니까? 꼭 죽어야만 하겠습니까?"

"나는 지금두 죽음을 생각하구 있었네. 자네 어른과 장 선생은 절대로 죽어서는 안 된다구 하데. 아무쪼록 건강을 회복해가지구, 민족과 인류를 위해, 진실하고 성실한 일을 하다가 죽어야 속죄가 되지 않느냐구 하며, 앞으로 광순이두 그 윤락의 세계에서 건져내도록 힘써보자구 하네. 그렇게 고마운 말이 어딨나. 그처럼 나를 참된 애정과 동정에서 위로해 줄 사람이 어딨냐 말일세. 그러나 아무리 생각해도 나는 죽어야만 할 것 같애. 내 병이나 광순의 운명은 도저히 동정이나 위로만 가지구는 해결날 수 없지 않는가?"

"해결?"

나는 벌떡 일어났다. 그것은 뜻밖의 말이었기 때문이다. 문 선생에게서 해결이라는 말을 들으리라고는 예기하지 못했던 것이다. 그러나 나는 이내 도로 누워버리고 말았다. 이 방 안의 공기도 역시 우리 집이나 매일반으로 무거운 것이었다.

"문 선생! 당신은 죽으면 모든 문제가 해결된다고 생각합니까?"

"물론이지. 죽기만 하면 만사는 마지막이니까!"

"물론이라구요? 그래 당신이 죽는다구 해서 이 세상이 달라진단 말입니까? 당신만 없어지면 그래 지구덩이의 피부병이 완치된단 말입니까?"

"자넨 어째서 나를 덮어놓구 오해만 하려구 하나? 내 속을 좀 알아달란 말야……."

　문 선생의 말을 다 듣지 않고 나는 돌아누워버리고 말았다. 그리고 나는 귀를 막았다. 나는 도대체 무엇 때문에 문 선생과 이렇게 맹랑한 문답을 하는 것일까? 나는 눈을 감고 귀를 가린 채 이 방 안의 광경을 그려보는 것이다. 문 선생이나, 광순이나, 나나 한결같이 그것은 우울한 광경임에 틀림없는 것이다. 우울하기보다도 오히려 처참한 광경이 아닐까? 그러나 저녁때 나는 집에 돌아와서 더 처참한 광경을 목격한 것이다. 목간 가는 광순이를 따라 일어나서 집에 돌아와 보니, 가족들이 모두 송장처럼 축 늘어져 있는 것이었다. 정말 숨이 끊어진 것은 아니지만 내게는 그렇게 송장처럼 보였던 것이다. 머리며 옷매무새가 형편없이 헝클어진 모친은 방 한가운데 꼼짝 않고 누워서, 간혹 신음 소리를 내고 있었다. 그리고 넝마 무더기 위에는 대장이 마치 로댕의 「생각하는 사람」과 같은 자세로 죽치고 앉아 있는 것이다. 물론 나를 거들떠보지도 않았다. 한편 지숙은 흡사 실신한 사람 모양으로 멍하니 벽에 기대어 앉아 있었다. 표독스러우리 만큼 야무진 얼굴이 저렇듯 멍해질 수가 있을까! 다만 선옥이만이 아직도 살아 있다는 듯이 어깨를 추며 히이히이 울고 있는 것이다. 나는 이내 가족들이 축 늘어져 있는 까닭을 알 수가 있었다. 그것은 재봉틀이 놓여 있던 자리가 비어 있었기 때문이다. 물어볼 필요조차 없는 일이었다. 빚값에 재봉기를 뺏기고 만 것이다. 죽어도 못 놓겠다고 하며 모친은 재봉틀에 매달려서 문 밖까지 질질 끌리어나갔다는 것이다. 나는 문 안에 버티고 선 채, 도무지 자신을 어떻게도 할 수 없는 것이다. 나는 아무래도 무슨 행동을 가져야 할 것이다. 그러나 도대체 나는 무엇을 행동할 수 있을 것인가? 나도 그저 자신이 어이없을 뿐이다. 나는 마침내 어이없는 말을 지숙에게 던진 것이다.

"내, 너 취직시켜줄까?"

지숙은 흥미 없이 나를 보았다. 그러나 그것은 확실히 나를 경멸하는 눈이었다. 나는 더 권할 필요를 느끼지 않았다. 그 대신 나는 선옥에게 같은 말을 비추어본 것이다.

"선옥이, 너 취직시켜줄까?"

선옥은 젖은 눈으로 나를 쳐다보았다. 그의 눈은 분명히 기대에 빛났다. 나는 그 기대에 응해 주지 않아서는 안 될 것이다.

반 시간쯤 뒤에 나는 선옥을 데리고 광순의 '오피스'가 있는 골목에 이르렀다. 이미 어두워 있었다. 광순은 방금 세수를 하고 들어와서 경대 앞에 앉는 참이었다. 선옥은 멋쩍게 히쭉 웃더니 주저하지 않고 따라 들어왔다. 나는 광순에게 선옥을 소개했다.

"선옥에겐 무엇보다도 직업이 필요합니다. 그동안 직업을 구하지 못해 날마다 울며 지냈습니다. 직업이란 청운의 뜻보다도 소중한 모양입니다."

나는 그런 말을 덧붙인 것이다. 누구 앞에서고 제 사정 얘기나 남의 내막 얘기에 언급하는 일이 없는 광순은 역시 아무것도 묻지 않았고, 또 아무런 말도 하지 않았다. 그저 웃는 낯으로 선옥을 바라볼 뿐이었다. 방 안에 들어와서부터 선옥은 차츰 풀이 꺾이었다. 그는 기운 없는 눈으로 광순의 시선을 피해 나를 바라보았다. 나는 일부러 외면하고, 선옥이나 나는 점심 저녁 두 끼를 굶고 있다고 광순에게 말했다. 그러자 광순은 두 끼쯤은 문제가 아니라는 것이다. 자기는 다섯 끼를 굶어본 경험이 있다는 것이다. 그래 놓고 광순은 골목 밖에 있는 음식집으로 우리를 데리고 간 것이다. 거기서 나는 지난번처럼 비빔밥을 먹으면서, 선옥은 취직이 되겠지만, 나는 어떻게 하나 하고 생각해 본 것이다. 나는 갑자기 선옥이가 부러워지는 것이었다. 음식점을 나와가지고도, 나는 선뜻 헤어지지 못하고 광순의 '오피스'가 있는 대문 앞까지 쭈뼛쭈뼛 따라간 것이다. 광순은 그러한 나를 쳐다보며 하여튼 취직 문제와는 별도로 선옥일랑 당분간 자기가 맡겠노라고 했다. 그러더니,

"자, 위자료를 드릴까요?"

하고 삼백 환을 내미는 것이었다. 나는 정신없이 그 돈을 받아 들었다. 나는 잠시 그대로 더 머뭇거리고 서 있었다. 그러면 너무 늦기 전에 돌아가라면서 광순은 몸을 돌려 대문 안으로 사라지려고 했다. 그제야 나는 큰일 난 듯이 광순의 소매를 붙잡은 것이다.

"난 돈이 필요한데요. 돈이 말입니다. 꼭 돈이 좀 있어야겠단 말이에요."

광순은 서슴지 않고 또 삼백 환을 주는 것이었다.

"아닙니다. 광순이는 날 오해하고 있습니다. 나는 아무래두 큰돈이 좀 필요합니다."

광순은 잠시 내 얼굴을 쳐다보다가,

"얼마나요?"

하고 물었다.

"광순은 나를 몰라줍니까? 나는 큰돈이 있어야 합니다. 재봉틀두 찾아야 하구, 동생들의 미국 갈 비용두 있어야 하지 않습니까?"

그러나 이것은 광순에게 할 말이 아니라고 깨달았다. 따라서 이것은 내가 생각하는 것도, 할 말도 아니었다고 후회한 것이다. 어리둥절한 채 서 있는 광순에게 어서 들어가라고 권하고 나는 어두운 골목을 걸어 나오고 말았다. 그러면서 나는 누구에게 무안을 당한 것 같은 기분이었다. 두 번째 골목을 전찻길 쪽으로 꺾으려고 하는데, 누가 내 어깨를 툭 치는 것이다. 낯선 청년이다. 그는 할 말이 있다고 하며 으슥한 골목으로 나를 끌고 가는 것이다. 그 골목에는 비슷비슷한 청년들이 대기하고 있었다. 다가서는 그들의 입에서는

술내가 풍기었다. 나는 결코 유리할 수 없는 사건을 각오했다. 그러나 나는 조금도 겁나지는 않았다.

"우리를 무얼루 아는 거야?"

연거푸 다른 놈이,

"왜 버릇없이 덤비는 거야?"

나는 어찌 된 판인지 영문을 알 수가 없는 것이다.

"버릇없이 덤비나니?"

"건방진 자식…… 광순일 함부루 건드리지 말란 말이다!"

순간 나의 오른편 귀청이 왕 하고 울렸다. 눈에서는 불이 튀었다. 그것은 고무장갑 같은 손이 아니었다. 내가 한쪽으로 비틀거리자 이번엔 왼쪽 따귀에서 짝 소리가 났다. 연달아 주먹과 발길이 무수히 내 몸뚱이에 떨어졌다. 어디를 어떻게 얻어맞는지 나는 분간할 수 없었다. 마침내 나는 그 자리에 고꾸라지고 만 것이다. 그러나 나는 정신을 잃지는 않았다. 턱과 손에 끈적거리는 선혈을 의식하면서 무의식중에 나는,

"광순이, 광순이."

하고 신음 소리처럼 불러보는 것이었다.

인간동물원초(人間動物園抄)

동굴 속 같이만 느껴지는 방이다. 그래도 송장보다는 좀 나은 인간이 십여 명이나 무릎을 맞대고들 앉아 있는 것이다. 꼭 같이들 푸른 옷으로 몸을 감고 있는 것이다. 밤이 되어도 자라는 명령이 떨어지기 전에는 누구 하나 멋대로 드러누울 수 없는 것이다. 밤중에 자지 않고 일어나 앉아 있어도 안 되는 것이다. 앉거나, 서거나, 눕거나 할 자유조차 완전히 박탈당한 그들에게는 먹고, 배설하고, 자는 일만이 허용되어 있을 뿐이다. 나머지 시간은 그냥 주체스럽기만 한 것이다. 낮이면 부질없는 이야기로 지루한 날을 보내고, 밤이면 제각기 색다른 꿈으로 잠을 설치는 것이다. 날마다 우두커니 앉아 있는 그들은 곧잘 이야기마저 잊어버리는 수가 있는 것이다. 그러고 보면 이 감방 안은 그야말로 동굴 속처럼 무거운 정적만이 차 넘치는 것이다. 게다가 땀내와, 변기에서 새어나오는 구린내까지 더 심해지는 것같이 생각되는 것이다. 그들은 마침내 의식하지 못하는 기대를 안고, 한 사람 두 사람 고개를 뒤로 돌린다. 뒤편 벽 꼭대기에는 조그마한 창문이 있었다. 거기에는 엄지손가락보다 굵은 쇠창살이 위아래로 꽂히어 있는 것이다. 그 창살 사이로는 나무 없는 산등성이가 바라보이고, 그 너머로 아득히 푸른 하늘도 쳐다보이는 것이다. 맨 앞 구석 자리에 앉아 있는 방장(房長)이 먼저 창밖을 내다보며 중얼거렸다. "오늘두 날씨는 참 좋군!" 방장 눈에는 창살 사이로 나무 없는 산등성이가 바라보이고 그 너머로는 푸른 하늘도 아득히 쳐다보이는 것이다. 다음으로 방장 옆에 앉아 콧구멍을 쑤시고 있던 전차 운전사가 고개를 들어 창밖을 내다보았다. 창살 사이로는 나무 없는 산등성이와 푸른 하늘이 아득히 쳐다보이는 것이다. 이번에는 전차 운전사 옆 자리의 좌장(座長)과 그 옆의 핑핑이가 거의 동시에 창밖을 내다보는 것이다. 그들 눈에도 나무 없는 산등성이와 푸른 하늘이 아득히 쳐다보이는 것이다. 이어서 핑핑이 맞은쪽에 앉아 있는 주사장(廚事長)이 납작한 코를 젖히고 창밖을 내다보는 것이다. 그 눈에는 나무 없는 산등성이와 푸른 하늘이 아득히 쳐다보이는 것이다. 주사장 옆에 앉아 있는 임질병, 그리고 그밖에 모두들 자연히 창밖을 내다보는 것이다. 아무 눈에나 창살 사이로 쳐다보이는 것은 역시 나무 없는 산등성이와 그 너머의 푸른 하늘인 것이다. 그러나 끝끝내 통역관(通譯官)만은 창밖을 내다보지 않고 앉아 있는 것이다. 그는 언제나처럼 남을 깔보는 것 같은 눈으로 싱글싱글 웃으며 사람들을 바라보고 앉아 있는 것이다. 양담배는 늘 통역관의 그 눈이나 싱글거리는 웃음이 공연히 마음에 켕기었다. 그리고 흔히 무슨 깊은 의미가 있는 듯이 중얼거리는 엉뚱한 소리가 양담배에게는 까닭 없이 불안하였다. "모두들 푸른 하늘이, 저 드높은 하늘이 그리운 게지! 저 하늘을 차지하고 싶거든 용감해져야 합니다. 강해져야 한단 말입니다." 지금도 통역관은 그런 영문 모를 소리를 지껄인 것이다. 양담배는 도무지 통역관의 속을 알 수 없는 것이다. 그러면서도 통역관의 언동에는 자기가 이해할 수 없는 어떤 의미가 들어 있는 것 같아서 함부로 무시하지 못하는 것이다. "약자는 언제나 이렇게 하늘만 사모하다 죽는 법입니다." 통역관은 그런 말도 했다. 알 듯도 모를 듯도 한 소리지만, 거기에는 어려운 뜻이 들어있으리라는 생각이 드는 것이다. 미국 말에도 익고, 이렇게 난해한 말을 잘 지껄이는 통역관은 그 학식이 비범할 것이다. 그래서 양담배는 남몰래 통역관과 좀 의논해 보고 싶은 일이 있는 것이다 지식이 많은 통역관은 자기의 고민을 해결할 방법을 가르쳐줄지도 모른다고 생각한 것이다. 그렇지만 사람을 깔보는 것 같은 그 눈과 웃음이 좀처럼 양담배를 접근시켜주지 않았다. 동굴 속 같은 이 감방에 들어온 날 저녁부터 양담배는 아주 고약한 경험을 당하고 있는 것이다. 방장이 잠자리를 정해 주는 대로 좁은 틈에 끼여 어렴풋이 잠이 들려고 하는 순간이었다. 등 뒤에 붙어 자던 주사장이 슬그머니 양담배의 엉덩짝을 쓰다듬는 것이었다. 이 안에서는 누구나 내의를 입지 못하게 되어 있는 것이다. 알몸뚱이에 고름 없는 여름 두루마기 같은 수의(囚衣)를 걸치고 있을 뿐이다. 수의 자락만 들치면 그대로 맨살이다. 그러기에 주사장은 손쉽게 양담배의 엉덩짝을 어루만질 수가 있는 것이다. 양담배는 기분이 나빴지만 처음에는 가만히 있었다. 그러자 주사장은 양담배의 옷자락을 훌렁 걷어 올리더니 누운 채로 등 뒤에서 꼭 끌어안으며 이상한 짓을 하려 드는 것이다. 그제야 양담배는 좀 당황했다. 이자가 미쳤나 싶었다. 아무리 잠결이라 쳐도 남녀를 식별하지 못하랴 싶었다. 양담배는 징그러웠다. 그는 얼른 자기의 수의 자락을 내려 아랫도리를 꽁꽁 감싸듯이 한 것이다. 또 얼마가 지나서다. 양담배가 이번에도 잠이 들락말락하는데, 도로 옷자락이 헝클어지더니, 뒤에서 주사장이 꼭 쓸어안는 것이었다. 항문에 불쾌한 압박감을

느끼는 순간, "왜 이럽니까?" 하고, 양담배는 후닥닥 뛰어 일어나려
고 했다. 그러나 주사장의 억센 팔뚝은 양담배의 허리를 껴안은 채
놓아주지 않았다. "가만히 있어 이 자식아!" 그래도 양담배가 버둥
거리니까 "잠자쿠 있지 않으문 모가질 비틀 테다!" 하는 것이다. 그
것은 살기 어린 표정을 방불케 하는 음성이었다. 동시에 주사장의
한쪽 팔이 양담배의 턱 밑을 숨이 컥컥 막히도록 조이는 것이다.
"끽 소리 말어, 귀신 몰래 죽지 않을 테건." 결국 주사장은 저 하고
싶은 짓을 다 하고야 만 것이다. 양담배는 속이 메슥메슥해서 그날
밤은 제대로 잠을 이루지 못했던 것이다. 이튿날 아침에 일어나는
길로 방장은 주사장에게 영문 모를 소리를 던지는 것이다. "이놈아
내게 절을 해라!" 주사장은 방장을 바라보며 만족한 듯이 헤헤헤
하고 웃었다. 아침 식사 때 주사장은 자기 그릇의 밥을 절반이나 양
담배에게 덜어주는 것이었다. 낯을 붉히며 양담배는 굳이 사양했으
나 마침내 받아먹지 않을 수 없었다. 그만큼 양담배에 대한 주사장
의 친절은 강경했던 것이다.

아무튼 살아 있는 인간임에는 틀림없지만 동굴 속 같은 이 우리
안에서는 화제에 궁해지는 일이 많은 것이다. 어떤 때는 약속이라
도 한 듯이 십 분 이상이나 입들을 봉한 채 우두커니 앉아 있는 수
가 있었다. 그런 경우에는 왜 그런지 사람들은 대개가 창밖을 내다
보는 것이다. 창살 사이로는 여전히 나무 없는 산등성이와 그 너머
의 푸른 하늘만이 쳐다보일 뿐이다. 어떤 때는 그 하늘에 구름덩이
가 머물러 있기도 하고, 흘러가기도 하는 것이다. 간혹 나무 없는
산등성이에 한 쌍의 남녀가 나타나는 일이 있는 것이다. 그런 날은
이 깊숙한 감방 안에 소동이 발생하는 것이다. 오십이 넘은 좌장과,
남을 깔보는 듯한 냉소와 언동으로 무장한 통역관을 제외하고는,

모두들 일어나서 창 밑으로 바투 모여 서는 것이다. 그리고 그들은 목을 길게 빼고 발돋움을 해가며 지치는 일 없이 산등성이의 남녀를 내다보는 것이다. 물론 먼 거리라서 얼굴의 생김새를 알아볼 수는 없었다. 복장으로 남녀를 구별할 수 있을 정도인 것이다. 남녀는 천천히 걸어서 지나가버리는 경우도 있지만, 더러는 한동안을 나란히 앉아 있기도 하였다. 그쯤 되면 여러 사람의 관심은 더욱 커지는 것이다. "흥, 연애를 걸러 왔구나!" 제일 먼저 설명을 가하는 것은 핑핑이었다. 그는 여러 번 연애를 걸어본 경험이 있기 때문에 잘 아노라는 것이다. 연애를 걸려면 저렇게 여자를 외딴 데로 끌고 가는 것이 제일이라는 것이다. 여고생을 다섯 명이나 농락한 끝에, 국민학교 다니는 소녀에게까지 상처를 입히고 들어왔다는 핑핑이는 자신 있게 그런 해설까지 붙이는 것이었다. 그 밖에 모두들 한두 마디씩은 참견을 해보는 것이다. 전차 운전사가, 저년은 영락없이 오늘 안으로 정조를 뺏기고 말 거라구 했다. 그러자 저게 여태 처녀 줄 아느냐고 임질병이 반박을 하는 것이다. "그렇지, 너처럼 임질균이 득실득실할 거다." 하고 운전사는 지지 않았다. 코가 납작한 주사장은, 그 납작한 코를 벌름거리면서, 임질이나 매독균이 욱실거려도 좋으니 저년을 하룻밤만 빌려줬으면 좋겠다고 하고 헤헤 웃는 것이다. 한편, 저 자식이 연앨 처음 해보는 모양이라고 핑핑이는 남자를 비웃는 것이다. 저 같으면 그동안에도 벌써 여러 차례 껴안고 키스를 했으리라는 것이다. "가만있어, 인제 좀 두구 보기만 해. 한판 멋지게 얼릴 테니." 임질병이 그래서 모두들 시선을 모으고 남녀가 한판 얼리기를 기다리지만, 좀체로 그 기대는 달성되지 아니하였다. 그러노라면 남녀는 일어서서 산등성이를 내려가버리고 마는 것이다. 그제는 모두들 실망한 듯이 제자리에 돌아와 앉는 수밖에 없는 것이다. 그러나 그들 사이에는, 그 남녀가 이미 육체적 관계를 가졌겠느냐, 아니겠느냐 하는 문제를 놓고 한동안 활기 있게 논쟁이 전개되는 것이다. 이런 이야기에 누구보다도 노골적인 흥미를 갖고 참견하려 드는 것은 역시 핑핑이었다. 물론 핑핑이란 그의 본명이 아니다. 이 안에서는 서로들 본명을 모르고 지내는 것이다. 구태여 본명을 캐어묻거나 밝히려 들지도 않는 것이다. 각자에게는 이름 대신 일정한 번호가 있지만, 그게 여러 계단의 숫자인 경우에는 자기 번호만 외우기에도 노력이 든다. 그러니까 남의 번호까지 기억하기란 어림도 없는 일이라 자연 별명으로 통용되는 수밖에 없었다. 핑핑이란 것도 역시 이 안에 들어와서 얻은 별명이었다. 하루에 한 번씩 있는 옥외 운동 때나, 실내에서나, 핑핑이는 가끔 빈혈증을 일으키는 것이다. "아아, 머리가 돈다, 머리가 핑핑 돈다, 지구가 핑핑 돈다." 그러고는 눈을 감고 머리를 몇 번 내젓다가는 그 자리에 푹 꼬꾸라지는 것이다. 그렇다고 핑핑이는 그대로 기절해 버리는 것이 아니라, 다만 얼굴이 해쓱해져서 잠시 누워 있다가 아무렇지도 않은 것이다. 주사장은 그러한 핑핑이를 가리켜, 여태 머리 꼭대기에 피도 안 마른 녀석이 과색을 해서 그렇다는 것이다. 그럴 적마다 주사장을 노리는 방장의 눈이 왜 그런지 무섭게 번득이었다. 아무튼 핑핑이라는 이름은 이렇게 '머리가 핑핑 돈다, 지구가 핑핑 돈다.' 하고 쓰러지곤 한 데서 얻은 별명이었다. 그밖에 임질병이니, 옴쟁이니, 전차 운전사니 하고 부르는 것도, 당자의 질병이나 직업에서 온 별명인 것이다. 물론 양담배도 들어온 날부터 얻은 별명인 것이다. 그는 여기 들어오기 전에 미군 부대에 인부로 다녔다. 어떤 날 양담배 한 보루를 사서 숨겨가지고 나오다가 발각되어 종로서 엠피(MP) 관계로 넘어갔던 것이다. 그는 거기서 군정 재판을 받을 때, 거의 매일같이 해먹는 사람은 아무렇지도 않고 처음으로 사 내오던 자기만이 걸렸으니, 암만 해도 억울해 못 견디겠다는 말을 수없이 되뇌었던 것이다. 그러나 그 호소도 보람 없이 그는 이 개월의 언도를 받고 이리로 넘어온 것이다. 이 밖에 별명 말고 불리는 칭호로 좌장, 방장, 주사장이 있는데, 그것은 감방 내에서의 지위를 표시하는 말이다. 제일 연장자를 좌장으로 모시고, 징역살이를 가장 오래 한 사람이 방장인 것이다. 끼니때마다 식사를 맡아보는 주사장은 두 번째로 징역을 오래 산 사람이라는 것이다. 물론 이 안에서는 방장이 주권자인 것이다. 좌석이나 잠자리 같은 것도 방장의 지시대로 정해지고, 변기를 내놓고 들여놓는 일도 방장에게 지명 받은 사람이 하는 것이다. 방장 앞에서는 아무도 꼼짝을 못 하는 것이다. 그러나 통역관만은 좀 달랐다. 그는 방장이건 좌장이건, 이 방에 있는 사람 전부에게 끊임없이 깔보는 것 같은 태도를 취해 오는 것이다. 통역관은 가끔 변기 위에 올라서서 창밖으로 맞은쪽 감방을 건너다보며 영어로 무어라고 지껄이기도 하는 것이다. 그러다가는 간수에게 발각되어 끌려 나가는 일도 있지만 그는 태연자약하였다. 간수가 문을 따고 나오라고 하면, 그는 역시 냉소를 띤 채 버젓이 따라나가는 것이다. 통역관이 끌려 나가고 문이 닫힌 뒤에야, "그 자식 언제든 가만두지 않을 테다!" 하고, 방장은 입을 씰룩거리며 벼르는 것이다.

날마다 우두커니 앉아 지낸다는 것은 참말 어처구니없는 일이다. 도무지 살아 있다는 생각이 들지 않는 것이다. 별수 없이 얼굴들만 마주 보고 있는 것이다. 대개는 무표정한 얼굴들인 것이다. 그러한 상판만 진종일 바라보고 있으려면, 여기가 마치 저승행을 기다리는 대합실이나 대기소 같은 생각이 드는 것이다. 그렇게 맹랑한 착각이나 공상에서 건져주는 것은 그래도 잡담의 힘이었다. 무슨 이야기든 두세 번 되풀이되지 아니한 것이 없다. 그러한 잡담 가운데서도, 먹는 얘기와 여자 얘기만은 언제나 매력이 있는 것이다. 그런 얘기만은 몇 번 되뇌이고, 아무리 들어도 물리지 않는 것이다. 그러기에 지금도 한동안 침묵이 계속된 끝에 자연 먹는 얘기가 시작된 것이다. "아아, 설렁탕이나 파를 듬뿍 넣어서 한 그릇 먹었으면 좋겠다!" 그리고 나서 전차 운전사는 입맛을 다시었다. 옆에서 그 말을 핑핑이가 비웃어주었다. "저 양반은 언제나 설렁탕이야. 그건 시골놈이나 먹는 거라우. 난 나가는 길로 양식점에 들어가 비프 가스를 먹을 테요." 그 말에 전차 운전사는 무안을 당했다고 생각하는 것이다. 그는 비프 가스보다 설렁탕이 훨씬 몸에도 이롭고 맛이 낫다는 말로 반박해 주고 싶은 것이다. 그러나 전차 운전사는 아직 비프 가스라는 걸 먹어보지 못한 것이다. 먹어만 보지 못했을 뿐 아니라, 그게 어떻게 생긴 음식인지도 모르고 있는 것이다. 그렇지만 가만히 있자니 분하다. 그래서 이런 말로 핑핑이를 무시해 주는 것이다. "내 참, 설렁탕을 시골놈이나 먹는단 말은 생전 첨 듣네. 설렁탕이란 서울의 명물이야, 서울 사람이 먹는 거란 말야. 서울 사람 치구두 본바닥 사람만이 진짜 설렁탕 맛을 알구 먹는 거야. 무식한 소리 어디서 함부루 해." 핑핑이는 그 마지막 한마디가 몹시 귀에 거슬리었다. 자기보다는 나이가 거의 한 둘레나 위지만, 반말지거리로 빈틈없이 응수를 하는 것이다. "뭐? 무식하다? 그래 기껏 설렁탕 맛밖에 모르는 사람이 누굴 무식하대. 비프 가스 맛을 아는 사람이 무식해? 그래 도대체 비프 가스가 뭔지나 알어? 뭘루 어떻게 만들구 뭘 쳐서 어떻게 먹는 건지나 아느냐 말야!" 전차 운전사는 분하기는 하지만 아무 말도 못 하는 것이다. 그 비프 가스라는 걸 먹어보지는 못했을망정 보기만이라도 했다면 입심으로라도 뻗대보겠는데 원체 이름조차 처음 듣는 판이라 대꾸할 도리가 없는 것이다. 핑핑이는 더 신이 나서, 전차 운전사 따위에게 무식하다는 말을 듣다니, 이런 모욕이 어디 있느냐고 대드는 것이다. 핑핑이가 이렇게 큰소리를 치는 것은 믿는 데가 있기 때문이었다. 그는 방장을 믿고 있는 것이다. 왜 그런지 방장은 늘 핑핑이를 두둔하는 것이다. 양담배는 그 이유를 알 수가 없었다. 며칠 전에 핑핑이는 똥통에 빠진 일이 있었다. 온 방 안에 똥물이 튀고 핑핑이의 한쪽 다리는 정강이까지 분뇨로 매대기를 쳤다. 만일 그게 다른 사람 같았으면 허리를 못 펴도록 방장에게 두들겨 맞았을 것이다. 그러나 방장은 도리어 새로 들어온 사람을 시켜서 걸레를 몇 번이나 빨아가지고 오물 투성이가 된 핑핑이의 다리를 닦아주게 했던 것이다. 주사장, 좌장, 통역관, 이 세 사람을 제외하고는 아무도 방장 앞에서는 꿈쩍을 못 하는 것이다. 방장이래서만 아니라 주먹이 센 데다가, 살인강도의 누범(累犯)으로 십육 년째 징역살이를 하고 있다는 그의 경력 앞에 기가 죽는 것이다. 그러한 방장도 이상하게 좌장에게만은 공손하게 대하는 것이다. 일방 통역관에게 대해서는 몹시 아니꼽게 생각하고 벼르면서도 지식인이라서 그런지 마구 다루지 못하는 것이다. 그리고 주사장 역시 강도와 강간범으로 십 년 이상이나 복역 중에 있는 사람이라, 결코 만만히 건드리지 못하는 것이다. 그럼에도 불구하고 그들은 대수롭지 않은 일로 자주 언쟁을 했고, 언쟁 끝에는 육박전까지 하게 되는 수가 많았다. 키는 작지만 통통한 몸집의 주사장은 완력으로도 호락호락 방장에게 굴하는 자가 아닌 것이다. 대개가 언쟁의 시초는 극히 맹랑한 데 있는 것이다. 설렁탕이니, 빈대떡이니, 순댓국이니, 그밖에 자장면, 냉면, 탕수육, 개장국 등등, 한동안 음식 타령이 벌어지고 나면, 으레 여자 얘기로 화제가 옮겨가는 것이다. 그리 되면 "저건 계집 얘기라면 사족을 못 쓴다니까, 저 침 흘리는 거 좀 봐." 방장 입에서는 그런 말이 튀어나오게 되고, "인마, 그래 넌 점잖다. 그렇게 점잖은 녀석이 새로 들어오는 젊은 애마다 밑구멍에 고름을 들게 해주는 거냐?" 하는 식의 반격이 주사장 입에서 흘러나오게 되는 것이다. 그러나 그 정도로는 아직 육박전까지는 가지 않는다. 그런 투로 차차 흥분하기 시작해서 얘기는 어느새 처녀성에 관한 문제에 도달하는 것이다. 한 번만 데리고 자보면, 처녀지 아닌지를 대뜸 알 수 있다는 것이 주사장의 주장이었다. 그와는 반대로 도저히 알 수 없다는 것이 방장의 주장인 것이다 그 말을 가지고 한동안 옥신각신하다가 주사장은 마침내 방장이 가장 싫어하는 심리적 면을 건드려놓는 것이다. "이놈아, 넌 여적 숫처녀하구는 한 번두 자본 적이 없어서 그런 거야. 숫처녀는 고사하구, 대체 여자하고 자본 일이 있어? 숫제 사내의 밑구멍에 고름을 들게 한 것이 고작일 테지." 왜 그런지 방장은 이 말을 최대의 모욕으로 생각하였다. 이 말만 듣고 나면 방장은 더 참지 못하는 것이다. 마침내 그는 폭력 행위로 분을 풀려드는 것이다. 그렇다고 쑥 들어갈 주사장도 아니다. 두 사람은 기어이 짐승처럼 서로 물어뜯는 것이다. 그런 싸움이 지나가고 나면 양담배는 자꾸만 자기 일이 걱정스러워지는 것이다. 밑구멍에 고름을 들게 한다는 주사장의 말이 가슴에 걸리기 때문이다. 요즘 와서 양담배는 확실히 자기 몸에 이상이 생겼다고 짐작되는 것이다. 얼마 전부터 늘 뒤가 무죽한 채 있는 것이다. 도무지 개운하지가 못해서 뒤가 마렵거니 싶어 변기 위에 올라앉는다. 그러나 장시간 그러고 앉아서 힘을 주어도 용변을 하지 못하는 것이다. 처음에는 변비증인가 생각했지만, 지금 와서는 그게 아니라고 깨달은 것이다. 정말 뒤가 마려운 것이 아니라, 다만 그런 감이 드는 것뿐이다. 그것은 영락없이 주사장이 말하는 것처럼 밑구멍에 고름이 든 탓이리라 양담배는 생각하는 것이다. 첫날밤 이래 그는 거의 매일 밤 그 징그러운 주사장의 장난질을 받아주어야 하는 것이었다. 밤만 되면 끔찍한 것이다. 아무리 궁리해도 그 짓을 모면할 도리가 없는 것이다. 어느 날 그는 핑핑이도 방장에게 그런 장난을 당하고 있다는 사실을 알았다. 그러고 보니 방장이 덮어놓고 핑핑이를 두둔해 온 일이나, 반드시 핑핑이를 제 옆에다만 재우는 이유를 알 수가 있었다. 한번은 핑핑이가 슬며시 다가앉더니, 양담배에게 웃으며 이런 귀띔을 해주는 것이었다. "인제 한 달만 겪어봐, 너두 머리가 핑핑 돌다가 쓰러지군 할 테니." 그렇더라도 할 수 없다고 양담배는 각오한 것이다. 애초부터 이런 데 들어오게 된 것이 불운이라고 생각하였다. 양담배 한 보루 샀던 일이 새삼스레 후회되는 것이다. 지금 와서는 후회해도 소용없는 것이다. 만기가 되어 여기를 나가기만 하면, 병원부터 가봐야겠다고 생각하는 것이다. 항문이, 그리고 내장이 채 썩기 전에 병원에 달려가서 보아달래야겠다고 벼르는 것이다. 그렇지만 두 달은 마치 이 년처럼 지루하게 생각되었다.

그래도 다들 자기의 만기일(滿期日)만은 기억하고 있는 것이다. 제 번호 하나 변변히 외우지 못하는 사람도 만기일만은 잊지 않는다. 그만큼 그들은 사회에 나가는 날을 고대하고 있는 것이다. 물론 부모나 처자가 있어서 반가이 맞아줄 처지라면 출옥을 기다리는 것도 당연할 것이다. 그러나 사회에 아무도 없는 방장, 주사장, 임질병 같은 자들도 어서 만기가 되어 풀려 나가기를 기다리고 있는 것이다. 그러한 심속을 양담배는 도무지 이해할 수가 없었다. 그러고 보면 좌장만은 분명히 생각이 다른 것이다. 사기횡령 및 문서 위조죄로 일 년 팔 개월의 언도를 받고 들어와 있다는 좌장은 불평이 적지 않은 것이다. 복역 기간이 길대서가 아니라 반대로 짧다고 불평인 것이다. 이미 오순이 넘은 처지에 자녀도 재산도 없으니, 사회에 나가 뭘 하겠느냐는 것이다. 어디다 의지하고 무엇을 믿고 살아야 할지 알 수 없다는 것이다. 차라리 이삼십 년의 언도를 받고, 이 안에서 살다가 죽고 싶다는 것이다. 남의 사랑방이나 노변에 쓰러져 죽는 것보다는, 비록 형무소일망정 이런 방 안에서 안심하고 죽고 싶다는 것이다. 자기가 섣불리 문서 위조를 했던 것도 따지고 보면 노후를 걱정하는 나머지 한밑천 장만하기 위해서였다는 것이다. 사람이 늘그막에 의탁할 곳이 없고 보면 그것처럼 초조하고 불행한 일이 없다 하며, 자기는 앞으로 출옥을 하면 이번에는 좀 더 큰일을 저지르고 나서, 한 이십 년 언도를 받고 다시 들어오겠노라고도 했다. 양담배는 그러한 좌장의 의견에 무작정 공명을 표한 것이다. "옳습니다. 옳은 말씀입니다. 저두 노모만 안 계시구 나이가 좀 들었다면 아예 예서 늙어 죽구 말겠습니다." 그 말에 먼저 분개한 것은 방장이었다. 방장은 좌장의 말에도 자기 자신이 모욕을 당한 것처럼 느껴졌던 것이다. 그러나 연장자에게 정면으로 대들 수도 없고 해서 잔뜩 부르터 있던 판이다. 그는 이상하게도 윗사람 앞에서는 언제나 공손하였다. 그러던 차에 양담배가 매련 없이 좌장의 말에 동의를 표하는 데는 울컥 치미는 밸을 누를 수 없는 것이었다. "요망스런 자식아, 소견머리 없이 마구 지껄이지 마라. 주둥일 찢어줄 테다." "어디 나만 그랬어요. 나 혼자만 그랬어요! 좌장님의 말씀이 옳은 말씀이란 말이죠." 방장은 눈이 번뜩였다. 한쪽 다리를 들어 양담배의 옆구리를 힘껏 질렀다. "난 나가 죽을 테다! 얻어먹다가 길가에 꼬꾸라져 죽는 한이 있더래두 나가 죽을 테다!" 양담배는 모로 넘어진 채 걷어차인 옆구리를 한 손으로 누르고 잠시 버둥거렸다. 그 꼴을 보고 핑핑이가 실없이 히히대고 웃어버렸다. 그 안면에서 웃음이 채 사라지기 전에, 핑핑이의 한쪽 따귀에서 짝 소리가 났다. 주사장의 손길이 번개처럼 움직인 것이다. "뭐가 우스워? 남의 억울한 일이 그렇게두 좋으냐?" 주사장의 낯에는 살

기가 어리었다. 방 안은 갑자기 조용해졌다. 무거운 침묵 속에서 방
장과 주사장의 음흉한 시선만이 얽히었다. 양담배가 처음 보는 눈
들이었다. 지글지글 타는 것 같은 눈인 것이다. 양담배는 저도 모르
게 몸을 부르르 떨었다. 방장과 주사장은 한마디도 서로 말을 건네
지 않았다. 알고 보면 그들 두 사람은 오래전부터 암투를 계속해 오
고 있는 것이다. 핑핑이가 들어왔을 때 그들은 눈이 번쩍 띄었던 것
이다. 실로 오래간만에 보숭보숭한 앳된 젊은이를 맞이했기 때문이
었다. 둘은 다투어 핑핑이에게 친절을 다했던 것이다. 그런 중에도
일방 두 사람은 내심으로 험악한 풍파를 예기했고, 일전(一戰)을 각
오했던 것이다. 그러면서도 주사장은 타협적으로 나가본 것이다.
방장의 귀에 대고, "우리 사이좋게 지내세! 피차 손해야." 그랬다.
방장도 의외로 순순히 고개를 끄떡이었고, 결국 핑핑이를 자기들
두 사람 사이에 재우기로 밀약이 성립되었던 것이다. 그러나 며칠
이 안 가서 방장은 핑핑이를 독점하고 만 것이다. "네가 너무 난잡
하게 굴어서 싫대." 그러면서 방장은 핑핑이를 자기의 저쪽 곁에다
만 재우는 것이었다. 주사장은 그때부터 내심 칼을 갈아왔다. 그러
는 동안에 어느 날 양담배가 들어왔던 것이다. 얼굴은 핑핑이만큼
눈에 들지 않지만 나이는 더 어려 보였다. 주사장은 이내 양담배를
차지했고, 방장은 묵인해 주었던 것이다. 그렇지만 주사장은 좀처
럼 핑핑이의 체온이 잊혀지지 않았다. 여자처럼 희고 보들보들한
피부를 핑핑이는 가지고 있었다. 그리고 아무렇게 굴어도 핑핑이는
몸을 사리는 일 없이 박자를 맞춰주었다. 그렇기 때문에 그 뒤에도
주사장은 방장에 대해서 감정이 개운하지 못했던 것이다. 여자 얘
기만 나오면 더욱 방장과 대립하려 들었고, 또 그가 제일 듣기 싫어
하는 말을 퍼부었다. "네깐 놈이 평생 징역살이나 했지, 단 한 번인
들 여자와 자본 경험이 있느냐? 숫제 사내 밑구멍에 고름이나 들게

하는 게 고작일 게다." 방장은 정말 사십이 가까운 나이에 한 번도 여자와 잠자리를 같이해 본 경험이 없는 것이다. 그러기에 그 말을 들을 적마다, 그는 인간으로 최대의 모욕을 당하는 것같이만 생각되는 것이었다. 주사장은 자기를 여지없이 경멸하고 있다고 방장은 생각하는 것이다. 더구나 요즘 와서는 심지어 밥 같은 것도, 다 부스러진 찌꺼기만 자기와 핑핑이 앞에 돌리는 것이다. 따라서 국도, 원래가 건더기라고는 별로 없기는 하지만, 특히 자기와 핑핑이 그릇에다는 일부러 머룩한 국물만을 따라주는 것이었다. 차차 한다는 짓이 노골적으로 사람을 무시하려는 태도다. 그 앙갚음으로 방장은 똥통을 들어내는 일이나 실내 소제는 주로 양담배를 시키는 것이었다. 이리하여 그들 두 사람은 매사에 사감을 두고, 내심 날카롭게 모를 세워왔던 것이다. 두 사람의 그러한 관계를 다른 사람들도 요즘 와서는 알고 있는 것이다. 그러나 아무도 알은체하지는 않았다. 어느 편을 두둔할 수도 없었기 때문일 것이다. 그런 가운데서 아무래도 통역관만은 달랐다. 깔보는 것 같은 웃음을 담은 눈으로, 방장과 주사장의 부어오른 태도를 암만이구 오래 지켜보고 있는 것이다. 그러다가 마치 결론이라도 내리듯이 그는 또 엉뚱한 소리를 들려주는 것이다. "살아 있는 사람이란 늘 싸워야 하는 거요. 싸울 줄 모르는 인간은 송장이오. 그러나 반드시 저보다 강대한 적과 싸우는 싸움만이 신성합니다. 약자끼리의 싸움이란 언제나 강자를 위한 자멸입니다." 양담배는 무슨 뜻인지 잘 알 수 없는 것이다. 그러면서도 그 말 속에는 자기가 이해할 수 없는 요긴한 뜻이 들어 있으리라고 생각하는 것이다. 그렇기 때문에 아무리 방장일지라도 몰래 벼르기만 할 뿐, 감히 통역관을 어쩌지 못하는 것이리라. 미국 말을 유창하게 지껄일 줄 아는 통역관은 무엇이든 모르는 게 없을 것이다. 그러기에 양담배는 그 징그러운 장난을 남모르게 밤마다 당해야 하는 제 괴로운 처지를 통역관에게 말해 볼까 하고 망설이는 것이다. 통역관은 좋은 지혜를 빌려줄지도 모른다. 그러나 일방 모든 사람을 덮어놓고 깔보는 것만 같은 그 눈과 웃음을 생각할 때, 아예 용기가 나지 않는 것이다. 자기의 몸뚱이는 영 망치고 말았다고 생각하며 양담배는 한숨을 쉬는 것이다.

먹고, 배설하고, 자는 일 이외에는 고작 잡담만이 공식처럼 날마다 되풀이되는 이 감방 안에, 마침내는 하나의 사건이 발생하고야 말았다. 오랫동안을 두고 쌓여온 방장과 주사장 사이의 악화된 감정은 드디어 터지고 만 것이다. 그것은 이 방에 새로이 소매치기가 들어온 날부터인 것이다. 삼 개월의 언도를 받고 넘어왔다는 소매치기 상습범은, 마치 여자와 같은 용모며 자태를 갖추고 있었다. 방장이 시키는 대로 똥통에다 절을 하고 나서, 좌장, 방장, 주사장의 순서로 돌아가며 인사를 할 때의 몸가짐이 어처구니없이 가냘팠다. "어디 좀 보자! 정말 남잔가?" 좌장이 그의 사타구니를 들쳐볼 정도였다. 이러한 소매치기를 맞아들인 방장과 주사장 사이가 아무렇지도 않을 수는 없는 것이다. 저녁 식사 때, 주사장은 자기 몫까지 소매치기의 밥그릇에 쏟아주었다. 처음엔 서먹서먹해도, 정들이고 보면 예도 괜찮다고 하며 주사장은 소매치기를 위로까지 해주는 것이었다. 그러나 취침 호령이 내리자, 방장은 펑펑이를 다른 자리로 쫓아 보내고 소매치기를 자기 옆에다 눕히고 말았다. "우리 사이좋게 지내세.", 혹은 "괜히 지나치게 고집 세우면 피차 손해야. 누군 목숨이 아까워 징역살이하는 줄 아나!" 하고, 주사장은 몇 번 교섭을 해보았지만, 방장은 좀체 응하려 하지 않았다. 주사장은 다시는 입을 열지 않았다. 궁금할 정도로 두 사람 사이는 잠잠해지고 말았다. 밤중이었다. 역시 한구석으로 밀려나가 자고 있던 양담배가 무슨 소리에 놀라 눈을 떠본즉, 서로 잡아먹을 듯이 노려보고 있는 방장과 주사장 사이를, 좌장이 가로막고 앉아 있는 것이었다. 방장의 한쪽 귓바퀴에서 흘러내리는 피가 희미한 전등 빛에도 알아볼 수 있었다. 잠시 뒤에야 방장은 자기 귀를 만져보는 것이었다. 손으로 볼을 훔쳤다. 피 묻은 손바닥을 들여다보았다. 방장은 별안간 벌떡 일어섰다. 대번에 좌장을 밀어젖히고 주사장에게로 달려든 것이다. 격투가 벌어졌다. 이내 간수가 쫓아왔다. 두 사람은 말없이 끌리어 나가고, 도로 감방 안은 조용해진 것이다. 이튿날 아침이 되자, 양담배와 핑핑이와 소매치기는 함께 불리어 나갔다. 방장과 주사장은 콘크리트 바닥에 나란히 무릎을 꿇고 앉아 있었다. 간수가 묻는 대로 양담배와 핑핑이는 각기 주사장과 방장에게 농락당한 사실을 할 수 없이 입증했다. 간수의 한 사람은 웃으면서 핑핑이더러 그래 재미가 어떻더냐고 물었다. 핑핑이는 대답 대신 옆에 꿇어앉아 있는 방장을 보며 히히 하고 웃었다. 간수는 양담배에게도 같은 말을 물었다. 그는 붉어지는 얼굴을 숙여버리었다. 다른 간수가 양담배보고 밑구멍을 내 보이라고 했다. 양담배는 머뭇거리지 않을 수 없었다. 그러다가 따귀를 한 대 얻어맞고서야 그는 마지못해 엉덩이를 내민 것이다. 간수가 멀찍이서 들여다보더니 항문이 썩기 시작한다고 했다. 그리고 나서 또 큰 소리로 웃는 것이었다. 양담배는 가슴이 뜨끔했다. 참말 내장이 모두 썩어들어 가는 것만 같아 겁이 난 것이다. 간수는 양담배, 핑핑이, 소매치기에게 앞으로는 절대 그런 장난을 받아주지 말라고 했다. 그런 짓에 응하면 너희들도 경을 칠 테니 그리 알라는 것이다. 그런 요구를 하는 놈이 있거든 주저 말고 일러달라는 것이다. 그들 세 사람이 돌아오고 나서도 방장과 주사장은 한참이나 더 있다가야 돌아온 것이다. 점심시간이 되자, 주사장은 여전히 소매치기에게 자기 밥을 반이나 덜어주었다. 그러고 나서 다정스레 말도 걸어보고 하는 것이다. 그러나 방장만은 온종일 입을 열지 아니하였다. 이미 그에게는 어떠한 각오가 있었던 모양이다. 기어이 새벽녘에 놀라운 사태가 발생하고야 만 것이다. 갑자기 모두들 일어나 웅성대는 바람에 무슨 영문인가 싶어 양담배도 눈을 떴다. 심상치 않아서 이내 일어나 보았다. 한쪽 구석을 향하고 앉아 있는 방장은 두 다리로 잔뜩 무엇을 벋디딘 채, 양손으로는 역시 힘껏 무엇을 잡아당기고 있는 것이다. 방장은 전신 벌거숭이가 되어 있는 것이었다. 그 잔등이 울퉁불퉁 부어올라 있는 것이다. 어제 아침에 얻어맞은 자국일 게라고 양담배에게는 얼른 짐작이 갔다. 방장이 두 발로 벋디디고 있는 것은 주사장의 몸뚱이었다. 저쪽을 향하고 맥없이 누워 있는 주사장의 목에는 굵은 동앗줄같이 빙빙 꼬인 헝겊(囚衣)이 감기어 있었다. 그 끝을 방장이 이를 사려 물고 잡아당기고 있는 것이다. 수의 자락이 마구 헝클어져서 하반신이 통째로 노출되어 있는 주사장은, 꼼짝도 못 하고 늘어져 있는 것이다. 좌장은 방장의 바로 등 뒤에 서서 전신을 와들와들 떨고 있었다. 연신 목쉰 소리로 무어라고 중얼거리지만 알아들을 수가 없었다. 사람들의 어깨 너머로 그런 광경을 본 양담배는 일시에 모든 것을 깨달을 수 있었다. 그러자 별안간 머리가 아찔해지며 그는 눈앞이 핑글핑글 도는 것 같았다. 전신에 맥이 탁 풀리어서 양담배는 마침내 두 손으로 이마를 고이며 쓰러지고 만 것이다. 그 순간, 나도 팽팽이처럼 머리가 팽팽 돌다가 꼬꾸라지게 되었구나 하는 생각이 번개같이 스치고 지나가는 것이었다. 사람들의 떠드는 소리가 멀리서처럼 귓가에 앵앵거리었다. 양담배는 한참 동안 눈을 감은 채 그 자리에 누워 있었다. 머리가 한결 가벼워져서 그가 일어나 앉기는 날이 훤히 밝아서였다. 이미 방장과 주사장의 모양은 보이지 아니하였다. 사람들은 과격한 노동을 하고 난 때처럼 축 늘어져 앉아들 있었다. 통역관만이 변함없이 남을 깔보는 것 같은 눈웃음으로 여러 사람을 바라보고 있는 것이다. "어느새 오늘두 날이 샜구나!" 이윽고 그렇게 중얼거리며 좌장은 고개를 들어 창밖을 내다보는 것이었다. 이어서 전차 운전사도 창밖으로 얼굴을 돌렸다. 핑핑이도, 소매치기도, 그 밖에 여러 사람은 잊고 있었다는 듯이 거의 동시에 창밖을 내다보는 것이었다. 다만 통역관만이 유별나게 창을 등지고 앉아 있는 것이다. 양담배도 물론 다른 사람들과 함께 창밖을 내다보았다. 그러나 오늘 아침은 나무 없는 산등성이도 푸른 하늘도 보이지 않았다. 안개가 자욱하니 끼어 있기 때문이다. 산도 하늘도 안개에 싸여 있는 것이다. 그래도 뇌리에 그림처럼 새겨져 있는 산등성이와 그 너머의 푸른 하늘이 보이는 듯싶어, 사람들은 언제까지나 묵묵히 창살 사이로 창밖만 내다보고 있는 것이다.

혈서

날이 어두워서야 달수(達壽)는 집으로 돌아오는 것이다. 물론 그
것은 자기네 집이 아니다. 규홍(奎鴻)이가 임시로 들어 있는 집이었
다. 그것이 누구의 집이건간에, 달수는 찾아들어갈 곳이라고는 그
집밖에 없는 것이었다. 공동묘지같이 쓸쓸한 문밖 거리에는 행인도
없었다. 상여 뒤를 따르는 상제처럼 달수는 지금 절망을 앞세우고
풀이 죽어서 돌아오는 것이었다. 나는 도대체 언제까지나 이렇게
친구네 집 신세를 져야 하는가? 그는 돌아오는 길에서 날마다 하는
생각을 되풀이해 보는 것이다. 달수는 매일 아침 조반을 치르기가
무섭게 쫓겨나듯 밖으로 나오는 것이었다. 그러나 취직자리는 아무
데도 그를 기다리고 있지 않았다. 진종일 꽁꽁 얼어서 거리 바닥을
헤매노라면, 달수는 몸보다도 먼저 마음부터 견딜 수 없이 무거워
지는 것이었다. 거리에 어둠이 오면, 시각을 통해서보다 더 짙은 어
둠이 그의 마음을 덮어버리는 것이었다. 그리 되면 어디라 갈 곳이
없는 그는, 무거운 걸음으로 규홍이네 집 쪽을 향하고 걷는 수밖에

없었다. 그렇게 어둡고 무겁기만 한 귀로에서 '최선을 다한 나의 노력은 오늘도 수포로 돌아갔다.'는 생각이 어쩔 수 없는 결론이나 처럼 선명하게 의식되는 것이었다. 수포(水泡)라는 통속적 한자어 는, 어둠 속에 무수히 떴다 사라지는 물거품을 그에게 거푸 보여주 는 것이었다. 한편 그러한 그의 헛수고는 비단 오늘에 한한 일만이 아닌 것 같았다. 그것은 오늘이라는 시간을 기준으로 출생 이전의 무한한 공간에서부터 이랬고, 앞으로는 또 죽은 뒤에까지도 영원히 이렇게 불행할 것만 같았다. 대문 없는 대문 안에 들어서며, 어쩔 수 없이 인제 나는 파멸인가보다, 라고 신음 소리같이 중얼거려보 는 것이다. 방 안에는 어느 날 저녁이나 똑같은 광경이 달수를 더 한층 피로하게 해주는 것이었다. 이 겨울 들어 불이라고는 지펴본 적 없는 방 한가운데 다리 하나 없는 준석(俊錫)은 이불을 쓰고 누 워 있는 것이다. 그는 낮이나 밤이나 한 장밖에 없는 이불 속에 엎 드린 채 일어나려 하지 않는 것이다. 첫째 춥기도 하려니와, 일어나 앉아 그에게는 아무것도 할 일이 없는 것이었다. 준석이가 누워 있 는 발치 쪽으로 취사도구가 놓여 있는 구석에는 돌부처와 같이 창 애(昌愛)가 앉아 있는 것이다. 거기에 놓여 있는 석유풍로와 나란 히, 창애는 언제나 그 자리에 그렇게 자리 잡고 있는 것이었다. 방 안에 들어설 때마다 달수에게는 이러한 풍경이 따분해 견딜 수 없 는 것이었다. 절해고도에서 혼자 헤매다가 기진해 쓰러지는 것 같 은 심정으로 달수는 아무 데고 주저앉아버리는 것이다. 그러면 준 석은 자라처럼 목을 빼서 달수를 보고, 그냥 말없이 도로 목을 움츠 려버리는 때도 있지만, 무어라고 한두 마디 얘기를 걸어주는 일도 있었다. 그런 경우 그 몇 마디가 엉뚱한 도화선이 되어 그들 사이에 는 맹랑한 논쟁이 벌어지기가 예사였다. 오늘 저녁도 방금 들어와 앉는 달수를 향해 "어이 무턱, 오늘두 점심 저녁 다 굶었지?" 하고 준석은 노상 아는 체를 했다. 남보다 턱이 짧아 있는 둥 만 둥하다고 해서 그는 늘 달수를 무턱이라고 불렀다. "오늘두 취직을 못 해서……." 이것이 달수의 대답인 것이다. 자기가 취직을 하지 못했다는 것이, 달수에게는 누구 앞에서나 죄스러웠던 것이다. 그러나 달수의 뚱딴지같은 대답에 준석은, 실없이 화가 동하는 것이었다. 밥을 굶었느냐고 묻는데 취직을 못 했다는 건 무슨 얼빠진 수작이냐는 것이다. 그야 뻔한 일이 아니냐, 네까짓 게 일 년을 두고 싸다 너본들, 누가 똥 싸놓구 간 자리 하나 얻어 걸릴 턱이 있겠느냐는 것이다. 달수는 이 말이 좀 억울하다고 생각한다. 그래서 그는, 한 군데서는 이삼 일 뒤에 한 번 들러보라구 그랬는데, 하고 항변해 보는 것이다. 그 말이 떨어지기가 무섭게 준석은 대뜸 이마에 핏줄을 세우더니, 이 자식이 미쳤어? 하고 벌떡 일어나 앉는 것이다. 그러고는 계속해서, 이 민충아, 그래 그 말을 곧이 믿고 있어? 곧장 이삼 일 뒤에는 취직이 될 줄 알어? 어디 배 째기 내기라두 할까? 이 멍텅구리가 세상을 어떻게 보는 거야, 그렇게 만만히 취직이 될 줄 알어? 하고 몰아세우는 것이었다. 이럴 때 달수의 얼굴은 그지없이 난처해지는 것이다. 그것은 울음과 웃음이 반반씩 섞인 운명적인 표정인 것이다. 그러한 달수는 그래도, 너는 괜히 자꾸 나보구 화만 내, 하고는 애원하듯 준석을 바라보는 것이다. 그러자 준석은, 이 자식아, 누가 괜히야, 누가 괜히 화를 내는 거야, 그래 이걸 화 안 내구 견딜 수 있어? 네 그 바보 같은 음성만 들어두 오장이 뒤틀리는 걸 어떻게 참는단 말이냐, 하고는 별스레 씨근거리는 것이었다. 그러고는, 너 같은 건 군대에 나가서 톡톡히 기압을 좀 받구 와야만 사람이 된다는 것이다. 날마다 벌벌 떨면서 공연히 취직을 구해 싸다니지 말구 어서 군문에 자원입대하라는 것이다. 군대에 나가기가 싫으면 기피자라는 것이다. 그러고 보니 달수는 기피자임에 틀림없다는 것이다. 기를 쓰고 학교에 다니려는 것은 공부가 목적이 아니라 병역을 기피하기 위해서라는 것이었다.

"그럼 내가 군대에 나가기 싫어서 학교에 간단 말이야?"

"그렇지 뭐야. 팔자에 없는 대학을 뭣 하러 다니는 거야?"

"공부하러 다니지 뭣 하러 다녀."

"공부?"

준석은 그만 어이가 없다는 듯이 미친 사람처럼 웃어버린다. 그러고는 금세 또 약이 바짝 치솟는 표정으로 대드는 것이었다. 세상에 공부하고 싶지 않은 사람이 어디 있겠느냐는 것이다. 누구나 다 대학교를 나오고 싶은 생각이야 간절하지만 형세가 미치질 못하니 별수 없이 단념하는 게 아니냐? 군속으로 일선을 편력하다가 한쪽 다리를 호개(中共軍)에게 먹힌 자기만 하더라도 결단코 공부하기가 싫어서 그리 된 것이 아니라는 것이다. 도대체 네가 대학에 갈 터수냐? 사지가 멀쩡한 놈이 남 위에 얹혀 지내면서 대학은 다 뭐냐, 여러 말 말고 어서 군대에 자원해 나가라고 야단인 것이다.

"그래두 난 꼭 대학을 마쳐야겠는걸. 그러구 나서 군대에 나가두 되잖어."

"이 자식아, 그렇게두 말귀를 못 알아들어. 어엿이 공부할 처지가 돼서 대학엘 댕긴대문 좋단 말이다. 그렇지만 네가 어디 대학에 댕길 팔자냐 말이야."

"고학을 해서라두 되레 가난한 사람이 공부해야 되잖어."

"이 자식이 원, 이게 대체 어떻게 되어먹은 대갈통야."

준석은 속이 답답해서 죽을 지경이다. 정강이에서 잘라져 없어진 왼쪽 다리를 달수 앞으로 바짝 내밀고 다가앉으며 잡아먹을 듯이 서두르는 것이다.

"이 메주대갈아, 남 다 못 가는 대학을 왜 너만 유독 댕기겠다구 앙탈이냐 말이야."

"나 말구두 고학생이 얼마든지 있는데 그래."

"이 자식아 네가 고학생이야? 거지지 무슨 고학생이야. 그래 거지가 대학엘 가? 거지가."

"그래두 난 정말 대학을 마치구 싶은 걸 어떡허노. 그래야 성공하잖어."

"이런 맹추 봐…… 성공? 아니 성공이라구?"

준석은 숨이 다 컥컥 막힐 지경이었다. 그는 하도 기가 차서 말을 할 수 없다는 듯이, 목석이나 다름없는 창애 쪽으로 고개를 돌려 동의를 청해 보는 것이었다.

"창애야, 이 자식, 이게 아주 멍텅구리지? 형편없는 천치 아냐."

물론 창애는 아무런 대답도 없는 것이다. 옆에서 벌어진 이 기괴한 논쟁에도 창애는 전연 무관심한 태도였다. 준석은 그만 피로해지고 말았다. 걷잡을 수 없는 흥분에서 온 피로인 것이다. 이런 멍텅구리하고는 더 떠들어봐야 소용없어, 괜히 내 입만 아파, 그렇게 중얼거리고 준석은 때에 전 이불 속으로 도로 들어가버리고 마는 것이다. 달수는 울음과 웃음이 뒤섞인 그 얄궂은 표정으로, 이불 속에서 머리만 내민 준석을 원망스러이 내려다보며, 왜 내 속을 이렇게도 몰라줄까, 하고 언제나처럼 중얼거리는 것이었다. 달수와 준석은 거의 저녁마다 이와 같이 어처구니없는 토론을 되풀이하는 것이었다. 영원히 일치점에 도달할 수 없는 괴이한 논전은 부질없이 두 사람에게 피로를 가져다 줄 뿐이었다.

이 집의 주인 격인 규홍이가 돌아오는 것은 밤 아홉 시가 훨씬 넘어서였다. 그는 저녁마다 불란서어 강습에 나가는 것이다. 문학을 하는 데는 불란서어가 필요하다는 것이었다. 돌아와서는 늦도록 손가락을 호호 불어가며 램프불 밑에서 시를 쓰는 것이다. 최근 한 달

동안이나 걸려서 그가 만들어놓은 시는 "혈서(血書)"라는 것이었다.

혈서 쓰듯
혈서라도 쓰듯
순간을 살고 싶다.

(1연 생략)

모가지를
이 모가지를
뎅겅 잘라
내용 없는
혈서를 쓸까!

이게 규홍에게는 여간 대단한 작품이 아닌 모양이었다. 날마다 한두 구절씩, 혹은 한두 자씩 고쳐서는 다른 종이에 새로 베껴 책상 뒤 벽에 붙여놓는 것이었다. 이 밖에도 그는 수십 편의 시작을 가지고 있었다. 그리고 그는 또한 거의 매달 신문이나 잡지에 투고를 하는 것이었다. 그러나 규홍의 시가 한 번도 발표된 일은 없었다. 그러면서도 그는 꾸준히 남의 시를 외우고 또 자기의 시를 썼다. 그것만이 그에게는 최고의 생활인 모양이었다. 규홍은 충청남도 고향에서 면장을 지내는 꽤 부유한 집안의 장남이었다. 법대를 나와가지고 판검사가 되어야 한다는 조건하에 그의 부친은 아들을 서울로 유학 보낸 것이었다. 그러나 부친의 의사와는 반대로 규홍은 국문과에 적을 두고 문학 공부에만 몰두하고 있는 것이었다. 규홍이가 법률 공부를 하고 있는 줄로만 믿고 있는 그의 부친은 매달 또박또

박 하숙비를 보내오는 것이었다. 그것은 결코 여유 있는 금액이 아니었지만, 준석을 위시해서, 창애나 달수까지도 그 혜택을 입고 있는 것이었다. 이를테면 그들은 규홍의 식객이었기 때문이다. 그런 탓에 달수에게는 그처럼 으르대는 준석도 규홍의 앞에서는 한 수 꺾이는 것이었다. 그러면서도 준석에게는 도대체 규홍이가 문학을 한다는 것부터가 비위에 거슬렸다. 정치, 군사, 실업, 자연 과학 같은 부문 외에는 모두 여자들이나 할 일이지, 대장부가 관여할 사업이 못 된다고 생각하고 있는 준석이었다. 그러한 그는 규홍이가 밤을 새우다시피 해가면서 시를 외우고 쓰고 하는 깃이 유치하기 이를 데 없어보였다. 더욱이 책상 앞에 붙어 있는 규홍의 시란 걸 읽으면 당장 벨이 뒤틀려서 견딜 수 없는 것이었다.

"어이 무턱, 저게 뭐야, 저게. 도대체 무슨 개수작이야."

규홍이가 없을 때, 준석은 벽에 붙어 있는 시를 손가락질하며 조소를 퍼붓는 것이었다. 더구나 그에게는, 모가지를 뎅겅 잘라 혈서를 쓴다는 대목이, 무슨 모욕이나 당한 것처럼 참을 수 없는 모양이었다.

"모가지를 잘라서 혈서를 써? 모가지를 잘라서 말야, 이 모가지를 잘라서 말야. 그러면 어떻게 되는 거야. 내 원 별 자식 다 보겠어. 규홍이 같은 건 일선에 나가서 콩알 맛을 좀 봐야 돼. 감정 콩알이 가슴패기를 뚫구 나가두 모가지를 잘라서 혈서를 써? 대관절 그게 시야, 그게."

"현대시란 대개 그런 거야. 신문이나 잡지에두 그 비슷한 시가 왜 자주 나지 않어."

달수의 변명에 준석은 더 화가 치받치는 모양이었다.

"신문이나 잡지문 젤야. 어이 무턱, 그래 세상에서 신문 잡지가 젤이냔 말야. 신문에만 나문 그게 장한 겐가."

"그렇지만 교과서에두 시가 있는데 그래. 문교부에서 만든 국정 교과서에두 시가 실려 있어."

"그건 여자가 지은 시겠지. 아무렴, 정부에서 남자의 시를 다 인정하구 싣는단 말야?"

"아냐, 남자 이름이던데. 남자가 지은 시두 교과서에 얼마든지 있어."

"이 자식아, 그래 이름민 보구 남잔지 여잔지 어떻게 알어? 남자 이름 같은 여자두 얼마든지 있는 거야."

"그래두 그 가운데는 남자가 쓴 시두 있다니까 그래."

"이런 바보 같은 거 봐. 아무렴 정부에서, 남자 대장부가 밥 처먹구 앉아서 미친 소리 같은 시나 쓰라구 장려한단 말야."

"그렇지만 교과서엔 정말 남자가 지은 시두 있는 걸 어떡해."

"있으문 당장 가져와봐라. 남자의 시가 실려 있는 교과설 어디 가져와보란 말야."

준석은 마치 싸움하듯 주먹을 다 불끈거리며 대드는 것이다. 그러한 준석도 규홍에게 대해서만은 제 성미를 나타내지 못하는 것이었다. 누구를 찾아가보아도, 다리 하나 없는 자기를 규홍이만큼 너그럽고 무탈하게 대해 주는 사람은 없었기 때문이다. 밤낮 방에서만 뒹굴며 아무리 오래 얻어먹고 지내도 규홍은 얼굴 한 번 찡그리는 일이 없었다. 방학이 되어 귀향한 뒤에도 잔류 부대를 위해서, 굶지 않을 정도의 자금은 어떻게 해서든 변통해서 부쳐 보내는 규홍이었다. 셋이 똑같이 규홍의 하숙비를 뜯어먹고 지내는 처지이기는 하나, 창애만은 그래도 떳떳한 편이라 할 수 있는 것이다. 왜냐하면 그는 이 집에서 식모의 소임을 맡아보고 있기 때문이다. 창애는 간질병 환자다. 밥을 짓다가 말고, 혹은 밥을 먹다가 말고, 갑자기 얼굴이 퍼래지며, 입술을 푸들푸들 떨다가는 눈을 뒤집고 나가

뒹구는 것이었다. 그러고는 입으로 거품을 뿜어가며 사지를 허비적
거리는 것이다. 본시가 이 집은 규홍이 부친의 친구네 집이었다. 육
이오 전 그러니까 중학 시대부터 규홍이가 다년간 하숙하고 있던
집이다. 사변 통에 내처 고향과 부산에 가 있다가, 환도하는 학교를
따라 올라오는 길로, 규홍은 역시 이 집으로 찾아왔던 것이다. 대문
짝은 물론, 안방 건넌방의 문짝이며 마룻장까지도 죄다 없어진 채
로 있었다. 안방에만 문 대신 거적이 드리워 있었다. 그런 속에서
주인 대신 십육칠 세의 낯선 소녀가 나타났다. 그 소녀가 바로 창애
였던 것이다. 창애에게는 육순이 넘은 노부가 있다. 그들 부녀는 일
사 후퇴 당시부터, 주인 없는 이 집을 노상 자기 집처럼 지키고 있
었던 것이다. 박 노인이라 불리는 창애의 부친은 필사(筆士)였다.
모서리 떨어진 조그만 가죽 트렁크에다 모필과 먹 따위를 넣어가지
고 팔러 다니는 것이었다. 서울에서는 붓이 그리 팔리지 않는다고
하며, 근자에는 주로 지방 행각을 하는 것이었다. 그러다가 한 달이
나 두 달에 한 번 정도로 박 노인은 딸을 보러 돌아오는 것이다. 그
때마다 번번이 그는 맨손이었다. 그 자신도 매양 규홍이나 딸 보기
가 안되었던지, 으레 똑같은 변명을 하는 것이다. 시골이란 현금이
귀하기 때문에 거개가 외상 거래라는 것이었다. 간혹 현금을 받는
수도 있지만 그것은 식대에도 부족하다는 것이다. 그러나 이번에
한 행보만 더 하고 올라올 때는, 주머니가 불룩하도록 외상값을 거
둬 가지고 오겠노라는 것이다. 그때에는 딸이 신세를 지고 있는 규
홍에게 충분히 인사를 차릴 뿐 아니라 준석이와 달수에게도 '미야
게'를 사다 주겠노라고 장담하는 것이었다. 그러고는 염소수염 같
은 노랑 수염을 한 손으로 싹 배틀어 훑고 나서,

"이 근처에 잘 통하는 술 가게가 없을까?"

누구에게 없이 그렇게 묻고는 젊은이들의 얼굴을 번갈아보는 것

이었다. 술이 먹고 싶은데 자기 수중에 돈이 없다는 뜻이다. 육십이 넘어서도 머리에 흰 터럭 한 올 없이 얼굴에 주름만 깊어가는 꾀죄죄한 이 노인은, 단 하루도 술 없이는 못 견디는 것이었다. 일생을 가장 안락하게 보내려면 이 괴로운 세상을 잊고 살아야 하는 것인데, 세상사를 잊는 방법으로는 술에 취하는 길밖에 없다는 것이, 술잔을 들 때마다 되뇌이는 이 노인의 철학이었다. 주기가 돌기 시작하면 박 노인은 창애의 얼굴을 멍하니 바라보다가 "허, 내가 왜 이런 걸 슬하에 두었던고. 단신이라면 차라리 죽음을 기다릴 뿐인 여생이 이토록 한스럽지는 않을 것을." 하고 눈물이 글썽해지는 것이었다. 제 말과는 반대로 술만 취하면 세상사를 잊기는커녕 더 서러워만 지는 모양이었다. 창애와 달수하고 셋이만 있을 때면, 준석은 곧잘 창애의 얼굴을 멍하니 들여다보다가 "허, 내가 왜 이런 걸 슬하에 두었던고……." 하고, 박 노인의 어투를 한껏 영탄조로 흉내내 보이는 것이었다. 그래도 창애는 불쾌한 빛도, 다른 어떤 표정도 보이는 일 없이 언제나 마찬가지로 우두커니 앉아 있는 것이다. 돌부처 이상으로 무표정한 소녀였다. 표정뿐 아니라 언어와 거동도 그랬다. 누가 묻는 말에나, 그것도 두 번에 한 번 정도 마지못해 대답할 뿐, 그밖에 스스로 의사 표시를 하는 일이라고는 없었다. 또한 몸도 움직이기를 싫어했다. 끼니때에 밥을 끓이고 설거지를 하는 것이 고작이었다. 그 외에는 돌멩이처럼 늘 꼭 같은 자세로 방 한구석에 버티고 앉아 있는 것이었다. 그 옆에서 달수와 준석이 아무리 큰 소리로 싸우듯 떠들어대도 못 들은 체 거들떠보는 일조차 없었다. 그러한 창애에게서 달수는 공포를 느끼는 일이 있는 것이었다. 어쩌다 창애와 단둘이 마주 앉아 있게 되는 경우, 마치 유령이나 귀신을 대한 것 같은 엉뚱한 착각을 달수는 일으키는 것이었다. 손을 내밀어도 만져지지 않을 것만 같았다. 꼭 그러리라고 생각하며 그는 가만히 한 손을 내밀어본다. 이상히 손끝이 떨리고 가슴이 울렁거린다. 숨을 죽이고 떨리는 손을 창애의 얼굴로 가져간다. 잡히지 않으려니 하고 창애의 코를 쥐어본다. 그러나 뜻밖에도 잡힌다. 달수는 그만 질겁을 해서 팔을 움츠린다. 그래도 어쩌자고 창애는 동일한 자세를 흐트리지 않고 앉아 있는 것이다. 달수는 전신에 식은땀이 죽 내번지는 것이었다. 도리어 달수에게는, 창애가 거품을 물고 지랄을 벌일 때에 훨씬 더 인간이 느껴지는 것이었다.

이러한 창애를 그래도 그 부친은 꽤 대견히 여기는 모양이었다. 그것은 박 노인이 지방 행상 중에서 가끔 규홍에게 보내오는 기이한 편지를 보면 알 수 있는 일이다. 서당에서 천자를 떼고 신식 학교(보통 학교) 사학년을 졸업했노라는 박 노인의 서한은 이런 것이었다.

안규홍 청년 선생 보오라.

그간 청년 삼 인과 처녀 일 인이 무고 무탈하난지 알고저 원이노라. 노생(老生)은 청년 삼 인과 처녀 일 인이 주야로 넘네해 주난 덕분에 별고 무하게 행상이 번창하노라. 전번 귀가시난 특히 미주(美酒)랄 후히 대접받자와, 감개무량이노라. 한 가지 부탁은 전신(前信)에서도 간곡히 당부하였거니와, 미거한 노생의 독녀랄 청년 선생이 배필로 삼아주기랄 원하노라. 경미한 간질병이 있기는 하나, 미거한 대로 인품은 볼 만한 데가 있으니, 청년 선생과는 천생 연분인가 하노라. 남한 각지랄 행상하며 보매, 처녀가 많기는 수없이 많으되, 창애아만 한 처녀도 드물더라. 간질병도 혼인 후 잘 치료하면 즉시 완쾌될 것으로 믿노라. (이하 생략)

이러한 편지가 온 날 저녁에는, 청년 삼 인 중 이 인은, 처녀 일인을 앞에 놓고 결혼에 관한 토론을 하였다. 이 편지대로 규홍이가 창애와 결혼을 해야 한다고 주장하는 것은 준석이었다.

"무조건 나는 찬성이다. 규홍이는 절대적 창애와 결혼해야 된다. 규홍이가 아니문 저런 지랄쟁이와 혼인할 사람이 없다. 절대적이다. 건 절대적이다."

이러한 준석의 절대적 주장 앞에, 그래도 달수는 정면으로 반대 의사를 표시해 보지 않고는 견딜 수 없는 것이다. 끝판에 가서는 준석의 위압적인 기세에 눌려 결국 굴하고야 마는 달수였지만, 시초에는 꽤 자신 있게 자기의 의견을 내세워보는 것이었다.

"건 그렇게만 생각해선 안 될 거야. 멀쩡한 사람이 누가 지랄쟁이를 데리구 살아. 나 같으문 절대 결혼 안 할 테야."

"이 맹랑한 자식아, 누가 너더러 결혼하라는 거야. 너 같은 건 지랄쟁이하구 혼인할 자격두 없어. 너 같은 건 문제두 안 돼. 규홍이 얘기야. 지금 규홍이 얘기를 하구 있는 거 아니야."

"그렇지, 어디 내가 창애하구 결혼한대. 만일 나 같으문 지랄쟁이하구는 살지 않겠다는 거지. 나두 그러니까 규홍이두 그럴 거란 말야."

"이런 천하에 바보 같은 자식. 야 무턱, 그래 너하구 규홍이하구 같애? 우선 생긴 게 너하구 같애? 맘 쓰는 게 너하구 같애? 목소리가 같애? 이런 천치 같은 자식. 너하구 규홍이하군 딴 사람야. 겉두 속두 생판 다른 거야. 그러니까 규홍인 창애하구 결혼할 수 있단 말야. 절대적 결혼해야 된단 말야."

"그렇지만 사람 생각은 다 비슷하지 뭐. 아무럼 지랄쟁이하구 살구 싶은 사람이 어딨어."

"원, 이런 답답한 자식 봐. 야 이 자식아. 이 메주대가리 무턱아. 그래 규홍이하구 너하구 생각이 같단 말야? 형제지간이나 부자지

간에두 생각이 다른 법인데, 규홍이하구 너하구 생각이 같단 말야.
이거 봐. 도대체 시 쓰는 남자하구, 병역 기피자하구 생각이 같단
말야. 내가 하는 소린 말야, 내가 하구 싶은 말은 말야, 결국 모가지
를 뎅겅 잘라서 혈서를 쓸 수 있는 사람은 말야, 지랄쟁이하구 결혼
할 수 있다는 거야. 절대적 결혼해야 된다는 거야. 알아듣겠어?"

　이렇게 무의미한 논쟁은 그칠 줄을 모르는 것이다. 당자인 규홍
이나 창애야 어떻게 생각하든, 준석이와 달수에게는 그것이 문제가
아닌 것이다. 그들 두 사람에게는 어디까지나 자기의 생각과 주장
만이 문제인 것이다. 그것은 규홍이나 창애에게 있어서도 마찬가지
였다. 준석이와 달수가 그 운명적인 논전을 되풀이하든 말든, 그리
고 그것이 어떠한 결론에 도달하든 간에 규홍에게는 모가지를 뎅겅
잘라 혈서를 쓰는 시만이 문제인 것이다. 그러기에 그렇게 큰 소리
로 떠들어대는 속에서도, 규홍은 그만큼이나 여러 차례 신문과 잡
지에 투고를 해도 발표되지 아니하는 그 시를, 어떻게 고치면 될까
하고 책상에 엎드려 머리를 앓고 있는 것이었다. 창애는 또한 창애
대로 준석이와 달수가, 아무리 자기를 가리켜 지랄쟁이니 결혼이니
하고 들까불어도 문제가 아니었다. 그는 그저 허탈한 태도로 석상
(石像)처럼 한구석에 우두커니 앉아 있으면 그만인 것이었다. 이와
같은 규홍이와 창애를 앞에 놓고, 준석과 달수의 그 보람 없는 토론
은, 같은 식으로 얼마를 더 계속하다가, 마침내는 공식이나처럼 준
석의 위압적인 주장이 승리를 거두게 되는 것이다.

　"이 자식아. 너는 그래 어디까지나 나한테 반항할 생각이냐. 죽
어도 너는 내 말에 찬성하지 못하겠단 말이냐?"

　준석은 여차하면 후려갈길 것 같은 자세를 보이는 것이다.

　"내가 언제 너한테 반항하갔대."

　"그럼 찬성한단 말이지?"

"찬성이야 뭐, 억지루 찬성하는 것두 찬성인가."

"이 자식아. 복잡하게 여러 소리 말구 간단히 한마디루 대답하구 말어. 나한테 끝끝내 대항할 테냐, 그렇지 않으문 찬성할 테냐?"

"글쎄 반항하는 게 아니래두 자꾸 그래⋯⋯."

"그럼 찬성한단 말이지?"

"찬성하구두 싶지만, 강제루 하는 찬성은 정말 찬성이 아니래두 그냥 그러네."

"이 자식이 나를 놀리는 거야 뭐야. 말루 해결이 안 나문 결국 주 먹으루 결판을 짓는 것밖에 도리가 없어. 최후 수단은 그것뿐야."

준석은 달수 앞으로 바싹 다가앉으며 주먹을 내밀어 보이는 것 이다. 그쯤 될 말이면 울음 반 웃음 반 섞인 달수의 표정은 그대로 더 심각해지는 수밖에 없는 것이다. 그는 자기의 전부가 파멸이라 고 생각하며 절망적인 한숨을 토하는 것이다. 그것은 즉시 그의 영 혼의 무거운 신음 소리로 변하여, 입 밖으로 새어나오고 마는 것 이다.

"왜 이렇게두 내 속을 몰라줄까!"

한 주일이 지나도, 두 주일이 지나도 달수의 취직 행각은 역시 아 무런 성과를 거두지 못하는 것이었다. 어느새 12월이건만, 그는 겨 울 내의도 없이, 맨살에다 염색한 미군 작업복 상하를 걸치었을 뿐 이다. 까칠해진 그의 얼굴은 언제나 먼지투성이다. 그리고 멍든 것 처럼 퍼렇게 된 입술은 의식해서 꼭 다물지 않으면 덜덜덜 떨리는 것이었다. 그래도 그는 날마다 닥치는 대로 회사고, 음식점이고, 서 점이고, 시계방이고 그러한 구별 없이 십여 군데 내지는 이십여 군 데나 찾아들어가 보는 것이었다. 물론 요즘 와서는 손톱만 한 희망 도 거는 일 없이, 그냥 그렇게 찾아다니며 중얼거리기 위해서 세상 에 태어난 것처럼 "나는 법과 대학생인데, 고학생입니다. 학비와 식비만 당해 준다면, 무슨 일이든 목숨을 걸고 충성을 다하겠습니다." 하고, 거기 있는 사람들의 얼굴을 두루 쳐다보는 것이었다. 달수는 취직하기 위해서 그 이상의 어떠한 수단도 방법도 발견하지 못하는 것이었다. 자기로서는 최선을 다한 취직 운동이라고 생각하고 있는 것이다. 그런데 몇 달을 두고 진력해도 어째서 자기만은 취직이 안 되는지 알 수가 없었다. 물론 그가 모를 일이란 그것뿐만은 아니었다.

우선 그 자신이 죽지 않고 이렇게 살아 있다는 것부터가 달수에게는 도무지 알 수 없는 일이었다. 한번은 거리에서 바로 자기 앞을 걸어가던 사람이 미군 트럭에 깔려 즉사했다. 그때 달수 자신도 하마터면 트럭 앞대가리에 이마빼기를 들이받을 뻔했다. 그날 이후, 달수는 자기가 살아 있다는 데 불안을 느끼게 되었다. 이상하게도 대량 살육이 자행되었던 육이오 때가 아니라 그러한 불안은 실로 그날부터였다. 따라서 자기는 왜 죽지 않고 이렇게 멀쩡히 살아 있을까가 문제되기 시작했다. 그 생각은 납덩어리처럼 무겁게 잠시도 쉬지 않고 그를 짓누르는 것이었다. 그러한 달수에게는 준석이가 살아 있다는 것은 더욱 믿을 수 없는 일이었다. 모가지나 허리통이 뚝 끊어져 나가지 않고, 어째서 공교롭게도 한쪽 다리만이 저렇게 잘라졌을까 하고 달수는 늘 신기해했을 뿐 아니라, 한번은 그런 생각을 입 밖에까지 냈다가 준석의 격분을 산 일이 있었던 것이다. 그런 일이 아니라도 준석은 도대체가 실없이 화를 잘 냈다. 세상만사가 그에게는 하나도 비위에 맞지 않는 것이었다. 개중에도 달수의 언동은 더했다. 준석은 달수를 향해서만은 화를 내지 않고는 이야기를 할 수 없는 것 같았다. 그러한 자신을 저도 알고 있는 모양이라, 오랫동안 군대 밥을 먹어왔기 때문에 자기는 고분고분 말을 못 하노라고 스스로 변명하듯 하기도 했다. 그러나 따지고 보면 준석은 가짜 상이 군인인 것이다. 군속으로 전방에만 나가 있던 그는 한 쪽 다리가 절단되어가지고 후방으로 돌아와서부터 어엿이 상이군인 행세를 하려 드는 것이었다. 그가 걸핏하면 달수보고도 군대에 나가라거니, 기피자라거니 하는 것에는 그러한 심리적 연유가 있는 것이다. 어떤 날 저녁 준석은 취직을 구하러 가서 어떻게 말을 꺼내느냐고 달수에게 물었다. 솔직하게 실제대로 일러주니까, 준석은 단박 얼굴을 붉혀가지고, 이 자식아, 어서 죽어라, 죽어. 공부고 뭐고 다 집어때리고 어서 군대에 나가서 공산군의 총알받이나 되라고 고함을 질렀다. 도대체 이런 자식이 이십여 년이나 세상에서 살아왔다는 게 아주 기적이라고 하고는, 마치 음식에 관격이라도 된 때처럼, 아이구 답답하다, 그렇게 소리를 지르고는 주먹으로 제 가슴을 난타했던 것이다. 그러나 역시 달수는 이십삼 년 동안을 이만큼 살아온 것이다. 악성 전염병이 그렇게 무섭게 창궐한 해에도 그는 병사하지 않았고, 수없이 많은 생명들이 애매히, 또 무참히 쓰러져 간 육이오도 그는 무사히 넘겼고, 해마다 발표되는, 교통사고로 인한 사망자의 엄청난 숫자 속에도 그는 끼이지 않았고, 그렇다고 준석처럼 한쪽 다리가 절단되는 일조차 없이, 지구상에 있는 이십여억 인류의 그 누구와나 꼭 마찬가지로 그도 역시 '우연히 살아 있는 인간'임에는 틀림없는 것이다. 어디 그뿐이랴. 달수는 군대에나가기 전에 대학교 법과를 마치고 싶었고, 그 뒤에는 고시에 합격하여 판사나 검사가 되었다가, 국회의원으로 당선되려는 뚜렷한 희망조차 품고 있는 것이었다. 준석이가 아무리 그를 조소하고, 죽으라고 공격한대도, 어떠한 인간이나 매일반으로 장래라는 무한대의 미지수에 대하여 약속 없는 기대를 품어볼 수 있는 자격을 그도 소유하고 있는 것이다. 그렇기 때문에 그는 어제도 오늘도 추위에 떨면서 취직을 구해 서울 거리를 헤매고 있는 것이 아니냐. 그렇지만 달수는 역시 이 저녁에도 '최선을 다한 나의 노력은 오늘도 수포로 돌아갔다.'는 자신의 신음 소리를 들으며, 물거품이 수없이 떴다가는 꺼지고 떴다가는 꺼지고 하는 탁류 속에 자신이 휩쓸려 내려가는 것 같은 착각을 안은 채, 어둠에 쫓기어 돌아오는 것이다. 방 안에는 언제나 다름없이, 준석이 때에 전 이불 속에서 목만 내밀고 있었고, 창애는 목석같이 한구석에 멍청히 앉아 있는 것이었다. 손이 곱아서 숟가락을 제대로 잡을 수 없으리 만큼 찬 날씨인데도, 창애는 추위마저 느끼지 못하는 듯이 가만히 앉아 있는 것이다. 사실 오늘은 유달리 혹독한 추위다. 올 겨울에 들어 최고의 추위인 것이다. 불란서어 강습에서 돌아온 규홍이까지도, 오늘만은 시를 주무를 엄두조차 못 내고, 일찌감치 자자고 서두를 지경이었다. 창애가 옆방으로 자러 간 뒤, 셋이는 불을 끄고 언제나처럼 입은 채로 한 이불 속에 기어들어갔다. 그러나 잠은 고사하고 몸이 자꾸만 더 조여드는 것이었다. 규홍의 양쪽 옆에 누워 있는 준석과 달수는 등과 엉덩이가 시려서 저저끔 이불을 끌어당기기 시작하는 것이다. 가운데 누워 있는 규홍이 역시 어깻죽지가 얼어들어 와서 그대로 잠이 들 도리가 없었다. 그들은 마침내 불을 켜고 도로 일어나 앉고야 말았다. 어떻게 하면 눈을 붙이고 밤을 보내나 하는 궁리 끝에, 저쪽 방에서 창애가 혼자 덮고 자는 이불을 가져다가, 넷이서 두 이불에 나누어 자자는 의견이 나왔다. 한 이불에 둘씩 갈라 자자는 것이다. 그것이 좋은 방법이기는 하지만, 결국 누가 창애와 한 이불 속에서 자느냐 하는 난문제에 그들은 부딪쳤다. 창애에게 병적으로 공포를 느껴오는 달수만은 애초부터 별문제였다. 결국 규홍이 아니면 준석이가 창애와 같이 자야 할 형편이었다. 규홍은 늘 하는 버릇대로 히죽히죽 웃으면서 어떻다는 말은 하지 않았다. 그로서는 누가 창애와 같이 자든 간에 그것은 난처한 문제였던 것이다. 그러자 준석이가 불쑥 자기가 창애하고 자겠노라고 자청해 나선 것이다. 그는 당연한 주장인 것처럼 자기말고는 창애와 잘 사람이 없을 것이라고 했다. 달수와 규홍은 그러한 준석을 잠시 동안은 덤덤히 바라만 보고 있었다. 그러다가 달수는 마침내 그 의견에 반대하지 않을 수 없다고 생각한 것이다. 그는 당황히 제 주장을 내세우는 것이었다.

"그럴 게 아니라구 난 생각해. 그건 아무래두 규홍이가 창애하구 자는 것이 좋을 거야."

"이 자식 봐. 규홍이가 언제 창애하구 잔다구 그랬어? 규홍이두 그렇구 무턱 너두 그렇구 모두 창애하구 자기를 꺼려하는 거 아냐. 그러니까 나밖에 없잖어. 누군 지랄쟁이하구 자기가 좋을 줄 알어."

"언제 규홍이가 싫다구 그랬나."

"이런 천치 같은 자식 봐. 같이 자겠다는 말을 안 하니까 싫대는 거나 마찬가지지 뭐야."

"말 안 하문 싫대는 건가."

"그럼 뭐야, 이 바보야. 잠자쿠 있으문 싫대는 거지 뭐란 말야."

"그렇지만 넌 여태껏 규홍이더러 창애하구 결혼하라구 하잖았어? 그러구서는 네가 창애하구 자문 어떻게 되는 거야."

"이건 또 무슨 트집야. 어떻게 되긴 뭐가 어떻게 돼. 규홍이는 언제든 창애하구 결혼하문 되잖아. 언제든 결혼하란 말야. 내가 창애하구 같이 잔다구 해서 규홍이가 창애하구 결혼 못 하란 법이 어딨어?"

"난 통 무슨 영문인지 모르겠어. 난 암만 생각해두 그래선 안 될 것만 같은데……."

"똑똑히 좀 말해, 이 자식아. 뭐가 안 될 것 같단 말야, 뭐가."

"내 생각으룬 말야. 네가 창애하구 자는 건 좀 안 될 것 같단 말야."

"어이 무턱. 그래 넌 언제든 나한테 대항만 할 테냐. 반대만 하겠느냐 말이야. 단 한 번이라두 내 의견에 찬성해 본 일이 있어?"

"거야 찬성할 일이문 찬성해. 내가 어디 찬성 안 한대."

"그럼 왜 반대만 하는 거야. 오늘두 어째서 기를 쓰구 반대만 하려 드느냐 말야."

"그거야 내가 어떻게 알아. 암만 해두 그래선 안 되겠으니까 그저 안 된다는 게지."

"안 되나 되나 당장 봐. 너 같은 자식이 반대한다구 내가 겁낼 줄 아니."

그러고는 누가 미처 뭐라고 할 사이도 없이, 창애 방으로 가서 자겠노라고 하며, 준석은 외다리로 성큼 일어서더니 저쪽 방으로 들어가버리는 것이었다. "나는 도무지 어떻게 되는 판인지 모르겠다."고 중얼거리는 달수의 머릿속에, 벌써 오래전부터 준석은 창애에게 손을 대온 것이나 아닌가 하는 의심이 부쩍 떠오르는 것이었다.

겨울 방학이 되어 규홍이가 내일이면 귀향한다는 날 저녁에, 자기 딸하고 부디 결혼을 해달라는 박 노인의 편지가 또 왔다. 그날 밤에 그들은, 규홍이가 창애와 결혼을 해야 되느냐, 안 해야 되느냐 하는 맹랑한 문제에 관해서 또다시 열심히 토론을 시작한 것이었다. 그들이라고 하지만 창애는 여전히 한구석에 물건처럼 놓여 있었고, 무명 시인 규홍은 서울을 떠나 고향으로 돌아가는 사람의 회포를 시로 엮느라고 책상에 달라붙어 여념이 없는 것이니, 결국은 판에 박은 듯이 준석과 달수의 그 운명적인 대립인 것이다. 오늘 밤에 준석이가 강경히 내세우는 이유로는, 육십이 넘은 박 노인에게서 전후 세 차례나 결혼을 청하는 간곡한 편지가 오지 않았느냐, 늙은 어른이 머리를 숙이다시피 세 번씩이나 보내온 간청에 응하지 않는다는 것은 인간의 도리가 아니라는 점이다. 그러니 서울을 떠나기 전에 박 노인이 만족할 만한 확답을 하라는 것이다. 아무리 준석이가 그렇게 끝까지 버티더라도 오늘 밤만은 이래가지고는 안 되겠다고 달수는 노상 여느 때 없이 흥분을 느껴보는 것이었다. 그것은 얼마 전부터 창애의 몸에서 놀라운 이상을 발견해 왔기 때문이다.

"그렇지만 그건 안 된다구 나는 생각해. 규홍이는 암만 해두 창애하구 혼인할 수는 없는 거야."

"어째서 안 된단 말야, 이 민충아. 어째서 규홍이가 창애하구 결혼할 수 없다는 거야. 난 절대적으로 규홍이가 창애하구 결혼해야 된다구 생각한다."

"그렇지만 암만 해두 그건, 그렇게 될 수 없는 일인 걸 어떡허노……."

"이런 어쩌리 같은 자식 보게. 왜 안 된단 말야. 어째서 안 된다는 거야. 원 이렇게 답답한 자식이 어딨어."

달수는 잠깐 무엇을 망설이는 듯하였다. 그러다가 최후의 기력을 짜내듯이, 한 손으로 창애의 배를 가리키었다. 그러고는 신에게라도 항의하듯 필사적인 어투로 중얼거리는 것이었다.

"저 배를 봐. 창애의 배가 저렇게 불렀는데……. 저 배를 좀 봐."

간신히 그러고 나서는 어린애처럼 입을 비쭉거리다가 마침내 달수는 눈물을 좌르르 흘리는 것이었다. 그는 연신 두 주먹으로 눈을 문질러가며 흑흑 느껴 우는 것이었다. 물론 그 자신, 자기는 왜 그다지 섭게 울어야 하는지를 알 수가 없었다. 어렸을 때, 제 힘으로는 어떻게도 할 수 없는 일에 닥뜨리게 되면, 결국 으아 하고 울어 버리는 길밖에 없었듯이, 달수는 지금 그와 흡사히 절박한 감정에서 울고야 마는 것이었다. 무엇인지 알 수 없는 그 무엇에 대해서, 항거할래야 항거할 수 없는 무의미한 항거는, 마침내 그에게 있어서 울음으로밖에 터져 나올 도리가 없는 것이었다. 달수의 울음소리를 들고, 규홍은 그래도 고개를 돌려 히죽히죽 웃으며 바라보았다. 창애는 그대로 바위 같다. 물론 문제는 준석이다. 그 얼굴에 살기를 담고, 당장 잡아먹을 듯이 달수를 노려보고 앉아 있는 것이었다. 그러한 준석의 시선에 부딪친 달수는 대뜸 울음을 그치고 얼굴이 파랗게 질렸다. 자기는 인제 모든 것이 마지막이라고 번개처럼 생각하는 것이었다.

"어이 무턱. 너는 나하구 무슨 원수를 졌니? 대천지원수냐?"

준석은 또 한참이나 독기 오른 눈초리로 달수를 쏘아보고 나서,

"이 자식아. 창애의 배가 불렀건 꺼졌건, 그게 나하구 무슨 상관이 있단 말이냐? 창애의 배는 어디까지나 창애의 배지, 내 배는 아니다. 창애 배가 부른 게 어째서 내 죄란 말야."

하고, 악을 쓰듯이 들이대는 것이었다.

"나두 잘 몰라…… 나는 왜 그런, 그런 쓸데없는 말을 했을까."

달수는 울음과 웃음이 반반씩 섞인 그 비극적인 표정으로, 영문 모를 소리를 간신히 그렇게 중얼거렸을 뿐이었다.

"이 육시랄 자식아. 너는 국적(國賊)이다. 병역 기피자니까 너는 국적이나 같아. 이 자식 어디 견디어봐라. 내 당장 경찰서에 고발하구 만다. 너 같은 건, 너 같은 악질은 문제없이 사형이야, 사형. 내 당장 가서 고발하구 올 테다."

준석은 일어서 나가려고 하는 것이다. 그제야 규홍이가 따라 일어서며 준석의 소매를 붙잡았다.

"아냐 못 참어. 절대로 못 참어. 이건 내 개인 문제가 아냐. 국가적 문제야. 이런 가짜 대학생을, 이런 기피잘 그냥 둬."

준석은 소매를 뿌리치고 한사코 나가려고 버둥거렸다. 그런 걸 규홍이가 겨우 붙들어 앉히었다. 할 수 없이 주저앉기는 했으나 준석은 그래도 성이 가시지 않는 모양이었다.

"어이 무턱. 넌 국적이야. 넌 기피자란 말이다. 그래 군대에 나갈 테냐, 안 나갈 테냐? 낼이라두 당장 입대할 테냐, 안 할 테냐?"

"그렇지만 난 정말 국적은 아닌데…… 난 정말 어떡하면 좋을꼬!"

달수의 눈은 완전히 절망에 떨고 있었다.

"국적이 아니냐? 기피자가 그래 국적이 아니냐? 그럼 당장 군대에 지원할 테냐? 국적이 안 될래문 당장 군대에 들어가란 말야."

"사실은 난 기피자두 아닌데, 난 고학생인데……."

"이 자식아. 네가 무슨 고학생이야. 생판 룸펜이지, 기피자지 뭐야. 어이 무턱. 네가 참말루 국적이 안 될래문, 당장 이 자리에서 혈서를 써라. 자원입대라구 혈서를 쓰란 말야. 좋지?"

취사도구를 놓아둔 한편 구석에서 준석은 재빨리 도마 위에 엎히어 있는 식칼을 도마째 달수 앞에 가져다놓는 것이었다. 달수는 흠칫 놀라며 약간 뒤로 물러앉았다. 준석은 연거푸 달수더러 손가락을 내놓으라고 재촉하며, 규홍에게로 손을 내밀어 종이를 청하는 것이었다. 규홍은 여태대로 히죽거리며 바라보다가 지나친 농담일랑 삼가라고 하고, 책상 위에 있는 종이를 되레 감춰버렸다. 농담이라니, 이게 농담인 줄 알어. 어디 농담인가 진담인가 보기만 하라고 하며, 준석은 문창지를 북 찢어서 달수 앞에 펴놓는 것이었다.

"자, 무턱. 어서 손가락을 내놔. 이 자식 못 내놀 테야? 싫단 말야? 그러문 이걸루 네 모가지를 뎅겅 잘라서 혈서를 쓸 테다."

달수의 얼굴에서 차차로 핏기가 사라지기 시작했다. 그는 죽은 사람처럼 눈을 감으며, 할 수 없다는 듯이 검지를 가만히 내밀었다. 그 손가락 끝이 바르르 떨리었다. 규홍이가 놀라서 준석의 팔을 붙잡으려 하는 순간, 어느새 도마 위에서는 탁 소리와 함께, 몇 방울의 피가 뻗치었다. 이어 절단된 손가락에서는 선혈이 철철 흘러내려 도마와 방바닥을 적시기 시작하는 것이었다.

"자, 써라. 얼른 혈서를 써!"

준석의 음성도 흥분에 떨리었다. 달수의 얼굴은 이미 시체의 살색처럼 더욱 창백해지더니, 입술을 약간 떨다가 그 자리에 푹 꼬꾸라지고 말았다. 기절한 것이다. 규홍이가 쫓아와 부둥켜안고 달수, 달수 소리를 질렀다. 그러자 준석이가 불뚝 일어서더니 비칠거리며 황급히 밖으로 달려 나가는 것이었다. 어디 가느냐고 규홍이가 묻는 말에 그는 잠시 멈칫했다. 그 자신, 자기는 어디를 가기 위해 뛰어나왔는지를 알 수 없는 것이었다. 그러면서도 준석은 그냥 그 자리에 서 있을 수는 없었다. 어디로든 발을 옮겨놓아야 했다. 그는 걸음을 떼었다. 밖을 향하고 있었기 때문에 자연 대문 밖으로 걸어 나가졌다. 하늘의 별이 문제가 아니었다. 준석은 한쪽 다리 대신 사용하는 지팡이로 언 땅을 울리며 어둠 속으로 사라져가는 것이었다.

가부녀(假父女)

이렇게 느지막해서 혼자 터덜터덜 집이라고 찾아들어올 적마다 강(姜) 노인은 견딜 수 없는 공허감을 의식하는 것이었다. 언제나 굴속처럼 휘엉 하니 비어 있는 방을 생각하면, 강 노인은 금세 집에 돌아갈 홍이 깨져버리고 마는 것이다. 그나마 자기 집도 아니다. 이만 환에 이천 환씩 까들어 가는 사글셋방이다. 교외나 다름없는 산비탈에 자리 잡고 있는 토담집이다. 교통이 불편한 걸 참고 이런 데 눌러 지내는 것은 단지 값이 싸고 주위가 시끄럽지 않기 때문이다. 혹시 눈이 내리거나 몸이 고된 날은 고르지 못한 언덕길을 간신히 추어 올라가며, 방을 옮길까도 생각해 보는 것이었다.

낚시 도구를 추켜올리며 어두운 비탈길을 더듬어 올라가고 있는 지금도 강 노인은 몹시 피곤하였다. 낚시질은 그가 이십대의 젊은 시절부터 취미를 붙여온 유일한 도락이다. 낚시질에다 삶의 보람을 걸고 살아온다면 그건 지나친 과장이겠지만, 적어도 낚시질에 도취함으로써 인생사의 번거로움과 괴로움을 잊고 지내오는 것만은 틀림없는 사실인 것이다. 더구나 오십 고개를 넘어선 요즈음에 와서는 더욱 그러하였다. 그러기에 여가만 있으면 한두 시간씩 버스나 기차에 시달리며 낚시터를 찾아가지 않고는 배기지 못하는 강 노인이었다. 구름과 산 그림자가 어리는 연못이나 수로에 낚싯대를 척버티고 앉아서 찌만 지켜보고 있노라면, 주위 사람들의 괄시도, 겹겹이 쌓여온 고독도 잊어버릴 수가 있는 것이었다. 그러나 근자에 와서는 나이 탓인지, 도구를 챙겨 메고 돌아오는 길은 걷잡을 수 없이 심신이 피로하였다. 그리고 집이 점점 가까워올수록 지금까지 잊어버리고 있던 고독감이 일시에 전신을 휩싸버리는 것이었다. 노인은 후유 하고 길게 한숨을 내뿜었다. 걸음을 멈추고 이마의 땀을 문대며 잠시 가쁜 숨길을 돌리었다. 어둠 속으로, 산허리에 있는 집의 불빛이 희미하게 쳐다보이었다. 물론 주인네 방에서 흘러나오는 불빛이다.

강 노인의 방은 언제나처럼 어둠 속에 잠겨 있는 것이다. 아무도 방에 불을 밝히고 그를 기다려줄 사람이 없는 것이다. 저물어 돌아오는 날, 어둠에 묻혀 있는 자기 방 앞에 설 때마다 강 노인의 마음은 그지없이 헛헛해지는 것이었다. 그것이 겨울이면 더했다. 질식할 듯이 어둠과 냉기만이 꽉 차 있는 방 안에 들어서면, 방바닥마저 얼음장처럼 차디차다. 성냥을 꺼내 남포에 불을 밝히고 손수 부엌에 나가 아궁이에 불을 지피는 강 노인의 얼굴은 마치 석상이나 다름없이 무표정하게 굳어버리고 마는 것이다. 강 노인은 자기 방의 불빛이 그리웠다. 밖에서 어두워 돌아오는 자기를 환히 비춰줄 불빛이 그리운 것이다. 그러나 그것은 영원히 이루어질 수 없는 꿈인지도 모른다. 고기가 든 다랭이를 고쳐 들고, 어깨에 멘 낚시 도구를 한 번 추켜올리고 나서 걸음을 떼어놓으며 강 노인은 이렇게 중얼거리는 것이다.

"마누라가 있나, 자식이 있나, 사회적 지위나 명예가 있길 하나, 돈이……."

탄식하듯 하다가 강 노인은 마지막 말을 채 맺지 않고 마는 것이다. 돈이 아주 없지는 않았기 때문이다. 그는 상당한 저축을 가지고 있었던 것이다. 여생을 족히 놀고먹을 만한 정도의 재산은 장만해 놓고 있었다. 그러나 아무도 강 노인이 그만한 저축을 가지고 있다는 사실을 아는 사람은 없었다. 누구 앞에서나 꿈에도 그런 낌새를 보인 일이 없었기 때문이다. 세상에 하나도 믿을 놈이 없다고 단정하고 있는 노인이라 함부로 사람을 믿으려 하지 않았다. 이웃에서나 직장에서나 강 노인은 섣불리 남에게 속을 주지 않았다. 그는 모반관 반민업체의 접수계원(接受係員)이었다. 해방 후 십여 년간을 단 하루도 결근한 일이 없는 모범 직원이었다. 말이 적고 실수가 없는 강 노인은 언제나 상사에게서 두터운 신임을 받아왔다. 다만 기계처럼 융통성이 없이 빡빡한 일면이 흠이라면 흠이라고 할 수도 있어서 주위에 푸근히 어울리지는 못했다. 항시 직장에서 내준 제복과 제모를 단정하게 차리고 다니는 강 노인은, 집을 나가는 시간이나 돌아오는 시간이 일정하였다. 자기 손으로 조반을 지어 먹고 점심밥까지 싸 들고 강 노인이 집을 나서는 것은 일곱 시 이십오 분이다. 꼬박 한 시간 오 분을 걸어서 여덟 시 삼십 분 정각에는 틀림없이 직장 문 안에 들어서는 것이다. 하루의 일이 끝나고 집에 돌아오는 시간도 고정적이다. 다섯 시 퇴근인 일반 직원보다 반 시간 늦게 직장을 나오는 강 노인은, 시장에 들러 찬거리를 사들고 집에 돌아오면 언제나 여섯 시 사십 분이다. 이렇듯 기계처럼 정확하게 움직여오기를 십여 년이나 계속했다. 그러한 강 노인도 간혹 시간보다 늦어서 집에 돌아오는 수가 있다. 그런 날은 물론 낚시질을 다녀오는 날인 것이다.

지금도 주먹만 한 양키 자물쇠를 따고 방에 들어와 불을 켜고 보니 여덟 시 가까이 되어 있었다.

"이쿠, 저녁이 너무 늦었군!"

혼자 중얼거리고, 강 노인은 낚시 도구들을 대강 간수한 다음 부엌으로 바삐 나갔다. 쌀을 일어 안치고 나서 밥이 끓는 동안에 잡아 온 고기를 깨끗이 다듬어서 요리를 해야 하는 것이다. 이런 날은 몸이 고되어서 부엌일이 사뭇 귀찮기만 하다. 그러면서도 시장기는 부쩍 더해서 굶고 잘 수는 없다. 고기의 내장을 긁어내면서 강 노인은 자꾸만 외로워지는 것이다. 남들처럼, 고함을 지르고 쫓아 나와 고기 다랭이를 받아 들여가는 손자 녀석도 없고, 들어와 앉기가 바쁘게 진짓상을 차려다 바치는 며느리도 없는 자기의 신세가, 그림자를 대하듯 허전하고 서글프기만 한 것이다. 그러한 강 노인도 저녁 식사를 마친 뒤, 설거지까지 해치우고 나서 문고리를 안으로 단단히 잠근 다음, 낡아빠진 옷 고리짝을 들출 때만은 주름진 얼굴에 생기가 도는 것이다.

고리 뚜껑을 조심스레 열어젖히고 난 강 노인은, 철 지난 누더기 같은 옷들 사이에서 우선 손바닥에 중량감이 느껴지는 금붙이부터 꺼내보는 것이다.

가락지, 반지, 팔찌, 마고자 단추, 비녀 등 여러 가지 누런 금붙이의 개수를 일일이 세어보고 나서, 그것들을 소중히 도로 집어넣는다. 다음에는 집문서를 꺼내 본다. 등불 곁에 바싹 가져다 대고 거기에 적혀 있는 글자를 한 자도 빼지 않고 읽어본다. 강 노인은 약 반년 전에 집을 한 채 장만하였다. 유축이기는 하지만 이층으로 된 거리집이어서 아래층은 문방구점과 유리 가게에 빌려주었고, 이층은 다방에 역시 세를 놓고 있었다. 매달 월말이 되면 강 노인은 그리로 셋돈을 걷으러 나가는 것이다. 그렇지만 노인은 자기가 집 주인이라는 것을 밝히지 않고 처음부터 관리인 행세를 하는 것이었다. 집문서를 다 읽고 난 강 노인은 만족한 듯이 빙그레 웃음을 짓고 그것을 도로 봉투에 넣어서 옷 사이에 감추었다. 마지막으로 노인이 고리 속에서 끄집어낸 것은 십만 환의 현찰 뭉치였다. 틀림없이 자기가 묶어놓은 대로였다. 강 노인은 안심하고 돈 뭉치를 도로 간직하였다.

"자식두 다 소용없거든. 요즘 세상에 제대루 부모 섬기는 자식 없더라구."

강 노인은 만족하였다. 불을 끄고 자리에 누워서도,

"지금 세상엔 돈이 있어야 돼. 암, 이를 말인가!"

그렇게 자신을 타이르듯 하는 것이다. 그것은 자기 자신에 대한 격려이기도 했다. 근년에 이르러 머리의 흰털과 얼굴의 주름살이 알아보게 늘기 시작한 강 노인은, 차츰 재물이 불어가는 것과 동시에, 마음 구석에는 뜻하지 않았던 공허감이 깃들이기 시작했던 것이다. 재물만 가지고는 도저히 메울 수 없는 허전한 구석이 드러나기 시작한 것이다. 그러한 자신의 불안을 덮어버리고 스스로를 격려하기 위해서, 강 노인은 저녁마다 고리짝을 열어놓고 축재의 보람을 확인하곤 하는 것이었다. 주위에서 지나가는 말로, 그러한 노인의 앞날을 걱정해 주는 사람이 가끔 있었다. 사람이란 늘그막에 의지할 데가 없고 보면 남의 눈에는 초라해 보이고 당자는 그지없이 외로운 법이라고 하며, 이제라도 마누라를 얻으라고 권하는 사람도 있었다. 때로는 속이 타고 고생되는 일이 있더라도 역시 인간의 낙이란 자식 기르는 데 있다는 것이다. 그러한 낙을 모르고 여생을 무슨 재미로 보내겠느냐는 것이다. 한편 실제 문제로서는 반드시 크게 자식 덕을 보자는 게 아닐지라도, 몸져누웠을 때 물 한 모금 떠다주는 사람이 있어야 할 게 아니겠느냐는 것이다. 그런 말을

들을 적마다,

"무자식 상팔자라우!"

버릇처럼 강 노인은 그 한마디를 내뱉고 입을 뚜 다물어버리고
마는 것이다. 더러는 어째서 젊었을 때 결혼을 하지 않았느냐고 묻
는 사람도 있었다. 그때마다 강 노인은 으례,

"무슨 참견인고!"

그러고는 딱딱하게 표정이 굳어버리고 마는 것이었다. 그러면서
도 강 노인은 자주 딸을 앞세우고 낚시질 가는 꿈을 꾸었다. 꿈에
나타나는 자신은 언제든 한 줌이나 되는 흰 수염을 나부끼며 걸었
고, 멋진 여자용 즈봉에 소매 없는 하늘색 셔츠를 입은 십팔구 세
가량의 딸은, 낚시 도구를 어깨에 멘 채 한 걸음 앞서서 걷는 것이
다. 이 딸의 아름다운 뒷모양을 자애로운 눈으로 지켜보며 걷는 부
친은 간혹 실없는 농담을 건네기도 한다. 그러면 딸은 어깨를 추며
쿡쿡 하기도 하고, 혹은 돌아서서 아버지의 가슴팍을 주먹으로 때
리는 시늉을 하며 어리광을 피우기도 한다. 논이나 밭에서 일하던
농부들이 행복스러운 이 부녀의 일행을 부러운 듯이 바라보는 것이
다. 강 노인은 언제부터인가 이러한 꿈을 자주 꾸게 되었던 것이다.
수년 전 일이었다. 어느 날 근교로 낚시질을 갔더니 어떤 중년 신사
가 십칠팔 세 먹었을 딸과 그보다 두서넛 아래로 보이는 아들을 데
리고 와 있었다. 그 딸과 아들도 각기 한 틀씩 낚시를 물에 담그고
있었다. 제법 익숙한 솜씨들이었다. 점심때가 되자, 소녀가 깨끗한
종이에 무엇을 싸들고 강 노인 곁으로 다가왔다. 자기가 만든 샌드
위치라면서 맛을 보라고 하며 소녀는 종이에 싼 것을 강 노인 앞으
로 내밀었다. 소녀는 퍽 명랑하고 건강해 보이는 얼굴이었다.

"어마, 많이 잡으셨군요, 아저씨."

고기 구럭을 들여다보고 돌아서 가는 소녀의 뒷모습을 물끄러미

바라보고 앉아 있던 강 노인은 뜻하지 않게 가슴이 찌르르 울리었다. 속이 빈 것처럼 너무나 허전하였다. 물속에 어리는 자기의 그림자마저 초라하고 외로워 보였다. 그때의 광경이 강 노인에게는 두고두고 잊혀지지 않았다. 그 기억이 요즘 와서는 이렇게 꿈으로 나타나는 모양이었다. 그 꿈을 깨고 날 적마다 강 노인은 서운한 생각에 다시 잠을 들지 못했다. 그게 꿈이 아니고 생시라면 얼마나 좋을까 하고 터무니없는 생각에 잠겨보는 것이다. 그와 같은 강 노인의 꿈은 영원히 이루어질 수 없는 소원으로 차츰 변해 버리었다. 거리를 가다가도 건강하고 명랑하고 얌전해 보이는 소녀가 눈에 뜨이면,

—고게 내 딸이라면…….

하는 생각이 불끈 가슴을 치밀곤 하는 것이었다. 강 노인이 근무하고 있는 직장에는 여자 사무원이나 급사가 수십 명이나 있었다. 그 중에서도 인정이 있어 보이는 애를 대할 때마다,

—나도 요런 딸이 있었으면…….

하는 생각에 실없이 가슴이 다 울렁거리는 것이었다. 따라서 이상하게 정이 끌리는 애에게는 자신도 모르는 사이에 친절히 대하면서 접근해 보려고 노력하게 되는 것이다. 그러나 여자 사무원은 말할 것도 없고, 인제 겨우 십오륙 세의 급사년들까지도, 이쪽의 친절을 기화로 강 노인을 이용이나 하고 놀려 먹으려 들었지 조금도 진심을 살뜰하게 받아들이려는 애는 없었다. 그래서 강 노인도 계집년들이란 할 수 없다고 투덜대며, 다른 접수계원들처럼 여사무원들에게는 딱딱하게 대했고, 급사애들에게는 사소한 일에도 눈을 부라리며 호령을 하곤 하는 것이었다. 그럴수록 내게 명랑하고 다정한 딸이 있었으면 하는 강 노인의 원은 날이 감에 따라 더 간절해 가기만 했다. 최근에 이르러는 딸에게 끌려 다니며, 조르는 것을 뭐든지 사주기도 하고 낚시 도구를 앞세우고 같이 낚시질을 가기도 하는

광경을 강 노인은 꿈에서뿐 아니라, 눈을 번히 뜨고 앉아 있으면서
도 자꾸 공상 속에 그려보게끔 되었다. 그러한 강 노인의 마음을 다
소라도 만족시켜줄 만한 기회가 의외에도 우연히 찾아오게 되었다.
그것은 얼마 전에 서무과에 새로 들어온 안종숙(安宗淑)이라는 급
사애가 강 노인을 무척 따랐기 때문이다.

　물론 종숙은 강 노인만을 유별히 따르는 것은 아니었다. 생글생
글히며 누구에게나 다정하게 접하는 소녀였다. 예쁘다기보다는 귀
여운 맛이 있는 소녀였다. 살갗이 희고 눈은 유달리 새까맣다. 그
까만 눈이 언제나 웃고 있었다. 그러한 종숙의 모습은 첫인상부터
강 노인의 마음에 폭 들었다. 첫 인사차 접수계에 처음으로 종숙이
가 나타났을 때, 무조건 정이 가서 강 노인은 가슴이 설렜다. 부드
러운 음성으로,
　"나이가 몇 살이지?"
하고 친절하게 묻는 강 노인의 질문에,
　"열다섯 살이에요."
퍽 맑은 목소리로 대답하였다.
　"부모님 다 계시냐?"
　"어머니만 계셔요."
　"허어, 그래? 형제는?"
　"남동생이 둘이구, 여동생이 하나 있어요."
　"그럼, 네가 맏딸이구나."
종숙은 손등으로 입을 가리고 좀 수줍은 듯이 가볍게 웃었다.
　"그래, 어머니가 혼자 벌어서 다섯 식구 생활을 해나가나?"
　"예."
　"그래서 혼자 고생하시는 어머니를 도우려고, 여학교에두 못 가

구, 이렇게 취직을 했구나."

"작년 봄에 여학교에 들어갔다가 등록금을 못 내서 쫓겨났어요. 인제 첫 월급을 타면 야간 여학교에 나갈래요."

"오라, 그러냐. 참 기특하다!"

강 노인은 가슴이 뭉클하였다. 당장이라도 학비를 대줄 터이니, 오늘이라도 야간 여학교에 입학을 하라고 하고 싶은 걸 꾹 참았다. 그날 종일토록 강 노인의 머릿속은 종숙의 생각으로 꽉 차 있었다. 저녁에 집에 돌아와서도 종숙의 일만이 생각났다. 자리에 들어서도 강 노인은 자꾸만 종숙의 귀염성 있는 모습이 눈앞을 사물거려서 빨리 잠이 오지 않았다.

"오냐, 걱정 마라. 내가 있다. 내가 뒤를 돌봐주마!"

강 노인은 그렇게 중얼거리기도 했다. 다음날부터 강 노인은 출근하면 종숙이부터 보고 싶었다. 얼른 눈에 뜨이지 않으면 강 노인은 일부러 옥사 내를 두루두루 찾아다니면서 종숙을 만났다.

"오오, 여기 있었구나. 그래 일은 고되지 않으냐?"

"괜찮아요!"

종숙은 머리를 숙여 인사하고 나서 정답게 웃으며 대답한다.

"오올치, 그래야지. 너무 긴장해서 몸이 피로하문 안 된다. 차차 낯들두 익구 요령이 트이면 슬슬 놀면서두 할 수 있는 일이니까, 꾸준히 나와야 헌다."

그렇게 일러놓고 강 노인은 천천히 접수계로 돌아오는 것이다. 그는 처음으로 가슴이 뿌듯한 만족감을 의식한다. 뜻하지 않았던 행복이 꼭 자기를 찾아와줄 것 같은 황홀한 기대에 강 노인은 쾌적한 흥분에 취하여 보는 것이다. 날이 갈수록 강 노인의 이러한 감정은 고조되어갔다. 한 주일이 가고 두 주일이 지나는 동안에 강 노인은 종숙이와 완전히 친밀해질 수 있었다. 누구보다도 자기에게 친

절히 대해 주는 강 노인의 정이 종숙에게도 고맙게 느껴지는 모양
이었다. 틈만 있으면 종숙이 편에서도 접수계로 내려와서 강 노인
과 이야기하는 시간을 즐기는 것이다. 종숙은 강 노인보고 '아저
씨'라고 불렀다. '할아버지'라고 부르지 않는 것이 강 노인은 무척
고맙고 기뻤다.

　어느 토요일, 퇴근하는 길에 강 노인은 종숙에게 점심을 한턱내
기로 했다. 얼마 전부터 별러오던 일이지만, 여느 날은 둘이 다 점
심을 싸가지고 오기 때문에 좀처럼 그럴 기회가 없었던 것이다. 강
노인을 따라 음식점에 들어와 앉은 종숙은 몹시 거북해하는 눈치였
다. 자주 주위를 둘러보고는 고개를 숙이곤 했다.

　"자, 뭘 먹구 싶으냐? 설렁탕, 곰탕, 냉면, 갈비탕, 비빔밥 뭐든지
있다. 오늘은 아저씨가 한턱내는 거니까, 맘대루 먹구 싶은 걸 청하
란 말이다. 그럼 뭘루 할까?"

　강 노인이 그렇게 신이 나서 주워섬기어도, 종숙은 조그만 소리로,

　"아무거나 좋아요!"

　그러고는 수줍은 웃음을 지어 보이며 또 한 번 주위를 둘러보고
는 이내 고개를 숙여버리었다. 강 노인은 할 수 없이 멋대로 음식을
주문했다. 곰탕 둘을 특별로 시켜놓고, 곁들여서 불고기 한 접시를
청했다. 그러자 종숙은 무슨 말을 할 듯 할 듯 망설이다가, 마침내
결심을 한 듯이 미소 띤 눈으로 갸웃이 강 노인을 쳐다보며,

　"아저씨이."

하고 속삭이듯 불렀다.

　"왜?"

　"저어, 그 모자 벗으세요. 남들이 자꾸만 봐요!"

　그리고 종숙은 제가 먼저 얼굴을 붉히었다. 강 노인은 그제야 종
숙의 심중을 깨닫고, 쓰고 있던 직장의 제모를 얼른 벗어서 감추었

다. 그것은 마치 역장처럼 누런 금테가 둘리어 있는 모자였다. 이어 강 노인은 자기가 입고 있는 제복을 한 번 살펴보고 나서, 음성을 낮추어 가지고,

"이건 괜찮을까?"

웃는 낯으로 종숙을 보며 물었다.

"건 남들이 몰라요!"

경찰복 비슷한 형의 회색 사지 제복은 정말 그렇게 남의 눈을 끄는 것은 아니었다.

"그래. 그럼 인제야 안심했다!"

강 노인은 참말로 그제야 마음이 놓인다는 듯이 가슴을 펴고 고개를 들었다. 종숙은 그런 강 노인을 바라보다가 두 손으로 입을 가리고 소리를 죽여가며 웃었다. 강 노인도 흐뭇한 표정으로,

"우리 종숙이가 날 막 놀리는구나."

그러더니 별안간 우후후후 하고 웃음을 터뜨렸다. 이윽고 주문한 음식이 나오자, 이런 걸 먹어보기는 처음이라고 하며 종숙은 꽤나 맛있게 수저를 놀리는 것이었다. 강 노인은 만족한 듯이 불고기를 통째로 종숙의 그릇에 쏟아주고 나서, 가끔 이런 기름기를 먹어야 영양 보충이 된다고 했다. 식사를 마치고 찻물을 마셔가며, 강 노인은 종숙이보고 오늘로라도 당장 야간 여학교에 입학 수속을 밟으라고 했다. 학비는 자기가 빌려준다는 것이다. 종숙은 고 까만 눈을 커다랗게 뜨고 한참이나 강 노인을 쳐다보다가,

"그렇지만, 야간 여학교두 등록금이랑 책값이 꽤 많은 걸요!"

믿을 수 없다는 눈치였다.

"암만 많어두 괜찮다. 얼마든지 내가 빌려줄 테니."

"그렇지만, 제가 월급을 타두 한 번엔 다 못 갚아드릴 거예요. 엄마가 절반은 살림에 보태 쓰신대요!"

"그런 걱정은 안 해두 된다. 아저씨에게 그만 돈은 여유가 있으니까, 천천히 갚아두 좋단 말이다. 한 번에 못 갚으면 두 번에 갚으렴. 두 번에두 갚을 수 없거든, 세 번, 세 번에두 안 되문 네 번, 네 번에두 어려우면 다섯 번, 그렇게 해서두 갚을 수 없거든 종숙이가 다음 어른이 돼서 갚으려무나. 알겠니."

종숙은 뜻밖이어서 어리둥절한 표정으로, 조심스레 물었다.

"정말 그래두 돼요?"

"암, 되구말구 아저씨가 너보구 거짓말하겠니. 학비란 얼마가 들든 아저씨가 무기한으루 빌려줄 테니 말이다. 어서 오늘이라누 입학 수속을 하란 말이다. 그래 너만 못 한 애들두 다들 중학교엘 다니는데, 남보다 몇 곱이나 총명하구 얌전한 우리 종숙이가 온 학교엘 못 가다니, 온 될 법이나 한 말이냐?"

종숙은 흥분해서 얼굴이 빨개졌다. 새까만 눈이 더욱 진하게 빛났다. 이 길로 학교에 가서 입학 원서를 타가지고 집에 돌아가 어머니와 의논해 보겠노라고 하며 종숙은 음식집을 나오는 즉시 들뜬 걸음으로 쏜살같이 헤어져 갔다.

월요일에 출근을 하자, 종숙은 미리 와 기다리고 있다가 매어 달릴 듯이 반가이 강 노인을 맞아주었다. 어머니와 의논한 결과를 물었더니, 승낙을 받았노라고 하며, 종숙은 얼른 편지 한 장을 내주었다.

"어머니가요, 고마운 아저씨께 드리라고 하시며 편질 써주셨어요."

편지 내용은 극히 간단했다. 안면도 없는 어른께 철없는 종숙이로 해서 폐를 끼치게 되어 죄송하다는 말에 이어서, 그러면 염치 불구하고 호의를 받아들이기로 하되 차용한 금액은 삼 개월 후에 갚아주겠노라는 문면이었다. 잇달아 어린것들과 일에 몰리어, 직접 찾아가 뵈옵지 못하니, 그 점 널리 양해해 달라는 인사로 끝을 맺고 있었다. 겨우 보통학교를 나왔을 뿐인 강 노인은 편지를 읽고 나서 낯을 붉힐 정도였다.

필적이나 문장이 자기보다는 월등히 능숙했기 때문이다.

"너이 어머니두 공부를 많이 하신 모양이구나!"

"옛날에 여자 고등학교를 나오셨대요."

"나이가 몇이신데?"

"서른여덟이서요."

강 노인은 다시 한 번 편지를 내려다보며 고개를 주억거리는 것이었다.

이리하여 종숙은 우선 강 노인의 돈으로 야간 여학교에 입학을 하게 되었다. 강 노인은 마치 자기가 진학하는 것처럼 흥분해서 분주히 서두르고 돌아갔다. 강 노인은 입학 원서를 위시해서 그 밖에 입학에 필요한 여러 가지 서류들을 일일이 읽어보며, '음, 음' 하고, 감탄하듯 연신 고개를 끄덕거리었다. 그러고는 자진해서 종숙을 데리고 서무과로 올라가 사유를 설명하고 조퇴까지 시켜주었다. 강 노인은 입학에 소요되는 금액을 딱 맞추어 종이로 여러 겹 싸서 종숙에게 들려주었다. 강 노인은 일부러 한길까지 따라 나와서, 스리 맞지 않게 돈을 조심하고 길을 건널 때는 반드시 좌우를 잘 살피라고 몇 번이나 일러주었다. 좋아서 어쩔 줄을 모르며 거의 달음질을 치다시피 저쪽으로 점점 멀어져가는 종숙을 강 노인은 흐뭇한 표정으로 한 자리에 서서 암만이고 바라보았다. 그러다가 갑자기 강 노인은 종숙을 불러 세웠다.

"종숙아, 얘, 종숙아!"

그것은 딸을 부르는 아버지의 자애로운 음성이었다. 무슨 영문인가 싶어 종숙은 걸음을 멈추고 돌아보았다. 강 노인은 자기편에

서 바삐 쫓아가서,

"너, 책가방은 있느냐?"

하고, 상냥하게 물었다.

"그런 건 없어두 괜찮어요. 책보에 싸가지구 다니죠, 뭐!"

"아니다. 그래서야 되나. 인제 여학생인데 아주 근사한 가방을 들구 다녀야지 책보에 둘둘 말아가지구 다니다니. 초라해 못쓴다. 그럼 내 가방을 사줄게 수속을 끝내구 일단 여기 한번 들렀다 가거라."

강 노인은 그 밖에 또 무슨 할 말이 없는가 하고 삼시 머뭇기리었다. 종숙이가 전차를 타고 보이지 않게 될 때까지 그 자리에 서서 바라보았다. 이윽고 뒷짐을 지고 돌아서 걷는 강 노인의 가슴속에는 삶의 보람 같은 것이 파도처럼 밀리어들었다. 그것은 저녁마다 늘어가는 재물을 계산해 볼 때보다 더 황홀하고 벅찬 감동이었다.

강 노인과 종숙의 사이는 하루하루 더 가까워만 갔다. 그것이 마치 지상 명령인 것처럼 강 노인은 지극한 정성과 애정을 종숙이에게 경도해 갔다. 일찍이 누구를 사랑하거나, 누구의 사랑을 받아본 일이 없는 강 노인은, 오십 평생에 처음으로 가슴속 깊이 줄줄이 흘러넘치는 사랑의 분류를 경험하는 것이다.

종숙의 청이라면 강 노인은 무엇이든 들어주고 싶었고, 또 발벗고 나서고 싶었다. 이러한 강 노인에게는 자기에게 부딪쳐오는 종숙의 태도가 아무래도 뜨뜻미지근했다. 성에 차지 않는 것이다. 강 노인의 극진한 정을 종숙은 그저 인정 있는 노인의 친절이나 호의 이상으로 받아들이지는 않았다. 그러기에 강 노인의 친절과 호의를 무척 고맙게 생각하면서도, 종숙은 그것을 받아들일 때는 미안해했고 거북해했다. 지난번에 책가방을 살 때만 해도 그랬다. 입학 수속을 완료하고 종숙이가 직장에 다시 들른 것은 퇴근 무렵이어서, 강 노인은 이내 종숙을 데리고 밖으로 나갔다. 가방만 전문으로 취급하는 가게를 찾아가서, 강 노인은 종숙이더러 마음대로 고르라고 했다.

"집에 가서 어머니하구 의논해 보구 사겠어요."

"아, 이런 걸 다 의논해. 이건 네 입학 기념으로 아저씨가 그냥 사주는 거야. 나중에 갚아달랠까 봐 그러냐."

"그래두 어머니한테 물어보겠이요."

종숙은 좋아하는 눈치이면서도 성큼 달려들지 못한다. 강 노인은 종숙의 태도에 개의치 않고, 점원에게 여학생의 가방을 최고급으로 골라달라고 했다. 점원은 이내 여러 종류의 가방을 주르르 꺼내놓았다.

"자, 어느 거든 네 맘에 드는 걸루 골라라. 이게 좋으냐? 저게 좋으냐? 얼른 맘대루 골라봐!"

강 노인은 조급히 이것저것 들어보였다. 그제야 종숙은 녹색 선을 두른 예쁘장한 가방 하나를 가리키며,

"이거 꽤 비싸죠?"

하고 수줍은 듯이 점원과 강 노인의 얼굴을 번갈아 쳐다보았다.

"아무리 비싼들 가방 하나에 얼마나 할라구!"

강 노인은 선뜻 흥정을 하고 돈을 치렀다. 돌아오는 길엔 둘이서 빵집엘 들렀다. 종숙은 가방을 소중히 무릎 위에 얹어놓고 좋아하는 크림빵을 먹었다.

"앞으룬 말이다. 뭐나 필요한 게 있거든 서슴지 말구 말을 해라. 아저씬 종숙이가 원하는 거문 뭐든 다 들어주구 싶다."

강 노인은 여느 때 없이 호젓한 음성으로 말하였다.

"아저씬 돈이 많으세요?"

"별루 돈이 많은 건 아니지만, 아저씬 혼자 사니까 돈을 쓸 데가

없지."

"어머나! 그럼 아저씬 아주머니두 안 계시구 아이들두 없으세요?"

"아저씬 아무두 없이 혼자 산다. 그래, 난 널 딸처럼 생각한다."

"그럼, 진지는 어떡허세요? 그리구 빨래서껀, 바느질은 누가 하구요."

"음, 그거 다 아저씨가 혼자 하지. 아저씬 말이다, 오래 혼자 살아와서 밥두 잘 짓구 빨래두 잘 한다."

"어쩌문."

종숙은 감탄해 보이고 나서,

"혼자서 심심해서 어떻게 사세요?"

제법 위로조로 하는 말이었다.

"암 심심하지. 심심하구말구. 그러니까, 아저씬 자주 종숙이가 보구 싶구, 이렇게 마주 앉아 암만이구 얘기를 하구 싶은 게다."

종숙은 강 노인이 불쌍한 생각이 들어서 아무 말을 못 하고 그저 머리를 숙여버리었다.

강 노인은 정말 잠시도 종숙이와 헤어져 있고 싶지 않았다. 몇 시간만 안 보여도 강 노인은 자기편에서 슬그머니 서무과로 올라가 보았다. 만일 종숙이가 제자리에 없으면 삼층 건물 안을 온통 휘젓고 다니면서 찾아보았다. 점심시간만 되면 강 노인은 으레 종숙을 부르러 왔다. 접수계실이나 숙직실로 종숙을 데리고 가서 늘 점심을 같이 먹는 것이다. 강 노인은 종숙을 위해서 일부러 점심 찬을 준비해 가지고 왔다. 상당히 고급 반찬이었다. 월요일이면 반드시 전날 낚시질 가서 잡아온 붕어를 뼈까지 파삭파삭하게 고아가지고 오곤 했다. 종숙은 무엇이든지 맛있게 먹었다. 강 노인은 차츰 종숙이와 단둘이서만 오붓이 마주 앉아 점심을 먹고 싶어졌다. 옆에 딴 사람이 있거나 드나드는 게 공연히 신경에 걸리었다. 마침 초여름이라, 강 노인은 점심시간이 되면 종숙을 건물 후원으로 데리고 나가곤 했다. 거기에는 꽤 넓은 잔디밭이 있었고 드문드문 몇 그루의 상록수도 서 있었다. 그 나무 그늘에서 단둘이 무릎을 마주 대고 앉아 점심을 먹는 것이다. 둘이 같이 점심을 먹는다기보다, 종숙이가 맛있게 먹는 것을 강 노인은 구경만 하고 앉아 있는 격이었다.

"아저씨두 어서 드세요. 왜 그러구 앉아서 자꾸 나만 바라보세요."

종숙이가 웃으며 지적을 하면 강 노인은 그제야 자기도 멋쩍게 씩 웃고 젓가락을 놀리는 것이다. 강 노인은 지극히 만족하였다. 종숙이와 단둘이 마주 앉아 점심을 먹을 제면 뿌듯이 가슴을 치미는 행복감에 도취하는 것이었다. 딸 같은 생각이 들었다. 애인 같은 생각이 들었다. 아내 같은 생각이 들었다. 천사 같은 생각이 들었다. 종숙은 강 노인에게 있어서 그런 것들을 모두 한데 뭉친 거룩한 애정의 표상이었다. 강 노인은 자주 벅찬 가슴으로 종숙을 끌어안아 보고 싶은 충동을 느끼었다. 인형같이 자냥스러워 보이는 고 볼에다 얼굴을 비벼보고 싶었다. 이쪽에서 그러기 전에 종숙이가 먼저 와락 덤벼들어 어리광을 피워주었으면 싶었다. 좀 더 친밀해지면 될까 될까 하고 강 노인은 날마다 기다려졌다. 그러나 허사였다. 강 노인은 기다리다 못해 더러는 이쪽에서 먼저 농담 삼아 이런 말을 꺼내본다.

"우리 종숙이, 아저씨 입에 한번 뽀뽀해 볼까!"

그러나 종숙은 대뜸 얼굴이 빨개가지고 해들해들 웃으면서 도리어 한 걸음 뒤로 물러앉아버리고 만다. 문득 그러한 광경을 지나가던 직원이 발견하고 실없는 농담을 거는 수가 있다.

"강 노인은 늘그막에 바람이 나셨군요. 아주 달콤한 장면입니다."

아무리 농담이지만 그런 소릴 들으면 강 노인은 단박 얼굴색이 변했다. 두고두고 그 직원과는 입을 열지 않는다. 최대의 모욕이라고 생각하는 것이다.

종숙이가 야간 여학교에 입학한 이후로, 강 노인은 한 번도 제시
간에 집에 돌아와본 일이 없다. 저녁마다 종숙이를 집 근처까지 바
래다주고 돌아오기 때문이다. 퇴근 시간이 되면 강 노인은 부리나
케 종숙이가 다니는 학교로 간다. 바로 학교 문 앞에 있는 음식집에
들어가 앉아서 약주를 한잔하거나 가벼운 식사를 하면서 학교가 파
하기를 기다리는 것이다. 그러다가 학과를 마치고 학생들이 우 몰
려나오면 뛰어나가 정문 옆에 지키고 섰다가, 종숙을 만나 집 근처
까지 바래다주고야 돌아서는 것이다. 종숙은 같은 방향에서 다니는
친구가 있어서 괜찮다고 늘 사양을 하지만, 여학생이 밤길을 다니
면 봉변을 당하기 쉽다고 하며, 강 노인은 한사코 듣지 않는 것이었
다. 그런 점도 사실이지만, 한편 강 노인은 종숙을 한 번 더 만나보
고 돌아가야만 만족할 수 있었던 것이다. 그만큼이나 강 노인은 잠
시라도 종숙이와 헤어져 있는 것이 허전하고 괴로웠다. 그러한 강
노인은 종숙이와 영원히 한 집에서 살 수 있는 방법을 늘 궁리해 보
는 것이었다. 그러기 위해서는 종숙을 양녀로 맞아들이는 일이 첩
경이었다. 만일 본인이나 그 모친이 그것을 응하지 않는다면, 종숙
이네 곤란한 생활을 전적으로 자기가 부담해도 좋다는 각오까지를
강 노인은 가져보는 것이다. 방이 두세 개 있는 전셋집을 하나 얻어
가지고 종숙이네 온 식구를 아주 데려와버릴까도 생각해 보는 것이
었다. 그러나 이러한 문제를 비추어볼 단계는 아직 아니었다. 그것
들은 좀 더 시일을 요하는 문제라는 생각이 들었다.

강 노인은 우선 종숙을 데리고 낚시질을 가보고 싶었다. 그리되
면 딸을 앞세우고 낚시질 다니는 황홀한 꿈이 어느 정도는 실현되
는 셈이었다. 일요일에는 어머니를 도와 집안일을 거들어야 한다고
좀체 응하려 하지 않는 종숙을 강 노인은 두고두고 살살 달래어오

던 끝에, 하루는 마침내 승낙을 받고야 만 것이다. 아주 멋진 블라우스와 바지에다가 농구화며 등산모까지 사준다는 바람에, 종숙은 그예 마음이 동한 모양이었다. 약속대로 강 노인은 토요일 오후에 퇴근하는 즉시 종숙을 데리고 거리로 나갔다. 몇 군데의 양품점과 백화점을 두루 돌아다닌 끝에, 반소매 연녹색 블라우스와, 코코아색 바지, 홍콩산 특제라는 스포츠용 농구화와 등산모를 사서 종숙에게 들려주었다. 강 노인은 돈을 척척 세어 내주면서 조금도 아까운 생각이 들지 않았다. 마치 이런 때 쓰기 위해서 악착같이 돈을 모아왔다는 듯이. 아무튼 그가 이렇게 시원스레 돈을 물쓰듯 척척 써보기는 처음이었다. 종숙의 마음을 자기에게 꼭 붙들어 매어두기 위해서는 강 노인은 아무것도 아까운 것이 없었던 것이다. 종숙의 동생들을 위해서 과자 꾸러미를 들려 보내는 것도 강 노인은 잊지 않았다.

그날 밤, 강 노인은 마치 소풍날을 앞둔 국민학교 학생처럼 감미로운 흥분과 기대에 빨리 잠을 이루지 못했다. 이튿날은 날씨도 좋았다. 어제 저녁에 미리 준비해 두었던 행장을 갖추고 강 노인은 종숙이와 약속한 장소인 시외버스 시발점으로 일찌감치 나갔다. 약속 시간보다 한 시간 가까이나 일렀다. 강 노인은 그 한 시간 동안을 내내 서성거리며 초조한 마음으로 기다렸다. 시간이 되어도 종숙이가 나타나지 않았다. 강 노인은 더욱 초조해서 안절부절 못하였다. 약속 시간보다 반 시간이나 늦어서야 종숙은 할딱거리며 뛰어왔다. 어제 새로 산 복장으로 말쑥이 차리고 있어서 딴사람같이 멋지고 예뻐 보였다. 어머니가 꾸중을 해서 말다툼을 하고 오는 길이라고 했다. 그러고 보니 눈물 자국이 있었다. 하여튼 강 노인은 반갑고 행복스러웠다. 여름날 아침의 교외 풍경을 바라보며 버스로 한 시간 가까이나 달렸다. 버스에서 내려서도 반 시간 이상이나 걸었다.

강 노인은 꿈에서처럼 낚싯대를 종숙에게 메워 앞세우고 한 걸음 뒤를 따라 걸었다. 강 노인의 얼굴은 젊은 사람처럼 빛났다. 잠깐 사이에 낚시터에 닿았다. 벌써 연못가에는 드문드문 선참자가 여러 패 앉아 있었다. 강 노인은 사람이 없는 장소에 뚝 떨어져 자리를 잡았다. 고기를 낚는 게 문제가 아니었다. 그보다도 더 부녀처럼 오붓이 둘이서만 하루를 즐기고 싶었던 것이다. 강 노인은 종숙에게 낚싯대 다루는 법을 일러주고 나서 한 대를 버티어주었다. 여러 번을 거푸 미끼만 떼이고 나더니 종숙은 재미가 없는 모양이었다. 그러다가도 가끔 붕어 새끼를 낚아 올릴 적이 있었다. 그러면 종숙은 고 까만 눈을 번득거리며 사뭇 신기한 듯이 기성을 지르고는 강 노인을 부르는 것이었다. 점심은 물론 낚싯대를 버티어둔 채, 둘이 풀밭에 마주 앉아 먹었다. 강 노인은 도무지 시장기가 느껴지지 않았다. 자기는 먹는 둥 마는 둥 내내 종숙의 입만 바라보았다. 식사를 끝내고 나서도 이 부녀 아닌 부녀는 한동안이나 정답게 소곤거렸다. 강 노인은 종숙을 한번 안아보고 싶었다. 그래야 딸을 둔 아버지의 심경을 맛볼 것 같았다.

"자, 어디 우리 종숙일 한번 안아볼까?"

강 노인은 부드럽게 웃으며 종숙을 끌어당기었다. 종숙은 캐득거리며 버둥댔으나 기를 쓰고 뿌리치려고는 하지 않았다. 강 노인은 두 팔에 힘을 주어 종숙의 상반신을 간신히 끌어안았다. 종숙은 연신 깔깔대고 웃으며 몸부림을 쳤다. 강 노인은 얼른 고개를 숙이고 종숙의 입에다 뽀뽀를 했다. 그러자 종숙은,

"싫어, 싫어."

하고 소릴 지르며 전신을 요동하였다.

"종숙이 입에선 여태 젖 냄새가 나는구나!"

강 노인은 웃으면서 그러고 종숙을 놓아주었다. 종숙은 날쌔게

뛰어 일어나서 몇 걸음 물러섰다. 그러고는 손등으로 입술을 문대면서 강 노인을 바라보았다. 그러면서도 역시 다정하게 웃는 낯이었다. 강 노인은 흐뭇하였다.

그러나 강 노인의 행복은 그리 오래 가지 못했다. 뜻하지 않았던 장벽이 그의 앞을 가로막은 것이다. 월요일 아침 강 노인이 출근해서 좀 있으려니까 종숙이가 웬 낯선 여인을 데리고 들어왔다. 종숙은 풀이 죽어 있었다. 종숙을 따라 들어온 여인은 무엇을 싼 보자기를 들고 있었다. 그 여인은 종숙의 모친이었다. 종숙의 모친은 강 노인에게 약간 머리를 숙이고 나서, 조용히 좀 할 말이 있다고 했다. 강 노인을 싹 쳐다보는 눈매에 어딘가 매서운 데가 있었다.

첫눈에 졸하지 않은 여장부형(型)이라는 인상이었다. 강 노인은 어리둥절해서 숙직실로 종숙이 모녀를 안내해 갔다. 자리에 앉기가 바쁘게, 종숙의 모친은 극히 형식적으로 여러 가지 폐를 끼쳐 미안하다는 인사를 하고 나서 새침한 태도로 말을 이었다.

"……앞으로는 우리 애에게 대해서 지나친 친절을 베풀지 말아주세요. 남들처럼 잘 멕이지두 입히지두 못하구 떳떳이 교육두 못 시키지만 내 자식은 내 힘으로 키우구 싶어요. 더구나 아직 철이 없는 애에게 대해서 이상한 행동은 취하지 말아주세요. 날마다 얘한테서 자세한 얘기를 들으면서두, 처음엔 그냥, 세상엔 친절한 분두 있구나 싶을 정도로 단순히 생각해 왔어요. 그러나 차츰 친절이나 호의의 도가 지나치기에 께름칙하게 생각해 오던 차에 마침내 제 귀에 불쾌한 소문이 들려와서 펄쩍 정신이 들었어요. 세상엔 눈두 많구, 입두 많다는 걸 아서야 해요. 과부 생활 십 년에 저는 뼈에 사무치게 깨달았어요. 더구나 어제는 애를 먼데루 꼬여가지구 가서 나이 보람두 없이 그게 무슨 짓이에요. 이 이상 상식에 벗어난 행동을 앞으룬 절대 삼가주세요."

여인은 그러고 나서 종숙을 돌아보며,

"너두 잘 알아들었지! 다시 그렇게 눈치 없이 굴었단 어머닌 죽어버리구 말 테다."

하고, 흘겨보는 것이었다. 종숙은 아까부터 머리를 숙인 채 두 주먹으로 연신 눈물만 닦고 있었다. 강 노인은 하 기가 막혀서 겨우,

"건 오해십니다. 절대 오해십니다……."

그러고는 입을 실쭉거리며 미처 뒷말을 잇지 못했다.

"아무 말씀두 마세요. 전 변명을 들으러 온 건 아니에요."

종숙의 모친은 야무지게 똑 자르듯이 말하고는 가지고 온 보자기를 끌러놓았다. 그것은 어제 사준 옷과 그 전에 몇 번 사 준 물건들이었다.

"이 물건들은 도루 받아주세요. 그리구 학교 등록금으로 빌려주신 돈은 천하 없어두 이삼 일 내에 돌려보내 드리겠어요."

이쪽에서 무어라고 할 사이도 없이, 종숙의 모친은 저 하고 싶은 말만 다 쏟아놓고는 부리나케 일어서 나가버리었다. 강 노인은 자기 자리에 돌아와서도 실신한 사람처럼 내내 멍하니 앉아 있었다. 그는 마침내 조퇴하고 밖으로 나와버렸다. 단골집에 들러서 술을 몇 잔 들이켜고 곧장 집으로 돌아왔다. 길에서 십오륙 세의 소녀를 만날 때마다 가슴이 설레곤 했다. 모두가 종숙이 같은 착각을 일으킨 것이다. 그날 밤 강 노인은 종시 잠을 이루지 못하고 말았다. 모아온 재물을 또 끄집어내서 하나하나 점검해 보다가, 이걸 통째로 종숙에게 주어버릴까 하는 생각이 퍼뜩 들었다. 그러면 종숙이 모친의 오해가 풀리고, 종숙은 영원히 자기의 종숙이가 되어줄 것 같은 감이 든 것이다. 종숙이만을 완전히 자기 것으로 만들 수 있다면, 강 노인은 지금까지 모아온 전 재산을 송두리째 바쳐도 후회될 것 같지 않았다. 이튿날 강 노인은 집문서와 금붙이를 단단히 꾸려

164

서 양복 밑으로 허리에 두르고 출근했다. 종숙은 강 노인을 만나면 대뜸 울상이 되어 고개를 푹 숙이고는 도망가듯 지나쳐버리곤 하였다. 강 노인도 일부러 알은 체를 하지 않았다. 종숙의 마음을 조금이라도 더 괴롭혀주고 싶지 않기 때문이었다.

퇴근 시간이 되었다. 강 노인은 종숙이가 다니는 학교 앞으로 갔다. 학교가 파하기까지 꼬박 세 시간 가량이나 기다렸다. 꾸역꾸역 밀려나오는 여학생들 틈에 물론 종숙이도 섞여 있었다. 강 노인은 멀찍이서 종숙의 뒤를 따라갔다. 종숙이네 집 가까이 이르러서야 강 노인은 가만한 소리로 종숙을 불러 세웠다.

"어머닐 좀 만나게 해다고. 꼭 드릴 말이 있어 그런다."

종숙은 몹시 난처한 표정을 했다. 그러나 이내 머리를 숙이고 자기 집 대문 안으로 들어갔다. 강 노인은 애처로운 마음이 들었다. 한참 동안이나 강 노인은 어둠 속에 버티고 서 있었다. 이윽고 종숙이네 판자 대문이 열리고 사람의 모양이 나타났다. 종숙이었다. 그리고 종숙이 뒤에 열두어서넛 되었을 사내애가 따라오고 있었다.

"아저씨, 모두 제가 나빠요!"

종숙은 강 노인 앞에 다가와서 그러고는 울기 시작했다. 그 옆에 붙어서서 무슨 무서운 물건이나 보듯이 강 노인을 잔뜩 노려보며, 따라 나온 소년이 내뱉듯 했다.

"얼른 돌아가래요. 우리 집에 또 찾아오문 울 엄마가 경찰에 알린대요."

강 노인은 잠시 동안 넋을 잃고 종숙이와 그 동생을 바라보고 서 있었다. 강 노인은 약간 망설이는 듯하더니, 떨리는 음성으로 중얼거리듯 이런 말을 했다.

"건 내 속을 몰라서 그러는 거다. 난 결코 나쁜 사람이 아니다. 종숙이나 너이 어머니를 나는 조금두 해치려는 사람이 아니다. 너이 어머니가 내 마음만 알아준다면 내 재산을 통째루 줄려구 이렇게 집문서랑 금붙이를 가지구 온 거다."

그리고 나서 강 노인은 제복 속에 두르고 온 꾸러미를 만져 보였다.

"자꾸만 찾아오문 울 엄마가 경찰에 알려서 잡아가게 한대요. 얼른 돌아가요!"

종숙이 남동생이 역시 입을 뚜 내밀고 지껄였다.

"오냐, 다시는 안 오마, 두 번 다시 안 찾아오겠다. 허지만 너이 어머니는 엉뚱하게 날 오해하구 있다. 난 본시 여자가 필요 없는 사람이다. 그저 사람이 그리워서 그랬다. 난 그저 덮어놓구 종숙일 기쁘게 해주구 싶었을 뿐이다. 내 맘을 그렇게 몰라주다니……."

강 노인은 참말 여자가 필요 없는 사람이었다. 그는 죽는 날까지 남편이 될 수 없는 생리적 결함을 지니고 있는 사내였다. 그저, 재물만으로는 채울 수 없는 가슴속의 공허를 메우기 위해서 못 견디게 인간의 체온이 그리웠을 뿐이었다. 강 노인의 말을 완전히 이해하기에는 아직 어린 종숙이었지만,

"제가 나빠요, 제가 나빠요!"

하며, 두 손으로 낯을 가리고 더 심하게 울기 시작했다. 그러한 종숙을 우두커니 한동안 바라보고 섰던 강 노인은,

"난 낼부터, 직장을 그만둘 테다. 너만은 안심하구 부지런히 출근해라. 공부두 잘 하구……."

그리고 강 노인은 마침내 발길을 돌이켰다. 강 노인은 어두운 길을 정신없이 걸었다. 통행금지 시간이 거의 되어서야 자기 집이 있는 산비탈 길을 쓰러질 듯 쓰러질 듯 간신히 추어오르고 있었다. 전신에 땀이 비오듯 했다. 머리가 휘휘 내젓고 아랫도리가 자꾸만 휘청거리었다. 강 노인은 어제부터 제대로 식사를 할 경황이 없었던

것이다.

——이러다 쉬 죽으려나 부다!

강 노인은 어렴풋이 그런 생각을 하며 몇 번이나 나무그루를 의지하고 주저앉곤 했다.

다음날 강 노인은 정말 출근하지 않았다. 축 늘어져서 하루 종일 방에만 누워 있었다. 방 한구석에는 종숙의 양복, 농구화, 가방 같은 것들이 놓여 있었다. 물론 그저께 종숙이 모친이 돌려주고 간 물건들이었다. 그 물건에 눈이 갈 때마다 강 노인의 속은 종숙이 생각에 더욱 홧홧 달아올랐다. 날이 완전히 어두워지자, 강 노인은 마침내 자리를 차고 일어나고야 말았다. 한 번만 더 종숙을 만나보고 싶었다. 그는 종숙에게 사주었던 물건들을 도로 보자기에 잘 쌌다. 그리고 어제처럼 집문서와 금붙이를 딴 보자기에 싸서 옷 속으로 허리에 둘렀다. 현찰도 있는 대로 꾸려서 몸에 간직하고 집을 나섰다. 허기가 져서 걸음을 걸을 수가 없었다. 길가의 판잣가게에 들어가 가락국수를 청했다. 그러나 영 구미가 당기질 않았다. 절반쯤 먹다 말고 가게를 나와 택시를 잡아탔다. 종숙이가 다니는 학교 앞에서 차를 내려 꽤 오래 기다렸다. 교문을 나오는 종숙을 발견하자 강 노인은 조심스레 그 앞에 나타났다. 이틀 사이에 몰라보게 초라해진 강 노인의 모양을 보고 종숙은 적지않이 놀라는 눈치였다.

"한 번만 보구 싶어 찾아왔다. 잠깐만 얘기 좀 듣구 가거라."

강 노인은 종숙을 근처 음식집으로 데리고 들어갔다. 종숙은 딱한 듯이 주위를 살피고 나서 마지못해 따라 들어왔다. 간단한 음식을 시키고 나서, 강 노인은 기도하듯이 이런 말을 물었다.

"종숙인 아저씨 따라 멀리루 가보구 싶지 않으냐. 아저씨하구 멀리 가서 단둘이 살까? 싫으냐?"

종숙은 대답이 없이 그 까만 눈으로 강 노인을 쳐다보았다. 겁에 질린 눈이었다.

"종숙인 어머니 떨어져선 살 수 없는 모양이지. 역시 이 아저씨보다는 어머니가 좋은 게지?"

몹시 불안한 표정으로 종숙은 아무 말도 못 하고 이내 고개를 숙여버리고 말았다. 음식이 와도 두 사람은 별로 손을 대지 않은 채 자리를 일어섰다. 강 노인은 허수아비같이 전연 맥이 없었다. 밖으로 나오자 강 노인은 허리에 둘렀던 보자기를 끌러서 옷 보퉁이와 함께 싸서 종숙에게 주었다

"아저씨에겐 이런 거 다 소용없다. 어머니에게 갖다 드리구, 다시는 네 앞이나 너의 집 근처에 얼씬하지 않겠다구 전해 드려라. 그리고 부디 공부 잘 하구!"

강 노인은 말을 마치기가 무섭게 돌아서버리었다. 종숙이가 어찌할 바를 몰라 머뭇거리고 있는 사이에, 강 노인의 초라한 뒷모습은 어둠 속으로 완전히 사라져버리고 만 것이다.

사선기(死線記)

　어슴푸레한 등잔불 밑에서 아이들의 작문을 채점하고 있노라니까, 아랫방에서 "또 좀 내려오시라는데요." 하는 정숙(貞淑)의 조심성 있는 음성이 들려왔다. "네, 곧 내려가리다." 하고 동식(東植)은 정숙이보다도 오히려 전 신경을 귀에다 모으고 초조해 앉았을 성규(聖奎)의 그림자 같은 모양을 눈앞에 그리며 성큼 대답은 하고서도 좀체 일어서려고 하지는 않았다. 작문지를 가지런히 추려 책상 한 귀퉁이에 밀어놓고 나서도 멍하니 앉은 채 동식은 한동안 움직일 줄을 몰랐다.

　쉴 사이 없이 입으로 성규가 발산하고 있을 폐결핵균이 무서워서가 아니다. 그렇다고 가끔 가다 돌발하는 성규의 그 어처구니없는 발작을 감당하기가 끔찍해서도 아니다. 슬픈 운명을 지닌 처자를 바라보며 죽음을 기다리고 앉아 있는 젊은 남편과, 그처럼 죽기 싫다고 발악하면서도 어쩔 수 없이 하루하루 그 생명이 진해 가는 남편을 지키고 있는 젊은 아내 이렇게 암담한 부부와 대해 앉을 때,

무엇으로든 그들을 위로할 턱이 없을 뿐 아니라, 동식이 자신 그러한 절망의 고랑창으로 휩쓸려 들어가지 않을 수 없었기 때문이다.

짜증에 가까운 성규의 어투로, 얼른 좀 내려오지 않고 뭘 꾸물거리고 있느냐는 재촉을 받고서야 동식은 마지못해 일어서 아랫방으로 내려갔다. 먼지와 그을음과 파리똥으로 까맣게 전 창 하나 없는 벽과 천장 구석구석에는 거미줄이 얽히어 있고, 때우고 또 때우고 한 장판 바닥에서는 먼지가 풀썩풀썩 이는 음침한 단칸방이었다. 이 방에 들어설 때마다 동식은 어느 옛날 얘기에나 나옴직한 끔찍스러운 괴물이라도 살 것 같은 우중충한 동굴을 연상하는 것이었다. 언제나처럼 성규는 그러한 방 아랫목 벽에 등을 기대고 앉아, 들어오는 동식을 노리듯이 지켜보고 있었다. 편포와 같이 얇아진 흉곽과 거미의 발을 생각게 하는 가늘고 길어만 보이는 사지랑, 생기 없는 전신에 비하면 이상하게도 그 눈만은 낭랑히 빛났다. 그러나 그것도 생기와는 성질이 다른 안광인 듯했다. 온몸의 정기가 눈으로만 몰리어 마지막 일순간에 퍼런 불이 펄펄 타오르는 것 같은, 그러한 눈이었다. 동식은 성규의 그 눈이 싫었다. 성한 사람에게서는 도저히 볼 수 없는 귀기가 서린 눈이었기 때문이다. 귀신이 있다면 저런 눈이 아닐까 생각해 보는 것이었다.

두 어린것이 자는 옆에서 과자 봉지를 붙이고 앉아 있는 정숙이가, 널려 있는 신문지며 풀 그릇 같은 것을 치우고 내어주는 자리에 동식은 성규 쪽을 향하고 앉았다. 성규는 동식의 앉는 자리에까지도 몹시 신경을 썼다. 자기 곁으로 다가앉지 않고 윗목으로 떨어져 자리를 잡기라도 할 말이면, 성규는 그 야윈 얼굴을 찡그리며, 병독 있는 자기의 호흡을 꺼리기 때문이 아니냐고, 그럴 거라고, 나는 멀지 않아 죽을 수밖에 없는 몸이라 죽음만을 생각하고 있지만 자네야 이제부터 생을 향락해 보려는 야심가니까, 응당 나 같은 병독체

가 무섭고 싫기만 할 것이라고, 고개를 노적스레 주억거리는 것이
었다.

——생을 향락하다니? 생의 어느 구석에 조금이라도 향락할 수
있는 대견한 요소가 있단 말인가?

그렇게 묻고 싶은 걸 참는 동식은 별반 병균을 꺼리거나 겁내서
일부러 자리에 간격을 둔 것은 물론 아니었다. 그렇다고 성규의 감
성이나 오해를 풀어주기 위해서, 조금도 자네의 병을 무서워하거나
싫어하는 게 아니라고, 보란 듯이 얼른 성규 곁으로 자리를 옮겨 앉
는 것도 쑥스러운 일이었다. 그러한 동식이 역시 그 다음 번부터는
의식적으로 성규 곁에 다가앉아주지 않을 수 없었다. 그럴 때면 퍼
런 불길이 이는 눈으로 들어오는 동식을 노려보고 있던 성규는 아
무리 송장 같은 내 말이라도 자네 양심에 꽤 아프게 찔렸나 부지,
허지만 마지못해 내 옆에 와 앉아준댔자 고마울 것도 없으니, 속으
로만 께름칙해하지 말고 아예 저만큼 물러나 앉게, 그게 더 솔직해
좋지 않느냐고 비꼬아보기도 하는 것이었다. 그러나 더러는 자네의
우정이 진정 고맙긴 하네, 그렇지만 성한 사람이 일부러 병균을 들
이마실 필요는 없지 않은가? 조금도 주저 말고 멀찍이 물러나 앉으
라고 호젓한 소리로 중얼거리는 수도 있었다. 그럴 때 그 호젓한 음
성에 끌려 바라보는 동식의 눈에, 뼈와 가죽만 남아 살색이 꺼멓게
죽은 성규의 두 볼을 흘러내리는 눈물이 불빛에 번득이기도 하였
다. 그런 경우야말로 도리어 동식은 민망했다. 그가 이렇게 매일 밤
이다시피 불려 내려오는 것은 결코 성규에 대한 우정에서가 아니었
다. 성한 사람들 사이에도 쉽사리 정이 통해지지 않는 동식의 생리
로서 송장이나 다름없는 성규에게 별로 정이란 것이 남아 있을 리
없었다. 일부러 느지막이 퇴근해 돌아오는 길에, 오늘쯤은 성규가
죽어 있었으면 하는 기대(?)조차 품어보는 동식이었다. 그러한 그

가 아랫방에서 부를 적마다 필경 내려가곤 하는 것은, 그야말로 마지못해서였고, 그와 같은 감정을 구태여 합리화시킨다면 차라리 정숙을 위해서였다고나 할까? 주야로 환자의 터무니없는 푸념을 혼자 꼬박 겪어내야 하는 정숙의 부담을 조금이라도 덜어주고 싶어서이기는 했다.

묻는 말에 대답하는 것 외에는 별로 말이 없는 정숙은 키가 작고 통통한 몸집과 가무잡잡한 얼굴에, 유달리 새까만 눈이 언제나 젖은 것처럼 서늘하게 맑고, 총기 있게 빛났었다. 입보다도 눈으로 더 많이 감정을 나타내는 여인이었다. 폐결핵 말기의 남편을 위시해서 어린것까지 네 식구의 생활이, 과자 봉지를 붙여 약간 보탠다고는 하나, 대부분 동식의 경제력에 의해서 유지되고 있는 요즈음이라, 그렇게 맑기만 하던 정숙의 눈이 차츰 몽롱하게 흐려져가는 것 같아, 동식은 가엾다는 동정과 동시에 어쩔 수 없는 일종의 의무감을 더 한층 아프게 맛보는 것이었다.

오늘 밤만 해도 벌써 몇 주일째 밀려오는 아이들의 작문을 대강이라도 읽고 일일이 점수를 매겨 정리해 치우려면 결코 두세 시간에 될 일이 아니지만, 자기가 내려가지 않으면 밤새껏 정숙이가 혼자 시달림을 받아야 할 것이 애처로워 이렇게 내려와 앉은 것이었다.

동식의 앉는 자리에 따라 성규의 신경이 과민하게 자극을 받고, 그럼으로 해서 자연 동식이 또한 아무 데고 덥뻑 앉지 못하고 적당한 자리를 택하기에 마음을 써야 하는 우울을 눈치 못 챌 정숙이가 아니었다. 그래 요즘 와서는 방 안 가득히 신문지니, 제품된 봉지니, 풀 그릇 따위를 일부러 늘어놓았다가 동식이가 들어서자 무난한 장소를 골라 물건들을 치우고 자리를 내어주는 것이었다.

병균이 하루살이 떼처럼 들끓고 있을지도 모르는 음산한 이 방에 들어와 앉을 때마다, 동식은 제 편에서 무슨 말이든 먼저 꺼내야 겠다고 생각하면서도 자연스럽게 흘러나올 어구를 미처 발견하기 전에 번번이 성규에게 첫마디를 빼앗기고 마는 것이었다.

"어때? 내 신색이 어제보다 좀 나 뵈지 않나?"

지금도 선수를 걸어오는 성규의 말에 동식은 무어라고 대답해야 좋을지를 몰랐다.

"오늘은 좀 어떤가?"

혹은,

"어제보다는 한결 원기가 있어 보이네."

하는 종류의 말이 동식의 입에서 먼저 흘러나오기를 기다리다 못해 제 편에서 먼저 내쏘듯이 그렇게 묻지 않고는 못 견디는 성규의 심리를 모르는 바 아니나, 도리어 그러한 심리의 움직임이 빤히 들여다보이기 때문에 동식은 자연스러운 대답에 더욱 궁해지는 것이었다. 물론 본심대로 대답한다면 말이 없는 것은 아니다.

"글쎄……."

하고 뒤끝을 흐려버리고 만다든지, 그렇지 않으면 거기에다 꼬리를 붙여,

"글쎄, 별로 어제보다 나 보이는 것 같지 않은데."

하면 그만일 것이다. 그러나 아무러한 동식으로서도 그런 말이 태연히 나와지지는 않았다.

"그 병이야 어디 남 보기에 달렸는가? 당자 자신의 마음가짐에 따라 병세가 좌우되는 경우가 많은 모양이니까……."

얼마 만에 동식은 겨우 그런 말을 발견해서 잠꼬대처럼 지껄였다. 그러고 나서 부채나 갚은 듯이 마음 놓고 찬찬히 성규를 바라보았다. 며칠 전까지만 해도 성규의 몸은 나날이 표가 나게 수척해 갔다. 마치 부었던 살이 가라앉듯이 하루하루 말라들어 갔던 것이다.

그렇던 것이 요즘 와서는 그리 심하게 변화가 드러나지 않았다. 그럴 밖에 없는 것이, 그야말로 인제는 정말 뼈와 가죽만 남았기 때문에, 그 가죽을 찢고 뼈를 갈아내지 않는 이상 더 야윌 여지가 없을 것이다. 동식은 중학교 때 생리 시간에 구경한 일이 있는 해골을 또다시 보는 것 같은 느낌이었다. 성규의 파리한 꼴은 그때 본 해골에다 가죽을 씌워놓은 것과 조금도 다름이 없었다. 삼십 년 동안을 같이 자라고, 이웃해서 살아온 동식에게도 저게 정말 성규인가 하고 눈을 의심할 지경이었다. 팔, 다리의 각 관절 사이가 이상하게 길어만 보였다. 그러한 성규를 보고 있노라면 동식은 자꾸 거미가 연상되었다.

며칠 전에는 전구(電球) 조사를 왔던 사나이가 문 안에 들어서다가 아랫목 벽에 기대앉은 성규를 보자, 뱀이라도 밟은 때처럼 '아이쿠!' 하고 질겁을 해서 돌아서 나가버렸을 정도다. 그렇게 뼈와 가죽만이 붙어 있는 몸에 그래도 '심령'이 들어 있다는 것이 동식에게는 기적같이 여겨졌다. 최근에 와서는 그 이상 더 말라들어 갈 수 없는 탓인지 피부색이 차차 꺼멓게 변해 가는 것이었다. 저 꼴이 되어가지고도 아직 생에 대한 미련이 남아서 엉뚱한 트집과 억지를 부리는 것을 볼 때, 본인이나 가족을 위해 차라리 죽여줄 수는 없을까 하는 무서운 유혹조차 동식은 자주 경험하는 것이었다.

갑자기 축 늘어져 있던 성규의 가늘고 긴 두 팔이 움직였다고 느껴지자, 그것은 간신히 위로 올라가 허공을 한 번 휘젓고 내려왔다. 성규는 무엇을 생각하고인지 제 딴에는 두 팔을 번쩍 들어 휘둘러 보인 것이었다. 그러나 그것은 꼭 한 번 허공에서 꿈틀거려 보고 이미 떨어지듯 도로 내려오고 만 것이었다. 고만 운동에도 착 달라붙은 성규의 가슴이 금세 파열이라도 될 성싶게 가쁘게 들먹이는 것을 바라보는 동식은, 농구 선수로서 그 동작이 번개같이 민첩했던 중학 시절의 성규를 생각하고 순간 슬퍼지지 아니할 수 없었다.

겨우 숨을 가라앉히고 나서, 성규는 말라붙은 지렁이처럼 배배 꼬인 팔을 한쪽 손으로 주물러보며, 오늘 저녁에는 그래도 미음을 반 사발 가까이나 먹었더니 한결 기운이 난다고 했다. 앞으로 열흘만 계속해서 오늘처럼 식욕이 왕성할 말이면 자기는 능히 뜰을 거닐 수 있도록 회복될 것이며, 그렇게만 되고 보면 자네와는 달라 원체 운동선수로 단련되었던 체격인 만큼 수월하게 죽음에서 소생할 수 있겠노라고 했다. 그것도 숨이 차서 쉬엄쉬엄 중얼거리는 것이었는데, '자네와는 달라' 하는 말에만은 특별히 힘을 주어 발음하는 것이 동식에게도 그대로 느껴져 다시금 성규의 얼굴을 눈여겨 바라보는 것이었다. 본래가 질투, 시기, 야심이 남달리 강한 성규였지만 죽음에 이르러서까지 버리지 못하는 그의 집요한 성정에 동식은 소름이 끼치는 것이었다.

이번에도 동식은 성규의 말에 적절한 대꾸가 나오지 않았다. 환자보다도 먼저 말을 꺼내야 할 처지에 있는 자기가, 이 방에 들어와서부터 여태 한마디도 발언을 못 한 채 병인의 말만을 듣고 묵묵히 앉았으려니까, 본인에게는 물론 정숙에게까지 민망한 생각이 동식에게는 들었다. 그러나 격식에 맞는 대꾸를 하자고 들면,

"허, 미음을 반 사발이나 먹었어?"

하고 우선 놀라주어야 할 것이며, 이어서,

"됐네, 됐어, 그러노라면 차차 한 사발이라도 먹어치우게 될 것이요, 그쯤 되면 머지않아 밥을 푹푹 퍼먹게 될 것이니 며칠 안팎에 뛰어다니게 될 걸세. 살았네, 인제는 살았어."

하고 수다를 떨어주어야 성규가 만족해하겠지만, 죽음의 냄새를 피우고 앉아 있는, 해골과 같은 환자의 모양을 바라보고 있는 동식의 입에서는 쉽사리 그러한 말들이 나와지지가 않았다.

동식의 입을 지켜보고 있던 동규는 마침내 만족스러운 대꾸를 기대할 수 없음을 깨달았음인지 제 편에서 다시금 말을 이었다.

"오랫동안 내 옆에는 얼씬도 안 하던 저것들이, 이상하게도 오늘은 내 곁으로 와서 아버지 병 나으문 나비 잡으러 가 하며, 손도 만져주고 무릎도 쓸어보고 그러데……."

이번에도 잠자코 있기가 안 되어서,

"허, 그거 참 기특하군."

하고 비로소 동식은 입을 열어 보이며 옆자리에서 자고 있는 큰아이의 머리를 쓸어주었다. 그러자 성규는 극히 만족한 얼굴로 그것이 사실이라는 것을 증명하기 위해,

"여보! 당신두 보았지? 아까 저것들이 내 손을 만져주구 하는 걸."

하고 아내에게 묻기까지 하는 것이었다. 정숙은 말없이 일손을 멈추고 고개를 들어 남편을 보았다. 그렇게 맑고 총명하기만 하던 정숙의 눈에는 피로와 슬픔이 안개처럼 덮여 있었다.

"싫어서 피하기만 하던 아이들이 따르기 시작하는 걸 보니, 내게 무슨 생기 같은 것이 솟아나고 있는 모양이야. 이 어둠이 채 깊어지기 전에 내 기어이 밖을 거닐게 될 테니 두고 보게. 온 사람이 그렇게 맹랑히 죽다니."

그 모양으로 지껄이며 차차 흥분이 된 성규는 피란지에서 이렇게 비참히 죽어서 되겠느냐는 것이다. 반드시 수복된 뒤, 처자를 거느리고 다시 고향에 돌아가 사람 사는 듯이 알뜰하게 살아보고야 말겠노라고 악을 쓰듯이 중얼대는 것이었다.

지나치게 흥분한 탓도 아니겠지만 성규는 갑자기 뒤가 마렵다고 했다. 정숙이가 얼른 나가더니 사기 요강을 들고 들어왔다. 들어오면서 정숙은 피로와 슬픔이 안개처럼 긴 눈으로 동식을 보았다. 잠깐 나갔다 들어오겠느냐, 그대로 앉아 있겠느냐를 묻는 눈치임에

틀림없었다. 그러나 동식은 그대로 앉아 있었다. 자리를 비키면 성규가 또 무어라고 비꼬는 소리를 퍼부을지 모르기도 했거니와, 이런 경우에 자리를 일어서야 할 바가 아니라고 생각했기 때문이다.

아랫도리만 가리고 앉아 있던 성규는 정숙의 부축을 받아 팬츠를 벗고 요강을 타고 앉으며, 인광처럼 타오르는 그 눈으로 동식을 쏘아보는 것이었다. 동식도 주저하지 않고 마주 보아주었다.

남편과 동식의 사이를 가리듯이 하고 앉아 남편을 거들어주는 정숙의 뒷모습을 어루만지듯이 흐르고 있던 동식의 시선이 정숙의 오른편 귓바퀴에서 멈추어졌다. 거기에는 참새 눈깔만 한 기미가 희미한 불빛에도 또렷이 빛나고 있었다. 그것은 '빛난다' 고밖에 형용할 수 없으리만큼 동식의 눈에는 생생한 기억과 매력으로 반영되곤 하는 기미였다. 어렸을 때 한 동네에서 자라며, 말이 적고, 눈만 빛나고 바지런한 정숙의 귓바퀴에서 어쩌다가 새까만 기미를 발견할 수 있었던 동식은, 자기만이 아는 정숙의 귀중한 비밀이라 여겨, 어린 가슴에 자랑과 기쁨을 동시에 간직하고 향락해 왔던 것이다. 그는 그 비밀을 다른 사람에게는 물론 정숙에게도 말하지 않았다. 동식이가 중학교 삼학년에 진급하는 해 봄에 정숙은 여학교 일학년에 입학하였다. 당시 평양까지 기차 통학하던 동식은 역시 평양 어느 여학교의 합격 발표를 보고 돌아오는 정숙이와 같은 차를 탔다. 둘이는 자리를 잡지 못한 채 출입구 근처에 나란히 서 있었다. 동식도 비교적 말이 적은 편이라 둘이는 묵묵히 서 있었다. 정숙은 창에다 이마를 대듯이 하고, 밖을 내다보다가 자주 동식을 돌아보며 행복스러운 미소를 보냈다. 그러나 동식은 창밖 풍경 같은 데는 관심이 가지 않았다. 그는 정숙의 오른편 귓바퀴의 기미를 내려다보며 혼자만의 비밀을 즐기고 있었다. 그러다가 동식은 연필 끝으로 고 새까만 기미를 건드려보았다. 정숙은 간지러운지 한 손으로 귀를 털었다. 동식은 한 번 더 연필 끝으로 기미를 꼭 찔러보았다. 정숙은 이번에도 귀를 털고 얼굴을 돌리며 다정하게 해죽이 웃었다.

"장난하문 못써!"

그 맑은 눈이 그렇게 말하고 있었다. 마침내 동식은 새 눈깔 같은 고 기미를 예리한 물건으로 콕 찔러보고 싶었다. 그러면 거기에서는 빨간 피가 아니라, 까만 피가 빼짓이 솟아오를 것만 같았다. 그러자 저도 모르는 사이에 그는 주머니에서 조그만 칼을 꺼내 들고 있었다. 동식은 긴장과 흥분에 떨리는 손으로 칼끝을 기미 가까이 가져다 댔다. 다음 순간,

"아야!"

하는 정숙의 가느다란 비명을 들었다. 동시에 때마침 차가 어떤 역 홈에 들어 닿는 것을 다행으로 동식은 그것이 중간역임을 미처 분별할 사이도 없이 재빨리 차에서 뛰어내렸다. 그때 동식은 흥분과 수치심에 쫓기듯이 역 구내를 벗어나 어둑어둑해 오는 밀밭 길을 무턱대고 달렸던 것이다.

그리고 장성해서 또 한 번——그것은 오늘날까지 동식에게 어떤 의무감을 강요하는 원인이 된, 동식에게나 정숙에게나 한결같이 중대한 사건이었다.

"미안하네. 원체 먹은 게 적으니까 별루 나오는 것두 없어."

그러한 소리에 깜짝 놀라듯, 추억에 잠겼던 동식은 펄쩍 정신을 차려 성규 쪽을 보았다. 동시에 역한 냄새가 코에 풍기었다. 그것은 단지 구린내만이 아니었다. 그럴싸해서 그런지 송장 냄새에 가까운 것이라고 동식은 생각하는 것이었다.

뒤를 보고 난 성규는, 긴장, 흥분, 대화 끝에 오는 피로감을 일시에 느끼는 모양이었다. 어서 좀 누우라고 권하는 것도 듣지 않고 앉은 채 버티어보던 성규는, 벽에 기대고 있는 상반신을 제대로 가누

지 못해 저 혼자 화를 내다 말고, 마침내 검불이 쓰러지듯 그 자리에 누워버리고 말았다. 천장을 향하고 반듯이 누운 채 성규는 손가락 하나 꼼짝을 못 하였다. 게다가 눈까지 감고 있어 그대로 아주 숨이 끊어진 것이나 아닌가 하고 유심히 들여다보는 동식의 눈에, 그래도 아직 살아 있다는 증거로 갈비뼈만 앙상한 그 가슴이 겨우 알아볼 정도로 할딱할딱 움직이고 있는 것이었다. 동식은 옆에 있는 낡은 담요를 끌어다가 살그머니 환자의 몸을 덮어주고 물러나 앉았다.

건넛집에서 열한 시를 알리는 시계 소리가 들려왔다. 며칠 전 부터 몇 마리씩 발동하기 시작한 모기 소리가 뜸뜸이 앵앵거리는 고즈넉한 초여름 밤이었다.

동식은 문득 고개를 돌려 정숙을 바라보았다. 정숙은 단 한 장이라도 더 능률을 올리려고, 작업에만 열중하고 있었다. 입고 있는 몸빼 무릎이 풀에 번들번들 덮겼다.

그렇게 고정하던 정숙이건만 병든 남편 단련과 내직(內職)에 여가가 없어 세탁도 못 해 입는 것일까? 혹은 갈아입을 옷이 없어서일까? 하기는 바닥이 다 나간 신발을 끌고 다니는 것이 보기에 하도 민망해서 동식이가 사다준 고무신마저 팔아버리지 않을 수 없었던 정숙이라, 갈아입을 누더기 한 가지 남아 있을 까닭이 없었다. 그렇다고 동식이가 어떻게 해줄 경우도 형편도 못 되었다. 아랫도리만 겨우 가린 채 맨발로 뛰어다니는 정숙의 두 어린것을 위해, 오래전부터 고무신을 한 켤레씩 사다 주리라고 별러 오면서도, 얼마 안 되는 교사의 봉급과 배급으로 성규네와 공동생활을 하다시피 하는 요즈음, 좀체 고만 정도의 여유조차 돌아가지 않는 동식이었던 것이다.

──좀 쉬어가며 하시구려!

그 한마디가 입 안에서 뱅뱅 도는 것을, 성규가 들으면 날카로워진 신경에 또 무어라고 트집을 잡을지 몰라 꾹 참고, 이 기회에 일어서 나가려고, 한 번 더 성규 쪽으로 시선을 보냈던 동식은 그만 주춤하고 도로 주저앉아버리고 말았다. 가죽만 남은 성규의 귀 언저리로 번질번질 눈물이 흘러내리고 있었기 때문이다. 어쩐지 울고 누워 있는 환자를 그대로 남겨두고 나가버릴 수가 없어서 동식은 멀거니 그러한 성규를 바라보고 앉아 있었다.

정숙의 줌이 다루는 오리만이 비스락비스락 들렸다.

하도 고즈넉한 탓인지, 성규는 갑자기 눈을 뜨고 방 안을 둘러보았다. 그러고 나서 이쪽을 향해 돌아누웠다.

"미음을 좀 마셨을 때는 그래도 기운이 나는 것 같더니, 뒤를 보고 나자 이렇게 전신이 폭 꺼져들어 가는 걸 보니, 아무래도 소생하긴 틀린 것 같소!"

간신히 알아들을 정도로 그렇게 중얼거리고 난 성규는, 한참이나 동식과 정숙을 번갈아 바라보는 것이었다.

"그렇게 나란히 앉았는 걸 보니, 신통히도 어울리는 부부 같네."

느닷없이 불쑥 그런 소릴 하고 나서, 성규는 다시 말을 이어, 자기가 죽은 다음에 정식으로 정숙이와 부부가 되라는 것이었다. 자네가 여태껏 독신을 지켜오는 것도 정숙을 생각해서일 게고, 정숙이 역시 내 아내가 된 이상 표면에는 나타내지 않았어도 속으로는 자네를 잊지 못하고 살아왔을 터이니…… 하며 고개를 돌리고 눈을 감아버리는 성규의 바짝 마른 얼굴은 일종의 체념과 안도 속에 더한층 조그맣게 쫄아드는 것만 같았다. 성규는 신음하듯 말을 이어, 그때 자기가 정숙을 뺏다시피 동식과의 사이를 강제로 갈라놓지 않았던들, 이처럼 슬픈 처지에 정숙이가 놓이지 않았을 것이라고 중얼거리며, 후유 하고 한숨을 내쉬었다. 그러고는 별안간 미친 사람처럼 그 뼈만 남은 팔을 내밀어 동식의 양복 가랑이를 움켜쥐듯이 흥분에 떨리는 음성으로 부디 정숙이와 부부가 될 것을 죽기 전에 자기에게 약속해 달라고 조르는 것이었다. 그럴 것 없이 당장 오늘 밤부터라도 정숙을 윗방으로 데리고 가라고 떼쓰듯 하는 것이었다. 그러자 좀 전부터 일손을 멈추고 입술을 깨물고 앉아 있던 정숙이가 별안간 앞으로 폭 엎어지며 흐득흐득 느껴 울기 시작했다.

얼마 뒤 자기 방에 돌아와 누워서도 동식은 오래도록 잠을 이룰 수가 없었다. 성규의 죽음은 단지 시일 문제라고 생각되었다. 그가 죽은 뒤 처자들의 일이 난감했다. 친정 편으로나 시집 편으로나 남한에 일가라고는 없는 정숙은 두 어린것을 데리고 어떻게 처신할 것인가? 그들 삼 모자를 어디로고 떠나버리라고 버려둘 수도 없는 노릇, 그렇다고 성규의 말대로 부부가 된다면 모르거니와, 독신인 자기가 남편 없는 정숙을 도대체 어떻게 대해야 할 것인가? 그러고 보니 성규의 말이 무시 못 할 새로운 운명의 예언인 것처럼 구체적인 실감으로 동식을 압박해 오는 것이었다. 그렇지만 성규가 지적한 것처럼 정숙을 생각하며 살기 위해 독신을 지켜온 동식은 아니었다. 팔일오 해방 이래 한결같이 계속되는 초조, 불안, 울분, 공포, 그리고 권태 속에서 물심 어느 편으로나 잠시도 안정감을 경험해 본 적 없는 동식은, 결혼에 대한 특별한 관심도 느껴보지 못한 채, 앞으로 살아가노라면 어떻게든 자기의 '생활'이라는 것이 빚어지려니 싶어 어물어물 지내오다 보니, 오늘날까지 남들같이 출세도 못 하고 돈도 못 모으고, 따라서 궁상스런 홀아비의 신세를 면하지 못하고 있는 것이다. 그러나 요즘 와서는 차차 여러 가지 의미에서 독신의 불편을 느끼게도 되고, 가끔 결혼을 권하는 이도 있지만, 결혼이라는 것의 번거로움과 짐스러움이 앞서 적극적인 태도를 취할 용기가 나질 않았다. 그렇지만 앞으로 성규가 죽은 뒤 당분간이라도 정숙이와 한 집에서 어름어름 지내게 되노라면, 동식은 오랫동안 정숙에 대해서 지녀온 어떤 의무감(책임이라도 좋다.)에서라도, 새로이 덮어씌워지는 운명의 그물을 벗어보려고 끝까지 버둥대지는 못할 것만 같았다. 정숙에 대한 일종의 책임——그것은 조금도 불쾌한 압박이 아니었고, 따라서 '그때 일'을 후회하는 동식도 아니었다.

팔일오 해방이 되었을 때 학도병으로 나갔던 동식은 무사히 고향에 돌아올 수가 있었다. 그의 생환을 축하하러 모여드는 친척과 이웃 사람들 가운데서 누구보다도 선참으로 찾아온 것이 정숙이었던 것이다. 하얀 모시 적삼에 세피아 색 치마를 입고 조그만 항아리를 하나 안고 대문 안에 들어서는 정숙을 마루에 앉아서 보았을 때, 동식은 하마터면 '아' 하고 소리를 지를 뻔하였다. 정숙은 댓돌 밑에 이르자 마치 소학생이 선생님에게 인사하듯이 두 발을 모으고 서서 깍듯이 경례를 하였다. 그러고는 홍조 띤 얼굴을 수건으로 문대며 아랫방 마루로 올라가 들고 온 단지를 동식의 모친 앞에 밀어 놓았다. 그것은 꿀 단지였다. 참벌 꿀이 가득히 들어 있었다. 여학교를 나오는 길로 홀어머니를 돕기 위해 군수 공장에 취직했던 정숙은 여자 정신대에는 끌려 나가지 않고 견딜 수가 있었다. 그 대신 사방에서 혼담이 일어났으나, 전쟁이 끝나기까지는 시집을 안 가겠노라고 그때마다 머리를 내저었다고 한다. 그 당시 어떤 사람들은 정숙이가 동식을 기다리는 것이라고 했다. 그러나 다른 한 패는, 역시 군대에 끌려 나가 있을 성규를 기다리는 것이라고 말했다. 동식, 성규, 정숙은 삼사 년간이나 날마다 같이 평양까지 통학을 했으니 그렇게들 수군거릴 만도 했다. 며칠 뒤 해질 무렵이었다. 자전거로 동식이가 십여 리 떨어져 있는 외가에 다녀오노라니까, 마침 정숙이가 냇가 사정(砂汀)에 혼자 앉아 방금 뽑아온 무를 씻고 있었다.

동식은 무엇에 끌리듯이 자전거에서 내려 그리로 다가갔다. 정숙은 고개를 들고 말없이 웃어보였다. 그러고는 머리에 썼던 타월을 풀어 옆에다 앉을 자리를 만들어주었다. 한 광주리나 되는 무를 다 씻고, 해가 진 뒤에도 둘은 모래를 주무르고 앉아 흐르는 물소리를 들었다. 아까까지도 남이던 정숙이가 어둡자 내 사람 같았다. 언제나 마찬가지로 정숙은 말이 없었으나 전신으로 말 이상의 것을 퍼부었다. 어둠은 얼마든지 두 사람에게 비밀을 배〔孕〕게 했다. 정숙의 피부는 채 식지 않은 모래보다도 뜨거웠다. 정숙은 얼굴을 찡그리며 고개를 모로 들었다. 정숙의 오른쪽 귀가 동식의 입술을 스쳤다. 밤눈에도 새까만 기미가 보이는 것 같았다. 동식은 잦은 숨결을 몰아쉬면서도 기미를 탐내어 귓바퀴를 잘근잘근 씹었다.

정숙에 대한 동식의 어떤 의무감이란 초저녁 이슬 내리는 그날 밤에 비롯된 것이다.

그 다음날, 성규 역시 살아 돌아왔고, 그 다음 다음날 이 고장에선 굴지의 지주였던 동식의 부친이 돌연 인치를 당해 가더니, 사흘 만엔가는 동식이마저 끌려들어가서 열흘간이나 두드려 맞고 나왔다. 재산은 완전히 몰수당했고 이십여 일 만에 석방되어 나온 부친은 한 주일이 채 못 가서 그예 세상을 떠나고 말았다. 동식의 몸은 전대로 추스르기에도 두 달 이상이 걸렸다. 그렇게 정신없이 삼사 개월을 지내놓고 보니, 그동안에 정숙은 성규의 아내가 되어 있었다. 자기와 약혼을 하면 무사히 동식을 나오게 힘써주지만, 그렇지 않으면 영 시베리아로 유형당하게 될 것이라는 성규의 위협에 마침내는 정숙이가 동하고 말았다는 것을 나중에야 알았다. 그 당시에는 좌익 청년 사이에 성규의 세력이 어지간했고, 사실 동식이가 열흘 만에라도 나오게 된 데는 그의 힘이 적지 않았다는 것도 그제야 알았던 것이다.

동식과 정숙 사이의 그날 밤의 비밀까지는 모른다 해도, 그 정도의 그들의 과거만도 죽음에 직면하고 있는 성규의 과민한 신경을 자극하는 원인이 되었던 것이다. 바로 사오 일 전이었다. 직원회를 끝내고 어두워서야 돌아온 동식은 아랫방에서 성규의 발악하는 소리를 들었다. 그는 자기 방문 고리쇠를 잡다 말고 아랫방 문 앞으로 다가갔다. 그러나 가쁜 숨소리와 함께 내뱉듯이 씨불이는 성규의 지청구 가운데 거듭 자기의 이름이 불리는 것을 들은 동식은 살그머니 자기 방으로 들어와버리고 말았다. 아래 윗방에서 전등을 공동으로 쓰느라고 벽에 뚫어놓은 구멍으로 그는 아랫방을 넘겨다보았다. 방바닥에 토해 놓은 검붉은 피를 성규는 떨리는 손으로 움켜서 돌부처처럼 옆에 앉아 있는 정숙의 입에다 문대주며 자꾸 먹으라는 것이었다.

　"이년! 너도 같이 죽자. 나와 함께 죽잔 말야! 둘이 함께 죽어야 한다. 그렇다면 난 언제 죽어도 겁나지 않는다. 그래 같이 살다 나만 혼자 죽으란 말야! 너는 살구 나만 혼자 죽으란 말야? 안 된다. 안 돼. 나 죽은 뒤 넌 동식이놈하구 얼릴 판이지? 그렇지? 안 그래? 내가 다 안다. 다 알어. 이 동식이놈 어디 갔니? 여태 안 돌아왔나? 동식아! 동식아! 이놈 나 죽길 기다려? 안 죽는다, 안 죽어. 너이 연놈이 판치고 살라고 내가 죽어? 안 죽는다. 안 죽는다. 이년! 내 필 먹어라, 어서 먹어!"

　그러고는 기운이 진해 그 자리에 쓰러져 기신을 못 하면서도, 음성은 알아들을 수 없으나 악을 쓰느라고 물고기처럼 입을 넙죽넙죽 하는 것이었다. 정숙은 입에다 피 매대기질을 한 채 얼빠진 사람처럼 멍하니 앉아서 움직일 줄을 몰랐다.

　그날 밤 동식은 꿈을 꾸었다. 정숙을 위해서라도 성규를 죽여 버려야 한다고, 정숙이가 말리는 것도 듣지 않고 그는 칼을 들고 성규에게로 달려들었다. 서로 붙잡고 얼마 동안을 엎치락뒤치락하던 끝에 그만 자기편에서 성규에게 깔리고 말았다. 아무리 요동을 해도 바위와 같은 중량으로 자기를 타고 앉은 성규는 꼼짝도 안 할 뿐 아니라 검붉은 피를 토해서는 동식의 입에다 막 퍼 넣는 것이었다. 처음에는 입을 악물고 반항을 했으나 마침내는 성규의 힘을 당하지 못하고 김이 오르는 피를 받아먹었다. 인제는 꼼짝 못 하고 폐병에 걸려 죽는구나 생각하며 자세히 보니 자기를 타고 앉은 것이 성규가 아니라 정숙이었다. 동식은 그만 깜짝 놀라 소리를 지르고 잠에서 깼다.

아랫방에서는 역시 종이 접는 소리가 들려왔다. 저렇게 무리를 하다가는 정숙의 건강도 그에 결단이 나지나 않을까! 그래서 남편을 따라 죽게 되지나 않을까 염려하는 동식은, 저렇게 사는 것과 차라리 죽는 것과 그 어느 편이 과연 옳은 일일까를 곰곰 생각해 보는 것이었다.

이튿날 동식이가 학교를 마치고 돌아와 보니 성규는 이미 죽어 있었다. 반 시간쯤 전에 거품이 꺼지듯 숨을 거두었다는 것이다. 그는 죽기 바로 전에 동식을 찾았다고 한다. 몇 번이나 동식의 이름을 불렀다는 성규는 아내의 손을 꼭 쥐고 죽었다고 한다. 손을 좀 만져보자고 하여 정숙이가 내어 민즉 몇 번이나 쓰다듬어보더니 손에서 흙냄새가 난다고 하며 무슨 소린지 손이 저리지 않느냐고 물었다고 한다. 그리고 그 손을 꼭 쥔 채 숨이 끊어졌다는 것이다.

다음날 저녁 때 정숙이하고 나란히 화장터에서 돌아오는 동식은 남이 부부로 보아줄까봐 겁났다. 말없이 옆을 따라오는 사람이 정숙이가 아니라 자기의 그림자처럼 동식은 느끼기도 했다. 그것이 별안간 성규의 그림자 같은 착각도 일었다.

그날 밤 잠결에 동식은 여자의 울음소리를 들었다. 꿈이 아닌가 생각하며 정신을 바짝 차리고 귀를 기울이니 아랫방에서 가느다란 울음소리가 새어왔다. 동식은 공연히 가슴이 울렁거리기 시작하는 것을 의식하며 일어나 벽 한 귀퉁이에 뚫려 있는 구멍으로 아랫방을 내려다보았다. 그 순간 동식의 얼굴색이 파랗게 질렸다. 그는 하마터면 소리를 지를 뻔했다. 아랫방에는 괴상한 여인의 그림자가 흔들리고 있었기 때문이다. 정신을 가다듬어 찬찬히 보니, 그것은 정숙의 그림자였다. 식상 겸 책상 대용으로 쓰는 사과 상자 위에 엎드려 우는 정숙의 몸이, 바로 앞에 놓여 있는 등잔불에 확대되어 아랫목 벽 가득히 비친 그림자였다. 상자 위에 잉크병과 송잇조각이 흩어져 있는 것으로 보아 정숙은 누구에게 편지를 쓰다 말고 북받쳐 오르는 가지가지의 설움을 터뜨린 것 같았다. 정숙은 울다 말고 상반신을 일으켜 옆에서 자고 있는 어린것들의 얼굴을 어루만졌다. 그러다가는 도로 상자 위에 엎드려 어깨를 들먹이며 우는 것이었다. 동식은 갑자기 전신이 와들와들 떨려오는 것을 깨달았다. 이가 덜덜 마주치고, 손발이 이상할 정도로 떨리었다. 도로 자기 자리에 와 누워서도 동식은 얼마 동안 떨리는 것이 멎지 않았다.

이튿날 정숙은 역시 태연하였다. 어젯밤에 운 티라고는 조금도 보이지 않았다. 그러나 동식에게는 왜 그런지 정숙의 전신이 쓸쓸한 그림자처럼만 느껴졌다. 피로와 슬픔이 안개 끼듯 했다. 정숙의 그 눈은 퀭한 속에 서글픈 공허감만이 서리어 있었다.

정숙은 여태껏 밀리었던 일들을 모조리 정리해 나가기 시작했다. 동식의 것도 양복, 내의, 양말까지, 조금만 더러운 것이라도, 다 내다 빨았다. 조각난 낡은 천들을 용하게 모아서 아이들의 옷도 한 벌씩 지어 입히고, 제품된 과자 봉지를 갖다 주고 찾아온 돈으로 고무신도 한 켤레씩 사다 신겼다.

일방 동식에게는 앞으로 정숙의 처신 문제가 걱정이었다. 본인은 도대체 어떻게 생각하고 있는 것일까? 설마 죽기 전에 성규가 하던 말처럼 나와 부부가 될 생각이야 아니겠지. 그러나 이대로 몇 달이라도 지내게 된다면, 동식은 성규가 남기고 간 예언이 주는 어떤 불안에서 벗어날 수 없을 것만 같았다. 그렇다고, 의탁할 곳도 생활비도 없는 정숙을 내보낸다는 것은 더욱 못 할 일이 아닌가? 오늘도 비 오는 길을 우산도 없이 돌아오며 그런 궁리를 되풀이하던 동식은, 적당한 시기에 본인과 잘 의논하기로 하고, 슬픔과 피로가 풀리기까지 당분간은 가만히 두리라고 생각하는 것이었다. 빗소리 때문에 동식이가 돌아온 기척을 못 들었는지, 아랫방에서는 두 어린것을 상대로 호젓이 지껄이는 정숙의 음성이 흘러왔다. 옷을 갈아입고 있던 동식은 불시에 손을 멈추고 아랫방 쪽으로 유심히 귀를 기울이지 아니할 수 없었다. 정숙이가 아이들을 향해, 동식이 아저씨가 좋으냐고 묻고, 아래와 같은 대화가 시작되었기 때문이다.

"자, 그럼 명호부터 대답해 봐! 어디?"

"난 좋아!"

"좋아? 그렇지! 그럼 명옥은?"

"나두, 좋아!"

"응, 둘이 다 동식이 아저씨가 좋지? 그러면 엄마가 없어두 동식이 아저씨랑 살 수 있겠지?"

그 물음에 대한 아이들의 대답은 얼른 들리지 않았다.

"왜 대답을 못 해. 어디 바른 대로 말해 봐. 엄마가 없어도 동식이 아저씨하고 셋이 살 수 있지?"

그제야, 네 살짜리 명옥은,

"난 싫어. 난, 엄마하고 살 테야!"

했다. 그러나 여섯 살 먹은 명호는,

"엄마 어디 가?"

하고, 도리어 반문을 하는 것이었다. 그러자 잠시 조용해지더니, 이어,

"아냐, 아냐, 엄마가 어딜 가다니, 너이들을 그냥 두구 엄마가 어딜 간단 말이야?"

그러한 삼 모자의 대화를 엿들은 동식은 밤이 깊도록 잠을 이루지 못했다.

깊어가는 밤과 함께 비는 더욱 세차게 내리퍼부었다.

다음날 아침, 명호가 별안간,

"엄마야, 엄마야!" 하고 부르다가, 다급하게 "아저씨! 아저씨! 엄마가! 엄마가!" 하고 울기 시작했고, 명옥이마저 따라 우는 바람에 동식은 가슴이 철렁해서 벌떡 일어나 달려 내려가 보았다. 정숙의 몸은 이미 싸늘하게 식어 있었다. 머리맡에 수면제 곽이 널려 있고, 물 사발이 엎질러져 정숙의 저고리와 방바닥을 적시고 있었다. 정숙이가 죽기 전에 켜놓은 등잔불이 고요히 시체를 지키고 있었다. 문득 상자 위에 놓여 있는 한 장의 봉투가 동식의 시선을 끌었다. 그것은 유서였다.

이 길이 필경 제가 가야 할 길인 줄 알고 가옵니다. 겹치는 죽음은 물심양면으로 선생님께 부담이 될 줄 아오나 제 시체가 선생님의 손으로 거두어져야 앞서 간 남편이나 제 한이 풀릴까 하와 한 번 더 괴롬을 끼치기로 하였습니다. 두고 가는 두 어린것들이 가슴에 걸리오나, 역시 그것들에게도 약속된 운명이 있어, 결국은 저 갈 길들을 가게 될 줄 믿사옵니다. 짐스러우시거든 언제든지 서슴지 말고 고아원에 데려다 맡겨주시기 바랍니다.

끝으로 망설이던 말 한마디만 더 적기로 하옵니다. 명호 놈의 양쪽 귀가 선생님의 귀를 닮은 줄을 아시옵니까? 손가락 끝으로 꼭 집

었다 놓은 것 같은 귓불〔耳朶〕이, 선생님의 것처럼 참하게 안으로 오그라들었사옵니다. 저는 명호의 고 귀를 어루만질 적 마음이 고요하지 못했습니다. 명호의 귀의 생김새는, 세월과 함께 제 속에 자라난 기쁨이었고 또한 슬픔이었습니다.

× 월 × × 일

정숙 올림

　시체를 앞에 놓고 구태여 자기의 귀와 명호의 귀를 비교해 볼 여유는 없었다. 그러나 명호의 귀가 분명히 자기의 귀를 닮았다는 이 새로운 사실이, 그에게는 놀랍고 저주스러웠다.

　쏟아지는 빗소리를 들으며 동식은 한동안 죽은 정숙의 얼굴을 지켜보며 앉아 있었다. 그러한 동식의 머릿속에, 줄기가 마르거나 열매가 무르면 결국은 떨어지고야 말듯이, 정숙은 그렇게 죽을 수 있었으리라는 동감과 함께, 고인이 남기고 간 두 어린것의 슬픈 운명을 자기는 책임져야겠다고 속으로 중얼거리는 것이었다.

신의 희작(戲作)

—자화상

1

시시한 소설가로 통하는 S——좀 더 정확히 말해서 삼류 작가 손
창섭씨는, 자기 자신에게 숙명적인 유머를 발견하고 있는 것이다.
무딘 대가리를 쥐어짜서 소설이랍시고 어이없는 소리만을 늘어놓
는 그 자신의 글이, 반드시 해괴 망측하대서만 아니다. 외양과 내면
을 가릴 것 없이, 그의 지극히 빈약한 인생 그 자체가 이미 하나의
유머로서 존재하고 있기 때문이다.

우선 아무렇게나 생겨먹은 그의 외모부터가 도무지 탐탁한 구석
이라곤 없는 것이다. 한 번도 제대로 손질을 해본 성싶지 않은 봉두
난발에, 과도히 작은 머리통, 기품이라곤 찾아볼 수 없는 검고 속된
얼굴 모습, 정채 없는 희멀건 눈, 불안하게 길고 가는 목, 본새 없이
좁고 찌그러진 어깨, 게다가 팔이라는 건 이게 양쪽이 아주 짝짝이
다. 그밖에 억지로 뽑아 늘인 듯이 균형을 잃고 휘청거리는 동체며

다리. 어느 한 구석 정상적인 엄격한 인간 규격에 들어가 맞는 풍모는 도시 아니다.

S의 외형이 이런 꼬락서닐 제야, 그 내부 세계 또한 규격 미달의 불구 상태일 것은 거의 뻔한 노릇이다.

그것은 의식 세계의 단적 표현인, 그의 소설이란 것을 읽어 보면 족히 짐작할 수 있는 일이다. 그 속에는 첫줄 첫마디에서부터, 끝줄 끝마디까지 음산한 신음 소리로 가득 차 있는 것이다. 그러나 그 작중 인물들을 유심히 뜯어보면, 결코 모두들 앓고만 있는 것은 아니다. 그들의 대부분은 이미 정신적 질병에 대한 면역성을 가지고 있는 자들이다. 도대체가 앓고 있지도 않은 사람들이 줄곧 신음 소리를 연발하며 살고 있다는 것은 참말 어이없는 일이 아닐 수 없다.

즉, 그것은 더 말할 나위도 없이 작자의 육체적 정신적 기형성에 연유한 것으로서, 여기에 그의 비극적인 유머가 있는 것이다. 이러한 그의 유머는 작품을 통해서보다도, 실생활 면에 노출될 때, 더욱 비극적인 색채를 가미하게 되는 것이다.

아마도 그가 격에 맞지 않는 문학을 스스로 필생의 업으로 택하게 된 것은, 자신의 이러한 비극적인 유머의 정체를 기어이 밝혀보자는 절실한 욕구에서인지 모른다.

S가 겨우 철이 들기 시작하면서, 처음으로 커다란 충격을 체험하게 된 것은, 어머니가 모르는 남자와 동침하는 현장을 발견했을 때였다.

열세 살이었다. 어머니 외에는 할머니와 단 세 식구뿐이었다. 그 날따라 할머니는 나들이가고 없었다.

학교에서 돌아와 보니 대문이 안으로 잠겨 있었다. 열어달라고 고함을 지를 필요는 없었다. 다람쥐처럼 판장 울타리를 멋지게 기어 넘으면 그만이니까. 그만한 재주가 한창 자랑이었다.

방문도 걸려 있었다. 부엌으로 가서 사잇문을 밀어보니 그것도 꿈쩍 안 했다. 엄마 문 열어 하고 소리를 지르려는데, 안에서 먼저 히들거리는 웃음소리가 났다. 이상해서 문틈으로 들여다보니, 대낮인 데도 방바닥에는 이불이 펴 있었다. 그 속에서 꿈틀거리는 사람이 있었다. 어머니와 낯선 남자가 한 덩어리로 얽혀 있었던 것이다.

S는 그 자리에 털썩 주저앉았다. 아무래도 이런 건 보통 일이 아니리고 생가되었기 때문이다. 그러나 그는 용감했다. 왜 그런지 이런 땐 잔뜩 골을 내야 한다고 깨닫고,

"엄마, 문 열어."

볼멘소리로 외치고 사잇문을 덜컹덜컹 흔들었다. 낯선 사내가 황급히 옷을 주워입고 도망치듯 달아나버린 뒤, 모친은 S의 머리를 세차게 쥐어박았다.

"칵, 뒈져라, 뒈져, 요 망종아."

그처럼 증오에 찬 어머니의 눈을 보기는 처음이었다. S는 정말 자기가 죽어야 마땅할 것 같기도 했다. 두고두고 그 생각은 복수적(複數的)인 의미에서 그를 압박했다. 모친이 남자와 동침하고 있을 때는, 절대로 밖에서 소리를 지르거나 문을 흔들어서는 안 되는 것을 그랬나보다고 후회가 컸던 것이다.

모친이 어떤 남자와 같이 잔다는 것은, 그만큼 중대하고 싫은 사건임에 틀림없었기 때문이다. 불과 열세 살의 S로서는 왜 중대한지는 모르면서도, 아무튼 그것이 칵 뒈지라고 하거나, 칵 뒈지고 싶도록 싫고 중대한 사건인 것만은 직감이 알려주었다.

하기는 S는 나이보다도 훨씬 남녀 관계에 대해서는 조숙한 편이었다.

환경 탓이었다. 국민학교 일학년까지 그는 유곽 거리에서 자랐다.

고무 공장의 직공이었던 어머니가 밤대거리를 하게 되는 날이면, 으레 조모가 저녁밥을 보자기에 싸들고 공장까지 날라주었다. 그동안 S는 혼자 남아서 동네 색시들의 귀염둥이 노릇을 하는 것이었다.

색시들은, 낮에는 대개 도깨비처럼 하고 방구석에서 잠만 잤다. 그러다가 밤이 오면 선녀인 양 곱게 단장하고 골목 안이 왁자하도록 쏟아져 나와 사내들을 낚았다. 거기에는 항시 계집과, 사내와, 음탕한 대화와, 술과, 호들갑스런 웃음소리와, 싸움만이 풍성했다. 그런 지대를 어린 S는 강아지 새끼 모양 쫄래쫄래 쏘다니며 여러 색시들과 친했다. 색시들은 정말 선녀만큼 예쁘고 상냥하다고 생각했다.

"너 커서 어떤 색시한테 장가들래?"

"아줌마 같은 색시."

그래서 불우한 색시들을 만족하게 웃겨주었다.

이러는 동안에 S는 어린애답지 않게 어른을 배웠다. 모르는 사이에 차츰 남녀 구별의 야릇함을 수줍어하게끔 조숙해 갔던 것이다.

그렇더라도 모친이 웬 남자와 동침한 사건을 구체적으로 이해하기에는 S는 아직도 너무 어렸다.

그저 막연히 자기 운명에 어떤 불길한 변화가 닥쳐올지도 모른다는 불안감이 엄습했을 뿐이었다. 그러한 불안감은 미묘한 작용으로 자기 자신에 대한 자책적인 수치감과 혼합되어 갔다.

언젠가 잠자리에서 있은 일이었다. 물론 S는 아직도 어머니와 한 이불 속에서 잤다. 밤중에 어렴풋이 잠이 깼을 때였다. 사타구니에 별안간 어머니의 손길을 느끼었다. 어머니의 손은 다정하게 그것을 주물러주었다. 그러자 그의 그 조그만 부분은 어이없게도 맹렬한 반응을 일으킨 것이다. 어머니는 놀라선지 주무르던 손을 멈추었다. 그러나 놓지는 않고 한참이나 꼭 쥔 채로 있었다. 그는 어머니의 손의 감촉을 향락하듯이 고간(股間)에 힘을 주어 꼭 끼었다. 어머니는 갑자기 손을 뺐다. 그러더니 그를 탁 밀어붙이듯 하고 돌아누워 버리었다.

그 일이 왜 그런지 S에게는 늘 부끄러웠다.

이 수치감은, 마침내 어머니의 동침 사건과 결부되어 극히 희미하나마 일종의 까닭 모를 공모 의식 같은 것으로 변하면서 그의 심중에 번지어갔다.

사건 이후에도 어머니가 그 남자와 만나는 것을 알았을 때, S는 더욱 강하게 그런 야릇한 심리를 경험했고, 오금이 나른하도록 풀기가 꺾이었다.

학교에서 돌아오다가, 꼭 멧돼지같이 생긴 그 남자와 나란히 걸어가는 어머니를 발견했다. S는 얼굴이 해쓱해지며 옆 골목으로 뛰어들어 갔다.

"칵 뒈져라, 뒈져."

S는 어느 집 뒷벽에 기대서서 그렇게 저주하며 두 주먹으로 자기 머리를 자꾸만 쥐어질렀다.

그것은 어머니가 자기더러 그러는 것이다. 한편 그것은 자기가 어머니에게 그러는 것이기도 했다.

어머니는 날더러 칵 뒈지라고 했다. 어머니는 그 남자와 동침하기 위해서는 정말 나를 죽일지도 모른다. 어째 꼭 그럴 것만 같았다. 그는 무서운 생각이 들었다.

유곽 거리에서 살 때다. 어떤 색시가 동침 중이던 남자와 함께 들보에 목을 매고 나란히 죽어 늘어진 꼴을 구경한 일이 있었다. 왜 그런지 자꾸만 그 끔찍한 광경이 머리에 떠올랐다. 어머니와 자기는——둘 중에 누구든 그렇게 될지도 모른다는 공포감이 불시에 전신을 휩쌌다. 그는 겁에 질린 눈으로 전신에 식은땀을 죽죽 흘리며 집에 돌아간 것이다.

그 뒤로는 불길한 몇 가지 영상과 미칠 듯한 공포감이 잠시도 S의 머릿속을 떠나지 않고 짓눌렀다. 그 멧돼지 같은 남자와 어머니가 동침하던 광경과, 칵 뒈지라고 하며 쥐어박던 어머니의 증오에 찬 눈과, 자기(S)의 사타구니를 주무르는 어머니의 손을 향락하던 자신과, 자신의 야뇨증 때문에 거의 마를 날이 없이 지린내를 풍기는 얼룩진 요와, 정부하고 나란히 목을 매고 죽어 늘어졌던 창녀의 모양이, 때로는 따로따로 때로는 뒤범벅이 되어서 어린 그의 머릿속과 눈앞을 혼란하게 하였다.

S는 길을 걸으면서도, 교실에 앉아 선생님의 강의를 들으면서도, 혹은 방에 멍청히 앉아 있으면서도, 그와 같은 해괴한 환영과 공포감에, 전신이 금세 나른히 꺼져 없어지는 것 같으면서 비 오듯 식은땀을 죽죽 흘리는 것이었다.

어머니와 멧돼지 같은 남자와의 불길한 관계는 그 뒤로도 죽 계속되었다. 그럴수록 S의 마음속의 야릇한 혼란과 공포감도 더욱 심해갈 뿐이었다.

그렇지만 S는 아무에게도 그러한 비밀을 털어놓을 수가 없었다. 그것은 왜 그런지 죽으리만큼 창피한 일이며, 집안의 운명을 망치는 무서운 결과가 올 것만 같았기 때문이다. 요즈음 왜 그렇게 혼나간 사람처럼 기운이 푹 꺾이어버렸느냐고 걱정하는 할머니에게까지, 그는 아무 말도 하지 않았다. 할머니에게조차 말하기가 무서웠던 것이다.

그날도 할머니가 어느 일가 집에 다니러 간 뒤의 일이었다. S가 학교에서 돌아와 보니 대문과 방문이 안으로 다 잠겨 있었다. 그는 문틈으로 방 안을 들여다보았다. 역시 이불이 펴 있었고, 그 속에는 어머니와 남자가 말이 안 되는 모양으로 부둥켜안고 있었다. 그는 문틈에 전신이 얼어붙은 듯이, 어머니와 남자가 옷을 챙겨 입고 일어나 나올 때까지 붙어서 들여다보고 있었다. 그의 얼굴은 완전히 핏기가 사라지고, 멱을 감은 듯이 땀에 젖어 있었다. 어머니가 남자와 함께 한쪽 문을 열고 나왔다. S는 지쳐 쓰러진 듯이 문설주에 어깨를 기댄 채 꼼짝도 하지 못했다.

"아니, 요, 망종이…… 너 언제 돌아왔니?"

어머니는 얼굴이 새빨개지며 눈썹을 곤두세웠다.

"아까, 아까."

S는 신음하듯 간신히 대답했다.

"아니, 요, 배라먹을 놈의 종자가……."

어머니는 대뜸 한 손으로 그의 덜미를 거칠게 덮치더니 와락 끌어 일으켰다. 그리고 딴 손으로 그의 머리통을 호되게 쥐어박으려고 했다.

"엄마, 내가 칵 죽어버릴게."

예기치도 않았던 말이 그의 입에서는 애원하듯 흘러나온 것이다.

순간 어머니는 흠칫 놀라며 한 걸음 뒤로 물러섰다. 그리고 뚫어지게 S의 얼굴을 들여다보았다. 노기에 차 있던 어머니의 눈빛이 차츰 공포로 변해 가기 시작했다.

"너, 어디가 아픈 게로구나."

어머니는 십 전짜리 은전을 한 닢 꺼내 그의 윗 양복 주머니에 넣어준 다음, 방에 들어가 누워 있으라고 이르고, 남자의 뒤를 따라 도망치듯 황황히 나가버린 것이다.

S는 빈 방에 들어가 쓰러지듯이 누워버렸다. 왜 그런지 기운이 쭉 빠져서 꼼짝도 할 수 없었다. 남자와 부둥켜안고 있는 어머니의 모양, 증오에 찬 어머니의 눈, 자기 오줌에 젖은 얼룩진 요, 어머니

의 손맛을 향락하던 자기 고간의 돌출부, 목매달고 정사한 창부의 시체, 아들 없는 며느리에게 얹혀 지내기가 괴로워 자주 일가 집으로 신세 한탄하러 다니는 할머니의 초라한 모습, 이러한 영상들이 혹은 박쥐 모양을 하고 혹은 도깨비나 귀신의 형상이 되어 눈앞을 와글거리며 떠나지 않았다. 그놈의 괴물들 중에서는 별안간 S의 목을 물어뜯으며, 너는 칵 죽어야 한다고 소리를 지르는 통에, ㄱ는 비명을 지르고 몇 번이나 상반신을 일으키기도 하였다.

그러한 환영과 공포와 초조에 시달리며 얼마나 시간이 흘렀을까. S는 죽어 늘어진 창부의 시체를 눈앞에 바라보며 갑자기 비틀비틀 일어나 밖으로 나갔다. 곧장 부엌에 들어가 나뭇단을 묶어둔 새끼 오라기를 끌렀다. 그리고 부뚜막에 올라서서 발돋움을 해가며 엉성한 서까래에 단단히 비끄러맸다. 마지막으로 S는 그 줄을 팽팽히 잡아당겨 목에다 감아 매고, 인제는 정말 어머니 말대로 칵 뒈져버리는 것이라고, 기묘한 승리감에 도취하며 발끝을 부뚜막에서 떼어버린 것이다. 순간 그는 목이 끊어져가는 것 같은 충격을 느끼며, 숨이 탁 막히고 머리가 아찔해서 정신없이 팔다리를 허우적거리기 시작했다.

이렇듯 신(神)을 실소케 하리만큼, 어떤 절대적인 음모에 도전하듯 하는 S의 어이없는 행위는, 그의 가족과 주위 사람들을 경악하게 했던 것이다.

S가 간신히 제정신을 회복했을 때는, 누가 자기의 몸을 주무르고 있는 옆에서 조모가 정신없이 울고 있었고, 모친은 사색이 되어 묵묵히 내려다보고 서 있었고, 이웃 사람들의 얼굴이 둘러싸고 웅성거리고 있었다.

그 뒤로, 어머니는 말끝마다,

"난 꼭 쟤 손에 죽을 거야."

그런 소리를 뇌이며 겁에 떨다가, 마침내 멧돼지 같은 그 남자와 함께 멀찍이 만주로 도망쳐버리고 만 것이었다.

2

어쩌면 신을 당황케 했을지도 모르는, S의 정신 및 육체의 선천
적 혹은 후천적 기형성은 비단 소년 시절에만 노정된 일시적 현상
은 아니었다. 불우했던 환경에 영향 받아 그것은 계속하여 그의 생
활의 중심을 이루는 비극적 유머로 나타났던 것이다.

철든 이후에도 그가 늘 스스로를 겁내는 생리적 결함에는 야뇨
증이 있었다.

이것이 열 살 내외에 그쳤다면 별로 괘념할 바 아니겠지만, S의
경우에는 확실히 도가 지나쳐서 성인이 된 후에도 더러 실수를 하
는 일이 있었다.

밤에 곤히 잠을 자다 꿈을 꾸게 되면 자칫 저지르게 되는 것이
다. 분명 어느 시궁창이나 변손 줄 알고, 기분 좋게 한참 배뇨를 하
다 보면 불시에 볼기짝이 척척해 들어온다. 그제야 아차 하고 놀라
꿈을 깨지만 때는 이미 늦었다. 엉덩이 밑에 깔고 있는 요가 질펀히
젖어 있는 것이다. 그때의 그 삭막하고 암울한 기분이란 일종의 자
포적이다.

여름철엔 별로 그런 일이 없었지만 겨울이 되면 위험천만이다.
요부(腰部)가 냉하면 으레 깔기게 되는 모양이었다. 할머니와 어머
니는, 야뇨증의 원인을 발견해서 치료해 줄 생각은 않고, 탄식을 하
거나 욕만 퍼부었다. 그러니 창피하고 겁이 나서 밤만 되면 전전 긍
긍했다. 밤에 이불 속에 들어가서도 잠들지 않으려고 무진 애를 썼

다. 그러다가 밤이 깊어서 모르는 새에 곯아떨어지면 대개는 영락 없었다.

소학교 오륙 학년 때까지도 한 주일에 한두 번은 으레 쌌다. 그가 까는 요에는 언제나 만국 지도가 그려져 있었다. 그리고 사철 지린내가 풍기었다. 애기 오줌과 달라서 그 지린내는 몹시 역했다. 흥건히 젖어서 악취를 풍기는 요를 할머니는 울상이 되어 탄식하면서 햇볕이 잘 드는 울바자에 내다 널었다. 거기서는 연기 같은 김이 무럭무럭 피어올랐다. 그것을 바라보노라면, S는 자기 자신이 어이없어 견딜 수 없었다. 어머니 말대로 참말 사람 구실을 할 것 같지 않았다.

이리하여 야뇨증에서 오는 수치심과 공포심은, 드디어 그에게 열등감을 깊이 뿌리박게 해주었다. 아무래도 자기 자신은 별수 없는 인간이라고 체념했다. 그것은 억울한 결론이었다.

S는 자주 아무도 없는 곳에서 고간의 돌출부를 내놓고 학대했다. 실없이 잠자리에서 찔찔 깔겨서 소유주의 체면을 여지없이 손상시키는 이 맹랑한 돌출부가 그에게는 참을 수 없이 미웠던 것이다. 일종의 성기 증오증이라고 할까. 그는 더없이 증오에 찬 시선으로 자신의 그것을 들여다보며 손가락으로 때리기도 하고 손톱으로 꼬집기도 했다.

S가 또한 견딜 수 없는 굴욕이라고 생각한 것은 동네 아이들이,

"오줌싸개, 똥싸개."

하고 놀려대는 일이었다. 더구나 계집애들 앞에서나 많은 사람이 있는 학교 운동장 같은 데서 그렇게 놀림을 받을 때는 견딜 수 없었다. 그런 때는 으레 얼굴이 새빨개져서 눈에 살기를 띠고 덤벼드는 것이었다. 싸우다 죽어도 좋다고 생각하며 상대가 아무리 큰 놈이거나, 다수라도 앙칼지게 대들었다. 단순한 아이들 싸움이라고

볼 수 없을 만큼 소름끼치는 잔인한 격투였다. 그것은 자신을 이렇듯 어이없는 존재로 창조해 준 조물주에 대한 필사적인 도전이기도 했다.

S가, 소학교 시절부터 중학교를 마칠 때까지 '겡까도리(싸움닭)'란 별명으로 거의 하루도 무사한 날이 없을 만큼 싸움을 일삼아온 것도 따지고 보면 이런 데 그 근원이 있었다고 할 수도 있었던 것이다.

그러나 그름 놀려주는 상대를 때려 눕혔다고 해서 치욕적인 야뇨증 그 자체가 멎어지는 것은 아니었다. 나이 들어가면서 실수하는 도수가 차츰 줄긴 했지만 의연히 그 증세는 남아 있었다. 도리어 도수가 주는 반면에 그의 정신면에 주는 상처는 반비례로 더욱 커갔다.

모친이 어떤 남자와 만주로 도피행을 한 뒤, S도 소학교를 졸업하고 나서 일 년 가까이 만주 각처를 전전하다가, 일본으로 건너가 신문 배달과 우유 배달을 하며 중학교를 다녔다.

집에 있을 때와 달라서, 그때는 이미 의젓한 중학생인데다가, 신문집 이층에서 딴 배달원들과 동거하는 처지고 보니, 오줌을 싸게 되면 젖은 요의 처치 곤란이 이만저만이 아니었다. 물론 아무도 눈치 채지 못하는 사이에 재빨리 젖은 쪽이 속으로 들어가게 개켜서는 이불과 함께 벽장 구석에 처넣어둔다. 그랬다가 다시 밤이 돌아오면, 늦도록 공부하는 척하다가, 남이 다 잠든 뒤에야 젖은 요를 도로 끌어내서 잠자리를 만드는 것이다. 엉덩짝이 선득선득하고 축축한 걸 꾹 참고 드러누워 있노라면, 숱한 사람 가운데서 유독 저만이 저주받은 인간으로 태어난 것 같아서 누구에게 없이 분하고 암담한 기분이었다.

모처럼의 일요일이 돌아와도 S는 거의 외출을 하지 않고 혼자 방을 지키고 있어야 했다. 딴 동숙자들이 다들 놀러 나가고 나면, 벽장 구석에서 오줌에 젖은 요를 꺼내 창틀에 널어 말려야 했기 때문이었다.

그야말로 치욕적인 야뇨증의 그 비밀을 지키기 위해서 그는 항시 고심참담했던 것이다.

하루는 거리에서 아이들이 가지고 노는 고무풍선을 보고 S는 문득 눈을 빛내며 걸음을 멈추었다. 가슴이 울렁거리도록 새로운 발견에 감동한 것이다. 그 달음으로 구멍가게에 가서 고무풍선을 샀다. 그리고 그날 밤부터 즉시 야뇨증의 예방 방법으로서 그 고무풍선을 시험적으로 사용해 본 것이다. 즉, 풍선의 주둥이를 잡아 늘여서 페니스에다 씌우고 자는 것이다. 그러나 여기에는 얄궂은 생리 현상에 기인한 기술적인 난점이 있었다.

고무풍선을 씌우려고 건드리면 페니스는 맹랑하게도 발기해 버리기 때문이다. 그런 걸 고무풍선의 주둥이를 최대한으로 잡아 늘여서 간신히 페니스에 씌우고 잔다. 그러나 잠이 든 사이에 페니스가 완전히 위축해 버리면 고무풍선은 저절로 빠져버리고 마는 것이다. 그는 고무풍선을 씌우고 노끈이나 고무줄로 동여매고 자는 방법도 연구해 보았으나 역시 페니스의 신축 운동으로 신통한 성과를 거두지 못하였다.

그러니 결국 가장 무난한 방법은 독방을 쓰는 일밖에 없었다. 그래서 딴 비용은 극도로 절약하면서도 그는 언제나 혼자서 셋방을 얻어 지내기로 했던 것이다.

이처럼 심했던 그의 야뇨증노 중학교를 졸업할 무렵부터는 차츰 그 증상이 약화되기 시작했다. 그러나 아직도 완전히 근치가 된 것은 아니었다. 차게 자거나 과로하거나 지나치게 긴장하면, 그 후에도 어쩌다가 실수를 하는 수가 있었다. 이십이 넘어 입 언저리에 까칠까칠 수염이 내돋게 되어서도 잠자리에 오줌을 싼다는 것은 아무리 병적이라고는 하나 정말 기막힌 일이 아닐 수 없었다.

그러한 기막힌 실수 가운데서, 중년이 된 오늘날까지도 최대의 수치로 기억에 남아 있는 사건이 두 번 있었다.

한번은 중학교를 졸업한 봄, 대학교 입학시험을 치른 날 저녁이었다. 그날 어떤 사정에선가 대학교 근처에 있는 어느 선배의 하숙에서 같이 자게 되었다. 그 방은 양식이어서 마룻방에 침대가 하나 있었다 그것이 일인용 침대여서 둘이 자기에는 거북했기 때문에, S는 고집을 부려 마룻바닥에서 자기로 한 것이다. 선배는 할 수 없이 침대에 깔려 있던 매트리스를 내려서 그의 자리를 만들어주었다.

이튿날 새벽녘에 S는 그예 실수를 하고 만 것이다. 입시 준비로 쭉 과로했던 데다가, 시험 날이라 지나치게 긴장했었고, 게다가 조춘이라서 얇은 이불이 추웠던 모양이다. 엉덩이에 축축한 감촉을 느끼고 정신이 퍼뜩 들었을 때는 이미 매트리스 위는 홍수였다. 실수를 해도 이만저만이 아니었다. 몸을 조금만 움직여도 걸레를 쥐어짜듯 꿀적꿀적 소리가 날 정도였다.

꼼짝도 못 하고 누워서 삭막하고 난처한 기분에 잠겨 있으려니 '나라는 인간은 인제는 마지막이다.' 하는 생각이 자꾸만 들었다.

아침이 되자, 일어나 세수를 하러 나갔던 선배가 돌아 들어와서,

"그만 일어나 세수하고 조반 먹어야지."

S를 흔들어 깨웠다. 그러나 그는 졸려 죽겠다는 듯이 이대로 몇 시간만 더 푹 자게 해달라고 청했다. 수험 준비에 영 곯아 버린 모양이라고 동정하고, 선배는 혼자 조반을 먹은 다음, 다행히도 이내 외출을 해버린 것이다.

그제야 S는 벌떡 일어났다. 미리 궁리해 두었던 대로 젖은 쪽이 밑으로 가게 매트리스를 도로 침대에 펴놓았다. 그러고는 흠뻑 젖

어버린 내의와 바지를 벗어서 힘껏 쥐어짜가지고는, 하는 수 없이 도로 입었다. 잠시 바깥 동정을 살피다가, 축축한 감촉과 지린내가 풍기는 절망감을 견디면서, 그는 마침내 선배의 하숙을 살그머니 빠져나온 것이다.

S는 마치 인간 최대의 치욕에 쫓기듯이 그 달음으로 정거장에 나가 교외 전차를 탔다. 얼마 뒤에 한적한 동경 교외의 시골 역에서 전차를 내린 S는 인가 없는 들판을 무작정 걸어갔다. 수목이 울창한 등성이에 이르렀다. 도랑이 흐르는 골짜기로 찾아 내려갔다. 양지 바른 곳에 자리 잡고, 지린내 나는 내의와 바지를 벗어 도랑물에 빨아 널었다. 태고처럼 고요한 삼림 속은 한 가닥의 도랑물 소리와 간간 새 소리가 들릴 뿐이었다.

햇볕을 쪼이며 우스꽝스러운 반나체로 웅크리고 앉아 있으려니까, 느닷없이 소학교 시절의 일들이 하나하나 기억에 살아 오르는 것이었다. 동시에 과거와 마찬가지의 치욕적인 장래가 예측되는 것이었다.

"참말 칵 뒈져버리는 게 나을까 부다."

S는 거의 절망하고 있었다. 자신의 야뇨증을 그는 간질병처럼 숙명적인 불치의 고질로 생각하고 있었다. 더욱 우스운 것은, 그것이 생리적인 결함이라기보다도 정신 박약증 비슷한, 어떤 정신적 불구성, 혹은 기형성에 기인한 것으로 단정하고 있었다. 그렇기 때문에 그는 자신의 장래 운명에 대해서 더욱 암담한 결론으로만 흐를 수밖에 없었던 것이다.

S는 충동적으로 풀어놓았던 허리띠를 갑자기 집어 들었다. 그것은 다 떨어져가는 넥타이였다. 떨리는 손으로 그 한 끝을 목에 감아 맸다. 그리고 옆에 서 있는 나무로 기어 올라가, 길 반쯤 되는 가지에 나머지 한 끝을 비끄러매고 늘어진 것이다. 정신없이 사지로 허

공을 긁다보니 잠시 후에 그는 땅바닥에 떨어져 있었다. 매끄러운 비단 넥타이라, 나뭇가지에 맸던 쪽이 버둥거리는 바람에 저절로 풀어져버렸던 것이다. 그는 기진맥진해서 어둡도록 그 자리에 쓰러져 있었다.

이것이 열아홉 살 봄에 있었던 어처구니없는 사건이었다.

또 한번은 해방 이듬해의 일이다. S는 아직도 귀국하지 않고 일본에 남아 있었다. 어떤 밸 풀이로 지금의 아내인 지즈꼬를 어른들 몰래 건드려놓고 말썽이 생겼다. 지즈꼬는 일인 친구의 누이동생이었다. 그런데 어찌 된 판국인지 지즈꼬가 집을 탈출해 나와서 그를 찾아왔다. 다시는 집에 돌아가지 않겠다는 것이다. 그들은 아무 준비도 없이 어느 집 이층의 단칸방을 빌려 엉터리로 살림을 시작했다.

그런 지 수일 후에 그는 또 실수를 해버린 것이다. 이번은 혼자가 아니라 여자와 동침 중이었으니 꼴은 더욱 말이 아니었다.

그가 질겁을 해서 눈을 뜬 것과, 지즈꼬가 놀라서 그를 흔들어 깨운 것은 거의 동시였다. 요의 중간 부분이 흥건히 젖어 있었다.

그는 너무나 비참한 자기의 표정을 의식하며 필사적인 노력으로 지즈꼬의 얼굴을 보았다. 지즈꼬는 그의 얼굴을 본 체도 안 했다.

"당신, 냉기가 있군요."

그러고는 젖은 요를 개켜서 한구석에 치워놓고 새로 잠자리를 만들었다. 너무나 태연한 표정이요, 동작이었다.

"허리를 늘 덥게 하면 괜찮을 거예요."

지즈꼬는 아무렇지도 않다는 듯이, 다정하게 웃으며 멍하니 앉아 있는 그를 이불 속으로 밀어 넣었다.

"난 영 형편없는 인간야. 그래서 늘 죽어도 좋다고 생각하고 있었어."

"그런 쓸데없는 말씀 하시는 거 아녜요."

가볍게 나무라듯 하고, 지즈코도 다시 옷을 벗고 이불 속으로 들어왔다.

그러한 지즈코에게 그는 무척 감동했다. 처음으로 온전한 인간의 대우를 받는 것 같은 심정이었다. 할머니보다도 어머니보다도 오히려 더 가깝고 따뜻한 혈육의 정 같은 것을 벅차도록 맛보는 것이었다.

3

일본에서의 S의 중학교 시절은 그야말로 난센스의 연속이었다.

처음에는 운이 좋아서 이류 중학교에 거뜬히 입학을 했다. 거기서 퇴학을 맞고 좀 놀다가 삼류 중학교를 뚫고 들어갔다. 이번에는 상급생을 까 눕히고 학교를 자진 중단한 다음 빈둥빈둥 놀다가 사류 중학교에 기어들어갔다. 여기서도 또 퇴학 처분을 당하게 되어 적잖게 풀이 죽어 지내다가 간신히 다른 사류 중학교에 편입할 수 있었다.

이렇게 중학교를 네 군데나 거쳐야 한 것만으로도 족히 알 조다. S가 어느 학교에서나 확실성 있게 퇴학을 당해야 한 것은 불량 학생으로 간주되었기 때문이다. 어디서나 툭 하면 사람을 치거나 두들겨맞았다. 거의 싸움 않는 날이 없을 지경이었다. 마치 싸우기 위해서 세상에 태어난 인간 같았다. 그런 만큼 중학교 시절은 어딜 가나 줄곧 '겡까도리'라는 별명으로 통했던 것이다.

중학교 시절의 S는 싸우지 않고는 억울해서 견딜 수 없었던 것이다. 무슨 억울한 일을 당한 사람이 술을 안 먹고는 배길 수 없는 심정과 유사했다.

"야이, 이 새끼 내 눈깔 좀 봐. 난 부모두 형제두 집두 없는 사람이다."

이것이 중학생인 S가 누구에게나 도전할 때 던지는 공식적인 첫마디였다. 그러나 이것이 그의 자포적인 심리를 완전무결하게 표시한 것은 아니다. 속으로는 다음과 같이 몇 마디를 더 덧붙여야 했던 것이다.

——야이, 이 새끼 내 눈깔 좀 똑똑히 봐. 난 부모두 형제두 집두 없는, 전도가 암담한 오줌싸개다.

이것이 S가 적을 향해서, 아니 세상을 향해서, 혹은 하늘을 향해서 과시적으로 쏘아붙이는 부르짖음이었다. 말하자면 그는 이래서 싸우지 않고는 견딜 수 없었던 것이다.

이러한 그의 공식적인 선전포고사는 부연하면, 가슴이 서늘해지는 한마디로 귀착해 버리는 것이었다. 즉,

"난 너 같은 거 한두 마리쯤 죽이구 죽어두 그만야. 내 죽음을 애석해하구 슬퍼해 줄 사람은 세상에 단 한 사람두 없으니까."

S의 도전사에는 이와 같은 의미의 암시가 노골적으로 풍기었다. 이러한 위협적인 암시는 언제나 효과적이었다. 상대방에게는 대개 사랑하는 부모 형제와 창창한 전도가 약속되어 있었기 때문이다. 죽는 것은 고사하고, 상처만 입어도 사색이 되어 걱정해 줄 부모 형제를 가진 상대방은, 부모 형제도 없고, 생리적인 정신적인 불구자로서 전도가 암담하여 죽음을 겁내지 않는 S 앞에서는 첫마디부터 벌써 완전히 눌려버리고 마는 것이었다. 그는 정말 비위에 거슬리는 놈을 닥치는 대로 때려죽이고 죽어도 좋다고 생각하고 있었다. 그의 이러한 살인의 가능성은, 점점 인생에의 반역에 자신을 갖게 했다.

따라서 S는 과연 사람을 치고받고 차고 하는 솜씨에는 자신이 있었다. 자기 또래의 상대 두셋쯤은 언제나 문제가 없었다. 그중에서도 특히 '헤딩'은 명수에 가까웠다. 적의 얼굴을 불꽃이 튀는 눈초리로 째려보다가, 번개같이 머리를 한 번 내저으면 그만이다. 어느 틈에 상대방은 뒤로 벌렁 나가떨어지거나 두 손으로 입을 싸쥐고 허리를 꺾는다. 그러노라면 물론 그 입에서는 이가 부러지고 피가 철철 흐르는 것이다.

중학교 이학년 때였을 게다. 거리에서 사학년생인 백곰을 만났다. 피부 색깔이 보통 이상으로 희고, 몸집이 커서 백곰이라 불렀다. 눈이 마주쳐서 S가 경례를 붙이고 지나쳤더니,

"임마, 이리 와."

백곰이 돌아서서 사납게 눈을 부릅뜨고 S를 불러 세웠다.

"왜 그래요?"

"왜 그래가 뭐야 이 새끼야. 경례를 똑똑히 다시 한 번 해봐."

"두 번씩 할 필요 없잖아요."

S가 불만스레 대꾸를 했더니, 백곰은 화가 머리끝까지 뻗치어서,

"이 자식 된통으로 기합을 넣어야 알겠어?"

그의 멱살을 움켜잡으려고 했다. 순간 그는 날쌔게 뒤로 몸을 비키며,

"상급생이라고 너무 재지 말아요."

내뱉고는 곧장 뺑소니를 놓았다.

사실 그는 상급생에 대해서 은근히 불만을 품고 있었다. 지나치게 하급생을 윽박지른다고 생각한 것이다. 더구나 경례를 가지고 까다롭게 트집을 거는 건 밸이 꼴려 참을 수 없었다.

이튿날 등교를 했더니, 백곰이 기다리고 있다가 대뜸 그를 학교 뒤뜰로 끌고 갔다.

"이 새끼, 너 턱이 비틀어져야 정신 들겠니."

말소리와 함께 백곰의 억센 주먹이 그의 볼을 내리쳤다. 그가 한 쪽으로 비틀거리자 딴 주먹이 그쪽을 후려갈겼다. 그는 할 수 없이 두 팔로 머리를 감싸고 주저앉았고, 백곰은 사정 없이 주먹의 세례 를 퍼부었다. S는 약이 바짝 치솟아 이가 갈렸지만 당장은 참고 당 하는 수밖에 도리가 없었다. 교내에서는 하급생에 대한 철권제재가 거의 공공연히 행사되는 기풍이었고, 그의 둘레에는 백곰의 동급생 이 네댓 명이나 버티고 서 있었기 때문이다. 그는 마침내 간장이 녹 아나는 것 같은 분노와 굴욕을 참으면서, 코피를 문대고 나서, 백곰 의 명령대로 몇 번이나 경례를 고쳐 붙여 보이는 수밖에 없었다.

S는 교실에도 들어가지 않고 그 길로 하숙에 되돌아와 버리고 말 았다. 아무리 생각해도 밸이 뒤틀려 이대로 참고 넘길 수는 없었다. 그는 마침내 각오했다. 오늘로 학교도 집어치우고 백곰에게 복수를 하고야 말기로 각오한 것이다.

학교가 파할 무렵 백곰이 돌아가는 길목을 지켰다. 들키지 않게 살그머니 미행을 했다. 백곰의 집도 알고 통학하는 코스도 알았다. 그 중 행인 드문 뒷길에서 그는 며칠을 두고 목을 지키다가, 드디어 혼자서 지나가는 백곰 앞에 툭 튀어나갔다.

"야이, 이 새끼야. 내 눈깔 좀 봐라. 난 부모두 형제두, 집두 돈두 없다."

앙칼지게 쏘아붙였다.

백곰은 주춤 하고 서서 그를 노려보다가,

"요 새끼 정말 악질이구나."

그러나 너 같은 꼬마 하나쯤이야 못 당하겠느냐는 듯이 어깨에 메고 있던 책가방을 길가에 벗어놓았다. 그 기회를 놓치지 않고, S 는 비호같이 몸을 날려 뛰어들며, 힘껏 머릿짓을 했다. 딱 하는 소리가 귀에 상쾌했다. 달려드는 S를 막으려던 백곰의 두 손이 이내 자기의 양 볼을 싸쥐었다. 손가락 사이로 피를 흘리면서 백곰은 머리가 아찔한 듯 그 자리에 엉거주춤 주저앉았다. S는 사정없이 발길로 백곰의 대갈통을 내질렀다. 픽 소리를 지르며 백곰이 모로 뒹굴었다. 그는 언제나 싸움의 뒤끝이 깨끗하고 빨랐다. 잠시도 더 지체하지 않고, 그는 재빨리 그 자리를 피해 달아나버리고 말았던 것이다.

S는 이처럼 악착스럽고 잔인한 데가 있었다. 그러나 그 악착함과 잔인함은 우습게도 일종의 의협심에 뒷받침되어 있었다. 대개의 경우 자기보다 약한 자와 싸우는 일은 없었다. 반드시 강적과만 붙었다. 그리고 요즘의 불량소년들처럼, 이유 없이 트집을 걸어가지고 남을 치는 일은 절대로 없었다. 과장해 말하면 불의와 부정을 응징하는 정의의 용사였던 것이다. 그는 숙명적으로 인간 사회에 있어서 피해자의 위치에 있었다. 그러기에 언제나 피해와 모욕에 대한 복수 의식에 불타고 있었던 것이다.

이러한 S는 가까운 친구도 거의 없었다. 모두가 자기보다는 택함을 받은 인간들이라 여겼기 때문에 의식적으로 적대시하고 경원했다. 불가피한 일이었다. 한창 무모한 꿈에 도취할 나이들이라, S처럼 절망감에 빠져 있는 소년은 없었다. 한편 경제면에 있어서도 S만큼 철저히 가난한 부류 또한 쉽지 않았다. 일인 학생들은 말할 것도 없지만, 조선인 유학생들도 대부분은 학비와 생활비를 집에서 받아다 썼다. 소위 고학을 하는 아이들도 있기는 했지만, 학비만 번다든가, 생활비만을 번다든가 하는 반 고학 정도요, S처럼 철두철미 자기 손으로만 벌어서 먹고 입고 학비를 대야 하는 사람은 거의 없었다.

S는 철칙처럼 항시 돈에 쪼들리었다. 아무리 애써도 버는 능력에

는 한도가 있었기 때문에, 결국 쓰는 데 극도로 절약하는 도리밖에 없었다. 한 달이면 일주일가량은 밥도 하루에 한 끼씩으로 굶때야 하는 수가 많았다.

밥은 삼시 다 식당에 나가 먹었다. 당시 조반은 십일 전, 점심과 저녁은 각각 십육 전씩 했나보다. 소정의 금액만 지불하면, 반찬만은 제한이 있었지만, 밥과 국만은, 밥통과 국통에서 얼마든지 맘대로 퍼먹게 되어 있었다.

3는 돈이 떨어졌을 때 정해 놓고 하루 한 끼만 먹고 살았다. 조반과 저녁은 아예 거르기로 하고 점심만 먹고 마는 것이다. 그 대신, 점심 한 끼에 세 끼분의 분량을 일시에 섭취해 버리는 것이다. 그렇게 함으로써 조반과 저녁값 이십칠 전을 절약할 수가 있었기 때문이다.

무엇보다도 허기증을 참아가며 점심시간 기다리기가 뻐근했다. 삼십 분에 한 번 정도씩 허리띠만 졸라매다가 점심시간이 되면 부리나케 식당으로 쫓아가는 것이다. 십육 전을 지불하면, 밥공기와 국 공기 외에 두서너 종류의 반찬 접시를 얹은 쟁반을 여급이 날라다준다. 그러면 S는 밥공기를 집어 들기가 무섭게, 밥통에서 밥을 퍼내서 공기에 두둑이 눌러 담아가지고는, 정신없이 입 속에 긁어넣는 것이다. 보통 딴 사람들은 세 공기 내지 네 공기면 물러났지만, S는 여덟 공기나 아홉 공기는 으레 먹어치웠다. 물론 그동안에는 대여섯 공기의 국과, 붙어 나온 몇 접시의 반찬까지 깨끗이 뱃속에 저장되는 것이다. 여급이나 딴 손님들에게 이 경이적인 사실을 눈치 채이면 창피하였기 때문에, 그만큼 다식을 감행하는 데는 여러 가지 기술적인 숙련이 필요했다. 무엇보다도 남이 한 공기를 먹는 동안에 이쪽에서는 두세 공기를 감쪽같이 먹어치워야 하는 속식법을 연구해야 했다.

대개 여섯 공기 이상부터는, 유리병에 물을 부어넣듯이, 목구멍 꼭대기까지 점점 차올라오는 것을 또렷이 알 수가 있었다.

밥이 목젖 있는 데까지 배꼭 올라 차면, S는 그제야 젓가락을 놓고 느릿느릿 자리를 일어서는 것이다. 맹꽁이배처럼 팽팽해진 배를 부둥켜안듯 하고 어기적어기적 거리에 나서면, 갑자기 색색 높아지는 숨소리와 함께, 전신이 나른해지면서 졸리는 듯 몸을 움직이기가 귀찮아지는 것이다.

이렇듯 비상식적이요, 비정상적인 생활이 몸에 밴 그는, 자연 상식적이요, 정상적인 규격품 인간들과, 의식적이든 무의식적이든 쉽사리 휩쓸릴 수 없었다는 것은 앞서 적은 바와 같다. 그러기에 학교의 동급생 중 조선인 학생들과도 별로 친숙한 교제를 갖지 않았지만, 다만 명분이 서는 어떤 목적의식을 지닌 행동에의 가담을 요청받았을 때는 용약 선두에 서기를 주저하지 않는 S이기도 했다. 그것은 항시 그의 가슴속에서 활화산의 내부처럼 타오르고 있는 무모한 반항심과 복수심에 분화구를 마련해 주는 것이었기 때문이다.

중학교 삼학년 때였다. 이학년의 조선인 학생 한 명이 억울하게 퇴학을 당한 사건이 있었다. 그 사건은 전교의 조선인 학생들에게 상당한 충격을 주었다. S도 대강 소문을 듣고 있었다. 그러한 어느 날, 상급반의 굵직굵직한 조선인 학생 두 명이 은밀히 그를 찾아온 것이다.

"이대로 잠자코 있을 순 없어. 그건 조선 사람에 대한 노골적인 배척이요, 탄압이니까 말야."

그렇게 격분하고 나서 상급생 대표는 들고 일어나 투쟁할 것을 주장했다. S에게도 적극 가담해 달라는 것이다.

"너처럼 용감하고 주먹 센 사람이 가담해 주면 우린 절대 자신이 있어."

그들은 이렇게 S의 영웅심을 자극하기도 했다. S는 상급생들의 주장에 찬동하고 행동에 가담할 것을 약속했다.

그러나 며칠 뒤 거사한 결과는 여지없이 참패였다. 학교 당국은 완강히 그들의 요구를 묵살할 뿐 아니라, 주동 학생들을 엄벌하려 들었던 것이다. 이리해서 드디어는 전교의 조선인 학생의 동맹 휴학과, 일인 학생에 대한 등교 방해 행동으로까지 과격하게 확대되어 나갔다. 그러자 학교 측은 즉시 경찰에 연락하여 강권을 발동하기에 이른 것이다. 이렇게 되고 보니, 대가 약한 패들은 슬슬 꽁무니를 빼고 말았지만, 주동 역할을 한 학생들만은 후환이 두려워 그럴 수조차 없었다.

사태가 이쯤 낭패로 기울자, 주동 학생들은 어느 날 밤, 으슥한 어느 하숙집 이층에 모여 비밀리에 대책을 토의하게 되었다. 물론 S도 그 중에 강경파로 끼여 있었다.

한참 토의가 진행되고 있을 때였다. 별안간 경찰대의 습격을 받은 것이다. 실내외에서는 난장판이 벌어졌다. S는 실내에 들어선 경관 한 놈을 멋지게 받아넘겼다. 그리고 뒤로 홱 돌아서려는데 몸뚱이가 훌쩍 공중에 솟아오르다가, 한쪽으로 기울면서 아래층 뜰에 털썩 나가떨어진 것이다. 머리를 땅에다 쪼았으면 즉사했을지도 모른다. 다행히 오른쪽 어깨를 깔고 떨어진 것이다.

거의 정신을 잃고 쓰러져 있다가 트럭에 실려 경찰서로 끌리어 갔다. 다친 어깨가 아파서 통 팔을 놀릴 수가 없었다.

십여 일간 유치장에 있으면서 하루에 한 번씩 끌려 나가 조사를 받고 고문을 당했다. 조금만 건드려도 어깨가 아파서 비명을 지르면 엄살이라고 더욱 호되게 당했다. 피습 당시, 헤딩으로 경관의 이를 두 개나 꺾었기 때문에, 그만이 유독 미움을 더 샀다는 것을 나중에야 알았다. 열흘 이상 지나니까 오른쪽 어깨가 퉁퉁 붓고 터져서 고름이 흘렀다.

그제야 경찰에선 내놓아주었다. 동지들의 호의로 병원에 입원을 했더니, 탈구(脫臼)라고 하며, 대수술을 받아야 한다는 것이다. 그럴 비용이 있을 턱 없었다. 수술은 단념하고, 며칠 동안 입원하고 있으면서 상처만이라도 아물기를 기다렸다.

병실에는 S 외에 중년 부인이 한 분 입원 중이었다. 스무 살쯤 되었을 미요코라는 딸이 같이 묵으면서 간호를 하고 있었다. 그 부인이나 미요코는, 아무도 돌봐주는 사람 없는 S를 퍽 동정했다. 고국에도 부모 형제가 없다는 말을 듣고 애처로운 얼굴을 하였다. 수술을 받을 비용이 없어 불구가 될 거라는 말을 듣고는 더욱 안타까워해 주었다. 그들 모녀는 될 수 있는 대로 S를 위로해 주려고 애썼고, 먹을 것은 으레 나누어주었다.

더구나 예쁘고 살뜰한 미요코의 친절은 S의 가슴에 스미었다.

병원 측에서는 수술을 안 받을 바에는 입원하고 있을 필요가 없으니, 집에 나가서 치료를 받으러 다니라고 퇴원을 권했다. 그러나 S는 동지들이 모아준 돈이 떨어질 때까지 그대로 입원해 있기로 한 것이다. S의 그 황량하고 암울한 마음 구석구석까지 어루만져주는 듯한, 미요코의 맑고 따뜻한 눈을 하루라도 더 즐기고 싶었기 때문이다.

이처럼 미요코에게 도취해 버린 S는 자기에 대한 미요코의 친절을 어이없게도 사랑으로 오해하게 된 것이다. 비용이 떨어져 내일쯤 퇴원하는 수밖에 없다는 말을 들은 미요코가,

"그래요?"

기운 없이 고개를 까딱하고 몹시 서운한 표정을 했을 때, S는 마침내 엉뚱한 발언을 하고야 만 것이다.

"그러나 너무 섭섭하게 생각 말아요. 난 미요코상(씨)하고 결혼

하기로 결심했으니까요."

열일곱 살의 S가 깊은 감동과 자신을 갖고 한 이 말에, 일인 모녀가 눈이 휘둥그레진 것은 말할 것도 없었다.

"이 학생 머리가 이상해졌나봐."

얼굴이 해쓱해진 미요코는, 간신히 그렇게 중얼거리고 겁에 질려 뒤로 물러서버리었다.

S의 인간 구조의 어느 부분에는 정말 머리가 돈 것 같은 비정상적인 요소가 내포되어 있음에 틀림없었다.

아무튼 미요코에게 배반——S는 그렇게 생각했다——당한 섯은 적잖은 충격이었다. S의 규격 미달의 인간 가치가, 객관적으로 엄연히 입증된 것 같았기 때문이다. 그 뒤로, 젊은 여자들에 대한 S의 기괴한 복수 행위에는 이러한 심리적 작용이 적지 않았다고 할 수 있는 것이다.

4

영어 시간이었다.

부독본을 가지고 선생이 강의를 하고 있을 때였다. S는 갑자기 손을 들고 일어서며,

"선생님, 이 책에 틀린 데가 있습니다."

하고 외쳤다.

"어디가?"

"여기, Life work라구 되어 있는데, 이건 Work life가 잘못 인쇄되었나 봅니다."

그 말에 먼저 반 아이들이 와그르르 웃었다. 선생도 따라 웃고

나서,

"이놈아, 모르면 잠자쿠나 있어, 망신을 사서 하지 말구."

핀잔을 주었다. 그러나 S에게는 왜 그런지 워크 라이프가 꼭 옳다고만 생각되었다. 그래서,

"흥, 엉터리다."

심통 사납게 중얼대고 앉으려니까,

"이놈아, 뭐라구?"

선생이 따지고 들었다.

"이 책이 엉터리라구 했습니다."

궁해서 그런 식으로 변명을 했다.

선생은 괘씸하다는 듯이 잠시 그를 노려보다가,

"사전 펴봐, 인마."

소리를 질렀다. S는 사전을 찾아보았다. 의외에도 라이프 워크로 나와 있었다. 그건 정말 의외였다.

"뭐라구 돼 있어?"

"여기두 라이프 워크라구 돼 있지만, 정말은 워크 라이프가 옳습니다."

이번에도 아이들이 먼저 킥킥거리고 웃었다. 선생은 한동안 입을 벌리고 멀뚱히 S를 바라보았다. 그 얼굴이 차츰 노기로 가득 차갔다.

선생은 갑자기 교단을 내려서더니, S의 자리 옆에 다가와서 버티고 섰다.

"일어서, 이놈아."

S는 명령에 따라 굳어진 얼굴로 자리를 일어섰다.

"그래, 라이프 워크가 옳으냐, 워크 라이프가 옳으냐?"

"워크 라이프가 옳습니다."

S는 전 인류에게 항거하듯이 필사적으로 대답했다.

"고노야로(이 자식아)."

선생은 보기 좋게 S의 따귀를 갈겼다. S는 눈 하나 깜짝 않고 꼿꼿이 서 있었다. 전반 학생은 숨을 죽이고 이 엉뚱한 사건의 진전을 관망했다.

선생은 또 물었다.

"이놈아, 라이프 워크냐, 워크 라이프냐?"

"워크 라이픕니다."

"고노야로."

선생의 손길이 멋지게 또 날았고, S의 볼에서는 짝 소리가 났다. S는 그저 입을 더욱 힘껏 다물 뿐이었다.

"라이프 워크냐, 워크 라이프냐?"

"워크 라이픕니다."

"고노야로."

선생의 손은 이번에도 역시 S의 따귀를 후려갈겼다.

이와 같은 진기한 문답과 동작이 몇 번이나 더 되풀이된 뒤, 종내 선생 쪽이 손을 든 격이 되었다.

"너 같은 건 영어에 낙제다. 완전 낙제야."

그 이상 화풀이할 방법을 몰라 선생은 발을 구르며 그렇게 고함을 질렀다. 그러고는 할 수 없이 돌아서려 했다. 그러자,

"낙제를 해도 할 수 없습니다. 내겐 워크 라이프가 절대로 옳으니까요."

S는 볼멘소리로 중얼거리듯 하고 별안간 눈물을 주르르 흘린 것이다. 선생은 기가 막히다는 듯이, S를 한참이나 노려보다가,

"넌 도대체 대가리가 어떻게 되어 먹은 놈이냐."

내뱉듯이 뇌까리고는 교단으로 돌아가버린 것이다.

그 뒤로 영어 선생은 S를 부를 때면 이름 대신 으레 워크 라이프라고 불렀다. 아이들이 웃었다. 그럴 때마다 S는,

"나는 죽는 한이 있더라도 워크 라이프가 옳다."

결연히 자신에게 다시 한 번 다짐해 두는 것이었다.

얼마 뒤 학기말 시험 때다. 고의에선지 우연인지는 몰라도 영어 시험에 라이프 워크라는 말이 나왔다. 그 저주할 횡서 문자를 발견하는 순산, 물의의 습격을 당한 때처럼 S는 몸이 굳어져 버렸다. 다음 순간 전신이 분노의 불덩어리로 화했다. S는 연필로 라이프 워크라는 문구를 북북 째버리고, 그 위에 워크 라이프라고 써넣은 다음, '이것이 절대로 옳음'이라고 주까지 달았다. 그리고 답안지는 백지대로 내놓고 교실을 나와버렸다.

다음날 영어 선생에게 교무실로 불리어갔다. 선생은 극심한 노기로 얼굴 근육을 부들부들 떨면서,

"넌 선생을 모욕하고 반항할 셈이냐."

미친 듯이 고함을 지르고 구타했다.

"아닙니다. 영어에 반항하는 겁니다. 그리구 돼먹지 않은 영어에 노예가 된 인간을 경멸하는 겁니다."

S는 구타를 당하면서도 이렇게 입을 놀리었다.

그는 정말 영어 그 자체에 말할 수 없는 적의와 분노를 느끼었다. 동시에 도전을 각오했다. 그것은 하나의 심리적 자멸 행위였다. 이 자포자기의 자멸 의식은 언제나 S의 가슴속 깊이 불씨처럼 덮여 있었다.

학기말 성적표에는 영어 과목이 제로나 다름없는 낙제 점수로 나와 있었다. 그 성적부를 갈기갈기 찢어버리는 S의 얼굴에는 자조적인 냉소가 살기를 띠고 번지어갔다.

그날부터 S는 영어 선생의 사택 주변을 배회하기 시작했다. 자비

적인 피해 의식에서 지금까지 누구에게 없이 막연히 축적되어온 까닭 모를 반항심과 복수심이 비로소 터져 흐를 귀퉁이를 발견한 것 같았다.

그러나 그는 선생을 어떻게 하려는 구체적인 생각은 조금도 없었다. 그저 불길처럼 붙어 오르는 어떤 반항심과 복수심을 끌 수 없어, 자신도 모르게 그 선생의 집 주위를 자꾸만 배회하게 되었던 것이다.

영어 선생의 사택은 학교 뒤의 호젓한 산록에 위치하고 있었다. 그는 대개 저녁 배달(신문)을 끝내고 어둑어둑할 무렵에 그리로 찾아갔다. 근처의 소로나 산기슭을 왔다 갔다 하며, 터무니없이 여러 가지 비장한 감상에 잠기었다. 그는 자주 걸음을 멈추고 하늘을 우러러보며,

"나는 부모도 형제도 집도 아무것도 없는 사람이다."

그렇게 외치는 것이었다. 그것은 비장한 감정을 북돋우는 데 알맞았다.

그러한 어느 날 저녁때였다. 영어 선생의 대문이 열리며 누가 나왔다. 이쪽 길로 걸어오는 걸 보니, 젊은 여자였다. 여학교를 갓 졸업한 영어 선생의 장녀임을 확인했다. 순간 S는 찾아 헤매던 복수 행위의 목표물을 발견한 것 같았다. 동시에 그것은 성욕과 야합했다. 그는 살그머니 여자의 뒤를 따랐다. 적당한 장소라고 생각되는 지점에서 그는 여자 앞에 뛰어 나섰다. 여자는 놀라서 가늘게 비명을 질렀다.

"놀라지 마, 난 너이 아버지 제자야."

여자는 몇 걸음 뒤로 물러섰다.

"나하구 얘기 좀 해."

S는 여자의 팔을 잡아끌었다.

"이게 무슨 짓이에요."

여자는 팔을 홱 뿌리치고 비켜서 달아나려고 했다.

S는 덤벼들어 목을 조르듯이 힘껏 껴안았다. 그리고 산기슭으로 끌고 올라갔다. 여자는 목이 졸려 소리는 못 지르고, 필사적으로 반항했으나, S는 전력을 다해 질질 끌고 올라갔다. 으슥한 숲에 이르러서, S는 한 손에 커다란 돌멩이를 집어 들었다. 그걸 여자의 코앞에 바짝 갖다 대고 흔들어 보이며,

"잠자쿠 있잖으면 없애버린다."

위협하고 목을 조르고 있던 한쪽 팔을 풀어주었다. 여자는 숨이 끊어지지 않았나 겁이 날 만큼 기운 없이 땅바닥에 픽 쓰러져버렸다. S가 다가앉아 건드리니까,

"죽이지만 말아줘요."

꺼져가는 듯한 쉰 목소리로 애원했다.

S는 처음으로 여자의 피부를 감촉했다. 다소 실망했다. 수음의 경험을 가진 그는, 그보다 몇 갑절의 황홀한 쾌감을 예상했지만 마찬가지였기 때문이다.

여자에 대한 그의 어처구니없는 복수 행위는 여기서부터 시작되었다. 성욕을 합리화시키기 위해 복수심을 불러일으키는 것이 아니라 그와는 반대였다. 그의 경우, 정체불명의 터무니없는 복수심은 대개 성욕을 자극하는 기묘한 심리적 현상으로 나타났다. 복수의 쾌감이 곧 섹스어필과 통했던 것이다.

그 뒤 하숙집에서 야뇨를 저질렀을 때도 그랬다. 과로했던 탓인지 겨울철도 아닌데 그날은 지독히 많이 쌌다. 요의 밑바닥까지 배서 다다미를 적실 정도였다. 주인집 식구 몰래 그걸 말리느라고 고심참담했다. 학교도 쉬면서 햇볕이 잘 드는 방바닥에 펴서 말렸다. 그러다가 종시 이틀째 되는 날 들키고야 만 것이다. 창 가까이 요를

펴놓은 채, 잠깐 변소에 간 동안, 공교롭게도 주인집 딸이, 자제 시루코(단팥죽)를 S에게 권하려고 한 공기 떠가지고 이층엘 올라간 것이다.

나무 층계의 삐걱거리는 소리를 듣고 S가 용변도 마치는 등 마는 둥 쫓아올라갔더니, 주인집 딸은 시루코 그릇을 쟁반에 받쳐 들고 선 채, 방바닥에 펴놓은 요를 기막힌 표정으로 내려다보고 있었다. S가 따라 올라오자, 여자는 몹시 당황한 태도로,

"이거 맛 좀 보시라구……."

우물쭈물하면서 음식 그릇을 책상 위에 놓았다. S는 견딜 수 없는 치욕과 분노에 얼굴이 뻘개져 가지고,

"누가 이런 거 갖다 달랬어."

시루코 그릇을 방바닥에 집어던졌다.

"어마, 너무해요."

여자도 화가 났던지, 그대로 팽 돌아서서 아래층으로 내려가 버리려 했다. S는 황급히 그 앞을 막아서며,

"물론 식구들에게 다 말해 버릴 테지, 틀림없이 식구랑 동네 사람들에게 광고해서 날 망신시킬 테지?"

비참한 소리로 중얼거리었다. 여자는 얼굴을 찡그리고 날쌔게 아래층으로 빠져 내려가버리었다.

그 뒤부터 주인집 식구들은 S만 보면, 이상한 얼굴을 하며 외면해 버리곤 했다.

"이년을 그냥 두지 않을 테다."

S는 속으로 벼르기 시작했다. 마침내 기회는 왔다. 안방에 혼자 있는 주인집 딸을, S는 기어코 완력으로 안아 눕히고야 말았던 것이다.

이러한 여자관계들을 생각할 때, 그는 자신에게서 원시적인 야

생 동물의 냄새를 맡는 것이다. 그에게는 확실히 야생 동물적인 요소가 있었다. 영원히 그리고 절대로 문화적인 색채에 혼합 조화될 수 없는 이질적인 색소를 간직하고 있는 것이다. 이것이 그 숙명적인 치욕감과 열등의식에서 오는 맹목적인 반항심과 야합되어 비극적인 난센스를 계속 연출하게 되는 것이었다.

지금의 아내인 지즈코와의 인연도 그런 어이없는 복수 행위에서 맺어진 결과였다.

지즈코의 오빠와는 가까이 지내는 사이였기 때문에 S는 자주 그의 집을 찾아갔다. 그런 관계로 지즈코와도 오래전부터 안면이 있었다.

이차 대전 말기, 지즈코의 오빠가 징집되어 군대에 나간 지 일 년 반쯤 지나서, 일본은 무조건 항복을 했다. S는 지즈코의 오빠의 생환 여부가 궁금해서 오래간만에 그의 집을 찾아가보았다.

지즈코가 몰라보게 어른이 되어 있었다. 그도 그럴 것이 그동안 여학교를 졸업하고 어머니 없는 집에서 주부의 역할을 하고 있었던 것이다. 지즈코는 예쁘지는 못해도 무척 상냥했다.

S는 그 후로도 지즈코의 오빠가 무사히 돌아왔나 알아보러 자주 찾아가곤 했다. 이러한 그를 지즈꼬의 부친은 딸을 꾀어내려 오는 줄로 알고 노골적으로 경계하기 시작한 것이다. 억울한 오해였다. 지즈코의 부친은 마침내, S와는 이유 여하를 막론하고 절대로 만나지 마라고 딸에게 엄명을 내리는 한편, S에게 대해서도 엄격히 내방을 거절해 버리었다. S는 이에 분개한 것이다. 그렇다면 차라리 지즈코를 건드려놓고야 말리라고 생각했다.

그래서 지즈코의 부친이 출근하고 없는 시간에 찾아갔다. 집 앞에서는 지즈코의 동생이 동네 애들과 떠들어대고 있었다. S는 아이들에게도 눈치 채이지 않게 살그머니 현관으로 들어섰다. 지즈코가 불안한 표정으로 맞아주었다. 올라오라고 권하지는 않았다.

"좀 쉬어가야지."

S는 멋대로 이층으로 올라갔다. 지즈코는 난처한 기색으로 잠자 코 서 있었다.

이층에서 좀 기다리고 있으려니까, 지즈코가 쟁반에 찻잔을 받 쳐 들고 올라왔고, S 앞으로 찻잔을 밀어놓으며,

"아버지, 일찍 돌아오시는 날두 있어요."

약간 웃어 보이고 일어서려 했다.

"두 시 반인걸, 안직······."

S는 얼른 지즈코의 손목을 잡아당겼다. 지즈코는 깜짝 놀라 손을 빼려 했다. 지즈코를 억지로 끌어당겨서 꼭 껴안았다.

"전 오빠처럼 믿구 있어요, 이러지는 마세요."

지즈코는 빨개진 얼굴에 거친 숨을 몰아쉬며 품에서 빠져나가려 했다. S는 힘껏 고쳐 안으며 입을 맞추었다. 지즈코는 해쓱해진 얼 굴로 눈을 감고 가만히 있었다. S는 지즈코를 안은 채 방바닥에 드 러누웠다. 지즈코는 겁에 질린 눈으로 도리도리를 해보였다.

S는 눈으로 가만히 있으라고 타이르듯 하고 자신 있는 솜씨로 다 루었다.

며칠 뒤에 S는 지즈코네 집을 또 찾아갔다. 동생들과 함께 아래 층에서 점심을 먹고 있던 지즈코가 얼굴이 홍당무가 되어 어쩔 줄 을 몰라 했다.

S는 또 멋대로 이층으로 올라갔다. 암만 기다려도 지즈코는 올라 오지 않았다. 그는 큰 소리로 지즈코를 불렀다. 이내 울상이 되어서 지즈코가 올라왔다.

"떠들지 마세요, 제발."

지즈코는 원망스러이 S를 바라보고는 각오했다는 듯이 살그머니

곁에 와서 무릎을 모으고 앉았다. 그러한 지즈코가 못 견디게 애처롭고 사랑스러워 보였다. 처음 경험하는 찌릿한 감정이었다.

지즈코는 마지막까지 눈을 감고 죽은 듯이 가만히 있었다.

S는 일주일쯤 뒤에 또 찾아갔다. 동생들만 있고 지즈코는 보이지 않았다. 시골 큰집에 가 있다는 것이다. 아버지가 쫓아 보냈다는 대답이었다.

그대로 몇 달이 지났다. 어느 날 뜻밖에도 지즈코가 S의 숙소로 찾아온 것이다. 조그만 보따리를 들고 있었다. 죽어도 집에는 안 돌아간다면서 S를 보자 무릎에 엎드려 울었다.

앞서 잠깐 적은 바와 같이 둘이는 살림을 시작했다. 한 달 이상 지나서야 지즈코의 배가 부른 걸 알았다. 살림을 차린 지 반년 좀 지나서 사내애를 분만했다.

패전 직후의 일본은 사회상의 혼란이 말이 아니었다. 극심한 생존 경쟁으로 아비규환을 이루고 있었다. 그들도 어린애까지 생기고 보니, 생활에 더욱 심한 위협을 느끼기 시작했다.

마침내 S도 수많은 동포와 함께 귀국할 것을 결심했다. 그 동기는 단순한 생활난에만 기인한 것이 아니었다. 해방된 조국은 일꾼을 부른다고 흥분했기 때문이다. 해방된 조국의 벅찬 감동과 찬란한 희망은, 치욕적이요, 불구적인 그의 어두운 요소들을 감싸주면서 위대한 일꾼을 만들어줄지도 모른다는 터무니없는 착각에 빠졌던 것이다.

당장 지즈코와 아기까지 데리고 환국할 자신은 도무지 서지 않아서, 우선 혼자 귀국하기로 했다. 일 년 이내에 반드시 자리를 잡고, 데려가겠노라고 지즈코를 간신히 타일러놓고 그가 일본을 떠났을 때는 이미 지즈코의 뱃속에 제이의 생명이 깃들고 있었던 것이다.

5

십여 년 만에 S가 조국이라고 찾아 돌아와 보니 도시 말이 아니었다. 일본의 혼란한 사회상에 비할 바가 아니었다. 모두가 문자 그대로 엉망진창이었다.

물론 아직도 해방되어 일천한데다가, 군정 시기였으니만큼, 일제의 혹심한 탄압과 약탈의 깊은 상처가 가시지 않은 탓이라고 해석해 버리면 그만일지 모른다. 그러나 그러한 해석만으로 간단히 납득이 가지 않는 어떤 막연한 불안을 조국의 현실과 국민성 속에서 극히 희미하게나마 S는 느끼지 않을 수 없었던 것이다.

하지만 그와 같은 불안의 본질을 철저히 분석하고 규명해 보기에는, 그는 너무나 무지했고, 그러한 현실에 대결하여 대국적인 투쟁을 전개하기에는 무력이라기보다도, 육체적으로나 정신적으로나 비정상적인 기형성을 바탕으로 구조된 그의 인간이, 이러한 상황 속에 던져졌을 때, 그것은 다만 조국 땅에서 새로운 난센스를 연출시키는 결과를 가져왔을 뿐이다.

하기는 객관적 조건도 S에게는 확실히 불리했다. 서울이란 이 국땅이나 다름없이 생소한 곳이었기 때문이다. 아는 사람 하나 없었다. 애초부터 비벼댈 언덕이나 그루터기란 있을 턱이 없었던 것이다.

주머니는 벌써 빈털터리가 되어버린 지 오래다. 그렇다고 건강한 육체도 못 되는 데다가, 쟁쟁한 학벌도 없고, 어느 전문 분야의 지식이나 기술도 없는 그로서는 굶어 죽기에 꼭 알맞았다.

여기서부터 S는 벌거숭이 인간의 최소한의 생존 가능성을 경험하기 시작한 것이다. 그는 차츰 가장 그다운, 너무나 빈약하고 어처구니없는 인간 내용을 유감없이 노출해 갔다.

낮에는 하루 종일 음식점 방문 행각을 계속했다. 식당만 눈에 뜨이면 무작정 찾아 들어가는 것이다.

"무슨 일이든지 마다 않고 열심히 하겠습니다. 제게 하루 밥 세끼만 먹여주십쇼."

주인을 붙들고 졸라보는 것이다. 물론 냉담하게 거절당하는 것이다. 그는 그래도 미련이 남았다.

"그럼 하루 두 끼라도 좋습니다. 단 두 끼 말입니다."

주인은 마침내 역정이 나서 소리를 버럭 질러버리는 것이다.

"아, 그냥 해준대두 싫단 말야. 얼른 비켜나지 못해!"

S는 그제야 단념하고 돌아선다. 또 딴 음식집으로 찾아간다. 물론 거기서도 똑같은 언동으로 주인에게 졸라본다. 기도라도 드리듯이 간절한 표정으로. 그러나 이러한 그의 기도를 들어주는 주인은 없었다.

그는 실망하지 않고, 아니 실망할 자유조차 이미 없었기 때문에, 식당마다 이러고 찾아 돌아다니는 것이었다. 그러다가 고작 운수가 좋으면 국밥이나 설렁탕 한 그릇 정도 얻어걸리는 때도 있었다.

잠은 서울역 대합실에서 잤다. 잘 곳 없는 사람들로 대합실은 언제나 미어지게 초만원이었다. 걸상은 하루쯤 노리고 있어야 어쩌다가 차례가 온다. 언제나 콘크리트 바닥에 무릎을 세우고 쪼그리고 앉아서 잤다.

편히 다리를 펴기는 고사하고, 고쳐 앉을 여유도 없을 만큼 대합실은 걸상이나 땅바닥이나 할 것 없이 사람으로 꽉 차 있었다. 거의가 다 만주나 일본 등지에서 해방된 조국에 찾아 돌아와 의지할 데 없는 사람들이었다.

그러나 역 대합실은 언제까지나 이러한 해방 따라지들의 무료숙소가 되어주지는 않았다. 최종 열차가 떠나고 나면, 역원들은 몽둥

이를 들고 나와서 강제로 모조리 쫓아내고 문을 닫아버렸기 때문
이다.

딴 사람들과 함께 S도 할 수 없이 역 밖으로 쫓겨나왔다. 대개 새
벽 한 시나 두 시 어름이었다. 꽁꽁 얼어붙은 속에 모두가 깊이 잠
들어버린 심야의 거리는 죽음의 도시처럼 비참하게 고요하기만 했
다. 그는 추위를 이겨내느라고 역 부근의 거리를 왔다 갔다 했다.
그러다가는 견딜 수 없는 어떤 충동에 걸음을 멈추고 잠시 하늘을
노려보는 것이다

"나는 부모도 형제도, 집도 돈도, 고향도 조국노 없는 놈이다."

허공에 대고 포효하듯 했다. 그렇지만 대가리로 죽어라 하고 받
아넘길 대상이 없어서 속이 후련해지지는 않았다. 도리어 자꾸만
마음속이 벨해졌다. 그래서 걸으면서도 연이어 같은 말을 외치는
것이었다.

파출소 앞에서 그는 걸음을 멈추었다. 파출소를 들여다보며 큰
소리로 미친놈처럼 외쳤다.

"나는 부모도 형제도, 집도 돈도, 고향도 조국도 아무것도 없는
놈이다."

순경은 앉은 채 말없이 그를 내다보았다. 그는 파출소 문 앞에
바싹 다가가서 더 큰 소리로 외쳤다. 순경은 할 수 없이 일어서 나
와 그를 쫓아버리려고 했다. 여기서 그와 순경 사이에는 필연적으
로 시비가 벌어지는 것이다. 그 결과 더러는 얻어터지기도 하고, 더
러는 오래간만에 헤딩 솜씨를 시험해 보기도 했지만, 파출소 안으
로 밀고 들어가거나 끌려 들어가서 밤이 새도록 지드럭거리며 난롯
불을 쪼이는 혜택도 입었다.

이러한 나날을 보내면서도, 괴이한 것은, 그는 전보다 불행하거
나 절망하지 않았다. 새 옷을 입었을 때는 구겨지거나 더러워질까

봐 조심하며 신경을 쓰다가도, 차츰 먼지가 묻고 때가 끼고 후줄그레해지면 아무 데나 마구 앉기도 하고 누워 뒹굴 수도 있듯이, 그는 이미 불행하거나 절망할 필요는 없었던 것이다. 도리어 그러한 인간 몰락의 종점에서 그는 일종의 미묘한 쾌감조차 향락하는 것이었다. 그것은 변태적인 인간에게서만 찾아볼 수 있는 현저한 정신적 마조히즘이었다.

그의 내부는 이렇듯 사치한 불행감이나 절망감이 쉽사리 좀 먹지 못하는 대신, 그의 육체는 점점 파리해졌다. 제대로 먹지 못하기 때문이다. 각 사회단체나 종교 단체에서 해방 따라지를 위해 무료 급식소를 두고, 하루에 두 끼나 한 끼 정도씩 잡곡 죽 같은 것을 배급해 주기는 했지만, 그것도 차츰 얻어먹기가 힘들어진데다가, 그것만으로는 도저히 필요한 최소량의 영양을 유지할 수 없었던 것이다.

거기에 설상가상으로 더 억울한 노릇은 이(蝨) 부대의 발호로 피까지 착취당해야 하는 일이었다. 이의 왕성한 번식률에 그는 놀라지 않을 수 없었다. 손을 넣어서 마구 북북 긁어내면 손톱 짬에 살찐 이가 끼여 나오기도 했다. 속옷이나 겉옷 할 것 없이 가을부터 한 겨울을 단벌치기로 꼬박 입어냈으니, 무리도 아니었다. 이가 아무리 들끓어도 옷을 벗어서 잡을 만한 장소가 없었다. 차마 역 대합실에서 옷을 벗어놓고 이 사냥을 할 수는 없었기 때문이다.

이란 놈들이 겨드랑이나 등허리에서부터, 복부와 요부를 거쳐 장딴지께까지 장거리 여행을 하면서 제 세상인 듯이 피를 빨아 먹어도 그는 거의 속수무책이었다. 그러니 얌체 없는 놈들이 멋대로 날뛰고 번식할 수밖에 없었다.

지루한 추위가 풀리고 봄은 왔다. S는 계획대로 원한의 이 부대의 토벌을 위해 한강가로 나갔다. 사람 없는 장소를 골라 움푹 팬

모래터에 자리를 잡고 앉는다. 그러고는 미리 준비해 갖고 온 두꺼운 백지를 한 장 앞에다 펴놓은 다음, 겉옷은 다 벗어버리고, 내복 바람으로 한참이나 움직이지 않고 앉아 있는 것이다. 졸리도록 햇볕이 따뜻했다. 그러노라면 이 부대가 안심하고 노략질을 위해 총출동을 개시하는 것이다. 전신이 못 견디게 스멀거리는 걸 꾹 참는다. 오 분 이상 참고 있다가 그는 드디어 윗내복을 번개같이 벗어서 뒤집는다. 불의의 습격을 당한 이들은 망지소조하여 갈팡질팡이다.

S는 비로소 승리의 통쾌감에 취하며 닥치는 대로 이를 잡아서는 펴놓은 종이 위에 놓는다. 딴 놈이 도망가 숨기 전에 죄다 잡아야 하기 때문에 미처 한 놈 한 놈 죽일 틈이 없는 것이다. 일단 윗 내복의 이를 다 잡고 나면, 이번에는 속바지를 벗어서 뒤집어놓고 잡기 시작한다. 그러한 작전으로 팬츠까지 벗어서 철저히 토벌을 완료하고 나면, 백지 위에는 무려 삼백 마리 이상의 포로 부대가 생길 때도 있었다.

그놈들을 도망가지 못하게 감시하면서 S는 이번에는 학살 작업에 착수하는 것이다. 보리알만큼씩 뒤룩뒤룩 살찐 놈은 아껴 두고, 먼저 조그맣고 초라한 놈부터 잡아서 두 엄지손톱으로 눌러 죽이는 것이다. 툭 소리와 함께 피가 튄다. 그 소리는 그를 무한히 도취케 하는 것이다. 조금도 더러운 생각은 나지 않았다.

툭, 툭, 툭…… 굵은 놈일수록 손톱 사이에서 터지는 소리는 통쾌 무비였다. 나중엔 제일 비대한 놈만 대여섯 마리 남겨두었다가, 그 통쾌감을 깊이 음미하듯이 한 놈 한 놈 아껴가며 천천히 툭, 툭 터뜨리는 것이다. 가벼운 흥분에 나른히 취하면서.

그 흥분은 맹랑하게도 성욕에 통하는, 또는 성욕을 도발하는 감정과 합류하기도 했다. 그런 때는 그는 발기한 자신의 페니스를 발견하고 신선한 경이에 당황하다가 고독해지기 쉬웠다. 오랫동안 그것을 사용하지 않았음을 깨닫고, 일본에 두고 온 지즈코를 생각하며, 자위행위에 빠지는 수도 있었다.

우스운 일은, 그는 차츰 이러한 이 사냥에 흥미를 갖기 시작한 것이다. 그것은 그에게 있어서는 최후의 의미였다. 대개 한 주일에 한 번 정도씩 한강가 모래터를 찾아나가 벌거벗고 이 사냥을 했다. 그 한 주일이 기대를 갖고 지루하게 기다려졌다. 그동안에 그는 자기 몸의 이를 소중히 길렀다. 물론 토벌하는 날의 그 통쾌함과 나른한 흥분을 위해서다.

그러나 이에게 피를 먹여 기르기란 억울했다. 날이 갈수록 점점 더 굶주리게 되어, 피 한 방울도 아까웠기 때문이다.

하루에 한 끼 얻어걸리기 힘든 날이 여러 날 계속되었다. 그런 어느 날 그는 마침내 도둑질까지 하고야 만 것이다.

초가을이었다. 어쩌면 추석 무렵이었는지도 모른다. 그는 엿장수의 길을 뚫어보기 위해서 인천에 가 있었다.

그 자신 가장 가능한 직업으로서, 가위를 찰강거리며, 골목을 뒤지고 다니는 엿 행상이 동경의 적이었다. 한번은 지나가는 엿장수를 붙들고 자세히 물어보았더니 빈주먹인 그로서는 엄두도 못 낼 목돈이 필요했다.

그가 한숨을 짓고 물러서려니까,

"어디 인천엘 한번 찾아가 보슈. 거기엔 그냥 재워주구, 엿도 외상으로 대주는 엿 도가가 몇 집 있을 겝니다. 그 대신 새벽에 일어나서 엿 달이는 일을 거들어줘야 하지만."

엿장수는 그런 말을 하고 지나간 것이다.

S는 그날로 걸어서 인천을 찾아갔다. 길에서 만나는 엿장수마다 붙들고 캐물었다. 간신히 그런 엿집의 소재를 알아가지고 찾아가보았다. 그러나 엿을 고고 켜고 해본 경험이 없으면 안 된다는 것이

다. 아무리 사정을 호소하고 졸라보아도 막무가내였다.

며칠 동안 인천 거리를 빙빙 떠돌아다녔다. 기적적으로 굶어 쓰러지지 않고 버티어갔다. 그날도 허기에 지쳐서 인천역 대합실에 앉아 쉬고 있을 때였다. 어른 아이 합쳐서 한 가족인 듯싶은 칠팔 명이 대소의 보따리를 몇 개 들고 대합실에 들어섰다.

그들은 의자에다 짐을 얹어놓더니, 한 사람만이 짐을 지키고, 딴 사람들은 대합실 안을 빙빙 돌아다니며, 써 붙인 차 시간이며 요금표 따위도 쳐다보고, 개찰구 쪽에 가서 플랫폼을 내다보고 섰기도 했다.

애들은 자주 쪼르르 하고 짐 있는 데로 쫓아와서는, 그것을 지키고 있는 중년 부인에게 무엇을 졸라대곤 했다. 그러면 부인은 뭐라고 타이르다가, 제일 큼직한 보따리를 끌러가지고, 그 속에서, 시루떡을 한 조각씩 꺼내서 애들에게 들려주었다. 보따리 속에는 그밖에도 음식물이 그득했다. S는 침을 꿀꺽 삼키었다.

아마도 한 가족이 오래간만에 음식을 잔뜩 차려가지고, 어디로 소풍이라도 가는 길인 모양이었다. S는 차츰 정신이 또록또록해지며, 가슴이 두근거리기 시작했다.

첫 단계로 그는 일단 대합실 밖에 나갔다 들어와서 그 짐 보따리 옆에 가 슬그머니 앉았다. 그러고는 짐을 사이에 하고 앉아 있는 중년 부인이 자리를 뜨기만 기다리는 것이다. 부인은 좀처럼 움직이려 하지 않았다. 그대로 굉장히 초조하고 지루한 시간이 흐른 것 같았다. 갑자기 부인이 훌쩍 일어섰다. 애 이름을 불렀다.

"너, 여기 와서 짐 좀 보구 있어."

일러놓고 부인은 변소 쪽으로 갔다. S는 더욱 심하게 가슴이 뛰었다. 아이는 잠깐 짐 옆에 걸터앉는 척하다가 이내 저쪽으로 슬슬 걸어가버렸다. S의 눈이 번개같이 주위를 뒤졌다. 보따리 임자 일행이, 지금 어디어디에 어떻게 하고 있다는 것이 정확히 시선 안에 휙 들어왔다. 그는 자꾸만 목이 타서 마른 침을 연거푸 삼키었다. 속으로 흠칫흠칫 놀라며 두어 번 망설이다가, 그는 마침내 제일 큰 보따리를 한 손에 들고 슬며시 일어섰다. 태연히 대합실 밖으로 걸어 나갔다. 어느 방향으로 어떻게 피해야 안전하리라는 직감이 놀라운 민감성으로 머리에 떠올랐다. 그는 그대로 움직였다. 그래야 할 장소에서부터는 뛰기 시작했다.

멀찍이 떨어진 선창가에 무사히 나와 있었다. 사람이 없는 장소를 골라 갔다. 산처럼 쌓인 자갈 더미가 있었다. 그는 비로소 거기에 주저앉아 보따리를 끌렀다. 생각했던 이상의 갖가지 떡과 성찬이 한 뭉텅이씩 기름종이에 따로따로 싸인 채 들어 있었다. 내리 세 끼를 꼬박 굶었던 판이다. 그는 음식을 정신없이 입속에 틀어넣었다. 그러면서 그는 자꾸만 웃었다. 음식 보따리를 잃고 쩔쩔매고 돌아갈 그들 일행을 생각하니, 그냥 웃음이 터져 나와 견딜 수 없었던 것이다. 추호도 죄의식 같은 것은 느끼지 못했다. 그에게는 몰락의 가능성이 숙명적으로 전신에 배어 있었는지 모르는 일이다. 그 뒤에 일관하여 주욱 계속되는 기괴한 그의 인간 역정은, 이러한 몰락과 자멸의 가능성 위에 지저분하게 이어져 나가는 것이다.

6

귀국한 지 일 년 반이 지나서야 S는 만주와 일본에서 돌아와 아사 선상을 헤매고 있는 해방 따라지들과 공동으로 운명을 타개해 나갈 방략에 가담할 수 있었다. 십여 명의 청년이 주동이 되어 '자활 건설대(自活建設隊)'라는 그럴 듯한 단체를 조직한 것이다. 연줄

연줄로 아는 사람끼리 모여서, 용산 역전의 조그마한 적산 가옥에 초라한 간판을 내걸고 발족을 했을 당시는 정대원만 꼭 이십 명이었다. 그러나 그들이 거느린 가족 수까지 합치면 백 명 가까이 되는 대식솔이었다. 이러한 대세대가 공동생활을 시작한 것이다.

대의 간부가 시청을 비롯해서 각 기관과 큰 단체나 회사를 찾아다니며 일자리를 교섭했다. 평균 대원의 반수 정도는 하찮은 잡역에 얻어걸리었다. 그 수입만으로는 도저히 백 명 가까운 사람의 연명이 어려웠기 때문에, 간부들이 시 사회과에 찾아가 떼를 써서 구호용 밀가루 같은 것을 타다가 죽을 쑤어 먹기도 했다.

먹는 일 다음으로 큰 문제는 '집'이었다. 그 숱한 대원 가족이 기거를 하자면 제법 큰 건물이어야 했다. 천신만고로 웬만한 적산 가옥을 하나 점령하고 겨우 자리를 잡을 만하면, 유력한 무슨 단체가 경찰관을 앞세우고 와서 퇴거 명령을 내리는 것이다. 심할 때는 한 달에 세 번씩이나 쫓겨난 일이 있었다. 노유와 부녀자가 반이 넘는 근 백 명의 대식솔을 이끌고 노두를 방황하노라면 악박에 치받치는 것이 없었다. 집단 세력의 심리 작용이 뒷받침을 해서 젊은 축은 과격하게 나간 때가 많았다. 그 중에서도 S는 언제나 선두에 섰다.

"죽여버리고 말 테다."

툭 하면 그의 입을 튀어나오기 시작한 말이었다. 살인에의 맹렬한 유혹과 자신이 그의 내부에서 꿈틀거리곤 했다.

바로 며칠 전에 그들이 간신히 얻어 든 가옥에 또다시 명도령이 내려서, 경괄관과 시비가 붙었다. 마침내 주먹다짐이 벌어지게 되자, S는 경찰관을 한 명 받아 넘기고, 새로 덤비는 딴 자를 발길로 차서 거꾸러뜨린 다음 사정없이 내리밟았다. 그 결과는 너무나 당연하게도 그의 신변에 위험을 가져다주었다. 동지들이 재빨리 그를 빼돌려서 기차에 태워주었다.

"두서너 달 서울엔 돌아올 생각 말어."

동지들의 그런 말을 들으며, 그는 초만원인 삼등 객차에 비비고 올랐다. 목포행 열차였다. 대전까지의 승차권을 가지고 그는 목포까지 무임승차를 했다. 여기서부터 약 삼 개월에 걸친 기묘한 유랑 생활이 시작되었던 것이다.

당시는 어느 지방에서나 좌우익이 정면으로 대립하고 있던 시대다. 그래서 어느 읍이면 읍, 면이면 면에 도착하는 즉시로 유력한 좌익계 인사를 방문하고 시국에 대해서 과격한 언사의 기염을 토하다가, 스스로 다음과 같이 자신에 대한 결론을 내리는 것이다.

"난 이미 목숨을 내건 지 오랜 사람입니다."

그 말은 말할 수 없는 핍진성을 갖고 우선 그 자신부터 만족하게 감동시켜주었다. 그는 그러한 감동에 취하면서 찾아간 그 좌익계의 유지네 집에 덮어놓고 주저앉아버리는 것이었다. 그러면 대개 한 주일 정도는 문제없이 식객 노릇을 할 수가 있었다. 그랬다가 출발 시에는 으레 여비까지 얻어가지고 의기양양하게 떠나는 것이다.

그와 같은 호사스런 유랑 도중, 그는 마침내 당할 수 없는 거대한 자기력에 끌리듯이, 여수에 사는 '백기택'이라는 친구네 집을 찾아 간 것이다. 일본서 중학 시절에 퍽 가깝게 지낸 친구였다.

S가 일본을 떠나기 직전까지, 기택이와는 종종 서신 왕래가 있었던 사이기 때문에, 지즈코도 기택의 주소와 S와의 두터운 교분은 잘 알고 있는 터였다. 그러한 점으로 미루어, S의 소식을 기다리다 못한 지즈코는, 기택에게 문의와 의뢰의 편지를 띄웠을지도 모른다는 막연한 기대가 그에게는 있었던 것이다.

그의 이와 같은 예측은 어김없이 들어가 맞았다. 기택의 앞으로 지즈코의 편지는 세 통이나 와 있었던 것이다. 그 편지들 속에는 S의 소식을 몰라 애태우는 지즈코의 안타까운 심정이, 너무나 생생한 체취를 풍기며 아로새겨 있었다. 더구나 두 어린것을 안고 찍어 보낸 지즈코의 사진을 보는 순간, 그의 가슴은 그대로 꽉 메어버리고 마는 것 같았다. 그날 밤 제대로 잠을 이루지 못하고 몸을 뒤채는 그의 눈시울이 자꾸만 질척거리었다. 안정된 생활을 거의 경험해 보지 못한 채, '목숨을 걸고 사는 지 오래다'는 이 전도가 무망한 사나이는, 처음으로 가슴속 밑바닥까지 우비고 드는 그리움과, 고독을 맛보았다.

"언제든지 네가 생활 토대만 잡는다면, 지즈코상을 데려오는 건 내가 책임지지."

친구는 풀이 죽은 S를 그런 말로 위로해 주었다. 친구는 본시가 조상 때부터의 여수 태생인 데다가, 여수 경찰서에 경위로 있었기 때문에 일본 왕래의 뱃길에는 자신이 있었던 것이다.

"음, 너만 믿어, 지즈코에겐 내가 자리를 잡을 때까지, 조금만 더 기다려달라고 연락해 줘."

다음 날 S는 친구에게 그런 부탁을 남기고 그곳을 떠났다. 그러나 어리숙한 얘기였다. 그렇게 간단히 그가 '자리를 잡을'만큼 현실은 순탄하지 않았다. 처자를 데려올 만한 생활 토대를 마련한다는 것은, 거의 기적을 바라는 것과 같은 요행수일 뿐이었다. 그것은 전적으로 사회 실정에만 원인과 책임이 있는 것도 아니었다. 그에게는 정상적인 생활인으로서의 기본적인 기능이 그만큼 빈약하기도 했던 것이다.

서울로 되돌아온 그는, 자활 건설대와 간접적인 관계를 가지면서 또다시 거리를 배회하기 시작했다. 그러다가 어떤 시비 끝에 공무 집행 중인 미군 부대 통역관을 받아넘기고, 군정 재판에 걸려, 서대문 형무소에서 일 개월간 복역을 하게 되었다. 그 일 개월간의 복역 생활은 어이없게도 그를 더없이 만족하게 해주었다.

두 가지 의미에서 그랬다. 하나는 국한된 채로의 생활의 안정감이다. S가 의식주의 불안감을 완전히 잊어보기란 실로 철들어 처음이었다. 다음의 무장과 가면을 벗은 적나라한 인간끼리의 안도감이다. 거기에서는 인간의 사회적 요소란 필요없었다. 즉 학벌도, 지식도, 재능도, 지위도, 재산도, 풍채도 크게 거드름을 피울 건덕지가못 되었다. 도리어 그 따위 거추장스럽고 지저분한 액세서리를 코에 걸고 껍죽대다가는 아예 없다. 오직 동등한 인간만이 있었다. 하나도 거치적거리는 것이 없이, 인간과 인간끼리 푹푹 안길 수 있어서 좋았다.

이러한 잡범들과의 짧은 감방 생활은 그에게 평생 잊을 수 없는 아쉬운 추억으로 남았다.

석방된 후, S는 결심하고 삼팔선을 넘어 고향인 평양을 찾아갔다. 마침 남북한에 걸쳐 콜레라가 창궐하여 완전히 교통망이 두절되었던 여름이라, 그는 서울서 함흥까지 노숙을 하며 꼬박 십구 일 걸려 걸었다. 이내 함흥서 기차편으로 다시 평양까지 갔다.

그래도 고향이라, 국민학교 시절의 동창들이랑이 있어서 그런대로 간신히 비비댈 수는 있었지만, 그곳은 도저히 그가 자리 잡을곳은 못 되었다. 거기서 이 년간을 그는 끽소리도 못하고 죽어지냈다. 장기인 대갈짓 발길짓도 전혀 소용에 닿지 않았다. 방자한 그의 인간성이 결코 뿌리박을 수 없는 불모의 지역임을 깊이 깨달은것이다.

마침내 어떤 사건으로 반동분자의 낙인이 찍히게 되자, 그는 겁을 집어먹고 도로 삼팔선을 뚫고 월남해 버리고 만 것이다.

서울서의 고달픈 부랑인의 생활이 또다시 계속되는 동안 대한민국이 서고, 차츰 질서가 잡히면서부터, 그도 하찮은 직장을 구해 비로소 '생활'의 기초적인 형태나마 겨우 갖추게 되었다.

그러자 뒤이어 돌발한 육이오 사변, 부산의 피난살이로 그의 생활의 첫 단계는 도로 무너져버리고 만 것이다.

그러나 이 피난살이에서는 그의 운명에 새로운 계기를 가져다주는 중대한 사건이 있었다. 그것은 뜻밖에도, 정말 너무나 뜻밖에도 부산 거리에서의 지즈코와의 해후다. 초라한 모습으로 길가에 마주 서 있던 S와 지즈코는 서로 자기의 눈을 의심하며 한참 동안이나 말을 못 하고 바라만 보고 있었다.

나중 지즈코가 한국에 건너오게 된 경위와 그 뒤에 겪은 파란을 들었을 때 S는 몹시 감동하였다.

S의 소식을 몰라 애태우던 지즈코에게, 한국에 건너만 오면 S를 만나게 해줄 터이니 그렇게 하라는 권유의 편지가, 백기택에게서 보내졌다는 것이다. 그 편지를 받아본 지즈코는 다소 망설였으나 드디어 어린것들을 친정에 맡긴 다음, 기택이가 주선해 보낸 선편으로 단신 여수항에 도착했던 것이다. 그러나, 한 달이 가고 두 달이 지나도 S와 만날 길은 막연하기만 했다. 기택은 S의 행방을 탐지하느라고, 처음 얼마 동안은 무척 고심하는 모양이었으나, 차츰 지쳐버렸는지 미안하다고 사과를 하면서 S쪽에서 연락이 있을 때까지 좀 더 기다려보라는 말을 되풀이할 뿐이었다. 지즈코는 당황하여 일단 일본에 돌아가서 소식을 기다리려 했으나, 이왕 건너온 김에 좀 더 참고 기다려보자고 달래며, 좀처럼 보내주려고도 하지 않았다. 그러는 동안에 처자가 있는 기택은 마침내 강제로 지즈코를 범하고 만 것이다. 이 나라 언어와 풍토와 풍습에 서투른 지즈코는, 그 뒤 꼼짝 못하고 기택에게 잡혀 지내는 수밖에 없었다.

마침 그런 지 수개월 뒤에, 의외에도 여수 순천 반란 사건이 폭발되었고, 그 통에 기택은 빨갱이에게 피살되고 말았다. 지즈코는 망연했다. 일본서 건너올 때 약간 준비해 갖고 왔던 귀금속류를 팔아서 밀선을 타고 일본에 돌아가려 했으나 돈만 날리고 목적을 달성할 수가 없었다. 지즈코는 할 수 없이 식모살이 등으로 전전하면서 부산에 당도했다. 거기서 일인 수용소에 정식으로 귀국 신청 수속을 밟아놓고, 어느 피복 공장의 임시 여공으로 있으면서, 송환되는 날만을 기다리고 있었던 참인 것이다.

만수사(萬壽寺)가 있는 뒷산에 올라가, 그런 얘기를 마치고 난 지즈코는, 인제는 차라리 일본에도 돌아가지 않고 이대로 죽어버리고 싶다고 하면서 자꾸만 울었다.

이처럼 통속 소설 같은 인연으로 다시 만나게 된 그들은, 이제까지의 모든 것을 과거의 악몽으로 돌려버리고, 그야말로 '새로운 생활'을 위한 약속과 설계 밑에 재출발한 것이다.

그러나 건실한 의미의 '새로운 생활'은 그들에게 쉽사리 이루어지지 않았다. 그것은 도리어 '괴상한 생활'로만 구축되어 갔다. 여기에는 물론 여러 가지 외부적인 원인도 없는 바 아니었지만, 결정적인 것은 S 자신의 인간적 본질에 기인한 것이었다.

그의 천성과 함께 제이의 천성으로 굳어진 기형적인, 또는 불구적인 인간 요소들이 가져오는 당연한 '결과'가 가정적 현상으로 나타난 것 가운데 두드러진 것은, 말하자면 그의 강력한 산아 거부 같은 것이다. 어느 날 지즈코는 기쁨을 감추지 못하며 그에게 임신의 징조를 알리었다. 그는 몹시 당황했다.

"새끼 필요없어. 당장 가서 떼버리고 와."

아내는 영문을 몰라 S의 얼굴을 쳐다보며,

"왜요?"

근심스레 물었다.

"난 새끼를 기를 자신이 없어. 단둘이 먹고 살기도 벅찬데, 무얼

해서 새끼를 먹이구 입히구 학교에 보낸단 말야. 난 과거의 반생을
제대로 먹지도 입지도 못하고 살아온 사람야. 나머지 반생마저 새
끼를 위해서 착취당하구 희생되구 싶진 않아."

"그래두 하나쯤은……."

아내는 얼굴을 그의 가슴에 묻고 비비었다.

"둘씩이나 있잖어, 일본에."

"그것들야 친정의 호적에 올라 있는걸요."

"아무개 호적에 있음 어때. 내 자식이든 내 자식이 아니든 상관
없어. 난 거추장스런 짐은 사람 새끼구 물건이구 딱 질색야."

이 거추장스런 짐을 꺼리는 그의 심리는, 늘 간편하게 혼자 떠돌
아다닌 타성과, 시국에 대한 불안감의 탓도 있었지만, 일방 어떤 막
연한 자멸 의식에서 오는 심리 현상이기도 했다. 그는 무슨 일에 있
어서나 막다른 판에 부딪치면,

"될 대로 되라."

하는 자포자기와,

"그놈을 죽여버리고 나도 없어지면 그만 아냐."

살인과 자멸의 충동으로 기울어지곤 했다. 그것은 그에게 있어
서 조금도 놀라운 일도, 무서운 일도 아니요, 언제나 무엇에 도취하
듯 자신 있게 저질러버릴 수 있는 자랑스러운 가능성이었다. 그러
나 자식이 있으면 아무래도 그러한 가능성이 박약해질 수밖에 없어
서 그게 싫었던 것이다. 그와 같은 가능성의 약화는 마치 그의 인간
가치나 존재의 의미가 약화되는 것같이 겁났던 것이다.

항시 남편을 최대한으로 이해하려고 애쓰는 지즈코는 이러한 그
의 괴팍한 고집에도 거슬리는 일이 없었다.

이내 산부인과를 찾아가 적당한 조처를 취하였고, 아울러 남편
의 강경한 희망대로, 회태의 불안을 근본적으로 제거해 버리고 만

것이다. 병원에서 돌아온 날 저녁, 지즈코는 S의 품에 쓰러지듯, 몸을 던지고,

"당신은 가엾은 사람예요, 가엾은 사람."

그렇게 중얼거리며 애처롭게 울었다. 아내니까, S가 가엾게 보였을지 모르나, 딴 사람들에게는 그는 그저 어처구니없을 만큼 우스꽝스러운 인간이기만 했다.

S는 술과 담배를 입에 대지 않는다. 넥타이도 매는 법이 없다. 사람들은 그러한 S를 이상해하지만, 그는 도리어, 으레 나이 들면 술 담배를 할 줄 알고, 반드시 넥타이를 매야 하는 사람들이 이상하기만 한 것이다.

S는 자기의 정확한 생일조차 모른다. 모르는 것이 아니라 알지 않는 것이다. 그도 소학교 시절에는 생일을 알고 있었다. 그러나 그 이후는 그런 걸 알 필요가 없었다. 도리어 생일을 소중히 기억했다가, 그날을 기념하고 하는 규격품 인간들이 그에게는 어이없었다.

어쩌다가 아내가 친정 부친의 생일이나, 일본에 두고 온 아이들의 생일을 입 밖에 낼 말이면, 그는 인간 최대의 모욕이나 당한 듯이 벌컥 화를 내는 것이다.

물론 그는 명절이란 것도 아예 묵살해 버리고 만다. 설이니, 추석이니, 크리스마스니 하는 날을 그는 아내에게마저, 염두에조차 두지 못하게 한다.

이런 투의 S고 보니, 결혼식이나 장례식에도 거의 가는 일이 없다. 어쩌다가 그런 데 참석하는 경우는 처세를 생각하는 아내의 교묘한 계략에 넘어가서다. 결혼이란, 둘이 맘에 맞아서 붙어 살고 싶거든 살면 그만이지, 무슨 씨름 대회나 권투 시합이라도 벌이듯, 야단스레 관중을 청해 놓고 구경을 시킬 필요는 없다는 것이다. 장례

식도 그렇다. 진심으로 슬퍼지는 사람끼리 모여서, 송장을 태워버리든 묻어버리든 하고 유족을 위로하면 그만이다.

S는 결혼식이나 장례식뿐 아니라, 졸업식이니, 무슨 축하회니, 수상식이니, 기념회니 하는 식전이나 집회도 딱 질색이다. 야생 인간인 그의 생리는, 인습적이요 형식적이요, 공식적인 것들을 무조건 거부하는 것이다. 대부분의 무슨 '식'이란 것이 그의 원시적이요, 색맹적인 눈에는 거추장스런 형식으로밖에 반영되지 않는다. 이를테면 신문에 게재되는, 대학교 졸업식이라든가, 각종 학위 수여식 사진 같은 것을 보면, 그는 실소를 금치 못하는 것이다. 애들 장난도 아니요, 대가리가 여문 졸업생들이나 노령에 달한 교수들까지 우스꽝스런 복장과 모자를 착용하고, 정중한 태도로 종잇장을 주고 받는 꼴이란, 그에게는 정말 살고 싶지 않도록 어이없어지는 것이다.

S가 무슨 식전에 참석하지 않는 이유의 또 하나는, 그런 처소에는 으레 낯짝을 치켜드는 소위 명사니 뭐니 하는 잘난 사람들이 보기 싫어서다. 곧잘 잘난 사람을 만들어내는 대중의 취미나, 남들이 치켜세운다고 정말 잘난 체하는 그 잘난 사람이나, 그에게는 똑같이 구역질나고 기가 막혀서 견딜 수 없는 것이다.

이 개똥 같은 권위 의식이나 명사 의식은, 그가 가장 싫어하고 타기하는 것의 하나다.

S가 어쩔 수 없는 내면적 욕구와 생활을 위해서 문학을 하면서도, 문학이나 문학하는 사람을 싫어하는 연유가 이런 데도 있는 것이다. 껄렁껄렁한 시나, 소설이나, 평론 줄을 끄적거린다고 해서 그게 뭐 대단한 것처럼 우쭐대는 선민 의식. 된 글이건 안 된 글이건, 필자의 이름을 달아서 여러 번 발표하노라면, 자연 같잖은 명성이 따르게 마련인 문학(광의의)이라는 것의 사회적 특성. 이것이 그에

게는 아주 난처하기만 하다. 그는 행여나 유명해질까 봐 겁이 나는 것이다. 호랑이는 죽어서 가죽을 남기고, 사람은 죽어서 이름을 남겨야 한다는 얼빠진 수작을 씨부리는 사람이 있다. 신체가 죽어 없어진 뒤에 이름만 남겨 뭘 하느냐. 그것은 안심하고 죽을 수조차 없는 치욕이다. 문학을 하는 그의 고충의 하나는 조금이라도 이름이 알려진다는 데 있다. 그러기에 시나, 소설이나, 평론은 물론, 그밖의 어떠한 문장이든, 절대로 필자의 성명을 붙여서 발표하면 안 된다는 법률을 제정하는 수는 없을까 하고 그는 진지하게 공상하는 것이다. 신문 기사처럼, 독자는 필자가 누군지를 모르는 것이 좋다. 그러면 악폐의 부작용이 없을뿐더러, 진정 글을 쓰지 않고는 배길 수 없는 사람 외에는 글을 쓰지 않을 테니까.

야만인인 씨가, 당연히 경원하게 마련인 것은 비단 문단이나 문학인뿐이 아니다. 말하자면 문화적인 것 일체와 문화인이라는 유별난 족속 전부가 싫은 것이다. 언제나 현란한 정신적 외출복으로 성장하고, 눈부신 지식과 재능의 액세서리들을 번득이며, 자신만만히 인생을 난무하는 소위 그 문화인이니 지식인이니 하는 사치품 인간들에게, S는 아무리 해도 본질적으로 친숙해질 수가 없는 것이다. 이러한 그의 비현대성, 비문화성, 비일반성은, 그의 정신과 육체의 기본적 형성 요소인 기형성과 불구성에서 돋아난 가지〔枝〕로서, 그의 생활과 문학에 비극과 희극을 동시에 투영해 온 근원인 것이다. 그렇다면 그는 그러한 희비극을 연출하기 위한 의미로만 존재하는 것일까. 신은 이 세상 만물 중 어느 것 하나 의미 없이 만든 것이 없다고 하니 말이다. 여기서 S는 너무나 저주스럽고 짓궂은 신의 의도와 미소를 발견하고, 새로운 도전을 결의하지 않을 수 없는 것이다. 그 자체가 이미 하나의 완전한 난센스인 도전을.

포말의 의지

아침저녁은 제법 선들바람이 일기 시작하는 계절이 되었다.

밤이었다. 거리에는 사람이 물결지어 흘렀다. 종배도 그 속에 떠 있었다. 방금 어느 주요 선의 열차라도 도착한 모양이다. 역전의 넓은 길은 소용돌이치는 인파로 뒤덮이었다. 종배는 그 속에 떠서 흘러갔다. 무슨 힘으로도 막을 수 없을 듯이 넘쳐흐르는 사람의 홍수에 종배는 어떤 위압을 느끼었다. 그것은 영원히 그칠 줄 모르는 줄기찬 인간의 흐름이었다. 포탄이 비 오듯 부어지는 속에서도 죽음을 뚫고 거세게 흘러온 인간의 물결이었다. 풀 한 포기 남아나지 못한 폐허의 잿더미 위로도 도도히 이어 흐르는 인간의 물결이었다. 그처럼 위대한 무모한 흐름은 어제도 오늘도 내일도, 주위의 온갖 질서와 무질서를 휩쓸어 삼키며 변함없이 흘러왔고, 흐르고 있고, 또 흘러갈 것이다.

그 위에 거품처럼 떠서 흐르는 불안한 자신을 종배는 의식하는 것이었다. 끊임없이 흐르는 인간의 이 거대한 흐름의 어느 역사적

지점에서 우연히 태어나, 예측할 수 없는 운명에 밀리어 어느 지점
까지 휩쓸려 흐르다가 흔적 없이 꺼져버릴 한 방울의 거품. 종배는
웃었다. 그저 웃는 수밖에 없었다. 어쩌면 그것은 불안한 자신을 극
복해 보려는 무력한 표정인지도 모른다. 예정된 인간의 운명을 조
종하는 우주적인 어떤 거대한 힘에 대한 아첨일지도 모른다.

"어마! 저 아시겠어요?"

인파 속에서 종배의 웃음을 발견하고 다가서는 여인이 있었다.
옥화. 기대하고 온 얼굴이었다. 역시 어린애를 업고 있었다. 삼십
이 다 돼 보이는 초라한 모습으로 여인도 종배를 쳐다보며 웃었다.
역시 처음 만났을 때와 마찬가지로 그것은 죄를 의식할 줄 아는 약
점의 미소였다.

"요샌 경기가 좀 어떻소?"

"영……."

고개를 모로 저었다. 목이 너무 가늘어서 걱정이었다. 옥화는 비
굴하게 웃고,

"들렀다 가세요."

눈치를 살피었다.

종배는 여인을 따라갔다. 비탈진 어두운 골목을 뱅뱅 돌아 올라
갔다. 부스럼같이 좌우에 다닥다닥 붙어 있는 판잣집들 앞에는, 모
든 것에 굶주린 여인들이 드문드문 진열되어 있었다.

어렸을 때도 종배는 이런 골목을 어머니 따라 자랑스레 지나 다
녔다. 그때는 이런 판잣집들이 아니었다. 무슨 사택처럼 규격이 같
은 양기와 집들이 즐비하게 줄지어 있었다. 이렇게 어둡지도 않았
다. 추녀와 전주마다 전등이 달려 있어서 골목 안이 온통 환하게 눈
부시었다. 그 휘황한 불빛 밑에서는 엄마 또래의 아줌마들이 고운
무늬 옷을 나부끼며 금붕어처럼 즐거워만 보였다. 그러한 아줌마들

과 거리낌 없이 히들거리며 붙들고 돌아가는 낯선 아저씨들이 어린 종배는 부러웠다. 나도 얼른 어른이 되었으면 좋겠다고 생각했다. 그 세계의 독한 분위기는 종배의 어린 영혼에 너무나 강한 자국을 남기었다. 그것은 오늘날까지 그의 인간 바탕에 짙은 원색의 백그라운드로 남아 있었다.

볼썽없는 어느 판잣집 앞에 멎었다. 옥화는 자물쇠를 따고 방문을 열었다. 곰팡내 비슷한 냄새가 방에서 풍겨 나왔다. 전에 와본 방은 아니었다. 이사를 왔다는 것이다.

"왜, 이런 꼭대기루 왔소?"

옥화는 점직하게 웃었다.

"바루 요 뒤에 예배당이 있어요."

"예배당?"

"종소리가 가깝게 들리거든요. 어떤 땐 찬송가 소리두요!"

종배는 입을 벌리었다. 이 밤의 여인과 예배당과의 관계가 잘 납득이 가지 않았던 것이다.

"얼른 들어오세요."

재촉을 받고야 종배는 산짐승이 동굴에 몸을 숨기듯 기어들어갔다. 그것은 정말 방이라기보다 굴이었다. 군데군데 찢어진 채 먼지와 그을음에 그을린 벽지는 차라리 이끼 돋은 바위다. 한구석에는 사과 상자 같은 궤짝, 그 위에 허술한 이부자리가 한 채. 물 항아리가 놓여 있는 머리맡에는 풍로며 냄비, 식기 등속이 차근차근 챙겨져 있다. 장판도 여러 군데 신문지로 때운 자국이 있었다. 종배는 여기서 동물 냄새를 맡았다. 동물적인 표정, 동물적인 대화, 동물적인 행동만이 반복되어온 동굴. 정신적 요소를 필요로 하지 않는, 인간과 동물의 완충 지대 같은 데다.

"누추하지만 시끄럽지 않아 좋아요. 안심하구 노실 수 있어요."

살림집인 줄 알고, 당국의 단속의 손이 미치지 않는다는 말인 것이다.

옥화는 등에서 자고 있는 어린애를 끌러 방 한구석에 눕히었다. 유난히 얼굴이 조그맣고 새까만 애였다. 어린것은 오만상을 찡그리고 칭얼대기 시작했다. 도전당한 것 같아서 종배는 겁이 났다,

"요놈이 흰바딩 말악을 할 셈인가."

"괜찮아요. 순해서 보채지 않아요."

옥화는 애원하듯 어린애의 가슴을 또닥또닥 몇 번 두드려주었다. 정말 애는 곤충의 보호색처럼 어머니의 의사에 잘 따랐다. 그래야 이 무서운 약육 강식의 생존 경쟁 속에서 연약한 생명을 유지할 수 있을 게 아니냐.

이 여인을 처음 만났을 때, 그는 단순한 펨프 아주머닌 줄만 알고 따라왔었다. 알고 보니 그게 아니었다. 문턱에 걸터앉아 역시 굴속 같은 방 안을 두리번거리고 있는 종배에게 여인은 한사코 어서 들어오라고 졸라댔다.

"색시는?"

이상해서 물었더니,

"꼭 딴 색실 원하신다면, 데려오긴 하겠어요. 허지만……."

어색하게 머뭇거리다가,

"이래두 전 몸만은 깨끗해요!"

비밀을 자백하듯 간신히 그랬다. 종배는 처음엔 무슨 소린가 했다. 여인은 어느 모로나 비직업적이었기 때문이다. 좀 더 까놓고 말하면, 상품 가치가 거의 없었기 때문이다. 더구나 어린애까지 업고 있지 않느냐. 그러나 종배는 이내 그 말의 뜻을 알아차릴 수 있었다.

"그래요?"

종배는 공연히 감탄하고 놀란 눈으로 여인을 쳐다보았다. 여인은 수줍게 웃었다. 그것은 벌거벗은 '죄인의 미소'였다. 그 웃음 속에는 적어도 인간적인 약점의 매력이 있었다. 종배는 그만, 여인의 '손님'이 될 것을 거부할 용기를 잃고 말았던 것이다.

옥화는 남폿불의 심지를 낮추고 돌아앉아 옷을 벗었다. 겉옷에 비해 월등히 깨끗한 속곳이 자극적이었다.

나란히 누워서 이내였다. 어디서 찬송가 소리가 은은히 흘러 왔다. 많은 사람의 합창 소리였다. 종배는 어느 이웃집 라디오 소리기 생각했다. 그러나 이내 가까이에 있는 예배당에서 들려오는 소리임을 깨달았다.

"정말 찬송가 소리가 들리는군요."

"종소린 더 크게 들려요. 가슴에 왕왕 울려오도록."

"색신 종소릴 꽤나 좋아하나보구려, 찬송가 소리랑."

"전 어려서 예배당엘 다녔어요."

"예배당엘?"

"네. 주일 학교에서 늘 상을 탔어요. 그리구 언제나 하나님을 기쁘게 하는 사람이 되라는 설골 들었어요."

"하나님을?"

"네."

"하나님은 죽었다는 사람두 있는데……."

"거짓말일 거예요, 건."

"어째서?"

"예배당 종소리나. 찬송가 소리만 들어두, 마음이 이상해지는걸요."

"이상해지다니 어떻게요?"

"울구 싶어져요!"

울음을 머금은 대답이었다. 속으로 울고 있는지도 몰랐다.

"그럼 색시두 예배당에 나가지 그래."

"하나님이 노하실 거예요."

옥화는 가만히 한숨을 쉬고 나서,

"그렇지만, 죽을 땐 꼭 예배당에 가서 죽고 싶어요!"

"음!"

종배는 부지중 신음 소리를 냈다. 의외에도 시리도록 가슴에 스미는 말이었다. 이모부 내외가 눈물을 흘려가며 '주여, 주여' 하고 외치는 기도 소리에도 실소를 금하지 못했던 종배였다.

이모부는 교회에서도 원로급 장로였고, 이모는 가장 열성적인 집사의 한 사람이었다. 물론 그들은 단 한 번도 거룩한 성전에 나가기를 잊지 않았고, 가정에서도 아침저녁 예배를 거르는 일이 없었다. 아무리 그들이 가슴을 치며 주를 찾고 울부짖어도, 서투른 연기를 보듯 낯간지러울 뿐이었다. 그들에게서는 예수의 옷자락이라도 만져보기를 원하는 병자나 죄인의 절박한 갈구가 거의 느껴지지 않았기 때문이다. 이를테면 그들은 초라한 '최후의 소망'에 목이 타는 무리가 아니라, 오히려 찬란한 '최대의 소망'을 꿈꾸는 족속들인 것이다. 그들의 '신앙'에는 인간을 실소케 하는 난센스가 있었다. 그러나 옥화의 갈망에는 난센스는 없었다. 죽음에 임한 자의 간절한 호소였다. 그것은 사형수가 마지막으로 물 한 모금을 요구하듯, 생명의 비중보다도 더 크고 절실한 '최후의 소망'이 아닐 수 없었다.

예배당을 찾아가 죽으리라는 옥화의 말은 종배로 하여금 굴욕에 가까운 고독을 느끼게 했다. 그것은 숨길 수 없는 마음의 상처였다. 그에게는 마지막으로 매달릴 '최대의 소망'도 '최후의 소망'도 없었던 것이다.

"음!"

하고 종배는 다시 한 번 신음 소리를 냈다. 상처받은 고독한 영혼의 신음 소리였다.

모친도 고독하게 죽었다. 종배는 채 철들기 전이었다. 겨우 소학교에 들어갈 나이에 도달해 있었다. 아는 사람 하나 없는 낯선 여관방에서, 아침이었다. 중낮이 거의 되어도 엄마는 일어나질 않았다. 엄마가 늦잠을 잔다고 생각했다. 집에서도 늘 그랬으니까. 그러나 집에서처럼 안심이 안 되었다. 심심하고 배가 고팠다. 참다못해 종배는 엄마를 흔들어 깨웠다. 아무런 반응이 없었다. 더 힘껏 흔들었다. 엄마를 부르며 자꾸만 흔들었다. 그래도 전혀 반응이 없었다. 종배는 더럭 겁이 났다. 그러고 보니 엄마의 얼굴이 딴 사람 같았다. 종배는 큰 소리로 엄마를 부르며 울기 시작했다. 여관집 아줌마가 쫓아 들어왔다. 그러자 놀라서 이내 도로 뛰어 나가버리었다. 야단들이 났다. 엄마는 죽어 있었던 것이다.

철이 들어서야 어렴풋이 그때 기억이 수수께끼 같았다. 이모나 이모부는 물론 그런 말은 입 밖에 비치지도 않았다. 당시의 일이 신문에 크게 보도되었었다는 말을 어디서 귓결에 들었다. 종배는 며칠을 두고 도서관에 다니며 옛날 신문들을 뒤졌다. 마침내 모친의 사진이 실린 기사를 찾아낼 수가 있었다. 대강 아래와 같은 내용이었다.

……어쩌다 창녀의 신세로 전락하게 된 사건의 여주인공은, 단 하나의 동기인 동생을 여학교에 보내는 것으로 굴욕을 참고 위로를 받아왔다. 언니가 몸을 팔아 보내주는 돈인 줄도 모르고, 미션 계통의

일류 여학교를 무사히 졸업한 동생은, 교회에서 알게 된 어떤 청년과 결혼하여 행복한 가정을 이루었다. 언니에게는 아비조차 모르는 어린 아들이 있었다. 어느새 소학교에 들어갈 나이가 되어 있었다. 여인은 무엇보다도 어린것의 장래가 가슴에 걸리었다. 게다가 여인은 이미 삶에 지쳐 있었다. 여인은 생각다 못해 동생 부처를 찾아가 자식의 교육을 부탁해 보았다. 그러나 차츰 언니의 생활에 의심을 품기 시작한 동생은, 여러 가지 핑계를 내세워가지고 응해 주려 하지 않았다. 여인은 그만 참지 못하고, 자기가 몸을 팔아 동생의 학비를 대어온 사실을 밝히고 울며 대들었다. 그렇지만 기절할 듯이 놀란 동생은, 도리어 모욕적인 언동으로 언니에게 침을 뱉듯 했다. 여인은 모든 희망을 포기하고, 어린 아들의 손목을 끌며 쫓겨나다시피 동생의 집을 나왔다. 그날 밤, 동생네 집 근처에 있는 어느 여관방에서 여인은 가슴에 맺힌 한을 유서로 남겨놓고, 한 많은 세상을 하직하고 만 것이다…….

그 뒤, 종배는 즉시 경찰의 손을 거쳐 이모네 집에 인계되었던 것이다.

어둡고 좁은 판잣집 골목은, 어디가 어딘지 분간하기가 힘들었다. 옥화의 방을 찾느라고 몇 차례나 같은 골목만을 뱅뱅 돌았다. 마침, 어림해서 어느 모퉁이를 돌아서려는 때였다. 바로 앞쪽에서 옥화의 목소리가 들려온 것이다.

"그럼 오백 환이라두 좋아요. 놀구 가세요, 네."

"아니, 그래, 아주머니하구 놀란 말야?"

어이없다는 듯한 사내의 음성이다.

"이래두 몸은 깨끗해요."

"뭐, 병만 없음 그만요. 좀 더 젊구 예뻐얄 게 아냐. 게다가 이건

혹(어린애)까지 달렸잖아."

옥화는 그 이상 자신(自身)을 놓고 흥정하기를 단념한 모양이었다.

"그럼 딴 색실 불러다 드릴게요. 방에 들어가 기다리세요, 잠깐만."

"제길, 이게 방이야 그래. 돼지우리지 이게 방이냐 말요. 그래 이런 데서 색실 끼구 자란 말야."

옥화는 더 할 말이 없는 모양이라 잠자코 있었다. 사내는 뭐라고 흔가 투덜거리며 이쪽으로 걸어왔다. 새파랗게 젊은 녀석이었다. 종배는 그 앞을 성큼 막아서듯 하며,

"인마, 그 색시가 뭐가 나뻐?"

도전적인 말투로 내던졌다. 그는 자기가 모욕이라도 당한 듯이 괜히 심사가 뒤틀리었던 것이다. 청년은 걸음을 멈칫하고 종배를 쳐다보았다.

"인마, 잔 수작 말구 놀다 가."

붙들어 돌려세우려니까, 청년은 찔끔해서 종배의 겨드랑이 밑으로 번개같이 빠져 달아나버리고 말았다.

"보통예요, 그 정돈."

어느새 옥화가 옆에 와 서 있었다.

동굴 속 같은 방으로 따라 들어갔다. 여인은 몹시 피로해 보였다. 성욕이 느껴지지 않는 얼굴이었다. 등에서 어린애를 내려 한쪽에 눕히었다. 얼굴이 유난히 새까맣고 야윈 어린애는 주먹을 입에다 넣고 빨며 짐승 같은 소리를 냈다. 종배는 그 모습에서 자기를 보았다. 어머니가 손님을 받을 땐 자기도 저렇게 순했으리라는 자신이 있었다. 손님을 받은 어머니를 본 기억은 꼭 한 번밖에 없었다. 여섯 살인가 일곱 살 때일 게다. 골목에서 아줌마들과 시시덕거리던 아저씨 한 분이, 대문 안으로 들여다보이는 어느 방을 가리키

며 방에서 엄마가 부른다고 했다. 무슨 맛있는 것이라도 남 몰래 주려고 그러는 모양이니 살그머니 가서 방문을 열어보라는 것이었다. 종배는 시키는 대로 했다. 살금살금 대문 안으로 들어갔다. 뒤에서 들은 킬킬대고 웃었다. 종배는 방 앞에 다가가서 살짝 문을 열어보았다. 엄마는 웬 낯선 아저씨와 나란히 누워 있었다. 대뜸 상반신을 벌떡 일으키며 뭐라고 소릴 질렀다. 질겁을 할 만큼 사나운 얼굴이었다. 종배는 그때처럼 무서운 엄마의 얼굴을 본 기억이 없었다.

"오늘두 또 공을 치나 했어요."

"그렇게 경기가 없소?"

"제 주제나, 방이나 이 꼴인걸요!"

팔리다 남은 상품. 종배는 과일전의 한구석에 버리다시피 뒹굴고 있는 시들어빠진 사과 알을 생각하고 입 안이 시큼했다. 그래도 가난한 사람들은 십 환에 두 개짜리 그놈으로 만족하는 것이다.

종배는 제 값을 다 치르고 여인을 샀다. 옥화는 서투른 솜씨로 돈을 세어보고 나서, 백 환짜리 석 장을 떼어서 종배에게 도로 건네었다.

"일부러 찾아와주시는 것만두 고마워요."

단골손님이라서 에누리를 해준다는 것이다. 종배는 그 돈을 물리치고, 여인의 평균 수입을 물어보았다. 예상 외로 적은 금액이었다. 방세를 물고 나면 입치레에도 바쁠 정도였다. 게다가 일 년 전 해산 당시에 진 빚을 아직도 걸머지고 있다는 것이다. 그러면서도 여인은 일금 오만 환의 저축을 꿈꾸고 있었다. 오만 환의 대금이 앞서면, 이런 '못할 짓'을 면할 수 있으리라는 황홀한 희망에서였다. 옥화는 자신의 직업을 가리켜 '못할 짓'이라는 말을 썼다. 말하자면 오만 환짜리 희망을 위해서 부득이 못할 짓을 하고 있다는 것이다. 여인은 오만 환만 장만되면 원이 없겠다는 것이다. 그러면 시

변두리에라도 여염집의 조그만 방을 하나 얻어들고, 나머지 돈으로 무슨 장사든 해서 모자가 먹고 살아가며, 열심히 교회에 나가겠다는 것이다. 언제 이루어질지 모르는 기약 없는 꿈이었다.

그것은 종배에게도 큰돈이었다. 남과 동업으로 목재상을 하고 있는 이모부네 가게에서, 그는 먹고 입고 만 환씩의 월급을 받았다.

"생각했던 것보다 어려워요."

저녁마다 긴 밤손님을 한 사람씩만 받으면 그 정도의 돈은 일 년 안에 모을 수 있다는 것이었다.

"그래, 시간 손님은 매일 밤 있소?"

여인은 모로 고개를 저었다.

"아주 허탕 치는 날이 수두룩한걸요. 자구 가는 손님은 선생님이 달포 만이구요."

어떻게 좀 딴 방법이 없을까 하고 종배는 생각했다. 우선 화장을 좀 해보라고 옥화에게 권했다.

"얼굴만 단장하문 뭘 해요. 옷이랑, 방이 이 주젠걸요."

"아무튼 화장만이라두 해봐요. 훨씬 효과적일 테니까."

옷이야 제법 돈이 들 테니 나중으로 미루더라도, 화장은 해야 유리할 것이라고 종배는 열심히 우겼다. 그리고 방 꾸밀 비용 정도는 종배 자신이 부담하겠노라고 자진해 나섰다. 그는 이러한 자신에 놀랐다. 일찍이 남에게 이렇듯 깊은 '관심'을 기울여본 일이 그에게는 없었던 것이다. 대인 관계에 있어서 이만큼 적극적인 관심을 가질 수 있다는 것은, 적어도 그에게 있어서는 어떤 보람에 대한 하나의 가능성을 암시해 주는 것에 틀림없었다. 그것은 어떠한 보람이라도 좋았다. 삶에 대한 보람이 아니면, 죽음에 대한 보람이라도 좋은 것이다. 종배는 가벼운 감동에 취하였다.

같이 자리에 들었다.

"제 본 이름은요, 옥화가 아니에요. 강영실이라구 해요."

중대한 비밀이라도 발설하듯 했다. 그만치 속을 준다는 표시인 것이다. 종배도 자기의 이름을 가르쳐주었다.

"성은요?"

"성? 내겐 그런 건 없소."

"성이 없다니요?"

영실의 눈이 호기심에 번득이었다.

"난, 어머니 혼자서 낳았거든."

"무슨 말씀이죠? 그게."

"내겐 아버지가 없단 말요."

종배는 열심히 주먹을 빨고 누워 있는 어린애를 가리키며,

"애처럼 말요. 필시 얘두 아버지가 없을 게 아뇨?"

그러자, 여인의 얼굴에서는 삽시에 핏기가 사라졌다.

"있어요, 얘에겐 아비가 있어요. 아비가 있구 말구요!"

"그게 사실이라면 다행이오. 그러나 나에겐 아버지가 없소. 어머니가 혼자 낳았단 말이오. 마리아는 성령의 힘으로 잉태해서 예수를 낳았다지만, 우리 어머닌 아마 악령의 힘으로 나를 잉태했던가 봐요. 그러기에 스스로 하나님의 아들로 자처하는 우리 이모나 이모부는 나를 '죄악의 씨'라구 부른다우. 어쩌면 내 몸에는 악마의 피가 흐르고 있는지도 몰라요. 먹물처럼 새까만 악마의 피가 말이오. 그 무서운 피가 색시에게 옮아, 또 하나의 새로운 죄악의 씨를 잉태케 할지두 모르는 거예요."

"무서워요, 무서운 얘기예요. 예수를 믿으세요, 선생님두. 예배당에 나가세요."

영실의 음성은 가늘게 떨리었다. 마침내 두 손으로 얼굴을 가리고 울음을 삼키었다.

이모네 집에서는, 종배는 정당한 인간 취급을 받지 못하고 있었다. 아침저녁 예배 때마다, 이모나 이모부는 으레 종배를 거들고 나오는 것이었다.

'……주여, 은혜로우신 주여, 아직도 자기의 갈 길을 못 찾고 헤매는 이 눈먼 양을 불쌍히 여기고 버리지 마시옵소서……'

이런 기도 소리를 들을 적마다, 이모나 이모부는 과연 기도의 명수라고 종배는 감탄했다. 그는 정말 삼십이 넘도록 자기의 길을 찾지 못하고 있었던 것이다. 탁류에 휩쓸려 흐르는 물거품의 불안을 그는 면하지 못한 채 있었다. 그러는 사이에 남들은 저저끔 자기의 인생을 정착시킬 섬을 골라 악착같이 뿌리를 박아 갔다. 재물, 권세, 명성, 이러한 지대에는 비비고 들어갈 틈바구니조차 없을 만큼 진딧물처럼 달라붙어 있었다. 거기서 다시 떠밀려 내려간 군상들은, 하다못해 허영이니, 향락이니 하는 모래섬에라도 기어올라 초라한 인간 내용의 보따리들을 끌러 놓았다.

그러나 종배는 아직 그 어느 곳에도 발을 붙이지 못하고 있었던 것이다. 뭇 인간들의 비참한 행복을 그는 그저 바라만 보면서 흘러갈 뿐이었다.

'눈먼 양'이란 말에도 그는 역시 공감하지 않을 수 없었다. 기도의 의미는 물론 눈이 멀어서 하나님이나 진리를 보지 못한다는 뜻일 게다. 옳은 말이었다. 그의 무딘 눈에는, 제단 저쪽의 아득히 먼 곳에 계시는 하나님은 보이지 않았다. 그저 제상에만 맘을 두고, 그 앞에 몰려든 대식가들의 무리만이 보일 뿐이었다.

이러한 종배를 이모네 가족들이 온전한 사람으로 볼 까닭이 없었다. 이모부 내외는 종배를 가리켜 '죄악의 씨'라고 불렀던 것이다.

'……전지전능하신 아버지께서는 이 무섭고 가련한 죄악의 씨로 하여금, 부디 좋은 열매가 여는 귀한 나무로 길러주시옵소서……'

종배가 귀에 못이 박히도록 들어온 기도 소리인 것이다. 그러나 종배는 귀한 열매를 여는 나무가 되지는 못하였다. 우선 신앙 면에서부터 그랬다. 그는 교회에 잘 나가지 않았다. 어쩌다 마지못해 참석하는 수도 있었지만, 그럴 때도 맨 뒷자리에 엉거주춤 앉아 있다가 예배가 채 끝나기도 전에 사라져버리고 마는 것이었다. 죄악의 씨는 별수 없다고 이모부 내외는 탄식했다. 죄악의 씨는 고쳐 말하면 '악마의 새끼'란 뜻이다. 그들은 종배에게 은근히 어떤 불안과 공포를 느끼고 있었다. 그것은 종배의 복장 속에 자리 잡고 있을 악마의 근성과 본질이 언제 발동할지 모르기 때문이었다. 그들은 종배를 마치 맹수 다루듯 했다. 자기네 생활권 내에 꼭 가두어둔 채, 종배에게 독립할 기회를 주지 않는 이유도 거기에 있었다. 일단 신앙의 우리를 벗어난 악마는, 그들 자신과 주위 사람들에게 얼마나 몸서리치는 피해를 입힐지 예측할 수 없다는 데서였다. 이모부 내외뿐 아니라 그들을 둘러싸고 있는 주위 사람들도 누구나 종배를 '우리에 갇혀 있는 징그러운 악마'로만 대했던 것이다. 말하자면 그런 가운데서 이모부 내외는, 흡사 곡마단의 맹수 조련사와도 같은 위치에 있었다. 악마의 조련사. 이를테면 그들은 신앙의 채찍과 능숙한 기교로써 이처럼 무서운 악마를 길들일 수 있다는 데 스스로 감탄하고 있을지도 모르는 일이었다. 하기는 종배 또한, 냉소와 조소와 체념이 뒤섞인 미묘한 웃음으로 그들에게 그저 순하게 대했을 뿐, 굳이 울타리를 뛰어넘으려고는 하지 않았다. 그것은 우리 밖에 나가보자, 이모부 내외와 비슷한 '인간'들의 세계였기 때문이다. 인간들은 누구나가 '악마'를 겁내는 비겁한 습성이 있었던 것이다.

그 단적인 실례의 하나로서, 그에게 좀처럼 혼담이 생기지 않는 것으로도 짐작할 수 있었다. 간혹 누가 멋모르고 혼담을 비추었다가도, 종배의 출생 내막을 알고 나면, 이내 낯색이 달라져서 입을 싹 다물고 돌아서버리는 것이었다. 그러기에 종배는 그 숱한 '인간'이나, 그들의 사회에는 별로 신통한 기대도 걸지 않고 지내온 것이었다.

　일요일이었다. 내리쪼이는 햇살이 완연히 가을빛이다. 종배는 따끈한 햇볕을 등에 지고, 지저분한 판잣집 사이의 골목길을 걸어 올라갔다. 낮에 보는 판잣집들은 걸레를 짜서 뭉쳐놓은 것같이 구지레했다.

　영실은 궤짝에 엇비슷이 기대앉아서 무슨 조그만 책을 읽고 있었다. 종배가 문턱에 걸터앉자, 여인은 얼굴이 빨개지며 책을 뒤로 감추었다.

　"낮엔 싫어요. 왜 오셨어요."

　영실은 자기가 벗고 있는 것처럼 느끼었는지, 아무렇지도 않은 옷매무새를 고치었다.

　"오해하지 마세요. 놀러 온 게 아닙니다."

　종배는 사가지고 온 도배지를 끌러서 헤쳐 보였다.

　"무늬가 참 고와요!"

　영실은 그제야 안심한 듯, 벽지를 만져보며 어린애처럼 감탄했다. 수치가 가신 영실의 얼굴은 애처롭도록 단순해 보였다. 영양실조가 느껴지는 얼굴이었다.

　"딴 색시들은 낮에두 손님을 받는다던데……."

　"망측해라. 사내만 봐두 징그러워요, 낮엔."

　"그럼, 나두 돌아갈까요?"

　"도배해 주러 오셨다면서요?"

　"그래요."

"그럼, 곧 풀을 쑬게요."

영실은 냉큼 일어서려다 말고, 숨겨서 들고 있던 책을 궤짝 속에 감추었다.

"거, 책 아니오?"

"네."

영실은 얼굴을 붉히며 웃었다.

"무슨 책이오?"

영실은 잠깐 주저하다가 책표지를 보여주었다. '마태복음'. 복음 책이었다. 오래전 일이라는 것이다. 얌전한 청년이 찾아와서, 예수를 믿으라고 권하고는 이런 복음 책을 한 권씩 나누어주고 갔다는 것이었다.

"자주 왔소?"

"아뇨."

실망했다. 그 청년이 만일 색시와 같이 자면서 전도를 했다면 종배는 진심으로 탄복했을 것이다. 그런 청년만은 신뢰를 걸 수 있을 것 같아서다.

영실은 복음서를 잘 간수하고 나서, 풍로에 불을 피우고 밀가루를 풀었다. 낮에 보는 영실은 도무지 몸을 파는 여인 같지 않았다. 어린애를 업은 채 앉았다 섰다 하는 영실의 거동이나 표정은, 조금도 세속의 때가 묻지 않은 소녀처럼 단순해만 보여서 신기했다. 낮과 밤을 완전히 가려서 사는 여인. 그것은 슬픈 기교가 아니면, 조물주의 실수였다. 굴속 같은 조그만 방이라도, 벽이며 천장을 온통 새로 바르는 데는 저녁때까지 걸렸다.

장판도 뚫어진 자리를 여러 군데 때웠다. 방은 면목을 일신했다. 제법 아담한 신방 같았다.

영실이 쇠고기를 사다가 한턱낸다고 해서 저녁 대접을 받았다.

상도 없이 방바닥에 음식 그릇을 놓고 마주 앉아 식사를 하면서, 종
배는 묘한 유혹을 느끼었다.

"남이 보면 우릴 의좋은 부분 줄 알겠소."

영실은 씩 웃고 말았다.

"그러죠. 밤에만 가끔."

일소에 부치는 말투였다. 처음 한두 번은 그런 말에 감동해 본
일도 있었다는 것이다. 단골손님과 세 차례나 '살림'을 차려보기까
지 했지만 석 달 지속된 예가 없었다는 것이었다.

"인제는 사람답게 살아볼 생각은 아예 꿈에두 안 해요. 그런 자
격이 없는걸요."

인간의 자격을 상실한 여인과 애초부처 인간의 자격을 구비치
못한 사내. 너무나 가까운 동류적인 결합은, 정신 우생학상 해로울
것 같아서, 종배는 그 이상 조르거나 설복하려 들지 않았다.

"전 그저 예배당에만 나갈 수 있다면 그 이상 바라는 게 없어요."

영실은 그것만이 유일한 소원이라는 것이다.

때마침, 뒤에 있는 예배당에서 저녁 종소리가 울려오기 시작했
다. 영실은 설거지를 하면서 귀를 기울였다. 딴 사람처럼 엄숙해진
얼굴이었다. 가만가만 입속으로 찬송가를 불렀다.

종배는 숨 가쁜 고독을 느끼었다. 돌아갈 집과, 어머니의 품을
갖지 못한 고아의 고독이었다. 그러나 영실에게는 영혼의 집이 있
었다. 그 품에 전신을 내맡기고 매달려 몸부림쳐도 좋을 어머니가
있었다. 그러나 여인은 주저하고 있는 것이었다. 그의 손발이 흙투
성이가 되었기 때문이다. 종배는 묘한 의문 같은 것을 느끼었다.

"영실이, 예배당에 가요. 당장 오늘부터 예배당에 나가란 말요."

여인은 한숨을 내쉬었다.

"저 겉은 걸 누가 오래요. 저같이 더러운 똥갈보, 똥갈보, 똥

갈볼……."

영신은 두 손으로 얼굴을 가리었다. 가슴에 왕왕 울려오던 종소리는 드디어 길게 여운을 남기며 멎었다.

"그건 영실이가 몰라서 그렇소. 어머닌 집에서 기다리실 거요. 돌아가기만 하면 어머닌 잃었던 아이를 다시 찾은 듯이 기뻐하며 흙투성이 된 손발을 깨끗이 씻어주실 거요."

영실은 어리둥절해서 종배를 돌아보았다.

"무슨 뚱딴지 같은 말씀을 하세요. 별안간."

말뜻을 이해할 수 없는 모양이었다.

"성경에 이런 얘기가 있대요. 어떤 음흉한 사람들이 창녀나, 아무튼 그 비슷한 여자를 예수님 앞에 끌구 왔대요. 그러고는 이렇게 음란하고 죄 많은 여자를 돌로 치리까 하고 물었대나 봐요. 그러니까 예수님께서 뭐라고 하신지 알아요?"

"뭐라고 하셨어요?"

"너희들 중에 죄 없는 자는 돌을 들어 치라 하셨다는군요. 그랬더니, 여인을 끌구 온 자들이 비실비실 피해 달아나버리구 말았대요."

"아, 아, 그래요, 그래요, 저두 들은 기억이 있어요."

"그러니까 예배당에 나가요. 이제 곧 나가요."

"그렇지만……."

"영실이가 예배당엘 나가면, 예수님께선 아마 점잔을 빼고 모여든 신도들에게 이렇게 말씀하실 거예요. 너희들 중에 이 여자같이 나를 필요로 하는 자만 남으라. 그러면 대부분의 신도들은 슬금슬금 일어나 나가버릴 거예요. 그때에 예수님께선 친히 영실의 곁으로 다가오셔서, 나는 너를 기다렸노라 하시며 손을 잡고 일으켜주실 거예요."

"아무렴 그럴라구요."

부인하면서도 영실의 얼굴엔 감동의 빛이 넘쳐흘렀다.

종배는 어떤 보람과 자신을 갖고 여인을 재촉했다. 그는 거의 억지로 여인을 끌어내다시피 했다. 여인은 망설이면서도 마지못해 따라나섰다. 예배당은 바로 오 분이 걸릴까 한 거리에 있었다. 하나 둘 교인들이 모여들고 있었다. 종배는 터질 듯한 긴장과 흥분을 느끼면서 여인의 소매를 끌고 다가갔다. 여인도 몹시 긴장해 있었다. 마침 예배당 문을 들어서려던 점잖은 풍채의 남녀 신자 한 패가, 걸음을 멈추고 이상한 눈으로 종배와 영실을 바라보았다. 그들의 얼굴에는 접근할 수 없는 교만과 우월감이 있었다.

"절 노려봐요, 무서워요!"

영실은 소매를 홱 뿌리치고 돌아서고 말았다. 미처 붙잡을 사이도 없이 영실은 뒤도 돌아보지 않고 뛰어내려 가버리었다. 종배는 형언할 수 없는 어떤 분노 같은 것을 느끼었다. 그는 예배당 입구에서서 이쪽을 바라보고 있는 신자들을 향해 소리를 질렀다.

"당신들은 뭐요. 당신들만이 하나님을 독차지하자는 거요. 어림두 없소. 예수님께선 당신들을 보고, 너희들 중에 죄 없는 자는 돌을 들어 치라 하셨소. 당신들은 창녀만두 못 한 사람들이오. 다들 물러가요. 다들 썩 물러가란 말요."

흡사 미친 사람이었다. 흥분해서 말이 다 떠듬거려졌다. 울부짖듯 하는 그의 음성은 황혼이 깃들기 시작하는 주위에 기괴한 음향으로 번지어갔다.

종배는 한 주일에 한두 번은 으레 영실을 찾아갔다. 물론 성욕 때문만은 아니었다. 죄의식에서 오는 약점의 미소가 간직한 매력의 탓만도 아니었다. 그렇다고 값싼 동정에서는 더더구나 아니었다. 그것은 어떤 보람에 대한 진실한 관심 때문이었을지 모른다. 그 보람이란, 영실로 하여금 따뜻한 어머니의 품으로 돌아가게 해주는 일이었다. 그럼으로 해서 영실의 간절한 '최후의 소망'에 그 자신 참여할 수 있는 탓이었다.

깨끗이 도배를 한 뒤부터, 영실의 방은 그래도 구중중한 굴 속 같은 기분을 한결 덜어주었다.

그리고 영실이 자신도 요즘은 가벼운 화장을 하기 시작했다. 그렇지만 역시 손님은 잘 얻어걸리지 않았다. 공치는 날이 손님을 받는 날보다 더 많은 편이었다. 계속되는 영업 부진은 영실의 꿈을 점점 불가능하게 하는 결과를 가져올 우려가 있었다. 당자인 영실의 실망도 실망이려니와 오히려 종배가 더 초조해 했다. 마침내 그는 자기가 직접 손님을 끌어오기도 했다. 그런 손님의 거의는 직장의 거래처인 목수들이거나, 원목(原木) 상인의 심부름꾼들이었다. 그들은 술잔이나 얼큰히 들어가면, 근사한 색시가 있다는 바람에 두 말없이 종배를 따라왔다. 여인의 방 앞에 이르러,

"자, 손님을 모시구 왔소."

그러면, 영실은 처참한 표정에 그 죄인의 미소를 띠며 내다보는 것이다. 한 옆에 어리둥절한 채 서 있는 사내를, 종배는 억지로 방 속에 떠밀어 넣고 나서,

"그리구 언낸 이리 줘요. 혹시 방해가 되면 안 될 테니까."

어린것을 받아 안고 돌아서는 것이었다. 그는 포대기에 싼 어린애를 업거나 안고, 암만이구 방 앞을 왔다 갔다 하며 시간을 보내는 것이다. 그럴 때, 예배당의 종소리가 울려오는 일이 있었다. 그런 경우에는 별나게 종소리가 가슴에 스미었다. 종배는 걸음을 멈추고 가만히 종소리 나는 쪽으로 귀를 모으는 것이다. 그 종소리를 찾아내보고 싶어서였다. 언젠가 영실이와 함께 종소리를 듣고 있노라니까,

"저 소리, 저 신비스런 소리가 들리죠?"

귀를 기울이고 있던 영실이 갑자기 눈을 빛내며 묻는 것이었다.

"아무렴, 저 종소리가 안 들리겠소."

"아니에요. 종소리말구 말예요."

"종소리말구, 또 무슨 소리요?"

"저기 보세요. 종소리말구, 그 종소리 속에서 엄숙히 흘러나오는 무슨 신비스런 소리가 있지 않아요!"

영실은 잠시 더 눈을 감고 취한 듯이 종소리를 듣다가,

"아마, 저게 하나님의 음성인지두 몰라요!"

감동적인 얼굴을 종배 쪽으로 돌리는 것이었다.

그러나 종배의 귀에는 그저 단순한 종소리에 지나지 않았다. 그 종소리 속에 섞여서 들린다는 하나님의 엄숙한 음성을 들을 수는 없었다. '눈먼 양'은 귀까지 먹어버리고 말았는지도 모를 일이었다.

종소리가 그치면, 종배는 다시 어린애를 추켜 안고, 영업 중인 방문 앞을 거니는 것이다. 그러노라면 어떤 때는 뒤에서 방시시 문이 열리며,

"좀 더 멀찍이 떨어져 계세요!"

영실의 수줍은 음성이 모기 소리만큼 들리었다. 종배는 아이를 가뜬히 고쳐 안고, 얼른 골목 밖으로 빠져나갔다. 그럴 때 종배는 일부러 큰 소리로 아기를 어르면서 역전 한길께까지 내려가보는 것이었다. 거리에는 언제나 사람의 물결이 그칠 사이 없이 줄지어 흘렀다. 종배는 인파 속에 '텀벙' 뛰어드는 느낌으로 그 속에 섞이어 아무 데로나 밀리어 가보는 것이었다. 마치 '악마의 새끼'는 '인간'의 물결 속에 몸을 던져 자살이나 하듯이. 그러는 동안에 무심한 어린놈은, 연방 '아, 아, 아' 하고 혼자 주절대다가 잠이 들어버리는 것이었다.

영실은 자리를 깔고 누워 있었다. 몸살인지 어제부터 열이 나고 머리가 쑤신다고 했다. 어린애도 그 곁에 나란히 누워서 주먹을 빨고 있었다.

여자의 머리는 불돌처럼 더웠다. 의사에게 보였느냐고 물었더니,

"무슨 팔자에요……."

청해도 이런 덴 의사가 잘 와주지 않는다고 했다. 몸살이니까 이 심 일 누워 있으면 나을 거라고 했다.

"뭐 먹고 싶은 게 없소?"

여인은 열에 뜬 눈으로 한참이나 종배를 빤히 쳐다보다가,

"목이 말라요. 선한 걸 좀 먹었으면 좋겠어요."

그래서 뭘 좀 사오려고 종배가 자릴 일어서니까, 어린앨 가리키며,

"이게 꼬박 굶구 있어요. 밀클 한 통 사다주세요."

영실은 요 밑에서 백 환짜리를 네댓 장 꺼내놓았다.

"돈은 내게 있소!"

종배는 아랫거리에 내려가서 과일과 밀크를 샀다. 그리고 약방에 들러서 해열제를 사갖고 올라왔다. 종배는 우선 환자에게 약을 먹이고, 어린애에게는 젖꼭지가 달린 병에 밀크를 따라서 물려주었다. 종배의 이러한 동작을 영실은 물끄러미 지켜보고 있었다. 배를 깎아주었더니 여인은 자꾸만 눈을 섬벅거리면서 받아먹었다. 그 눈시울이 차츰 질척해지기 시작했다.

"맘을 단단히 가져요. 그래야 속히 일어나게 돼요."

영실은 반쯤 먹고 남은 배를 머리맡에 내려놓고 피곤한 듯이 눈을 감았다. 볼 위로 눈물이 한 줄기 주르르 미끄러져 내렸다.

"예배당 종이 왜 안 울까요? 오늘이 무슨 요일에요?"

"금요일요."

"그럼 이틀이나 더 어떻게 기다려요…… 종소리가 듣구 싶어요!"

종배는 가슴속에 뭉클하는 어떤 충동을 느끼었다. 그것은 의지적인 힘찬 고동으로 변했다. 소변이라도 보러 가듯이 그는 살며시 방을 빠져나왔다. 그 달음으로 어두운 골목을 바삐 추어 올라갔다. 예배당 정문은 닫혀 있었다. 옆에 달려 있는 쪽대문을 가만히 밀어 보았더니 가벼운 소리를 내며 열리었다. 종배는 벅차게 뛰는 가슴을 누르며 문 안으로 들어섰다. 예배당 안은 캄캄했다. 저쪽 구석채의 방문에 불이 비치어 있으나 주위는 조용했다. 그는 종루가 서 있는 쪽으로 다가갔다, 더듬어서 줄을 찾아 쥐었다. 그리고 그는 정신이 없이 그 줄을 힘껏 잡아당겼다. 그와 동시에 종은 별안간 당황한 소리로 울리었다. 정말 그것은 평시에 들어온, 은은하고도 품위 있는 종소리가 아니었다. 종배도 당황해서 마구 잡아당겼다. 종은 더욱 괴이하고 요란한 소리를 냈다.

"거 누구예요? 누구예요?"

불시에 뒤쪽에서 여자의 고함 소리가 났다. 종배는 할 수 없이 얼른 종 줄을 놓았다. 그리고 재빨리 예배당 문을 빠져나왔다. 그는 단숨에 영실의 방으로 뛰어 돌아왔다.

"영실이, 종소리가 났지. 종소리가!"

숨이 차서 헐떡거리었다.

"그런데 이상해요. 무슨 종소리가 그래요."

"아무튼 종소리엔 틀림없었소. 분명히 예배당 종소리였단 말요."

종배는 한동안 흥분이 가라앉지 않았다.

좀 뒤에 그는 주머니를 톡톡 털어서 천여 환의 돈을, 급할 때 보태 쓰라고 영실의 머리맡에 놓아주고 자리를 일어섰다.

"언제 또 오시죠?"

"내일이나 모레쯤 들르죠."

영실은 그때까지는 일어나게 될 거라고 했다.

종배도 그러기를 바라고 믿었다. 그러나 영실은 영 다시는 일어나지 못하고 말았다.

다음날 점심때쯤 해서였다. 종배가 일부러 틈을 내서 영실을 찾아가보았더니 방이 비어 있었다. 웬 낯선 아주머니가 방 안을 소제하고 있었다. 이상해서 영실의 일을 물었더니,

"죽었다우."

그러고는 종배를 찬찬히 쳐다보았다.

"죽다니요? 어저께 저녁에 만나보구 갔는데요."

중년 부인은 바로 뒤채에 사는, 이 방의 주인이라는 것이다. 그 부인의 말에 의하면, 영실은 오늘 아침 일찍이 뒤에 있는 예배당 문 앞에서 시체로 발견되었다는 것이었다.

"예배당 문 앞에서요?"

"그래요. 어쩌자구 밤중에 게까지 기어나가 죽었는지 몰라요."

종배는 가슴이 뻐근해 들어옴을 느끼었다. 영실은 예배당에 찾아가서 죽고 싶었던 것이다. 자기의 생명이 얼마 남지 않은 것을 깨닫게 되자, 영실은 죽을힘을 다해서 예배당 쪽으로 벌벌 기어가다가 숨을 거두었을 것이다. 종배는 발이 땅에 붙은 듯이 잠시 멍하니 서 있었다. 시체는 조금 전에 구청 직원과 순경이 인부를 데리고 와서 실어내갔다는 것이었다.

"애기는요?"

"애기두 같이 데려갔어요."

얼마 뒤에 종배는 저도 모르는 새에 예배당 앞에 와 서 있었다. 쪽대문이 열려 있었다. 종배는 어떤 무서운 힘에 빨려들어 가듯이 그 안에 들어섰다. 마당 안에서는 어린애가 서너 명 놀고 있었다. 종배는 곧장 종루 쪽으로 다가갔다. 그는 정신없이 종 줄을 손에 감아쥐고 잡아당겼다. 막혔던 가슴이 터질 듯이 종소리는 왕왕 울리

기 시작했다. 그 소리는 역시 고르지 못했으나, 전날 밤보다는 훨씬 나은 소리로 울리었다. 마치 영실이 어디서 그 소리를 들어주리라는 듯이, 종배는 열심히 줄을 당기었다. 아이들의 떠들썩하는 소리에 뒤이어, 어른의 고함 소리와 발소리가 뒤에 다가왔지만, 종배는 취한 듯이 그냥 종 줄만 잡아당기는 것이었다.

잉여인간

만기 치과의원(萬基齒科醫院)에는 원장인 서만기 씨와 간호원 홍인숙 양 외에도 거의 날마다 출근하다시피 하는 사람 둘이 있다. 그 한 사람은 비분강개파 채익준 씨요, 다른 한 사람은 실의의 인간 천봉우 씨다. 두 사람은 다 같이 서만기 원장의 중학교 동창생이다. 그들은 도리어 원장보다도 먼저 나와서 대합실에 자리 잡고 신문을 읽고 있는 날도 있었다. 더구나 채익준은 간호원보다도 일찍 나오는 수가 많았다. 큼직한 미제 자물쇠가 잠겨 있는 출입문 앞에 버티고 섰다가 간호원이 나타날 말이면 "미스 홍, 오늘은 나에게 졌구려." 익준은 반가운 낯으로 맞이하는 것이었다. 그런 날은 인숙이가 아침 청소를 하는 데 한결 편했다. 한사코 말려도 익준은 굳이 양복저고리를 벗어부치고 소매까지 걷고 나서서 거들어주기 때문이다. 대합실과 진찰실을 합쳐도 겨우 다섯 평이 될까 말까 한 방이지만 익준은 손수 마룻바닥에 물을 뿌리고 방구석이나 테이블 밑까지도 말끔히 쓸어내는 것이다. 무슨 일에나 몸을 사리지 않고 앞장을 서는 그의 성품은 이런 데도 잘 나타났다. 청소가 끝나면 익준은 작달막한 키에 가로 퍼진 그 둥실한 몸집을 대합실 의자에 내던지듯 털썩 걸터앉아서 신문을 본다. 그러노라면 원장과 천봉우가 대개 전후해서 나타나는 것이다.

오늘도 간호원을 도와 실내 청소를 마치고 난 익준은 대합실에 자리 잡고 신문을 펴들었다. 아마도 세상에 그처럼 충실한 신문 독자는 없을 것이다. 이 병원에서 구독하고 있는 두 종류의 신문을 그는 한 시간 이상이나 시간을 소비해 가며 첫줄 첫 자에서 끝줄 끝 자까지 기사고 광고고 할 것 없이 하나도 빼지 않고 죄다 읽어버리는 것이다. 익준은 또한 그저 신문을 읽는 데만 그치지 않는다. 거기 보도된 기사 내용에 대해서 자기 류의 엄격한 비판을 가할 것을 잊지 않는 것이다. 지금도 익준은 신문을 보다 말고 앞에 놓여 있는 소형 탁자를 주먹으로 내리치며 격분하여 고함을 질렀다.

"천하에 이런 죽일 놈들이 있어!"

참지 못해 신문을 든 채 벌떡 일어섰다. 익준은 진찰실로 달려들어가서 그 신문지를 간호원의 턱 밑에 들이대며,

"미스 홍, 이걸 좀 봐요. 아니 이런 주리를 틀 놈들이 있어 글쎄!"

눈을 부라리고 치를 부르르 떨었다. 신문 사회면에는 어느 제약 회사에서 외국제 포장갑을 대량으로 밀수입해다가 인체에 유해한 위조품을 넣어가지고 고급 외국 약으로 기만 매각하여 수천만 환에 달하는 부당 이득을 취하였다는 기사가 크게 보도되어 있었다. 인숙이가 그 기사를 읽는 동안 익준은 분을 누르지 못해 진찰실과 대합실 사이를 왔다 갔다 하며 혼자 투덜거리었다. 이윽고 인숙에게서 신문지를 도로 받아든 익준은 그것을 돌돌 말아가지고 옆에 있는 의자를 한 번 딱 치고 나서,

"그래, 미스 홍은 어떻게 생각해. 이놈들을 어떻게 처치했으면

속이 시원하겠느냐 말요?"

마치 따지고 들듯 했다.

"그야 뻔하죠 뭐. 으레 법에 의해서 적당히 처벌될 게 아니겠어요."

그러자 익준은 한층 더 분개해서 흡사 인숙이가 범인이기나 한 듯이 핏대를 세우고 대드는 것이었다.

"뭐라구? 법에 의해서 적당히 처벌될 게라? 아니, 그래 이 따위 악질 도배들을 그 뜨뜻미지근한 의법 처단으루 만족할 수 있단 말요! 미스 홍은 그 정도루 만족할 수 있느냐 말요. 무슨 소리요. 어림 없소. 이런 놈들은 그저 대번에 모가질 비틀어버리구 말아야 돼. 아니 즉각 총살이다. 그저 당장에 빵빵 하구 쏴 죽여버리구 말아야 돼. 그러구두 모가지를 베어서 옛날처럼 네거리에 효수를 해야 돼요. 극형에 처해야 마땅하단 말요!"

"어마 선생님두 온. 끔찍스레 그렇게까지 할 게 뭐예요!"

"끔찍하다? 아, 그럼 그놈들을 몇만 환의 벌금이다, 몇 년 징역이다, 하구 감방 속에 피신시켜놓구 잘 처먹구 낮잠이나 자게 하다가 세상에 도로 내봐야 옳단 말요?"

익준은 잠시 인숙을 노려보듯 하다가,

"이거 봐요, 미스 홍. 우리가 누구 때문에 이렇게 못 사는지 알우? 우리나라가 누구 때문에 이렇게 피폐해 가는지 알우? 모두가 이 따위 악당들 때문이오. 이거 봐요. 그런 놈들은 말야, 이완용이나 마찬가지 역적이오! 나라야 망하든 말든 동포들이야 가짜 약을 사 쓰구 죽든 말든 내 배때기만 불리면 그만이라구 생각하는 그딴 놈들은 살인강도 이상의 악질범이오. 그런 놈들을 극형에 처하지 않으니까 유사한 사건이 꼬리를 물구 발생한단 말요. 난 그놈들의 뼈를 갈아 마셔두 시원치 않겠소……."

익준은 아직도 분을 끄지 못해 이를 가는 것이었다. 그는 대합실
의자에 돌아가 앉아서 다른 기사들을 읽어 내려가다가도 갑자기 땅
이 꺼지게 한숨을 푸 내쉬고는,

"천하에 죽일 놈들 같으니……."

내뱉듯 하고 비참한 표정을 짓는 것이었다.

그가 나머지 기사를 죄다 주워 읽고 차츰 흥분도 가라앉을 때쯤
해서야 이 병원의 주인이 나타났다. 서만기 원장은 언제나처럼 부
드러운 미소를 보이며 가방을 들고 문 안에 들어선 것이다.

"어서 나오게!"

익준은 늘 하는 식으로 인사를 건네고 나서 만기가 흰 가운을 걸
치고 자리에 앉기가 바쁘게,

"여보게 만기, 세상에 그래 이런 날도둑놈들이 있나!"

그렇게 개탄하고 신문을 펴들고 만기 곁으로 가 앉는 익준의 얼
굴은 흥분으로 도로 붉어지기 시작했다. 만기는 여전히 품위 있는
미소를 머금은 채,

"그러지 않아두 집에서 신문을 보구 자네가 또 몹시 격분했으리
라구 짐작했네."

그러면서 담배 케이스를 열고 먼저 익준에게 권하였다. 권하는
대로 익준은 손을 내밀어서 한 대 뽑아 들었다.

"이게 나 혼자만 격분할 일인가? 그럼 자네나 딴 사람들은 심상
하다 그 말인가?"

"아니지. 남달리 정의감과 의분이 강한 자네니까 남보다 몇 배
격분하지 않을 수 없으리란 말일세. 그렇지만 혼자 흥분해서 펄펄
뛰면 뭘 하나!"

만기도 탄식하듯 하였다. 둘이는 담배에 불을 붙여 물었다.

"정의감의 강약이 문젠가, 이 사람아. 그래 이런 극악무도한 놈

들을 보구 가만하구 있을 수 있겠나. 가슴속에서 불덩이가 치미는
데 잠자쿠 있을 수 있느냐 말야!"

익준은 만기가 함께 흥분해주지 않는 것이 불만인 모양이었다.
그때 마침 봉우가 기척도 없이 슬그머니 문 안에 들어섰다. 언제나
다름없이 수면 부족이 느껴지는 떠름한 얼굴이다. 그는 먼저 인숙
이 쪽을 바라보고, 다음에 만기와 익준을 번갈아 보면서 멋쩍게 씩
하고 웃었다. 그러고는 거의 자기 자리로 정해진 대합실 소파의 맨
구석 자리에 조심히 걸터앉았다. 그러자 자기의 흥분을 같이 나눠
줄 사람이 나타났다는 듯이 익준은 탁자 위에 놓았던 신문을 집어
서 봉우 눈앞에 바로 가져다댔다.

"봉우 이거 봐. 글쎄 이런 능지처참할 놈들이 있느냐 말야!"

익준은 핏대를 세우며 다시 흥분하기 시작했다. 봉우는 선잠을
깬 사람처럼 어릿어릿한 표정으로 익준을 쳐다보았다. 희미하게 웃
었다. 그리고 흥미 없이 신문을 받아들었다.

"뭐 말이야?"

"뭐 말이야가 뭐야. 이런 빙충이 같은 녀석. 아, 그래 자네 눈깔
엔 이게 안 뵌단 말야?"

화가 동해서 견딜 수 없다는 듯이 익준은 손가락 끝으로 톱기사
의 주먹 같은 활자를 찔렀다. 봉우는 강요당하듯이 제목을 입속말
로 읽었다. 내용은 마지못해 두어 줄 읽다가 말았다. 이어 딴 제목
들을 대강 훑어보고 나서 봉우는 도로 신문을 집어서 탁자 위에 엎
었다. 그러더니 만기와 익준을 번갈아 쳐다보고 웃으려다가 말았
다. 익준은 더 참을 수 없다는 듯이 고함을 질렀다.

"왜 아무 말이 없는 거야?"

봉우는 동정을 구하듯 하는 눈동자로 만기와 익준을 번갈아 보
았다.

"인마, 그래 넌 아무렇지두 않단 말야? 눈 뜬 채 코를 베여 먹히구두 심상하단 말야?"

"누가 코를 베여 먹혔대? 난 잘 안 봤어!"

봉우는 얼른 신문을 다시 집어 들었다. 그러자 익준은 그 신문지를 홱 나꿔채서는 탁자 위에다 힘껏 동댕이를 치고 나서,

"이런 쓸개 빠진 녀석…… 에잇, 난 다신 자네들과 얘기 않네!"

우뚤해 가지고 홱 돌아서더니 댓바람에 문을 차고 나가버리었다.

익준이 다시는 안 올 듯이 밖으로 사라지자 한동안 어리둥절하고 있던 봉우는 다시 신문을 집어 들고 기사 제목을 대강 더듬어 보기 시작했다. 봉우는 언제나 그랬다. 게슴츠레한 낯으로 대합실에 나타나면 익준이가 한 자 빼지 않고 샅샅이 읽고 놓아둔 신문을 펴 들고 건성건성 제목만 되는 대로 주워 읽고 마는 것이다. 그러고 나서는 진찰을 받으러 온 환자처럼 말없이 우두커니 앉아서 시간을 보내는 것이다. 그의 시선은 자주 간호원에게로 간다. 그때만은 그의 눈도 노상 황홀하게 빛난다. 그러다가 간호원과 시선이 마주치면 봉우는 당황한 표정으로 외면해 버리는 것이다. 빼빼 말라붙은 몸집에 키만 멀쑥하게 큰 그는 언제나 말이 적고 그림자처럼 조용하다. 어딘가 방금 자다 깬 사람 모양 정신이 들어 보이지 않는 표정을 하고 있다. 하기는 그는 대합실 구석 자리에 앉은 채 곧잘 낮잠을 즐긴다. 봉우의 낮잠 자는 모양이란 아주 신기하다. 소파에 앉은 채로 허리와 목을 꼿꼿이 펴고 깍지 낀 두 손을 얌전히 무릎 위에 얹고는 눈을 감고 있다. 그러고 자는 것이다. 그는 밤에 집에서 잘 때에도 자세를 헝클어뜨리지 않는다고 한다. 천장을 향하고 반듯이 누우면 다음날 아침까지 몸을 움직이지 않고 그대로 잔다는 것이다. 그러한 봉우는 언제나 수면 부족을 느끼고 있다고 한다. 그

것은 육이오 사변을 치르고 나서부터 현저해졌다는 것이다. 전차나 버스를 타도 자리를 잡고 앉기만 하면 그는 으레 잠이 들어버린다. 그렇지만 자다가도 그는 자기가 내릴 정류장을 지나쳐버리는 일이 없다. 자면서도 그는 차장의 고함 소리를 꿈속에서처럼 어렴풋이 듣고 있기 때문이다. 밤에 집에서 잘 때에도 그렇다. 자는 동안에도 그는 주위에서 일어나는 소리를 다 들을 수 있다. 재깍재깍 시계 돌아가는 소리, 천장이나 부엌에 쥐 다니는 소리, 아내나 아이들의 잠꼬대며 바깥의 바람 소리까지도 들으면서 잔다. 말하자면 봉우는 오관(五官) 중 다른 감각 기관은 다 자면서도 청각만은 늘 깨어 있는 셈이다. 그러니까 자연 깊은 잠을 이루지 못한다. 그렇게 된 연유를 그는 육이오 사변으로 돌리는 것이다. 피란 나갈 기회를 놓치고 적치(赤治) 삼 개월을 꼬박 서울에 숨어 지낸 봉우는 빨갱이와 공습에 대한 공포감 때문에 잠시도 마음 놓고 깊이 잠들어본 적이 없다고 한다. 밤이나 낮이나 이십사 시간 조금도 긴장을 완전히 풀어본 일이 없다는 것이다. 그처럼 불안한 긴장 상태가 어느덧 고질화되어 오늘날까지도 지속되고 있다는 것이다. 그러기에 꼬집어 말하면 그는 자면서도 깨어 있고 깨어 있으면서도 자고 있는 상태인 것이다. 까닭에 그는 밤낮 없이 자면서도 항시 수면 부족을 느끼지 않을 수 없는 모양이다. 그것은 단지 육체적으로 오는 증상이라기보다는 더 많이 정신적인 데서 결과하는 심리적 현상인 것이다.

이러한 봉우는 자연 무슨 일에나 깊은 관심과 정열을 기울이지 못하는 것이었다. 중학 시절에는 그토록 재기 발랄하고 야심가였던 그가 일단 현실 사회에 몸을 담그고 부대끼기 시작하면서부터 차츰 무슨 일에나 시들해지기 시작하더니 전란 통에 양친과 형제를 잃고 난 다음부터는 영 딴 사람처럼 인간 만사에 흥미를 잃은 사람이 되어버리고 말았다. 심지어 그는 자기 아내에게까지 남편다운 관심과 구실을 다하지 못하고 있는 것이다. 한 달이면 절반은 사업을 합네, 혹은 친정에 가 있습네 하고 집을 비우기가 일쑤인 봉우 아내는 여러 가지 불미한 소문을 퍼뜨리고 다니었다. 그 여자는 본시 평판이 좋지 못하였다. 봉우와 결혼한 지 여덟 달 만에 낳은 첫 아기가 봉우의 친자식이 아니라는 것은 가까운 사람들은 다 알고 있는 사실이었다. 둘째 아이 역시 누구의 씬지 알 게 뭐냐고 봉우 자신이 신용을 하려 들지 않았다. 그러면서도 둘이 헤어지지 않고 지내는 것이 이상한 일이었다 그러나 거기에는 그럴 만한 이유가 있으리라고 만기는 생각하는 것이다. 이를테면 활동 의욕과 생활력을 완전히 상실하다시피 한 봉우는 아내의 부양에 의존하는 수밖에 없었고, 경제 활동이 비범한 봉우 처는 무슨 짓을 하며 나가 돌아다녀도 말썽을 부리지 않으니, 어쨌든 봉우가 편리한 남편이었는지도 모르는 것이다. 아무튼 봉우는 그만큼 가정에 대해서나 세상일에 무관심한 인간이었다. 이상한 것은 그러면서도 단 한 가지 간호원인 인숙 양을 바라볼 때만은 잠에서 덜 깬 사람같이 언제나 게슴츠레하던 그의 눈이 깨어 있는 사람의 눈답게 빛나는 것이었다. 봉우는 인숙을 사랑하고 있는 성싶었다. 그러고 보면 봉우가 날마다 이 병원 대합실을 찾아와서 시간을 보내는 것은 오로지 인숙을 보기 위해서인지도 모른다. 그것은 그의 다음과 같은 거동으로서도 짐작할 수 있는 일이었다. 퇴근 시간이 되어 만기와 인숙이가 병원 문을 잠그고 한길로 나서면 물론 봉우도 그림자처럼 따라나선다. 그러면 인숙은 만기와 봉우에게 인사를 남기고 헤어져 전차 정류장 쪽으로 간다. 거기서 인숙이가 전차를 기다리다 보면 어느새 봉우가 옆에 척 따라와 서 있는 것이다.

"어마, 선생님 어디 가셔요?"

인숙이가 의외란 듯이 물으면 봉우는 아이들 모양 손을 들어 한

방향을 가리키며,

"저어기 좀……."

그러고는 자기도 같이 전차를 기다리는 것이다. 인숙이가 전차를 타면 얼른 봉우도 따라 오른다. 전차 안에서도 봉우는 별로 말이 없이 인숙이 곁에 서 있다가 인숙이가 내리면 그도 따라 내리는 것이다. 인숙은 한참 앞서 걷다가 자기 집 골목 어귀에 이르러 걸음을 멈추고,

"그럼 안녕히 다녀가세요."

머리를 숙이고 나서 인숙이가 빠른 걸음으로 골목길을 걸어 들어가면 봉우는 처량한 표정을 하고 서서 인숙의 뒷모양을 지켜보다가 보이지 않게 되어서야 풀이 죽어서 발길을 돌이키는 것이었다. 봉우는 거의 매일 그러하였다. 어떤 기회에 인숙에게서 우연히 그 얘기를 들었을 때 만기는 단순히 웃어버릴 수만은 없었던 것이다.

만기와 익준이와 봉우는 중학 시절에 비교적 가깝게 지낸 사이지만 가정환경이나 취미나 성격이나 성장해서의 인생 태도는 판이하게 달랐다. 만기는 좀처럼 흥분하거나 격하지 않는 인물이었다. 그렇다고 활동적인 타입도 아니지만 봉우처럼 유약한 존재는 물론 아니었다. 반대로 외유내강한 사내였다. 자기의 분수를 알고 함부로 부딪치지도 않고 꺾이지도 않고 자기의 능력과 노력과 성의로써 차근차근 자기의 길을 뚫고 나가는 사람이었다. 아무리 놀라운 일에 부딪치거나 비위에 거슬리는 사람을 대해서도 도리어 반감을 느낄 만큼 그는 침착하고 기품 있는 태도를 잃지 않는다. 그것은 본시 천성의 탓이라고도 하겠지만 한편 그의 풍부한 교양의 힘이 뒷받침해 주는 일이기도 하였다. 문벌 있는 가문에 태어나서 화초 가꾸듯 정성 어린 어른들의 손에서 구김살 없이 곧게 자라난 만기는 예의

범절이 자연스럽게 몸에 배어 있을 뿐 아니라 미술, 음악, 문학을 비롯해서 무용, 스포츠, 영화에 이르기까지 깊은 이해와 고급한 감상안을 갖추고 있었다. 크레졸 냄새만을 인생의 유일한 권위로 믿고 있는 그런 부류의 의사와는 달랐다. 게다가 만기는 서양 사람처럼 후리후리한 키와 알맞은 몸집에 귀공자다운 해사한 면모를 빛내고 있었다. 또한 넓고 반듯한 이마와 맑고 잔잔한 눈은 그의 총명성과 기품을 설명해 주고 있었다. 누구를 대해서나 입을 열 때는 기사(棋士)기 비둑돌은 적수에 골라 놓듯이 정확하고 기품 있는 말을 한마디 한마디 신중히 골라 썼다. 언제나 부드러운 미소와 침착한 언동으로 남에게 친절히 대할 것을 잊지 않았다. 좋은 의미에서 그는 영국풍의 신사였다. 자연 많은 사람 틈에 섞이면 군계일학 격으로 그의 품격은 더욱 두드러져 보였다. 그는 한편 같은 치과 의사들 가운데서도 기술이 출중한 편이었다. 그러면서도 현재는 근방에 있는 딴 치과에 많은 손님을 뺏기고 있는 형편이었다. 그것은 단지 시설이 빈약하고 병원 건물이 초라한 까닭이었다. 그렇지만 지금의 만기로서는 딴 도리가 없었다. 좀 더 많은 손님을 끌기 위해서는 목 좋은 곳에 아담한 건물을 얻어 최신식 시설을 갖추는 길밖에 없는데, 현재의 경제 실정으로는 요원한 꿈이 아닐 수 없었다. 이나마도 병원 건물은 물론 시설 일체가 만기 자신의 것이 아니었다. 건물이나 기구 일습이 봉우 처가의 소유물인 것이다. 봉우의 장인이 생존했을 당시 빚값에 인수했던 담보물이었는데 막상 팔아치우려고 하니 워낙이 구식인데다가 고물이어서 값이 나가지 않기 때문에 육이오 사변 이래 줄곧 세를 놓아오던 터였다. 그것을 봉우의 소개로 만기가 빌려 쓰게 되었던 것이다. 다달이 그 셋돈을 받으러 오는 것은 봉우 처였다. 친정에 가서도 도리어 오빠들보다 발언권이 강한 봉우 처는 종내 오빠를 휘어잡아 병원 건물과 거기에 딸린 시설을 거

276

의 자기 소유나 다름없이 만들어놓았던 것이다. 이 분방하기 이를 데 없는 봉우 처로 말미암아서 만기는 난처한 일을 당한 적이 한두 번이 아니었다. 봉우 처는 툭 하면 병원을 찾아왔다. 한 달에 한 번 씩 셋돈을 받으러 들르는 외에도 치석이 끼였느니, 입치(入齒)가 어떠니, 충치가 생기는 것 같다느니 핑계를 내걸고 걸핏하면 나타나는 것이었다. 그때마다 봉우 처는 짙은 화장과 화려한 의상으로 풍요한 육체를 장식하고 있었다. 그러한 경우 물론 봉우 부부는 대합실에서 서로 얼굴을 대하게 마련이나, 잠깐 보고는 그만이다. 모르는 사이처럼 담담한 표정으로 말을 거는 일조차 거의 없다. 봉우는 이내 도로 반수반성(半睡半醒) 상태에 빠지고, 그 아내는 만기에게 친밀한 미소를 보내며 다가앉는 것이다. 얼마 전 치석 소제를 하러 왔을 때 일이다. 얼굴을 젖히게 하고 만기가 열심히 잇새를 긁어내고 있노라니까 눈을 감고 가만히 있던 봉우 처가 슬며시 만기의 가운 자락을 잡아당겼다. 그러면서 눈을 감은 채 배시시 웃었다. 만기는 내심 적지않이 당황하여 얼른 봉우 아내의 손을 뿌리치려 했지만, 여인은 손에 더욱 힘을 주어서 끌어당겼다. 만기는 할 수 없이 봉우나 딴 사람이 눈치 채지 못하도록 몸으로 가리듯이 하며 다가서서 하던 일을 계속했다. 대강 치석을 긁어내고 양치질을 시켰다. 봉우 처는 그제야 만기의 가운 자락을 틀어쥐고 있던 손을 놓고 컵에 준비된 물을 머금고 울렁울렁 입을 부셔냈다. 그러더니,

"아파서 그랬어요!"

만기를 쳐다보며 변명하듯 하고 애교 있게 웃었다.

언젠가 한번은 이런 일도 있었다. 충치가 생긴 것 같아 들렀다고 하며 눈이 부시게 차리고 나타난 봉우 처는 만기의 지시도 없이 치료 의자에 성큼 올라앉았다. 만기가 다가서서 어디 입을 벌려보라고 하니까 봉우 처는 지그시 눈을 찌그리며 웃어보이고는 일부러

그러듯이 입술을 오물오물하다가 겨우 삼분의 일쯤 벌리고 말았다.

"좀 더 힘껏, 아아."

그래도 여자는 다시 입술을 오물오물해 보이고는 역시 삼분의 일쯤 벌리고 그만이었다. 그러고는 미태를 담뿍 담은 눈으로 연신 소리 없이 웃었다. 그때부터 만기는 의식적으로 봉우 처를 경계하지 않을 수 없었던 것이다. 본시가 만기에게는 여자들이 많이 따르는 편이었다. 여자들은 기회만 있으면 만기에게 지나친 호의를 보이려고 애쓰곤 하였다. 사철을 가리지 않고 국산지 춘추복 한 벌로 몇 년을 두고 버티어오는 가난한 치과 의사지만 귀공자다운 그의 기품 있는 풍모와 알맞은 체격과 교양인다운 세련된 언동이 여자들로 하여금 두말없이 매혹케 하는 모양이었다. 심지어는 그의 처제까지도 그를 사모하고 있는 것이었다. 그러기에 그 부인이 가끔 농담 삼아 만기에게 이런 말을 걸어오는 것도 무리가 아니었다.

"결코 잘난 남편을 섬길 게 아닌가 봐요!"

"그게 무슨 소리요? 대체."

"모두들 당신에게 눈독을 들이구 있으니, 미안하기두 하구, 민망하기두 해서 그래요!"

"온 별소릴 다…… 그래 내가 그렇게 잘났던가?"

물론 그러고 둘이 다 농담으로 웃어넘기고 마는 일이었으되 만기 자신 이상히도 여자들이 자기를 따르고 있다는 사실을 부인할 수는 없었다. 그러고 보면 병원을 찾아오는 단골 환자의 거개가 젊은 여자들이라는 사실도 무심히 보아 넘길 일만은 아니었다. 많은 여자 환자 가운데는 여러 가지 방법으로 만기에게 호감을 보이려 드는 사람도 있었다. 한 주일이면 끝날 치료를 자진해서 열흘 내지 보름씩 받으러 다닌다거나, 완치된 다음에도 사례라고 하며 와이셔츠나 양복지 같은 것을 사들고 일부러 찾아오는 여자가 결코 한둘에 그치지 않았다. 그때마다 여자들의 단순하지 않은 호의를 물리치기에 만기는 진땀을 빼곤 했던 것이다. 그러한 여성들 가운데는 외모로나 교양으로나 퍽 매력적인 상대가 없지도 않아서 만기의 맑고 잔잔한 마음속에 뜻하지 않았던 잔물결을 일으키는 경우도 간혹 있는 일이었다. 그러나 그저 그것뿐이었다. 사랑하는 주위 사람들에게 깊은 상처를 주고 싶지 않았다. 비극이 두려웠다. 더구나 현대적 의미에서의 현처 양모인 아내를 생각하면 부질없는 마음 구석의 잔물결도 이내 가라앉아버리고 마는 것이었다. 십 년 가까이나 가난한 살림에 들볶이면서도 한결같이 변함없는 애정과 신뢰로써 남편을 섬기었고 심혈을 쏟아 어린것들을 보살펴오는 아내의 쪼들린 모습을 눈앞에 그려볼 때 만기는 꿈에라도 딴 생각을 품어볼 수가 없었다. 그러기에 아름다운 여성 환자의 지나친 호의를 물리친 날이면 만기는 으레 아내가 좋아하는 물건을 무엇이고 사들고 돌아가는 것이었다. 신혼 때나 다름없이 지금도 대문께까지 달려 나와 남편을 맞아들이는 아내에게 사갖고 온 물건을 들려주고 나서 까칠해진 아내의 손을 꼭 쥐어주며,

"고생시켜 미안허우!"

혹은,

"나이 들며 더 예뻐지는구려!"

그러고는 봄볕처럼 다사로운 미소를 아내 얼굴에 부어주는 만기였다.

그러한 만기라 봉우 처에 대해서는 항시 경계해 오고 있었지만 요즘 와서 은근히 골치를 앓지 않을 수 없었다. 만기에 대한 봉우 처의 접근 공작이 너무나 집요하고 대담하게 나타나기 시작했기 때문이다. 어제만 해도 만기는 봉우 처를 딴 장소에서 만나지 아니할

수 없었다. 며칠 전부터 병원 건물과 시설에 관해서 긴급히 의논할 일이 있으니 꼭 좀 만나달라는 연락이 오곤 했다. 그때마다 만기는 바쁘기도 하고 몸도 좀 불편해서 지정한 장소까지 나갈 수가 없으니 안되었지만 병원으로 내방해 줄 수는 없느냐는 회답을 보냈던 것이다. 그러나 봉우 처에게서는 자기도 여러 가지 사정으로 찾아갈 수가 없으니 꼭 좀 나와 달라는 쪽지를 사람을 시켜서 거푸 보내오는 것이었다. 어제는 마침내 자기와의 면담을 고의적으로 회피하는 것은 결국 자기를 공공연히 모욕하는 행위라는 위협조의 연락이 왔던 것이다. 그래서 만기는 할 수 없이 퇴근하는 길로 지정한 다방에 봉우 처를 만나러 갔던 것이다. 여자는 역시 여왕처럼 성장을 하고 먼저 와 있었다.

"고마워요. 귀하신 몸이 이처럼 행차를 해주서서."

만기에게 맞은쪽 자리를 권하고 나서 여자는 친밀한 미소와 함께 약간 비꼬는 어투로 인사를 던져왔다.

"퍽 재미있는 농담이십니다."

만기가 그랬더니,

"선생님은 농담을 덜 좋아하실지 모르겠군요. 워낙 고상한 신사시니까."

그래서,

"너무 기술적인 용어에는 전 대답할 자신이 없습니다."

만기는 그러고 가볍게 웃어보였다. 봉우 처는 만기 의향을 묻지도 않고 오렌지 주스 두 잔을 시키었다. 그것을 마셔가면서 대체 의논할 일이란 무엇이냐고 만기 편에서 먼저 물었다.

"다른 게 아니라, 병원 건물이 하두 낡아서 전면적인 수릴 해야겠어요."

그래서 병원 옆에 있는 사무실이나 아래층 가게에서들은 셋돈을 인상하는 동시에 삼 개월분씩 선불을 받기로 했다는 것이다.

"그렇지만 여러 가지 점으루 선생님께만은 말씀드리기가 안 되어서 어떻게 할까 망설이다가 솔직히 의논해 보려구 뵙자구 한 거예요."

여자는 말을 마치고 만기의 얼굴을 살짝 치떠 보았다. 아닌 게 아니라 만기로서는 아픈 이야기였다. 현재도 매달 셋돈을 맞춰놓기에 쩔쩔매는 판이었다. 게디가 석 달치 선불이란 거의 불가능에 가까운 일이었다.

"얼마나 올려 받으실 예정이십니까."

"삼 할은 더 받아야겠어요. 그 근처에서들은 다들 그 정도 받는 걸요."

"그럼 우리 옆 사무실이나 아래층 가게에서들은 이미 양해를 얻으셨습니까?"

그러자 여자는 만기의 얼굴을 정면으로 쳐다보며,

"선생님, 우리 그런 사무적 얘기는 딴 데 가서 하십시다. 이런 장소에선 싫어요. 제가 저녁을 대접하겠어요. 늘 폐를 끼쳐왔으니까요."

그러고는 만기가 뭐라고 할 사이도 없이 여자는 일어서 카운터로 가더니 셈을 치르고 밖으로 나가는 것이었다. 만기가 어리둥절해서 따라 나가자 봉우 처는 어느새 택시를 불러 세웠다.

"먼저 오르세요!"

만기는 다음날 다시 만나 사무적으로 타협하기로 하고 우선 빠져 돌아가려고 했으나,

"고의로 남의 호의를 무시하는 건 신사도가 아니에요!"

여자는 만기를 차 안으로 떠밀 듯이 했다. 번잡한 길거리에서 승강이를 할 수도 없고 해서 만기는 시키는 대로 차에 오를 수밖에 없

었다. 십 분도 채 달리지 않아서 택시는 어느 음식점 앞에 닿았다. 여염집들 사이에 끼여 있는 그 음식점은 외양과 달리 안에 들어가 보니 방도 여러 개 있고 제법 아담하게 꾸며져 있었다. 봉우 처는 그 집 마담과는 친숙한 사이인 모양이라 허물없는 인사를 나누고 나서,

"별실 비어 있니?"

하고 물었다. 마담은 호기심에 찬 눈으로 만기를 힐끔 쳐다보고,

"별실 삼호가 비어 있을 거야. 그리루 모셔."

그러고는 안을 향하고,

"별실 삼 호실에 두 분 손님!"

소리를 질렀다. 열대여섯 살 먹은 소녀가 조르르 달려 나와 안내를 했다. 자그마한 홀을 지나 긴 복도를 휘어 도니 저쪽으로 돌아앉은 참한 방이 있었다.

"이 집 마담, 여학교 동창예요. 그래서 귀한 손님을 대접할 일이 있으면 가끔 오죠."

여자는 묻지도 않는 말을 하고 다가와서 만기의 양복저고리를 벗기려고 했다. 만기는 얼른 제 손으로 벗어서 벽에 걸려고 했다. 그러자 여자는 그것을 나꿔채듯 뺏어서 옷걸이에 얌전히 걸었다. 조그만 식탁을 사이에 하고 마주 앉아, 여자는 만기를 쳐다보며 피로한 듯한 미소를 짓고 가늘게 한숨을 토했다. 소녀가 물수건과 찻물을 날라왔다. 봉우 처는 이 집은 갈비찜이 명물이라고 하고 약주와 함께 안주와 음식을 시키었다. 소녀가 사라지자 여자는 식탁에 기대어 두 손으로 턱을 고이고 한동안 가만히 있었다. 왜 그런지 몹시 피로해 보였다. 삼십을 한둘 남긴 여자의 무르익은 모습은 어떤 요염한 독소조차 느끼게 해주었다. 만기도 까닭 모를 피로감과 함께 저절로 긴장되었다.

"병원 시설을 사겠다는 사람이 있어요. 헐값이지만 고물이라서 차라리 팔아치울까 생각해요!"

여자는 만기를 빠끔히 쳐다보며 엉뚱한 소리를 했다. 만기는 속으로 놀랐다. 여자의 마음을 얼른 파악하기 힘들었다. 진담인가, 그렇지 않으면 야비한 복선인가. 어느 쪽이든 만기에게는 타격이었다. 그 시설은 지금의 만기에게 있어서 생명선이나 다름이 없었기 때문이다. 그러나 만기는 그러한 내심을 조금도 표면에 비치지 않고 태연히 듣고만 있었다.

"낡아빠진 그 시설을 쓰기에는 선생님의 탁월한 기술이 아까워요. 그래서 작자가 나선 김에 팔아치우고 선생님에게는 현대적인 최신식 시설을 갖춰 드리구 싶어서 그래요. 제게 그 정도의 자금은 마련되어 있어요!"

여자의 음성과 표정이 왜 그렇게 차분차분할까? 거기에는 심리적 호흡의 기술이 필사적으로 작용되고 있었다. 그러기에 아까 다방에서 내놓은 말과는 아주 딴 얘기라는 점을 노골적으로 지적해 줄 수가 없었다.

"경제적 면에서 제게는 그런 최신 시설을 빌릴 만한 능력이 없습니다."

"셋돈 말씀이죠?"

여자는 간격 없이 웃고 나서,

"선생님이 독립하실 수 있을 때까지 오 년이구 십 년이구 그냥 빌려드려두 좋아요!"

만기는 대답할 말이 없었다. 상대편에서 이렇게 자꾸 엉뚱하게만 나오니 더욱 조심될 뿐이었다.

"이상하게 생각하실 건 없어요. 이왕 놀고 있는 돈이 있으니까 제가 존경하고 있는 선생님에게 조금이라도 편리를 봐드리구 싶은 것뿐예요!"

순간 여자의 표정이 놀랄 만큼 진지한 빛으로 변했다. 만기는 봉우 처의 이러한 얼굴을 본 일이 없었다.

마침 주문한 음식이 들어오기 시작했다. 식사를 하는 동안 봉우처는 소매를 걷고 마치 남편에게 하듯 잔시중까지 들었다. 만기는 음식을 먹으면서도 마음이 조마조마했다. 아무래도 심상찮은 예감이 들었기 때문이다. 만기의 그러한 예감은 마침내 적중하고야 말았다. 식사가 거의 끝나갈 무렵 봉우 처는 상 밑에서 한쪽 발을 슬며시 만기 무릎 위에 얹었다. 그러고는 지그시 힘을 주며 요염한 웃음을 쏟았다. 그 눈이 불같았다. 만기는 꽤 당황했지만 시선을 피하며 슬그머니 물러앉았다. 여자는 발끝으로 움츠리는 만기의 무릎을 쿡 지르고 어깨를 으쓱해 보였다. 이미 전기가 들어와 있었다. 잠시 멋쩍게 앉아서 먹다 남은 음식들에 공연히 젓가락질을 하다 말고 여자는 갑자기 자리를 떠서 밖으로 나가버리었다. 한참 동안 여자는 돌아오지 않았다. 만기는 어지간히 불쾌하고 불안한 생각에 앉았다 섰다 하며 마음의 자세를 가다듬었다. 십 분 이상 지나서야 여자는 돌아왔다. 대번 알아보게 얼굴에는 주기가 돌았다. 여자는 방 안에 들어서면서 안으로 문고리를 잠갔다. 짤그락 하는 소리가 이상하게 도전적이었다. 여자는 다시 창문의 커튼까지 내리고 자리에 가 앉았다. 초가을 저녁 무렵이지만 밀폐되다시피 한 실내는 한증속처럼 더웠다. 여자는 술잔을 들어 만기 앞으로 내밀며,

"따라주세요!"

명령조였다. 원래 만기는 한두 잔밖에 못 하기 때문에 주전자에는 술이 거의 그대로 남아 있었다. 만기는 한 손으로 주전자 뚜껑을 누르고,

"인제 그만 돌아가실까요. 오늘은 정말 오래간만에 포식했습

니다."

달래듯 했다.

"내버려두세요. 거룩하신 선생님 눈엔 제가 사람같이 안 보일 테니까요."

여자는 무리하게 주전자를 뺏어서 자기 손으로 따라 마시었다. 안주도 안 먹고 거푸 물 마시듯 했다. 만기는 겁이 났다. 이 이상 취하면 어떤 추태를 부릴지도 모른다. 버려둘 수가 없었다. 만기는 간신히 술 주전자를 뺏어 감추었다. 그러자 여자는 그것을 도로 뺏으려고 덤벼들었다. 앉은 채 잠시 붙잡고 돌아갔다. 주전자를 떨어뜨려서 술이 엎질러졌다. 여자는 그것을 훔칠 생각도 않고 만기 무릎 위에 쓰러지듯 푹 엎어져버리고 말았다.

"골샌님!"

여자는 어린애처럼 어깨를 추며 울기 시작했다.

대합실 문 밖에서 웬 소년이 안을 기웃거리고 있었다.

"너 웬 아이냐?"

간호원이 먼저 발견하고 물었다. 소년은 대답 없이 조심스레 문을 밀고 들어섰다. 여남은 살 먹었을 그 소년의 얼굴은 제법 귀염성 있게 생겼지만 거지 아이나 다름없는 꼴을 하고 있었다.

"여기가 병원이죠?"

소년은 어릿어릿하며 조그만 소리로 간호원에게 물었다.

"그래. 너 어째서 왔니?"

소년은 이번에도 대답을 않고 대합실과 진찰실 안을 두리번거리고 나서,

"울 아버지 안 오셨어요?"

영문 모를 질문을 했다. 테이블 앞에 앉아서 외국 잡지를 뒤적이

고 있던 만기가,

"너희 아버지가 누구냐?"

물으니까,

"울 아버지, 채익준 씨야요."

그리고 소년은 다시 한 번 방 안을 둘러보았다.

"오, 너 익준이 아들이구나!"

만기는 일어나 소년 옆으로 다가갔다. 좀 불안한 표정을 하고 섰
는 소년이 손목을 잡아서 옆 의자에 앉히고 만기도 소파에 마주 앉
았다.

"너, 아버지 찾아왔구나. 이름이 뭐지?"

"채갑성이에요!"

"나이는?"

"열한 살이에요!"

만기가 친절히 말을 걸어주는 바람에 안심이 되었는지,

"울 아버지 안 오셨어요?"

소년은 걱정스레 다시 물었다.

"아버진 아침에 잠깐 다녀나가셨는데…… 그래, 너 왜 아버질 찾
아왔니?"

"어머니가 아버지 찾아오랬어요. 어머니는 죽을 것 같대요!"

소년에게는 여동생 하나와 남동생 하나가 있어서 외할머니까지
합치면 모두 여섯 식구라고 한다. 그런데 지금까지 집안 살림의 중
심이 되어오던 모친이 반년 가까이나 병석에 누워 지낸다는 것이
다. 모친은 자리에 눕기까지 생선 장사를 했다는 것이다. 아이들이
자고 있는 꼭두새벽에 첫차로 인천에 가서 생선을 한 광주리 받아
이고는 서울로 되돌아와서 행상을 하였다는 것이다. 모친이 병으로
누운 다음부터는 오십이 넘은 외할머니가 어머니 대신 생선 장사를

해서 간신히 가족들 입에 풀칠을 하고 지낸다는 것이다. 그러니까 어머니는 제대로 가서 치료를 받아보지도 못한 채 집에 누워서 앓고 있다는 것이다. 그래서 병세는 나날이 더 심해만 갔는데, 아까 점심때쯤 해서 어머니는 소년을 불러놓고 숨이 자꾸 가빠오는 걸 보니 곧 죽을 것 같다고 하며 얼른 가서 아버지를 찾아오라고 하였다는 것이다. 만기가 차근차근 캐어묻는 말에 대충 이상과 같은 내용의 대답을 하고 난 소년은 별안간 훌쩍거리고 울기 시작했다. 만기는 우선 소년을 달래놓고,

"그래, 너 이 병원은 어떻게 알았니?"

"접때 아버지하구 돈 꾸러 왔댔어요."

"돈 꾸러? 여길?"

"네. 아버지가 엄마하구 무슨 얘기하다가 울었어요. 그리구 나 데리구 여기까지 왔댔어요."

"그래서 돈은 꾸어갔니?"

"아니오. 나보구 길거리에 서서 기다리라구 해서 한참이나 이 앞에서 기다리구 있었는데 아버지가 나와서 그냥 돌아가라구 했어요. 그러면 저녁에 돈을 마련해갖구 돌아갈 테니 집에 가서 엄마보구 조금만 더 참구 기다리라구 했어요."

만기는 지그시 눈을 감았다. 마음이 복잡하거나 괴로울 때 하는 버릇이었다. 옷이라고는 언제나 탈색한 사지 군복 바지에 퇴색한 해군 작업복 상의만을 걸치고 다니는 초라한 익준의 몰골이 감은 눈앞을 스치고 지나갔다. 그러면서도 익준은 병원에 와서 돈을 꿔달라고 한 번도 손을 내밀어본 일이 없었다. 뿐만 아니라 그는 단 한마디도 딱한 집안 사정을 입 밖에 비춰본 일조차 없었다. 만기도 그의 가정 형편이 그렇게까지 말이 아닌 줄은 모르고 있었다.

"너 몇 학년이니?"

"학교 그만뒀어요."

"그럼 놀고 있어?"

"신문 장사 해요."

만기는 그런 말까지 캐물은 것을 도리어 후회했다. 그는 소년을 위로해서 돌려보내고 나서도 마음이 무거웠다. 남의 일 같지 않았다. 남의 시설을 빌려서나마 개업을 하고 있다고는 하지만 만기 자신도 생활에는 극도로 시달리고 있었기 때문이다. 자그마치 열 식구에 비는 사람이라곤 만기뿐이니 당할 도리가 없었다. 대가족이 먹고 입는 일만도 숨이 가쁠 지경인데, 동생들의 학비까지 낭해 내야만 했다. 대학이 하나, 고등학교가 둘, 거기에 국민학교 다니는 자기 장남까지 합친다면 그야말로 무서운 지출이었다. 피를 짜내듯 해서 거의 기적적으로 감당해 오고 있었다. 그밖에 늙은 장모와 어린 처남 처제들만이 아득바득하고 있는 처가에도 다달이 쌀말 값이라도 보태주지 않아서는 안 되었다. 하기는 그런 대로 개업을 하고 있는 만기에게는 다소라도 수입이 있었다. 그러나 동란 이래 직업을 갖지 못하고 있는 익준네 생활이 그만큼이라도 지탱되어왔다는 것은 한편 수수께끼 같은 일이기도 했다. 익준은 취직을 단념하고 있었다. 왜정 때 겨우 중학을 나왔을 뿐 특수한 기술도 빽도 없는데다가 나이마저 삼십 고개를 반이나 넘어서고 보니 취직이란 말 그대로 별 따기였다. 게다가 남달리 정의감과 결벽성이 세기 때문에 사소한 부정이나 불의를 보고도 참지 못하는 그는 설사 어떤 직장이 얻어걸렸다 해도 오래 붙어 있지 못했을 것이다. 사변 전에도 직장다운 직장을 오래 가져보지 못했던 것은 오로지 그러한 그의 성격 탓이었다. 그렇다고 장사를 하자니 밑천도 없었거니와, 이 또한 고지식한 그에게 될 일이 아니었다. 언젠가는 생각다 못해 노동판에도 섞여보았다. 그 역시 해보지 않던 일이라 한 몫을 감당할 수도 없었거니와, 사무실에서 인부들의 임금을 속여먹는 줄 알게 되자 대뜸 쫓아가서 시비 끝에 주먹다짐까지 벌어졌던 것이다. 그러기에 최근 일 년 동안은 양심적이고 동지적인 자본주를 얻어, 먹고 살 수도 있고 동시에 국가 사회에도 이익 될 수 있는 사업을 스스로 일으켜야 하겠다고 하며, 그는 날마다 거리를 휘젓고 다니었다. 그가 말하는 국가 사회에도 보익(補益)하며 먹고 살 수도 있는 사업이란 한국에 와 있는 외국인 상대의 일용 잡화 및 식료품 상회였다. 그의 친지 가운데 외국인 선교사들과 교섭이 잦은 기독교인이 있었다. 그 친지 말에 의하면 현재 한국에 와 있는 외국 민간인들의 대부분이 식료품이나 일용품 같은 것을 거의 도쿄나 홍콩에서 주문해다 쓰고 있다는 것이다. 그것은 외국인 자신들에게 있어서도 시간적으로나 경제적으로 상당한 손실일 뿐 아니라 불편하기 이를 데 없는 일이지만, 한국 상인의 물품은 그 가격이나 질에 있어서 도무지 신용을 할 수가 없으니 부득이한 일이라는 것이다. 그렇기 때문에 외국인을 상대로 식료품과 일용품을 공급해 줄 만한 양심적인 한국 상점의 출현을 누구보다도 외국인 자신들이 절실히 요망하고 있다는 것이다. 친지에게서 그 말을 들은 익준은 단박 얼굴이 벌개가지고 병원으로 달려와서 이게 얼마나 수치스럽고 손실을 자초하는 일이냐고 탄식했던 것이다. 그런 지 며칠 뒤부터 익준은 자기 자신이 양심적인 출자자를 구해서 외국인 상대의 점포를 자기가 직접 경영해 보겠다고 서두르며 싸돌아다니었다. 최고 일 할 이득을 목표로 철두철미 신용과 친절 본위로 외국인을 상대하면 자연 잃게 된 한국인의 체면도 회복할 수 있고 그들의 신용과 성원을 얻어 사업도 번창해질 게 아니냐는 것이다. 그 뒤 익준은 양심적인 출자자를 찾아내기 위해 맹렬한 열의로 거리를 헤매기 시작했던 것이다. 그러나 그가 찾고 있는 돈 있고 양심적인 동지는 상금 나타나지 않고 있

는 것이다. 점심 요기조차 못하고, 나서지 않는 출자자를 찾아 거리
를 휘젓고 다니다가 저녁때 맥없이 돌아오는 익준은 보기에 딱하도
록 지쳐 있었다. 쓰러지듯 대합실 소파에 털썩 주저앉아버린 그는
비참한 표정으로 세상을 개탄하는 것이다. 친구의 소개로 돈푼이나
있다는 사람을 만나 얘기를 비치어 보았더니 지금 세상에 일 할 장
사를 위해 돈 내놓을 시러베아들이 어디 있겠느냐고 영 상대도 않
더라는 것이다. 그러면서 한다는 소리가 양키 상대라면 한두 번에
밑자를 고칠 구멍을 뚫어야지 제정신 가지고 금리도 안 되는 미친
짓을 누가 하겠느냐고 핀잔을 주더라는 것이다. 그러니 세상 사람
이 모두 도둑놈이 아니냐고 외쳤다. 사리사욕을 위해서는 남을 속
이거나 망치는 일쯤 당연하다고 생각할 판이니 도대체 이놈의 세상
이 끝장에 가서는 어떻게 되겠느냐고 익준은 비분강개를 금하지 못
하는 것이었다. 그럴 때마다 그는 행정 당국의 무능을 통매하면서
'D.D.T 정책'이라는 말을 내세우곤 했다. 디디티를 살포해서 이나
벼룩을 박멸하듯이 국내의 해충적 존재에 대해서는 강력한 말살 정
책을 써야 한다는 것이다. 이를테면 소매치기나 날치기에서부터 간
상 모리배도 총살, 협잡 사기한도 총살, 뇌물을 먹고 부정을 묵인해
주는 관리도 총살, 밀수범도 총살, 군용 물자를 훔쳐 내다 팔아먹는
자도 총살, 국고금을 횡령해 먹는 공무원도 총살, 아무튼 이런 식으
로 부정 불법을 자각하면서도 사리사욕에 눈이 멀어서 국가 사회에
해독을 끼치는 행위를 자행하는 대부분의 형사범은 모조리 총살해
버려야 한다는 것이다. 그렇지 않고는 양민이 안심하고 살 수 없을
뿐 아니라 나라의 앞날이 위태롭기 짝이 없다는 것이다. 흥분한 어
조로 이러한 지론을 내세울 때의 익준의 눈에는 살기에 가까운 노
기가 번득거리었다. 그럴 때 만일 누가 옆에서 그의 지론을 반박할
말이면 당장 눈앞에 총살형에 해당하는 범법자라도 발견한 듯이 격

분하는 것이다. 언젠가 어느 경솔한 외국 기자가 한국을 가리켜 도둑의 나라라고 해서 물의를 일으켰을 때의 일이다. 대개의 신문이나 명사들이 그 기사를 쓴 외국 기자를 비난하고 한국의 사회 실정을 엄폐 변명하려는 논조로만 치우쳐 있었다. 당시의 익준은 거의 매일같이 흥분해 있었다. 그 외국 기자야말로 한국의 현실을 날카롭게 투시하고 가차없는 비평을 가해 왔다는 것이다. 잠깐 다녀간 외국 기자의 눈에도 도둑의 나라로 비칠 만큼 부패한 우리나라의 현실이 슬프고 부끄러울망정 바른 소리를 한 외국 기자에게는 잘못이 없다는 것이다. 우리는 덮어놓고 외국 기자를 비난 공박하기 전에 먼저 우리 자신을 냉정히 반성하고 다시는 외국인으로부터 그처럼 치욕적인 말을 듣지 않도록 전 국민이 깊은 각성과 새로운 노력을 가져야 할 일이 아니냐. 결국 도둑놈 소리가 듣기 싫거든 도둑질을 하지 않으면 될 게 아니냐는 것이다. 그래서 만기는 몇 마디 반대 의견을 말해 본 일이 있었다. 어쨌든 그 외국 기자가 한국에 대해서 호감을 갖고 보지 않았다는 것만은 사실인 이상 국교상의 우호 관계로 보아서도 경솔한 태도였다는 비난을 면할 수는 없었다는 점과, 어느 나라치고 도둑이 없는 나라란 있을 수 없을 터인데 정도가 좀 심하다고 해서 왜 그렇게 되지 않을 수 없었는가 하는 객관적인 원인과 이유를 밝히는 일이 없이 일언지하에 대뜸 도둑의 나라라고 단정해 버린다는 것은 너무나 피상적 관찰에만 치우친 편견이 아닐 수 없다는 점을 들어서 만기는 은근히 익준의 소견을 반박해 보았던 것이다. 그랬더니 익준은 대번에 안색이 달라져가지고 만기에게 대들듯이 덤비었다.

"아니, 도둑놈에게 도대체 변명이 무슨 변명야? 그래 자넨 아직두 한국놈이 도둑놈이 아니라구 우길 수 있단 말야? 이 지구상에 우리나라처럼 도둑이 들끓구 판을 치는 나라가 또 있단 말인가? 이거

봐, 만기. 덮어놓구 자기 나라를 두둔하구 추어올리는 게 애국자,
애국심은 아닌 거야. 말을 좀 똑바루 하란 말야. 그래 아무리 조심
을 해두 전차나 버스를 한 번 탔다 내리기만 하면 돈지갑이나 시계,
만년필 따위가 감쪽같이 사라져버리는데 이래두 한국이 도둑의 나
라가 아니란 말인가? 백주에 대로상을 걸어가노라면 바람도 안 부
는데 모자가 행방 불명이 되기 일쑤구, 또 어떤 놈이 불쑥 나타나
골목으로 끌구 들어가서는 무조건 뚜들겨 팬 다음 양복을 벗겨가지
구 달아나는 판이니, 아 이래두 한국은 도둑의 나라가 아니구 얄량
한 동방예의지국이군 그래. 시장 바닥은 물론 심지어는 일국의 수
도 한복판에 있는 소위 일류 백화점이란 델 들어가 물건을 사두 가
격을 속이구 품질을 속이구 중량을 속여먹기가 여반장이니, 아 이
래두 한국은 의젓한 신사국이란 말인가. 아무리 아전 인수라두 분
수가 있지 열 놈이면 아홉 놈까진 도둑놈이라 눈 뜬 채 코 베어 먹
힐 세상인데, 그래두 자넨 한국이 도둑의 나라가 아니라구 뻔뻔스
레 잡아뗄 셈인가. 그야 물론 핑계 없는 무덤이 없다구 자네 말대루
도둑질하는 놈에게두 이유야 있을 테지. 이를테면 사흘 굶어 도둑
질 않는 사람 있느냐는 식으루 말일세. 그렇지만 남은 사흘은 고사
하구 닷새 엿새를 굶어두 도둑질 않구 배기는데 한국놈은 어째서
단 한 끼만 굶어두 서슴지 않구 도둑질을 하느냐 말야. 아니, 한 끼
를 굶기는커녕 하루에 네 끼 다섯 끼 배지가 터지도록 처먹구두 한
국놈은 왜 도둑질을 하느냐 말야. 이러니 죽일 놈들 아냐. 복통을
할 노릇이 아니냐 말야!"

익준은 흡사 미친 사람 모양 입에 거품을 물고 핏발 선 눈알을 뒹
굴리었던 것이다.

어느 날 퇴근 시간이 임박해서다. 미스 홍이 조용히 의논할 말이

있노라고 했다. 그동안 석 달치나 밀린 급료 얘기가 아닌가 싶어 만기는 새삼스레 가책을 느끼었다. 홍인숙은 만기에게 있어서는 소중한 사업의 보조자였다. 치의전(齒醫專)을 나온 이래 십여 년간의 의사 생활을 통해서 수많은 간호원을 부려보았지만 인숙이만큼 만족하게 의사를 돕는 솜씨도 드물었다. 가려운 데 손이 가듯이 빈 구석 없이 만기를 받들어주었다. 눈치가 빠르고 재질도 풍부해서 간호원으로서의 지식이나 기술뿐 아니라 웬만한 의사 못지않게 능숙한 수완을 발휘해 주었다. 중태가 아닌 진찰이나 치료 정도는 만기가 없어도 충분히 대진(代診)의 역할을 감당할 수 있었다. 그만큼 인숙은 자기 직무 이상의 일에까지도 열성을 기울여 묵묵히 만기를 도와왔다. 한 말로 말해서 인숙은 이처럼 시설이 빈약한 변두리의 개인 병원에는 분에 넘칠 만큼 더할 나위 없이 유능하고 성실한 간호원이었다. 인격적인 면에서 볼 때에도 얌전하고 귀엽게 생긴 얼굴이어서 환자에게 호감을 주었다. 그러한 인숙에게 스스로 만족할 정도의 충분한 물질적 대우를 해주지 못하는 것이 만기에게는 늘 미안한 일이었다. 그러나 인숙은 삼 년 이상이나 같이 있는 동안 단 한 번도 불만이나 불평을 말해 본 일이 없었다. 도리어 인숙은 자기 집의 생활이 자기의 수입을 필요로 할 만큼 군색한 형편이 아니라면서 미안해하는 만기를 위로하듯 했다. 그만큼 이해하고 봉사해 주는 인숙에게 최근 삼 개월분의 급료를 지불하지 못하고 있었던 것이다. 그래서 가뜩이나 미안하던 판이라 만기는 저녁 식사라도 같이하면서 얘기할까 했으나 인숙은 굳이 마다고 했다.

"정 그러시문 차나 한잔 사주세요."

병원을 잠그고 나서 그들은 밖으로 나갔다. 물론 대합실 소파에 지키고 앉아 있던 봉우도 따라나섰다. 그들은 가까운 다방으로 갔다. 역시 봉우도 잠자코 따라 들어왔다. 인숙은 퍽 난처한 기색으로

걸음을 멈추고 만기를 쳐다보았다. 만기는 이내 눈치를 채고 봉우를 돌아보며,

"미안허네, 봉우. 병원 일루 둘이서 조용히 의논할 일이 있어 그러는데……."

사양해달라는 뜻을 표했더니,

"그럼 문 밖에서 기다릴까?"

봉우는 도리어 어린애같이 솔직한 태도로 반문해 왔다. 만기도 따해서,

"무슨 딴 볼일이라두 없는가?"

그랬지만,

"딴 볼일은 없어. 그럼 문 밖에서 기다리지!"

돌아서 나가려는 것을,

"그래서야 되겠나. 그러면 저쪽 빈자리에서 기다려주게나."

도리어 만기 쪽이 민망하기 이를 데 없었다. 봉우와는 멀찍이 떨어진 위치에 자리 잡고 앉아서 만기는 차를 시켜놓고 인숙의 이야기를 들었다. 급료 독촉이 아니었다. 거북한 듯이 인숙이가 꺼내놓는 이야기는 봉우에 관한 문제였다. 봉우는 거의 하루도 거르는 날이 없이 인숙을 따라다닌다는 것이다. 퇴근하고 돌아가는 인숙을 같은 전차를 타고 집 앞까지 따라와서는 인숙이가 자기 집 대문 안으로 사라지는 걸 보고 나서야 봉우는 처량한 얼굴로 발길을 돌이킨다는 것이다. 그런 말은 전에도 잠깐 귀에 담은 일이 있었지만, 어쩌다가 봉우 자신 그 방면에 볼일이 있으니까 그러려니 생각하고 있었다. 그런데 얘길 자세히 듣고 보니 딴 용건이 있어서가 아니라 인숙을 따라다니는 행동 그 자체가 엄연한 목적이라는 것이다. 날마다 병원 대합실에 나와서 낮잠을 자듯이 저녁때마다 봉우가 자진해서 인숙을 집에까지 바래다주는 것은 하나의 일과가 되어 있다는

것이다. 인숙이 자신 처음 얼마 동안은 봉우의 엉뚱한 행동에 그리 신경을 쓰지 않았지만 요즘 와서는 미칠 것만 같다는 것이다. 무엇보다도 남의 이목이 두렵다는 것이다. 그렇지 않아도 벌써 동네에서는 별별 소문이 다 떠돌고, 집안 어른들에게도 잔소리를 듣게 되었다는 것이다. 인숙은 더러 그러한 봉우를 피하기 위해서 곧장 집으로 돌아가지 않고 일부러 딴 방향으로 돌아가보기도 했지만, 봉우는 역시 어린애처럼 떨어지지 않고 줄줄 따라다닌다는 것이다. 그렇다고 지긋지긋 귀찮게 실없는 수작을 거는 것은 아니다. 고작 꿈을 꾸듯 황홀한 눈을 인숙의 전신에 몰래 퍼부을 뿐이다. 처음엔 그러한 봉우가 그저 우습기만 했다. 그 뒤에는 징그러웠다. 요즘 와서는 무서워졌다는 것이다.

"저를 바라볼 때의 천 선생님의 그 이상스레 빛나는 눈이 꼭 저를 어떻게 할 것만 같아요. 소름이 돋아요!"

그래서 인숙은 밖에도 잘 못 나온다는 것이다. 꿈에서까지 그런 봉우의 눈과 마주쳤다가 소스라쳐 깬다는 것이다. 병원이 휴업을 하는 일요일 아침이면 봉우는 직접 인숙이네 집 대문 앞에 와서 우두커니 지키고 섰다는 것이다. 하도 기가 차서 인숙이가 홧김에 쫓아나가,

"천 선생님, 왜 또 여기 와서 계셔요?"

따지듯 하면,

"오늘은 병원이 노는 걸 어떡해요?"

그러니까 이리로밖에 찾아올 데가 없지 않느냐는 듯이 무엇을 호소하듯 하는 눈으로 인숙을 내려다본다는 것이다.

"이웃이 창피해요. 집 식구들두 시끄럽구요. 얼른 돌아가주세요, 네!"

사정하듯 하면 봉우는 갑자기 풀이 죽어서 천천히 골목을 걸어

나간다는 것이다. 그렇지만 얼마 있다 밖을 또 내다보면 봉우는 어느새 대문 앞에 도로 와서 척 지키고 서 있다는 것이다. 이래서 인숙은 자나 깨나 신경이 쓰여 흡사 미칠 것만 같다는 것이다.

"어떡하면 좋겠어요, 선생님."

말을 마치고 만기를 쳐다보는 인숙의 귀여운 얼굴이 아닌 게 아니라 이제 보니 핼쑥하게 좀 파리해 있었다.

"천 선생은 가정적으로나 사회적으로나 퍽 불행한 사람이오."

만기는 호젓한 말씨로 그렇게 대신 변명하듯 했다.

"저두 대강은 짐작하구 있어요."

"또한 본래 바탕이 너무나 선량한 사람이오. 중학 때부터 남에게 이용이나 당하구 피해나 입었지, 전연 남을 해칠 줄은 모르는 사람이었소. 그러니까 미스 홍두 천 선생에게 악의나 증오감을 품구 대하진 말아요."

"저두 알아요. 그러니까 여태 참구 지내다 못해 선생님께 의논하는 게 아니에요."

"천 선생은 분명히 미스 홍을 사랑하구 있나보오. 그러나 사랑을 노골적으로 고백할 수 있으리만큼 천 선생은 당돌하지 못한 사람이오. 그만큼 인간의 자격에 자신을 잃구 있는 분이지. 그러면서두 미스 홍을 떠나서는 못 살겠는 모양이오. 잠시두 미스 홍을 안 보구는 못 배기겠는 모양이란 말요. 불쾌하구 불안하구 난처한 처지는 알 수 있소만 조금 더 참구 지내요. 적당한 기회에 내가 천 선생하구 조용히 얘길 해볼 테니. 그렇다구 이런 문제를 제삼자인 내가 아무 때나 불쑥 들구 나설 수두 없으니까 좀 기다리란 말요. 그동안에 자연스럽게 얘기할 기회를 만들어볼 테니까."

인숙은 붉어진 얼굴을 숙이고 가만히 듣고만 있었다. 얘기를 마치고 나서 만기는 인숙이더러 먼저 돌아가라고 했다. 인숙이가 문 밖으로 사라진 뒤에야 만기도 일어나 봉우 자리로 가려니까 봉우는 그제야 눈이 휘둥그레져서 벌떡 일어서더니 만기를 밀치듯이 하고 황황히 밖으로 쫓아 나가버리었다. 만기도 할 수 없이 얼른 셈을 치르고 따라 나가보았다. 전차 정류장 쪽을 향해 저만큼 걸어가고 있는 인숙의 뒤를 봉우는 부리나케 쫓아가고 있었다. 그 광경이 흡사 엄마를 놓칠세라 질겁을 해서 발버둥 치며 쫓아가는 어린애 모양과 비슷했다. 그 꼴을 묵묵히 바라보고 서 있던 만기는 저도 모르게 가만히 한숨을 토했다. 계산이 닿지 않는 애정에 저렇게 열중해야 하는 봉우가 그리고 저러지 않고는 못 배기는 인간이 딱했기 때문이다. 동시에 만기 자신을 중심으로 자꾸만 얼크러지는 애정과 애욕의 미묘한 혼란이 숨 가쁜 까닭이기도 했다. 물론 봉우 처의 저돌적인 육박도 골치 아픈 일이기는 했지만, 그보다도 오히려 처제인 은주의 문제가 만기의 마음을 더 어지럽게 하였다.

은주는 어머니를 모시고 밑으로 어린 두 동생을 거느리고 어느 관청에 사무원으로 나가고 있었다. 육이오 동란 이후의 삼사 년간은 전적으로 만기에게 얹혀 지냈다. 그러니까 만기는 처가네 식구까지 열네 명이나 되는 대가족을 거느리고 있었던 것이다. 친동생들을 학교에 보내면서 처제들이라고 모르는 체할 수는 없었다. 은주와 그 두 동생까지 모두 여섯 명이나 중학교, 고등학교, 대학교에 집어넣었다. 그들의 학비와 열네 식구의 생활비를 위해서 만기는 문자 그대로 고혈을 짜 바쳤다. 물론 동생들은 고학을 한답시고 각자 능력껏 활동들을 해서 잡비 정도는 저희들이 벌어 썼지만, 그렇다고 만기의 짐이 덜어질 수는 없었다. 만기는 자연 나날이 쪼들리지 않을 수 없었다. 얼마 안 되는 병원 수입만으로는 어림도 없었다. 참다참다 급하게 되면 어쩔 수 없이 여기저기서 돈을 돌려다 썼다. 부모가 남겨준 유일한 재산이었던 집 한 채마저 팔아버리고, 유축에 전셋집을 얻어갔다. 이러한 곤경 속에서도 만기는 가족들 앞에서 결코 짜증을 내거나 불평을 말하는 일이 없었다. 얼굴 한 번 찡그려본 일이 없었다. 아무와도 나눌 수 없는 고민이란 영혼까지도 고갈하게 만드는 법이다. 만기는 자기에게 지워진 고통을 혼자서만 이를 사려 물고 이겨나갔다. 하도 고민이 심할 때는 입맛을 잃고 잠도 제대로 이루지 못했다. 그러한 만기의 심중을 아내만은 알았다. 밤새껏 엎치락뒤치락하며 남편이 잠을 못 드는 밤이면 아내는 말없이 만기를 끌어안고 소리를 죽여가녀 흐ㄴ꺼 울었다 그런 때 만기는 도리어 아내의 등을 어루만지며 위로해 주는 것이었다.

"「장 크리스토프」라는 로랑의 소설 가운데 이런 말이 있다우. '사람이란 행복하기 위해서 살고 있는 것은 아니다. 자기의 정해진 길을 가기 위해서 살고 있는 것이다.' 여보, 나를 위해서 진심으로 울어줄 아내가 있는 이상 나는 결코 꺾이지 않을 테요. 그러니까 나 위해 과히 걱정말구 어서 울음을 그쳐요. 자 어서, 이게 뭐야 언내처럼."

만기가 그러고 달래듯이 눈물을 닦아주려면 아내는 참아오던 울음소리를 탁 터뜨리고 발버둥 치며 더욱 섧게 우는 것이다. 아내는 세상의 어떤 아내보다도 만기를 깊이 이해하고 존경하고 사랑하고 동정하고 있었다.

그러나 그 밖에 또 한 여인이 만기 아내 못지않게 만기를 존경하고 사랑하고 동정하며 한 지붕 밑에 살고 있었다. 그는 물론 처제인 은주였다. 은주는 소녀다운 깊은 감동으로 형부를 우러러보고 사모했다. 귀공자다운 풍모, 알맞은 체격, 넓고 깊은 교양, 굳은 의지와 확고한 신념, 강한 의리감과 풍부한 인정미, 어떤 점으로 보나 형부 같은 남성은 세상에 다시없을 것 같았다. 그러한 형부가 보잘것없는 가족들을 위해서 노예처럼 희생당하고 있다. 형부를 위해서는 이 따위 가족들이 다 없어져도 좋지 않을까. 아니, 형부를 둘러싸고 있는 너절한 인간들이 온통 사라져버려도 좋지 않을까. 불공평한 현실 속에서 가족을 위해 죄인처럼 고민하는 형부를 생각할 때 은주는 속으로 혼자 울며 그렇게 중얼거려보기도 했다. 은주는 그처럼 형부를 위해 마음이 아팠다. 자연스럽게 형부를 사랑했다. 사랑히지 않고는 건닐 수 없는 심경이었다. 은주는 형부를 위해서라면, 사랑을 위해서라면 언제든지 서슴지 않고 웃으며 죽을 수 있을 것 같았다. 은주는 오랫동안 여러 가지로 혼자 궁리한 끝에 대학교 일학년을 마치는 길로 자진해서 학업을 중단하고 취직해 버렸다. 그러고는 어머니와 동생들을 데리고 셋방을 얻어 나가 자립 생활을 시작했다. 조금이라도 사랑하는 형부의 짐을 덜어주고 싶어서였다. 이사해 나가는 날 마지막으로 식사를 같이하고 나서 은주는 가족들이 있는 앞에서 언니에게 대담하게 이런 말을 했다.

"언니, 나 형부를 사랑해두 좋아?"

다들 웃었다. 물론 농담인 줄 알았기 때문이다. 그러나 만기와 그의 아내만은 겉으로는 웃었지만 속으로는 웃지 못했다. 은주의 말이 결코 농담에 그치는 것이 아님을 짐작할 수 있었던 탓이다. 작년부터는 가족들 사이에 자주 은주의 결혼 문제가 화제에 올랐다. 장모가 들를 적마다 사위와 딸 앞에서 은주의 나이 걱정을 해서다. 하기는 아버지 없는 은주에 대해서 언니나 형부 노릇뿐 아니라 아버지와 어머니 노릇까지도 대신해야 할 그들의 처지로서는 은주의 결혼 문제에 무심할 수는 없었다. 만기 부처는 기회 있는 대로 은주의 배필을 물색해 보았다. 그러다가 적당한 상대가 나서면 사진을 구해 두었다가 은주가 들를 때 보이곤 했다. 그러나 은주는 그때마다 사진 같은 건 거들떠보지도 않고,

"미안합니다. 누가 시집간댔어요!"

그러고는 장난꾸러기같이 어깨를 으쓱하며 쿡쿡 웃었다.

"애두, 그럼 평생 처녀루 늙을래."

언니가 가볍게 눈을 흘기면,

"형부만 한 신랑감을 골라주신다면……."

또 아까와 같이 어깨를 으쓱 하며 웃었다.

"나보다 몇 갑절 나은 청년야. 우선 사진이나 구경해."

만기가 남자 사진을 눈앞에 들이대도,

"사랑하는 사람을 두구 시집을 가란 말씀예요!"

정색하고 은주는 사진을 받아 던지었다.

"그렇지만 딱하지 않니? 형부를 이제 와서 둘이 섬길 수두 없
구…… 그럼 차라리 내가 형부를 양보할까!"

만기 처가 농담 아닌 농담을 건네고 미묘하게 웃었다.

"언니, 거 안 될 말씀. 난 언니두 사랑하는걸요!"

그러고는 살며시 다가앉으며 서양 사람이 그러듯 언니 볼에 가
볍게 입을 맞추었다.

"여보, 세상에 나 같은 행운아가 어딨겠소. 선녀처럼 예쁘고 어
진 당신과 비너스같이 황홀한 우리 은주 아가씨의 사랑을 독차지하
게 됐으니 말이오!"

은주의 태도를 어디까지나 장난으로 구슬러버리려는 만기의 의
도를 은주는 묵살해 버리듯,

"언니, 나 꼭 한 번만 형부하구 키스해두 괜찮우?"

어리광 피우듯 해서,

"여보, 이 애 소원을 풀어주시구려!"

언니가 어색한 웃음을 지으며 만기를 쳐다보았더니 은주는,

"가짓말, 언니 가짓말!"

언니를 나무라듯 몸부림치고 두 손으로 얼굴을 가리고 언니 무릎 위에 푹 엎어져버리고 말았다. 얼마 뒤에 고개를 드는 은주의 두 눈이 의외로 젖어 있었다. 신뢰에 찬 미소로 시선을 교환하는 만기 부처의 얼굴에는 똑같이 복잡하고 난처한 기색이 떠오르고 있었다. 그러면서도 다행인 것은 만기와 단둘이 만났을 때는 은주는 추호도 연정을 표시하는 일이 없었다. 어디까지나 처제의 위치에서 형부를 대하는 담담한 태도였다. 은주가 만기에 대한 걷잡을 수 없는 사랑을 언동으로 표시하는 것은 반드시 언니가 동석한 자리에서만이었다. 그만큼 은주는 깨끗한 아이였다. 만기 처 역시 그랬다. 형부에 대한 은주의 사랑을 시인하지 않을 수 없으면서도 남편과 동생의 사이를 의심하지는 않았다. 그만큼 남편과 동생을 믿고 있는 것이다. 이렇듯 알뜰한 아내와 은주 사이에 끼여서 만기는 참말 난처하지 않을 수 없었다. 결혼하기를 주위에서들 아무리 달래고 권해도 은주는 영 듣지 않았다. 한평생 만기만을 생각하고 사랑하며 깨끗이 혼자 늙겠다는 것이다. 그것이 일시적인 단순한 흥분에서가 아니라 필사적인 각오로 은주 스스로가 택하는 자기 인생의 엄숙한 선언이었다. 그러니만큼 주위 사람들도 다 함께 괴로웠고 당자인 만기는 더할 수밖에 없었다. 거기에 봉우 처마저 노골적인 추태로써 만기를 위협해 왔고 봉우와 미스 홍의 어쩔 수 없는 문제, 외면해 버릴 수 없는 익준의 암담한 가정 내막, 나날이 더 심해가는 경제적인 고통, 이런 복잡한 관계들이 뒤얽히어 만기의 마음속을 더욱 어둡고 무겁게만 해주었다. 그러나 만기는 역시 외면의 잔잔함만은 잃지 않았다. 한결같이 부드럽고 기품 있는 미소로서 누구에게나 친절히 대하기를 잊지 않는 것이다.

삼십이 좀 넘어 보이는 낯선 남자가 봉우 처의 편지를 가지고 병원을 찾아왔다. 만기는 남자에게 의자를 권하고 편지를 펴보았다.
비교적 달필로 남자 글씨처럼 시원스레 내리갈긴 편지의 내용은 이
러했다.

일전에는 실례했나 봐요. 저를 천한 계집이라 아마 비웃었을 것입
니다. 그건 아무래도 좋아요. 지극히 인격이 고상하신 도학자님의
옹졸한 취미를 저는 구태여 방해하고 싶지는 않으니까요. 한편 저
같은 계집에게도 선생님같이 점잖은 분을 비웃을 권리나 자격이 어
쩌면 아주 없지도 않을 거예요. 삶을 대담하게 엔조이할 줄 아는 현
대인 가운데 먼지 낀 샘플처럼 거의 폐물에 가까운 도금한 인간이
자기만족에 도취하고 있는 우스꽝스런 꼴을 아시겠습니까? 선생님
자신이 바로 그러한 인간의 표본이야요. 선생님에게 또 비웃음을 받
을 이 따위 수작은 작작하고 그러면 용건을 말씀드리겠습니다.
다름 아니라 그날도 말씀드린 바와 같이 병원 시설을 작자가 나섰
을 때 팔아치울 생각입니다. 이 편지를 갖고 간 분에게 기구 일습을
잘 구경시켜드리기 바랍니다. 매매 계약은 대개 오늘 안으로 성립될
것이오며 계약 성립 즉시로 통지해 드리겠사오니, 그때는 일주일 이
내에 병원과 시설 일체를 내어주시기 바랍니다.
저는 선생님이 원하신다면 새로이 현대적 시설을 갖추어드리고
싶었고, 현재도 그러한 제 심정에는 변함이 없습니다. 그러나 솔직
한 제 호의를 침 뱉어버리는 선생님의 인격 앞에 저는 하릴없이 물
러서는 수밖에 없나 봅니다.

그러한 본문 끝에 '추백(追白)'이라고 하고 '만일 제게 용건이
계시면 다음 번호로 언제든지 전화를 걸어주시기 바랍니다.'에 이
어서 전화번호가 잔글씨로 적히어 있었다. 편지를 읽고 난 만기는

언제나 다름없이 침착한 태도로 알맹이를 도로 접어서 봉투 안에 집어넣었다. 그의 손끝이 가늘게 떨리었다. 인숙이만이 재빨리 그 것을 눈치 챌 수 있었다. 만기는 편지를 서랍 속에 간직하고 나서 그 편지를 갖고 온 남자에게 친절한 태도로 시설을 보여주었다. 남자는 의료 기구상을 하고 있다고 하면서도 기계에 대한 내용을 잘 모르는 것 같았다. 그 남자가 돌아간 뒤 만기는 자기 자리에 앉아서 담배를 피워 물었다. 몹시 피로해 보였다. 얼굴색도 알아보게 창백해져 있었다. 인숙이가 조심스레 다가와서,

"이제 그분 뭐 하러 왔어요?"

걱정스레 물었다.

"시설을 보러 왔소."

"건 왜요?"

"어찌 되면 이 병원의 시설이 그 사람에게 팔릴지두 모르겠소."

그 말에 놀란 것은 간호원뿐이 아니었다. 대합실 소파의 구석 자리에 앉아서 반은 자고 반은 깨어 있던 봉우가 별안간 눈을 휘둥그렇게 뜨고 만기를 건너다보았다.

"정말인가?"

"그런가보이!"

"그럼 이 병원은 아주 문을 닫아버린단 말인가?"

봉우는 어처구니없다는 듯이 입을 벌린 채 잠시 만기를 멍하니 바라보고 있었다.

"그럼 대체 자네나 미스 홍은 어떻게 되는 건가?"

"글쎄, 아직 막연하지!"

봉우는 거의 절망적인 눈으로 만기와 인숙을 번갈아보았다.

"천 선생님, 이 병원을 팔지 말구 이대루 두라구 사모님께 잘 좀 부탁을 하세요, 네!"

인숙은 심각한 표정으로 애원하듯 했다.

"내가? 내가 부탁헌다구 들어줄까요?"

"선생님 사모님이신데 아무렴 선생님이 간곡히 부탁하면 안 들
으실라구요."

"그럼 뭐라구 하문 될까요?"

"어마, 그걸 제가 어떻게 알아요. 선생님이 잘 생각해서 말씀하
셔야죠."

봉우는 더 대답을 못 하고 고개를 숙여버리고 말았다. 그에게는
아내를 움직이는 일은 하늘을 움직이는 일만큼 불가능한 일이었던
것이다. 그러나 아내를 움직이지 못한다면 그는 유일한 휴식처요,
보금자리인 이 대합실 소파를 뺏겨버리고 말 것이다. 그뿐이 아니
다. 마음의 빛이요 보람인 미스 홍을 놓쳐버리고 말 것이 아닌가!
봉우는 그만 처참할 정도로 푹 기가 죽어버리고 말았다.

몇 시간 뒤의 일이었다. 마침 환자가 있어서 치료해 보내고 만기
가 자기 자리로 돌아와 환자 카드를 정리하려는데 허줄한 소년이
대합실 문 앞에서 기웃거리며 살피고 있었다. 전번에 왔던 익준의
아들이었다.

"너, 웬일이냐?"

만기는 직감적으로 어떤 불길한 예감에 쏠리며 물었다. 소년은
먼젓번처럼 가만히 문을 밀고 대합실 안으로 들어섰다. 소년의 얼
굴에는 눈물 자국이 있었다. 소년은 병원 안을 한 바퀴 둘러보고 나
서 만기를 보았다.

"울 아버지 안 오셨어요?"

"안 오셨다. 이삼 일 전부터 통 보이질 않는구나."

소년은 한쪽 발에만 고무신을 신고 왜 그런지 한 짝은 벗어서 손
에 들고 있었다.

"아버지가 집에두 안 돌아오셔요."

"그래? 언제부터?"

만기는 이상해서 다그쳐 물었다.

"어저께두 그 전날두 안 돌아오셨어요."

"웬일일까!"

정말 알 수 없는 일이었다. 소년은 무슨 말을 할 듯 할 듯하다 말고 그대로 돌아서 나가려고 했다. 만기는 얼른 소년을 도로 붙들어 세운 다음,

"어머닌 좀 어떠시냐?"

묻고서 그 대답이 무서웠다.

"죽었어요!"

소년은 수치스러운 일처럼 고개를 숙이고 가만한 소리로 대답했다. 예측했던 일이지만 만기는 가슴이 섬뜩했다. 언제 돌아가셨느냐니까,

"좀 아까예요!"

소년은 그러고 외면을 했다. 더 자세히 얘기를 듣고 보니 소년의 모친은 약 두 시간 전에 눈을 감은 모양이었다. 집에는 두 동생과 주인집 할머니만이 시체를 지키고 있다는 것이다. 외할머니도 아침에 생선 장사를 나간 채 아직 돌아오지 않았다고 한다. 만기는 소년의 한쪽 손을 꼭 쥐어주며,

"대체 아버지는 어딜 가셨을까?"

다정하게 물었다.

"모르겠어요!"

소년은 슬그머니 손을 빼고 돌아서 나가려고 했다.

"가만있거라. 나랑 같이 가자."

만기는 흰 가운을 벗고 양복저고리로 바꾸어 입었다. 그리고 오

늘 들어온 돈을 죄다 긁어서 주머니에 넣었다.

"여보게 봉우. 자네두 같이 가지."

"뭐? 나두?"

봉우는 자다 깬 사람처럼 얼떨결에 놀라 묻고 좀 머뭇거리다가 엉거주춤 따라 일어섰다. 간호원에게 뒷일을 부탁하고 만기가 앞장서 막 병원을 나서려는 참인데 스무 살쯤 되었을 어떤 청년이 들어섰다. 청년은 원장 선생님을 찾더니 만기에게 한 장의 쪽지를 전하였다. 분우 처에게서 온 통지였다.

　　병원 시설은 매매 계약이 성립되었습니다. 앞으로 일주일 이내에 병원을 비워주시기 바랍니다.

그리고 이번에도 언제든 용건이 있으면 서슴지 말고 연락을 해 달라고 하고 전화번호가 적혀 있었다. 만기는 말없이 쪽지를 편 대로 간호원에게 넘겨주고 밖으로 나왔다.

익준의 아들은 밖에 나와서도 한쪽 고무신을 손에 든 채 그쪽은 맨발로 걷고 있었다. 남 보기에도 덜 좋으니 그러지 말고 한쪽 고무신마저 신으라고 권해도,

"발에 땀이 나서 그래요."

소년은 점직한 듯이 그러고 한쪽 손에 든 고무신을 뒤로 슬며시 감추었다. 그러나 만기는 그제야 눈치를 채고 소년이 들고 있는 고무신을 걸으면서 유심히 보았다. 그것은 닳아서 뒤꿈치가 터지고 코뚜리가 쭉 찢어져서 도무지 발에 걸리지 않게 되어있었다. 만기는 가슴이 찌르르했다. 전차를 타기 전에 그는 소년에게 고무신부터 한 켤레 사주고 싶었다 그러나 그 근처에는 고무신 가게가 눈에 뜨이지 않았고, 때마침 전차가 눈앞에 와 멎어서 그대로 이내 차에

오르고 말았다.

소년의 가족이 들어 있는 집은 지붕을 기름종이로 덮은 토담집이었다. 소년의 어린 두 동생이 거지 아이 꼴을 하고 문턱에 기운 없이 걸터앉아 있었다. 역한 냄새가 울컥 코를 찌르는 침침한 방 안에는 옆방에 산다는 주인 노파가 역시 이웃 아낙네와 마주 앉아 시체를 지키고 있었다. 방바닥에 착 달라붙은 듯한 시체 위에는 낡은 담요 조각이 덮여 있었다. 우선 집주인 노파에게 인사를 하고 나서 만기는 할 일을 생각했다. 주인이 없더라도 사망 진단서와 사망 신고 등의 절차는 밟아두어야 했다. 요행 반장의 협력을 얻어서 그런 일들은 무난히 끝낼 수가 있었다. 아이들의 외할머니는 저녁때가 되어서야 비린내 나는 광주리를 이고 돌아왔다. 딸이 죽은 것을 알고도 그리 슬퍼하지도 않았다. 그저 노파의 전신에는 보기에 딱하리만큼 심한 피로가 배어 있었다. 노파의 말에 의하면 익준은 이삼 일 전에 인천 방면의 어느 공사판을 찾아갔다는 것이다. 환자에게 주사 몇 대라도 맞게 해주면 한이나 풀릴 것 같아서 벌이를 떠났다는 것이다. 부득이 만기가 주동이 되어서 장례식 일을 맡아보아주는 수밖에 없었다. 첫째, 비용이 문제였다. 만기는 자기 호주머니를 톡톡 털어서 당장 사소한 비용을 썼다. 봉우는 그저 시무룩하니 앉아서 만기 눈치만 살피다가 어디를 나가면 그림자처럼 따라다닐 뿐이었다. 상가에서 밤을 새우고 나서 만기는 이튿날 아침 잠깐 병원에 들러보았다. 물론 봉우도 함께 와서 대합실 구석 자리에 앉아 있었다. 만기도 나른히 지쳐 있었다. 인숙이가 걱정스레 만기를 바라보며 무슨 말을 할 듯하다가 말았다. 만기는 한동안 묵연히 생각에 잠겨 있다가 대합실 소파로 가서 봉우 옆에 바싹 다가앉았다.

"여보게, 같이 가서 자네 부인을 좀 만나보구 올까!"

"아니, 건 또 무슨 소리야."

"당장 장례비용이 있어야 할 게 아닌가. 그러니 자네두 같이 가서 조언을 좀 해줘야겠단 말이네."

만기는 봉우 처에게서 장례비용을 좀 뜯어볼 생각이었다. 아무리 간소히 치른다 해도 관은 사야 할 게고 세 어린것에게 상복을 입히고 영구차도 불러야 하겠는데 그 비용을 변통할 길이 달리는 전연 없었기 때문이다. 밖에 나가 전화를 걸고 찾아가려고 만기는 그리 달가워하지 않는 봉우를 끌고 일어났다. 그러자,

"선생님 잠깐만……."

무슨 각오를 지닌 듯한 표정으로 인숙이가 불러 세웠다.

"왜 그러오?"

인숙은 만기를 진찰실 구석으로 끌고 가서 나지막한 소리로,

"이 병원 결정적으로 팔리게 되었나요?"

캐어묻듯 했다.

"그런 모양이오!"

인숙은 심각한 표정으로 고개를 숙이었다. 잠시 말을 못 하고 서 있었다. 밀린 급료 문제나 실직될 것을 걱정해서 그러는 줄로 만기는 알았다.

"미스 홍이 삼 년 이상이나 마치 자기 일처럼 성의껏 거들어준 데 대해서는 그 고마움을 평생 잊지 않겠소. 그런 만큼 헤어지게 될 때 충분히 물질적 사례를 취하는 것이 도리겠지만 미스 홍도 아다시피 현재의 내 경제적 사정으로는 그건 어렵겠으나, 밀린 급료만은 어떡해서든 책임지고 청산하도록 할 테니 그리 알아요. 그리구 미스 홍의 취직 문젠데, 나도 딴 병원을 극력 알아볼 테니 미스 홍도 오늘부터라두 아는 사람에게 미리 부탁해 두어요."

만기는 한편으로는 사과하듯 한편으로는 위로하듯 했다. 그러자

불시에 고개를 바짝 들고 정면으로 쳐다보는 인숙의 시선에 부딪친 만기는 가슴에 뭉클하는 충동을 받았다. 원망스러이 쳐다보는 인숙의 눈에는 눈물이 핑그르 돌고 있었기 때문이다.

"절 그렇게만 보셨어요!"

인숙은 외면하면서 손가락 끝으로 눈물을 뭉개고 나서,

"건 가혹한 오해세요!"

입술을 깨물었다.

"미스 홍, 내가 피로해 있었기 때문에 실언을 했나보오. 너무 노골적인 말이어서 노엽거든 용서해요."

"선생님, 저보다두 실상 선생님이 더 큰일 아니에요. 그 숱한 식구의 생활비며 학비며…… 개업 중에두 늘 곤란을 받으셨는데 병원을 내놓게 되면 당장 어떡허세요!"

"고맙소. 그러나 스스로 애쓰는 자는 하늘이 돕는다지 않소. 우선 천 선생네 장례식이나 끝내고 나서 나도 백방으로 살 길을 찾아볼 테니 과히 걱정 말아요!"

인숙은 이상스레 빛나는 눈으로 만기를 쳐다보다가,

"선생님, 새로 병원을 차리려면 최소한도 얼마나 자금이 필요해요?"

주저하며 물었다.

"아마, 팔십만 환은 가져야 불충분한 대로 개업할 수 있을 게요."

인숙은 잠깐 동안 입술을 깨물고 섰다가 불시에 고개를 들고 호소하는 듯한 눈으로 만기를 쳐다보며,

"선생님, 제게 오십만 환이 있어요. 그건 선생님께 드리겠어요. 그리구 오빠에게 부탁해서 삼십만 환은 어디서 싼 이자루 빌려오도록 하겠어요. 선생님, 병원을 내세요!"

말을 마치자 인숙의 눈에서는 갑자기 눈물이 주르르 쏟아졌다.

인숙은 그것을 씻을 생각도 않고 젖은 눈으로 열심히 만기를 쳐다보며 서 있었다. 조금이라도 만기가 움직이기만 하면 인숙은 쓰러지듯 그대로 만기 가슴에 얼굴을 묻고 매달릴 것 같았다.

"미스 홍이 어떻게 그런 대금을 자유로 할 수 있겠소!"

만기는 그럴수록 냉정한 언동을 유지하려고 애쓰며 물었다.

"그동안 제가 받은 급료에는 일절 손을 대지 않구 제 몫으로 고스란히 모아왔어요. 어른들은 제 결혼 비용으로 생각하고 계셨지만 저는 선생님께 병원을 차려드릴 일념으로 모아온 돈이에요!"

동일한 자세로 만기의 얼굴을 지켜보고 섰는 인숙의 눈에는 새로운 눈물이 계속해 흘렀다. 그 눈물 저쪽에 타오르고 있는 인숙의 눈에서 만기는 아내의 애정을 보았고 은주의 열정을 느끼었다. 영롱하게 젖은 그 눈 속에는 모든 여자가 진정으로 사랑하는 남자에게만 보여주는 마음의 비밀이 빛나고 있었다. 만기도 가슴속이 훅 달아오르는 것을 참고 눌렀다.

"미스 홍, 입이 있어도 내게는 당장 대답할 말이 없소. 인제 그만 눈물을 닦아요. 어제 오늘은 내 머리도 몹시 복잡합니다. 훗날 머리가 좀 식은 다음에 천천히 얘기합시다."

겨우 그런 말을 중얼거리고 만기는 문간에서 기다리고 섰는 봉우를 따라 밖으로 나와버리고 말았다.

봉우 처에게 전화를 걸었더니 딴 사람이 전화를 받았지만 이내 만날 수 있게 연락을 취해 주었다. 지정한 다방으로 가보니 봉우 처가 기다리고 있었다. 앞장서 들어서는 만기를 보고 반색을 하다가 뒤따라 들어오는 자기 남편을 보고 여자는 놀라는 눈치였다. 마주 앉기가 바쁘게 만기는 용건부터 얘기했다. 익준이와 봉우와 자기는 중학 시절 이래 막역한 친구임을 말하고 나서 익준이네 비참한 가정 형편을 들려주었다. 그러고는 장례비용을 희사하거나 빌려주기를 간청한 것이다.

"정말야. 이 친구 말대루야. 나두 보구 가만있을 수가 없어. 몇 달 동안 내 용돈을 안 타 써두 좋으니까 사정을 봐줘."

봉우는 제법 용기를 내서 아이가 어머니에게 조르듯이 옆에서 거들었다. 그 사이 봉우 처는 몇 번이나 낮색이 변하였다.

"선생님에게두 저 같은 여자가 소용에 닿을 때가 있군요. 좋아요. 저는 점잖은 선생님의 청을 거절할 용기가 없어요!"

여자는 언어 이상의 의미를 표정으로 나타내고 나서 일어서 저쪽으로 가려다가,

"오만 환 정도라면 당장 되겠어요. 물론 현금이 좋으시겠죠."

대답도 듣지 않고 카운터 뒤로 사라져버리더니 좀 뒤에 현찰을 신문지에 꾸려가지고 돌아왔다. 만기가 치하를 하고 일어서려니까,

"이 돈, 그냥 드리는 건 아니에요."

여자가 그래서,

"알겠습니다. 이 자리에서 기일 약속은 할 수 없지만 반드시 책임지고 갚아드리겠습니다."

그랬더니 봉우 처는 문간까지 따라 나오며 애교 띤 농담조로,

"고지식한 양반, 그렇다면 원금만 가지고는 안 되겠어요. 적당한 이자까지 듬뿍. 아시겠어요?"

거의 아양에 가까운 교태였다. 봉우의 눈치를 곁눈질로 살피며 당황히 줄달음치듯 나오는 만기 등 뒤에다 대고,

"일간 다시 들러주세요. 선생님 일루 꼭 의논할 일이 있으니까요!"

여자는 거리낌 없이 소리를 지르는 것이었다.

하여튼 그 돈으로 간소하나마 격식을 갖추어 장례식을 무사히 치를 수 있은 것은 다행한 일이었다. 관을 사오고 광목을 떠다 아이들에게 상복을 지어 입히고 고무신도 사다 신겼다. 의논해서 화장

을 않고 망우리에 무덤을 남기기로 했다. 장지로 향하는 차 안에서
익준이가 없는 것을 만기가 탄식했더니,

"살아서두 남편 구실 못 한 위인, 죽은 다음에야 있으나마나지!"

익준의 장모는 개의치 않았다. 그러나 좀 늦게나마 남편 구실을
못 한 익준이 그날로 집에 돌아오기는 한 것이다. 거의 황혼 무렵이
되어서 산에서 돌아온 일행이 익준네 집 골목 어귀에서 차를 내렸
을 때였다. 저쪽에서 머리에 흰 붕대를 감고 이리로 걸어오는 허줄
한 사내가 있었다 아이들이 먼저 알아차리고,

"아, 아버지다!"

소릴 질렀다. 그러자 익준은 멈칫 걸음을 멈추었고, 이쪽에서들
도 일제히 그리로 시선을 보냈다. 익준은 머리에 상처를 입은 모양
이었다. 한 손에는 아이들 고무신 코숭이가 비죽이 내보이는 종이
꾸러미를 들고 있었다. 그는 무표정한 얼굴로 이쪽을 향하고 꼼짝
않고 서 있었다. 석상처럼 전연 인간이 느껴지지 않는 얼굴이었다.

"어이구, 차라리 쓸모없는 저 따위나 잡아가지 않구 염라 대왕두
망발이시지!"

익준의 장모는 사위를 바라보면서 그렇게 중얼대고 인제야 눈물
을 질금거리었다. 그래도 아이들이 제일 반가워했다. 일곱 살 먹은
끝의 놈은,

"아부지!"

하고 부르며 쫓아가서 매달렸다.

"아부지, 나, 새 옷 입구, 자동차 타구 산에 갔다 왔다!"

어린것이 자랑스레 상복 자락을 쳐들어 보여도 익준은 장승처럼
선 채 움직일 줄을 몰랐다.

설중행(雪中行)

"건 안 되겠다!"

한 마디로 고 선생(高先生)은 딱 잡아뗐다. 관식(寬植)의 얼굴빛이 대뜸 달라졌다. 의외라는 듯이 고 선생을 쳐다보았다. 그럴 수가 있느냐는 눈길이다. 고 선생도 마땅찮은 눈으로 마주 보았다. 둘은 그대로 잠시 말이 없었다. 다방에서 탁자를 사이에 놓고 앉아서다.

"너무합네다!"

"너무하다니? 내가 너무한 게 아니라, 네가 어지간히 뻔뻔하다."

"난 필사적입네다. 뻔뻔한 거이 문제가 아니야요. 내가 굶어 죽어두, 얼어 죽어두 좋단 말입네까?"

"네가 굶어 죽건, 얼어 죽건, 차에 치여 죽건, 그 책임을 왜 내가 져야 한단 말이냐? 어째서 하필 날더러 책임지라는 거냐?"

"난 선생님이 그럴 줄은 몰라시요. 정말 그렇게 나오깁네까?"

두 사람은 도로 입을 다물었다. 똑같이 흥분한 표정이었다.

관식은 내일부터 갈 데가 없었다. 지금까지 고향의 선배가 내고 있는 병원에 있었다. 병원이란 명색뿐이었다. 빈민가 뒷골목에 있는 무허가 병원이었다. 들은풍월이라, 의사의 아들인 관식은 거기서 조수인 체했다. 선배도 면허 없는 의사였다. 당국의 취체에 걸려 들어 문을 닫게 되었다. 선배는 짐을 꾸려가지고 자취를 감춰버렸다. 병원 자리에는 딴 사람이 들게 되었다. 내일은 집을 내주는 수밖에 없었다. 관식은 생각다 못 해, 중학교 때의 교사인 고 선생을 찾아와 당분간 신세를 지자고 청을 들인 것이다.

"근 십 년 만에, 만나는 길로 그게 인사냐? 아무리 생각해두 난 네 심경을 이해할 수가 없다."

"뭐가 만나는 길입네까? 두 번째 아닙네까?"

"마주 앉기는 오늘이 첨이지 뭐냐? 그날은 전찻간에서 우연히 만나, 연락처만 알려줬으니까."

"하여튼 너무합네다. 난 선생님이 그렇게 냉정한 줄은 몰라시요."

"날더러 너무한다, 냉정하다 하기 전에, 너로서는 먼저 내게 대해서 알아야 할 게 있지 않으냐? 내 생활 형편을, 내 성격을, 내 취미를 미리 알아야 한단 말이다."

"그럴 여유가 어디 있습네까? 내일 당장 이불 보따리를 꾸려가지구 나와야 할 판인데, 어디루 갑네까?"

"그러면 만일 날 만나지 못했더면 어쩔 뻔했니?"

"그러니까 사람이란 죽지 않구 살게 마련 아닙네까. 선생님의 인정이나 우정을 믿었기 때문에 이렇게 찾아온 거야요. 너무 몰인정합네다."

"우정? 아니 이거 점점 더 해괴한 소리가 나오는구나. 너와 나 사이에 대체 언제 그리도 알뜰한 우정이 쌓였더냐? 나도 먹기 위해 시가(時價)로 너희들에게 지식을 팔았다. 너희들은 도매값으루 내게서 지식을 샀다. 언제 탐탁히 친교를 맺어왔단 말이냐? 이북에서 삼 년, 월남해서 삼 년, 육 년간의 훈장 생활에 나는 수천 명의 학생을 상대했다. 그래 그 수천 명에게, 인정이나 우정을 베풀 의무가 내게 있단 말이냐? 간혹 거리에서 만나두 점심 한 그릇, 차 한 잔 먹자는 말이 없는, 그 따위 수천 명에게 나만이 일방적으루 우정을 베풀어야 해? 나는 남을 위해서 태어났단 말이냐?"

고 선생은 자연 음성이 높아졌다. 무슨 일인가 하고 다른 자리의 손님들이 이쪽을 바라보았다.

찻집을 나와가지고도 고 선생은 속이 풀리질 않았다. 아무리 생각해도 우스운 놈이다. 뻔뻔하기 짝이 없다. 그렇지만 그놈은 어디까지나 이쪽을 몰인정한 사람, 박절한 사람이라고 생각하고 있는 것이다. 그게 억울하고 괘씸했다.

다음날 어슬어슬해서다. 그날따라 몹시 추웠다. 늦도록 단골 찻집에 앉아 있노라니까 관식이가 또 나타났다. 오늘은 낡은 회색 담요에 싼 이불 보따리까지 한 손에 들었다. 비좁은 탁자 사이로 그놈을 무작정 끌고 들어오는 것이다. 손님들이 눈을 크게 뜨고 바라보고, 자기가 뭐라고 해도 모르는 체하고 부득부득 고 선생 곁으로 다가오는 것이다. 고 선생은 눈살을 찌푸리고 일어섰다.

"나가자, 나가. 얼른 나가."

떠다밀 듯이 하고 밖으로 나왔다.

"아니, 그래 뉘게다 막 떼거지를 쓰자는 거냐?"

"어떡허갔소, 선생님. 미안합네다!"

관식은 머리를 굽실했다. 입술이 퍼어렇게 얼어 있었다. 몸을 덜덜 떨곤 했다. 길거리에 그러고 서서 나무라고 있을 수만은 없었다. 그런 정도로 간단히 해결될 사태는 이미 아니었다. 근처에 아는 책방이 있어서 짐을 거기에 갖다 맡겼다.

둘이는 다시 찻집으로 갔다. 앉기가 바쁘게 관식은 또 한 번 머리부터 숙였다.

"선생님 정말 안됐습네다."

"어제 네가 한 말을, 오늘은 내가 써야겠다. 너무한다, 너무 해!"

관식은 머리를 북적북적 긁었다.

"오늘 낮에까지는, 저두 선생님을 찾아오지 않을라구 결심했습네다. 그렇지만 이 이불 짐을 메구 서울 바닥을 싸댕기다 보니 결국은 이렇게 선생님을 찾아오구 말아시요. 할 수 있습네까. 한 쥘 동안만 신셀 집세다. 선생님 은혜만은 잊지 않가시요!"

관식의 태도가 어제와는 달랐다. 오늘은 덮어놓고 머리를 숙이고 달라붙는 것이다. 이놈이 아주 나보다는 윗수로구나 생각하면서도, 고 선생은 차마 어제처럼 딱 잘라 거절해 버릴 수는 없었다.

"나두 궁한 판이지만, 일주일 정도라면 어떻게 되겠지."

마지못해 고 선생은 그렇게 대답하는 수밖에 없었다. 이리하여 관식은 여태 독신을 면하지 못한 채, 셋방살이를 하고 있는 고 선생의 식객이 된 것이다. 이것이 웅덩이의 물처럼 잔잔한 고 선생의 생활에 풍파를 일으키게 된 원인이었다.

어느 날 관식은 얼굴이 가무잡잡한 소녀를 데리고 왔다. 별스레 눈이 동그랗고, 웃으면 한쪽에만 보조개가 팼다. 스물둘이라지만, 겨우 십칠팔 세밖에 안 먹어보였다. 검정 우단 점퍼에 풀색 골덴 양복바지를 받쳐 입었다. 엉덩이나 무릎은 닳아서 반들반들했다. 귀남(貴男)이라는 이름이었다.

"내 친굽네다. 앞으루 내 색시가 될 사람입네다."

"까불지 마, 함부루!"

귀남은 눈을 흘겼다.

"남은 꽤 유망한 연극 소녀입네다."

관식은 그렇게 소개했다. 귀남은 그제야 베레모를 벗고, 일본 여자처럼 무릎을 모으고 앉더니 깍듯이 허리를 굽혔다. 나쁜 인상은 아니었다. 연극을 한다니, 배우 지망이냐고 고 선생이 물었더니, 귀남은 웃으면서 모로 고개를 저었다.

"주로 희곡을 써보고 싶답네다. 한편으론 물론 연출이나 연기두 하구요."

관식이가 설명을 달았다. 여자로서 왜 그처럼 다난한 길을 택했느냐고 고 선생이 물었다.

"인생이 숫제 연극인걸요!"

야, 요년 봐라, 하는 생각이 고 선생에겐 들었다. 젊은 사람의 입에서 인생이니, 인류니 하는 말이 튀어나올 적마다 고 선생은 본능적으로 입에서 신물이 돌았다. 그러나 이번만은 안 그랬다.

"그럴까? 인생은 모두가 연극일까? 좀 더 진실한 인생두 있지 않을까?"

"그저 진실한 체해 보이는 거죠. 뉘게나 진실하게 보이리만큼, 진실한 체하기란 용이한 일이 아닐 거예요. 상당한 수련이 필요할 거예요. 연기란 결국 게까지 가야 되니까요."

고 선생은 적이 놀랐다. 덮어놓고 발그라지거나 건방진 소리로만 들리지 않고 어딘가 신선한 맛이 느껴지기 때문이었다.

"그렇다면 나두 한 사람의 배우에 지나지 않겠군. 극히 서투른 연기밖에 할 줄 모르는, 아주 삼류나 사류 배우란 말야."

귀남은 웃기만 했다.

"남은 쩍 하문 나보구두, 그 서투른 연기 좀 집어치우라는 거예요. 아주 몹시 까다로운 감독이랍네다."

관식은 너털웃음을 지어보였다.

"앤, 벌써부터 날 따먹으려구 노리는 거예요. 그렇지만 아직 그

솜씨룬 어림없다!"

귀남은 관식이가 만든 찬 없는 저녁을 얻어먹고 갔다. 고 선생은 문간까지 따라 나갔다. 초라한 귀남의 뒷모습이 몹시 추워 보였다. 버스 종점까지 귀남을 바래다주고 온 관식은 방에 들어서는 길로 물었다.

"어떻습네까? 선생님."

"뭐가?"

"남이하구 결혼할라구 그럽네다. 그만했음 쏠쏠하지요?"

고 선생은 대뜸 눈쌀을 모았다.

"결혼을 해? 지 하나두 처신 못 하는 주제에 결혼이 다 뭐니?"

"날 너무 무시하지 말라구요. 이제 두구 보시라구요."

"무시하는 게 아니라 사실이다. 남에게 얹혀 지내는 녀석이 결혼은 다 뭐냐 말이다."

사실 고 선생에게 관식은 귀찮기만 한 짐이었다. 약속한 한 주일이 지나도 관식은 나갈 생각을 하지 않았다. 한번은,

"네가 온 지 어느새 한 주일이 지났다!"

나가라는 뜻으로 그랬더니,

"벌써 그렇게 되나요. 맘이 펜하니까 여게 와서 살이 좀 올라시요. 인제 한 달쯤 지나문 몸두 나가시요. 그러구 보니 오길 잘 해시요."

하는 것이었다. 이런 정도니, 고 선생은 벌렸던 입을 한동안 다물지 못했다.

고 선생은 몇 군데의 잡지에 삽화를 그려주는 외에, 매주 두 시간씩 어느 여학교에 그림을 지도하러 나갔다. 그 수입으로 두 주둥이 당장 입치레야 못할까마는, 도무지 여유가 없어서 심신이 못 견디게 고달팠다. 관식은 놀라운 대식가였다. 고 선생의 세 곱은 먹어치웠다. 연료고 건건이고 배나 혜폈다. 그만이면 그래도 좋겠다. 고

선생의 내의나 양복을 제 것처럼 입고 나가기가 일쑤였다. 아침마다 대개는 고 선생이 먼저 외출을 하게 된다. 하루는 거리에서 나중 나온 관식을 만났다. 동행이 있었다. 젊은 여자였다. 얼른 몰라보았다. 이발이랑 하고 춘추복이지만 신조 양복으로 쪽 뺐기 때문이다. 알고 보니 그게 고 선생 양복이었다. 오래 벼르던 끝에 지난 가을에 큰맘 먹고 장만한 것이었다. 국산이지만 색깔과 바느질이 맘에 들어서, 몇 번 안 입고 아껴두었던 외출복이었다. 고 선생은 안색이 달라지며 관식을 노려보았다.

"미안합네다, 선생님. 오늘 좀 깨끗이 채리구 만날 사람이 있어서 그래시요. 얼른 돌아가 벗어놓갔습네다."

그러고 나서 관식은 몇 걸음 앞에서 기다리고 서 있는 여자를 분주히 따라가버리었다. 그날 저녁 집에 돌아오는 길로 고 선생은 관식을 대놓고 나무랐다. 관식은 머리를 북북 긁으며 과히 무색해하지도 않았다.

"그까짓 양복 한 번 입었다구 뭘 그러십네까. 너무 빡빡하게 굴지 마시라구요. 내가 인제 돈만 잡으문 선생님 양복 한두 벌쯤 문제 없이 해드리가시요."

도리어 그랬다. 그 전에도 한번 털내의를 갈아입으려고 아무리 찾아도 없기에 어찌 된 일인가 했더니, 어느새 관식이가 척 입고 있었다.

느닷없이 관식은 불쑥 이런 질문을 내대기도 했다.

"선생님은 왜 장갈 안 드십네까?"

"내 장가 걱정까지 하라더냐? 널더러."

"하두 딱하니까 그럽네다. 무슨 재미루 사십네까?"

"무슨 참견이냐, 시끄럽게."

"내가 생각이 있어 그럽네다. 재산 있는 여자가 있이요."

고 선생은 대꾸를 않고 돌아앉아버렸다.

"한번 만나게 해드리가시요."

"……."

"선생님 속은 도무지 알 재간이 없이요…… 난 색시 얻구 싶어 못 겐디가시요."

관식은 좀 더 노골적으로 나오는 날도 있었다.

"선생님, 내 근사한 데 안내해 드리가시요. 상게 한 번두 못 가 보셨지요? 둘이서 천 환이문 돼요."

고 선생은 마침내 골을 내고야 말았다. 다시없는 모욕을 당한 것처럼 얼굴을 붉혀가지고 대들었다.

"네가 날 어디까지 조롱할 셈이냐? 그렇게 내 성격이나 취미를 몰라줄 테문 당장 짐 싸갖구 나가라. 당장 나가 없어지란 말이다."

"괘니 성내지 마시라구요. 난 선생님을 조롱하는 거이 아니야요."

그래도 관식은 잠시 동안 눈만 껌벅거리며 앉아 있다가 손을 내밀었다.

"그럼 저 혼자 가서 놀구 오가시요. 오백 환만 빌려달라구요."

고 선생은 성큼 돈을 내주었다. 이런 기분으로 잠시라도 더 관식과 버티고 앉았기가 싫었기 때문이다. 어서 혼자 되고 싶었던 것이다. 관식은 돈을 받아 간직하고 유유히 어두운 거리로 나갔다.

이렇게 염치없이 늘어붙는 관식이가 날이 갈수록 고 선생은 짐스러워 견딜 수 없었다. 어떤 압박감까지도 느끼는 것이었다. 그렇다고 당장 내쫓을 수도 없었다. 쫓기어나갈 관식이도 아니었다. 겉으로만 공연히 팩팩거리면서, 용단성 없는 자신을 고 선생은 저주할 수밖에 없었다. 고 선생은 차차 지치기 시작했다.

귀남은 가끔 왔다. 대개는 관식이가 데리고 왔지만, 혼자 오기도 했다. 늘 같은 차림을 하고 있었다. 검정 우단 점퍼에 엉덩이와 무릎이 닳아서 번들번들한 풀색 골덴 바지다. 게다가 남자용 양말을 신고 있었다. 양말에 구멍이 뚫려 발가락이나 뒤꿈치가 내다보일 때가 있다. 귀남은 자고 가기도 했다. 그런 날은 관식이가 나가 저녁 준비를 하는 동안에 귀남은 양말을 기웠다. 귀남이가 자고 가는 날은 누구보다도 고 선생이 피해를 입었다. 불가불 이부자리를 귀남에게 양보해야 했기 때문이다. 관식의 침구에 비하면 그래도 고 선생 것이 훨씬 깨끗한 편이니 할 수 없었다. 귀남은 이불을 보더니 때가 끼어 덮을 생각이 안 난다고 했다. 고 선생은 수건을 주었다. 귀남은 그것으로 목에 닿는 부분만을 싸서 덮었다. 귀남은 점퍼만 벗고, 다른 건 다 입은 채로 자리에 들어갔다. 이불 속에서 옷을 벗었다. 부스럭부스럭하다가 머리맡으로 손을 내밀면 바지가 나왔다. 두 번째는 윗 내의, 세 번째는 아랫 내의가 나왔다.

"야, 남아, 너 몽땅 벗니? 즈로스꺼정 벗니?"

먼저 자리에 들었던 관식은 자라처럼 목을 빼고 건너다보다가 마침내 부질없는 질문을 던지는 것이다.

"까불지 말구 어서 잠이나 자!"

"야 통 잠이 안 온다. 남아, 너 이 방에 총각이 둘이나 있다는걸 알아다구."

그래 놓고도, 남보다 먼저 코를 고는 것은 관식이었다. 한참 지껄이고 있다가도 끝말을 맺지 못한 채 잠이 들어버리기가 일쑤였다. 고 선생이 일을 마치고 자리에 들 때쯤은, 물론 귀남이도 곤히 잠들어 있었다. 고 선생의 눈이 까닭 없이 귀남이 벗어놓은 내의로 갔다. 명색이 털내의이기는 했지만 그것은 아래 위가 다 미군용이었다. 적당히 줄였을 뿐 아니라, 팔굽이며 무르팍은 딴 천을 대고 되는 대로 기워져 있었다. 고 선생은 귀남의 자는 얼굴을 보았다.

애처로운 생각이 들었다. 귀남의 모친은 일본 여자였다. 해방 다음 다음해에 모친은 남편과 자식을 떼어두고 본국으로 돌아가버리었 다. 그때 귀남은 열네 살이었다. 아홉 살짜리 남동생이 있었다. 모 친이 떠나간 지 석 달 만에, 뜻밖에도 이번엔 부친이 덜컥 죽었다. 정체불명의 괴한의 손에 피살당한 것이었다. 주욱 청년단에 관계하 고 있었으므로 좌익 계열의 행패라고 주위에서들은 해석했다. 귀남 은 슬픈 줄도 몰랐다. 그저 동화 속에 나오는 불쌍한 아이같이만 자 기 남매가 생각되었다. 그들 오누이는 고모네가 맡아주었다. 과히 궁하지 않은 고모네 집에서 여학교엘 다녔다. 그 고모네가 육이오 사변 통에 폭삭 녹아버리고 말았다. 고모부만 피란 나간 뒤 아이들 을 데리고 남아 있던 고모는 공습에 시체도 찾을 수 없이 되었다. 옆집 방공호에 들어가 있던 아이들만이 간신히 죽음을 면하고, 고 모는 가재(家財)와 함께 비산(飛散)해 버리고 만 것이다. 귀남의 남 동생은 현재 어느 신문사 숙직실에 기숙하면서, 신문 배달을 하는 한편 야간 상업학교에 다닌다는 것이다. 고 선생은 귀남의 잠든 입 술에다 가만히 입을 맞추었다. 귀남은 한쪽으로 고개를 틀면서 입 맛을 다시었다. 나는 너를 딸이라 생각하고 그랬다. 돈이 좀 생기 면, 네 겨울 내의부터 한 벌 장만해 주마, 하고 호젓한 기분으로 고 선생은 중얼거려보았다. 이불을 끌어당겨 잘 덮어주었다. 코를 고 는 관식을 한쪽으로 바싹 밀고, 고 선생도 그 옆에 드러누웠다. 그 러나 호젓한 심정은 이내 깨져버리고 말았다. 오히려 고 선생보다 도 뼈대가 굵직굵직한 관식은 이리저리 몸을 뒤챌 적마다, 팔꿈치 와 정강이로 고 선생을 쿡쿡 찌르고 밀어냈다. 그보다도 모로 누운 고 선생 등에 관식은 잠결에 바싹 달라붙는 수가 있다. 그럴 때마다 관식의 사타구니가 걸씬거려서 고 선생은 이를 데 없이 거북스러웠 다. 관식이가 그 무거운 다리를 얹고 자기 때문에, 아침에 잠을 깨면 고 선생은 허리가 저리기도 했다. 그렇지만 귀남을 하룻밤 푸욱 쉬게 해주기 위해서는 고 선생은 그 정도의 피해쯤 감수하기로 한 것이다. 어느 날 귀남은 청이 있노라 했다. 당분간 자기도 여기 같이 있게 해달라는 것이었다. 일정한 숙소가 없이 떠돌아다니니까 저녁때만 되면 피곤해 견딜 수 없다고 했다. 지금까지는 주로 출가한 고종 사촌 언니네 집에서 잤다. 형부나 그 가족들이 귀남을 좋아하지 않는다는 것이다. 언니의 괴로운 심경을 생각해 주지 않을 수 없었다. 요즘 와서는 될 수 있는 대로 언니네 집에서 자지 않기로 했다. 여기저기 친구네 집에 찾아다니면서 한두 밤씩 신세를 졌다. 인제는 찾아갈 만한 데도 별로 없다는 것이다. 고 선생은 쾌히 승락했다. 생활비는 벅찬 부담이리라. 그렇지만 기름 없는 기계처럼 뻑뻑한 관식과 단둘의 생활도, 귀남이가 섞이면 훨씬 완화될 것 같아서였다. 그러면 오늘이라도 짐을 가져오라고 고 선생은 일렀다. 귀남은 짐이 없노라고 했다. 다 낡은 트렁크가 하나 있을 뿐이었다. 그건 언니네 집에 그대로 맡겨두겠다고 했다. 그래야 딱할 때는 다시 찾아갈 수 있다는 것이었다.

조반을 먹고 귀남이가 먼저 나가고 나서다.

"선생님, 난 정말 귀남이하구 결혼하가시요."

관식은 또 그런 소릴 꺼냈다.

"넌 어째서 자꾸 결혼을 하겠다구 야단이냐? 더구나 귀남이 하구."

"그러기 선생님은 틸레시요. 평생 가야 선생님은 뭐가 뭔지 모르실 거왜다."

"대체 넌 뭘 안다구 그러니? 네가 알구 있는 건 뭐냐?"

"난 내가 하구 싶은 거이 뭔지, 내게 필요한 거이 뭔지 그런 걸 똑똑히 알구 있이요."

"네가 안다는 게 고작 그거냐?"

"암만해두 선생님은 틸레시요. 지금 세상에 경멸받는 걸 누가 겁내는 줄 압네까? 덮어놓구 속셈차려야 해요."

"제법이다. 똥 묻은 개가 겨 묻은 개를 숭보는 격이구나!"

"똥칠을 겁내는 개가 벤벤히 개 구실 하나요?"

고 선생은 대꾸를 하지 못했다. '구실'이라는 말이, 뜻하지 않게 그의 머리를 때렸기 때문이다. 구실! 과연 나는 무슨 구실을 하고 있는 것일까? 인간으로서 사내로서 또는 화가로서, 제 구실을 하고 있는 것일까? 고 선생은 자기의 추라한 모습이 별안간 확대되어 자신의 심경에 환히 비치는 것 같았다.

하루는 관식이가 또 웬 여인을 데리고 왔다. 한 고향 여자라는 것이다. 동대문 시장에서 화장품 도매상을 경영하고 있다는 것이다. 여자는 삼십은 되어 보였다. 번득번득하는 저고리와 치마를 입고 있었다. 손가락의 금가락지가 너무 커서 무거워 보였다. 예쁘지 못한 얼굴을 예쁘게 보이려고 무지 고심한 화장이었다. 과일이며 고급 양과자랑 사가지고 왔다. 여인은 평안도 사투리를 그대로 썼다.

"선생님은 본 고향이 황해도시래디요?"

했다. 그리고 황해도 사람이 그 중 낫다고 했다. 여자는 도리어 고 선생이 무안할 정도로 찬찬히 뜯어보았다. 관식에게서 고 선생 얘기는 자세히 들었노라고 했다. 사십이 다 되도록 총각으로 지낸다니 쉽지 않은 일이라고 했다.

"그것만 가지구두 전 선생님을 존경합네다."

"글쎄, 관식이란 놈이 무슨 소릴 했는지 모르지만 난 존경받을 만한 사람이 못 됩니다."

"패니 그르시디요. 얼마나 얌전하시길래, 상계두 당개구 못 드시구 집 한 칸 매련 못 하셌갔소. 지금 세상은 그래요. 얌전하구 양심 덕인 사람은 쪽을 못 쓴답네다."

고 선생은 갑자기 냉랭한 표정을 하고 반쯤 저쪽으로 돌아앉아 버렸다. 저녁때가 되었다. 여인은 핸드백 속에서 만 환 뭉치를 꺼내더니, 익숙한 솜씨로 척척 세어서 삼천 환을 관식에게 주었다.

"나가서 쇠고기랑 찌개거릴 좀 사오우. 사나이가 벤벤히 살라구. 올티, 체니하구 갔다 오구레."

하고 귀남을 보았다.

"난 돈을 쓸 줄 몰라요! 그런 대금을 쥐어본 일이 없는걸요!"

귀남은 아주 점잖게 말했다. 그렇게 점잖은 언동을 행사하는 귀남을 고 선생은 처음 보았다. 속으로 감탄했다. 여자는 귀남을 다시 한 번 훑어보았다. 경멸하는 표정으로 귀남의 존재를 묵살해 버렸다. 관식이가 시장을 보아오자 여인은 손수 나가서 소매를 걷어붙이고 저녁 준비를 했다. 그릇이 모자라니까 독단으로 주인댁과 교섭해서 여러 종류의 식기를 빌려왔다. 밥, 국 할 것 없이 여인도 관식이와 같이 한 그릇씩 널름 먹어치웠다. 여자가 돌아간 뒤에 뭐라구 그런 걸 데려왔느냐고 고 선생은 관식을 탓했다.

"그럴 거이 아니야요, 선생님. 장가드시라구요. 수천만 환이 있이요. 그 돈만 가졌으문 뭐든 한판 크게 벌려볼 그르테긴 돼요."

"나보다두 네가 연분인데그래."

고 선생은 비꼬아주었다.

"건 선생님이 몰라서 그래요. 거이 어떤 여잔 줄 압네까? 고 년이 당초에 나는 신용을 안 해요."

어느 모로나 고 선생하고는 조건이 맞으니, 서슴지 말고 결혼을 하라는 것이다. 여인의 태도로 보아, 첫눈에 고 선생이 맘에 들었다는 것이다. 젊은 놈이 시치미를 떼고 한사코 권해 대는 게 고 선생은 우습기도 했다.

"참, 너두 별놈이다!"

저녁 설거지를 분주히 해치우고 들어오더니, 관식은 고 선생 앞에 또 손을 내밀었다. 놀러 갔다 오게 오백 환만 달라는 것이다.

"왜, 그 돈 많은 여자보구 좀 달래지, 오백 환이문 우리겐 하루 생활비다."

"선생님 자꾸 시시하게 굴디 말라구요. 돈은 써야 생기는 거야요."

"뭣보다두 난 네 생활 태도가 좀 달라지길 바란다. 너무 난잡하단 말이다. 더구나 귀남이두 와 있는데 그래 쓰겠니."

"설곤 갔다 와서 듣가시요. 되레 남이가 와 있으니까 더 못 참가시요. 요게 내 말을 좀 들어주문 얼마나 좋아."

관식은 옆에 앉아 있는 귀남의 허리를 슬쩍 안으려고 했다.

"얘가 누굴 창년 줄 아니!"

귀남은 두 손으로 관식을 떼밀었다. 고 선생은 잠시 생각해 보고 나서 돈을 내주었다.

"언제든 꼭 갚아드리가시요."

관식은 가슴을 펴고 유연히 밖으로 나갔다. 고 선생은 얼굴을 찌푸렸다. 그것은 단순히 관식의 분망한 태도에 대해서만은 아니었다. 보다 더 자기 자신에게 실망한 탓인지도 모른다.

"그놈에겐 도의적인 의식이란 아주 없는 모양이야."

고 선생은 혼자 중얼거리듯 했다. 귀남이가 얼른 그 말을 받았다.

"아직은 괜찮아요. 그러다 아주 위악적(僞惡的)으루 흘러버리문 안 되지만요."

"괜찮다니?"

"인제는 인간이 그 위선적인 습성에서 벗어날 필요가 있을 거예요."

"그럼 넌 인간의 타락을 긍정한단 말이냐?"

"위선두 일종의 타락이 아닐까요? 선생님은 미술가이면서두, 왜 공식적 사고방식을 못 버리서요? 인간이 습성화된 위선의 가면을 벗지 못하는 한 그 생활 자체가 도저히 멜로드라마 이상일 수 없을 거예요."

고 선생은 눈을 크게 뜨고 귀남을 보았다. 신선한 경이였다. 그 구겨진 논리의 제시보다도, 색다른 인간의 강한 호흡이 직접 피부에 스미는 것 같았기 때문이다. 그날 밤, 고 선생은 몇 번이고 일손을 멈추고 뒤를 돌아보았다. 귀남은 물론 잠들어 있었다. 관식이도 벌써 오래전에 돌아와 코를 골고 있었다. 고 선생은 종이에다 귀남의 자는 얼굴을 옮겨보았다. 제대로 되지 않아서 여러 번 고쳐 그려보았다. 그러면서 고 선생은 자신이 너무나 고독했다는 걸 깨달았다. 고 선생은 다시 손을 멈추고 귀남의 얼굴을 내려다보았다. 귀남의 한쪽 팔이 반쯤 이불 밖으로 나와 있었다. 고 선생은 귀남의 손을 만져보았다. 별수 없는 일이었다. 더 외로울 뿐이었다. 마침내 고 선생은 조심스레 허리를 굽혔다. 귀남의 그 야들야들한 입술 위로 자기의 입술을 가져갔다. 귀남은 한쪽으로 머리를 돌렸다. 그리고 파리를 날리듯 손짓을 했다. 나는 너를 딸이라 생각하고 그랬다 하고 고 선생은 입 속으로 중얼거렸다. 하던 일을 대강 끝마치고 자리에 들면서도, 고 선생은 다시 귀남의 입술을 빨았다. 귀남은 이번에도 머리를 꼬며 한 손으로 고 선생의 얼굴을 밀었다. 동시에 귀남은 눈을 떴다. 몇 번 눈이 깜빡거렸다. 좀 더 크게 떴다. 고 선생은 약간 당황했다.

"난, 난 너를 딸처럼 생각하구 그랬다."

속삭이듯 하는 소리였다. 귀남은 그저 웃었다. 말없이 도로 눈을 감았다. 귀남은 아주 저쪽으로 돌아누워버리고 말았다. 그 뒤에도 고 선생은 자기가 늦게 자게 될 때마다 귀남에게 입을 맞추었다. 역시 딸이라고 생각하면서. 귀남은 눈을 뜨기도 하고 안 뜨기도 했다.

눈을 안 떴을 때도 일부러 자는 체한 것인지 모른다. 눈을 떴을 때는 한결같이 웃어 보일 뿐이었다. 그러나 한번은 이렇게 해명을 했다.

"전 선생님의 신세를, 키스로 갚아도 좋아요. 세상에 공짜란 없으니까요!"

얼만 전에 다녀간 화장품상 여주인이, 고 선생이면 두말없이 결혼하겠노라 했다고 하며 요즘 와서 관식은 부척 더 그 여인과 결혼하기를 강권했다. 그러면 궁상스레 삽화 나부랭이나 그리며 독신으로 늙지 않아도 되니 우선 고 선생 자신이 좋고, 맘 놓고 총각 신랑 맞아들이니 그 여인도 좋고, 관식이 자신 또한 좋으니, 다 좋지 않느냐는 것이다. 남 시집 장가 가는데 너까지 좋을 게야 있느냐고 했더니, 관식은 엉뚱한 대답을 했다.

"선생님 팔자 고치는데 내가 왜 안 좋아요?"

"이놈아, 그게 뭐 팔자 고치는 거냐? 황소처럼 팔려가는 게지. 난 그런 팔잔 고치구 싶지 않다."

"선생님두 참 딱합네다. 사람이 모두 상품이지 뭡네까? 이왕 팔려서 살 바엔 근사한 데루 한번 팔려 가보시라구요. 선생님이 그 여자와 결혼만 하시문 나두 한몫 봅네다. 그 여인의 돈을 미끼루 내가 큰 사업을 하나 벌려볼 수 있거든요."

"그러게 직접 네가 장갈 들란 말이다. 당장 팔자 고치게."

"그러니까 선생님은 틸레시요. 여자 솜씨루 그만큼 큰돈을 잡은 사람이 사람 보는 눈이 녹록할 줄 압네까? 결혼하자구 지근지근 쫓아댕기는 놈팽이가 얼만 줄 압네까? 그러나 싹싹 머릴 내젓는 거야요."

"왜? 무척 결혼을 하구 싶어 한대면서?"

"왜라니요. 까딱하문 몸 망치구 재산 날라가겠거든요. 얼마나 무서운 눈인 줄 압네까. 사내 자식들 속을 환하니 꿰본답네다. 사람을 보구 집적대는 게 아니라, 단지 돈 바라구 대든다는 걸 대번에 알아채린단 말야요. 여자 따위나 주무르는 덴 나두 자신이 있지만요. 남이하구 그 여자만은 안 되가시요. 그 여자 예까지 끌구 오는 데두 얼마나 앨 썬 줄 압네까."

"그처럼 잇속에 밝은 여자라면, 내가 결혼한다 가정해두, 감히 네가 그 돈을 돌려 쓸 테냐?"

"건 염네 마시라구요. 내게두 다 복안이 있는 거야요. 우선 그 여자 주변에서 거추장스런 놈팽이들을 말짱 쫓아놓구, 나 혼자 장기전으루 달라붙을 기회만 만들어노문 문제없이요."

"그렇게 야무진 여자라면, 나 같은 남자 택할 리 만무하지."

관식의 뱃속이 하 신기해서 고 선생은 한번 슬쩍 그렇게 떠보았다.

"그건 모르는 소리웨다. 그런 여자니까 선생님처럼 어수룩한 남잘 좋아하는 거야요. 우선 안심이 되거든요. 그렇다구 정말 바보는 아니구, 말하자문 물욕이 없어서 이해에 어둡구 활동 면은 아주 무능하구 그러면서두, 노상 교양이니 뭐니 내세워가지구 점잖은 체하구, 똑 선생님 같은 분이 그런 여자겐 맘에 드는 거야요."

고 선생은 그만 입을 다물고 말았다. 왜 그런지 관식이가 무서워지기 때문이다. 한편 스스로 믿고 사는 인간적 가치나 의미란 것이 관식의 손에서는 휴지처럼 너무나 가볍게 처리되어버리기 때문이다. 고 선생은 그저 아연한 얼굴로 앉아 있었다. 완강히 거부하지 않는 고 선생의 태도를 약간 마음이 동한 탓이라고 지레 짐작을 했는지, 관식은 아침상을 물리기가 바쁘게,

"선생님, 더 생각해 볼 게 없이요. 그럼 얼핀 내 여자한테 갔다

오가시요. 웬만하문 여자 데리구 올 테니, 그저 잠자쿠 나 하라는 대루만 하시라구요."

그러고는 방을 뛰어나갔다. 그 꼴을 보고 귀남이가 소리 내 웃었다. 고 선생은 웃지 않았다. 관식을 붙잡지 아니한 자신에 고 선생은 놀란 것이다. 기실 나는 속으로 은근히 기대하고 있는 것이 아닌가 하고, 고 선생은 자기를 의심해 보았다. 고 선생은 좀 무색해졌다. 그는 얼른 귀남을 보았다. 물론 귀남은 고 선생의 그런 속을 눈치 챌 까닭이 없었다. 귀남은 프린트한 각본을 외기 시작했다. 젊은 이들이 모여 새로 조직한 극단에서 불일간 상연할 작품인 것이다. 거기에 귀남이도 출연하는 것이었다. 겨울 날씨답지 않게 푸근한 게 창밖으로 보이는 하늘은 잔뜩 흐려 있었다. 고 선생은 자신을 픽 웃었다. 그리고 아랫목에 누워서, 아까 보다 만 신문을 다시 집어 들었다. 얼마 뒤, 사회면으로 시선을 옮겼을 때였다. 한구석에 고 선생의 눈길을 끄는 삼단 제목이 있었다.

미모의 화장품상 여주인 피살
돈 때문이냐? 사랑 때문이냐?

어제 아침 여섯시 반경 동대문 시장 내에 있는 굴지의 화장품상 주인인 변영주(邊英珠, 31)라는 미모의 독신 여자는 임모(任某)라는 청년에게 권총으로 피살당하였다는 기사 내용이었다. 임모는 오래 전부터 변 여인을 따라다니며 결혼을 강요했으나 종시 거절당하고, 최근에는 그러면 사업 자금으로 삼백만 환만 융통해 달라고 졸라온 사실을 주위에서도 알고 있었다는 것이다. 피살당한 변 여인은 일사 후퇴 때 단신 월남한 이래 수차에 걸쳐 화장품 밀수입에 성공하여 천여만 환의 재산을 장만해 놓았다는 것과, 범인은 즉시 도주하였으나, 그 체포는 시간문제라는 구절도 있었다. 고 선생은 신문을 귀남에게 보였다. 이름을 몰라 확실하지는 않지만 지난번 왔다간 그 여자 같은 생각이 고 선생에겐 들었다. 그 여인은 결코 미모는 아니었으나, 신문에는 그런 식으로 취급할 수도 있을 것이다.

"틀림없어요. 그 여자예요. 제 직감이 맞을 거예요."

귀남의 말은 과연 맞았다. 점심때가 거의 되어서 관식이가 긴장한 얼굴로 돌아왔다. 시체는 오늘 오후에 화장터로 내간다고 했다.

"선생님, 같이 가시자요. 가서 약혼한 사이라구 그러시라구요. 남아 너두 가자. 가서 강력히 입증해야 한다. 먼 일가 한 사람과 친구들이 모였는데, 잘 하문 한몫 뜯어올 수 있을 거야."

"이놈아, 입 닥쳐라!"

동시에 관식의 뺨에서 짝 소리가 났다. 고 선생의 손길이 번개처럼 움직였던 것이다. 사람을 때려보기는 난생 처음이었다. 학교에서 아무리 화가 나도 말로만 쨍쨍할 뿐, 학생의 머리 한 번 쥐어박아보지 못한 고 선생이었다.

"아무래두 난 가봐 줘야가시요."

잠시 뒤 관식은 그 한마디를 남기고 나가려고 했다.

귀남이가 얼른 따라 일어섰다.

"나두 가. 인간이 가질 수 있는 예식 가운데서 난 장례식을 젤 좋아해. 구경 갈 테야!"

"가라! 가라! 어서 가! 썩 가서 아주 송장하구 같이 죽구 돌아오지들 말아!"

고 선생은 미친 듯이 소리 질렀다. 치미는 분노를 누를 수가 없었다. 관식이와 귀남은 태연히 나가버렸다. 혼자 남은 고 선생은 가만히 있을 수가 없었다. 까닭 모를 울분이 샘솟듯 자꾸 솟아올라 몇 차례나 일어섰다 앉았다 했다. 왜 이렇게 분한지 알 수가 없었다.

평생 처음 부당한 모욕을 당한 것 같은 생각이 막역히 들었다. 고 선생은 분을 가라앉히기 위해 밖으로 나갔다. 밖에는 눈이 내리고 있었다. 펑펑 쏟아지는 함박눈이었다. 고 선생은 눈을 맞으면서 한참 걸어갔다. 얼마 뒤 발밑에 한강이 내려다보였다. 한강 얼음판 위에도 눈은 내렸다. 고 선생은 한강을 끼고 길 없는 언덕을 눈 속에 그냥 걸어갔다.

유실몽(流失夢)

누이와 매형 사이의 그 기이한 부부 싸움은 거의 이틀거리로 있었다. 그것은 정말 기이한 부부 싸움이라 할 수밖에 없었다. 매형은 때리기만 하고 누이는 맞기만 하게 마련이었다. 매형인 상근(相根)은 아내를 구타하는 데 상당히 숙달된 솜씨를 보여주는 것이었다. 마치 복싱 연습이라도 하듯, 두 주먹을 눈앞에 겨누었다가 연거푸 아내의 어깨와 등을 내려족치는 것이다. 주먹이 떨어질 때마다, 누이의 어깨와 등에서는 퍽퍽 소리가 났다. 몇 번 만에 한 번씩 상근은 아내의 옆구리를 발길로 지르기도 했다. 그러나 누이는 어찌 된 판인지 한 번도 대적하려 들지 않는 것이다. 남편이 덤벼들기 시작하면, 누이는 재빨리 두 무릎 사이에 얼굴을 처박고, 두 손으로 머리를 감싸 안은 채 꼼짝하지 않는 것이다. 남편의 주먹이 떨어질 적마다 움찔움찔 놀라면서도 그냥 몸을 더 웅크릴 뿐이다. 간혹 '아야—아야—' 하고 유창한 비명을 지르는 것이 고작이었다. 그것은 참말 비명으로 듣기에는 너무나 느리고 부드러운 발음이었다. 하기

는 누이도 어쩌다가 아픔을 참지 못하는 듯,

"한 군데만 자꾸 때리지 말아요! 여기저기 좀 골라가면서 때리라구요."

하고 호소하는 일이 있었다. 언젠가는 나에게 구원을 청한 일조차 있었다.

"철수(哲秀)야, 좀 말려주려마. 얼른 좀 말려줘."

그 말을 들었을 때 나는 그만 실없이 웃어버리고 말았던 것이다. 나는 그러한 내 웃음이 잘못이었다고는 생각하지 않는 것이다. 이런 경우에 웃어버리지 않고 어떻게 하느냐 말이다. 나는 웃을 수 있는 동물이라는 것을 지극히 다행한 일이라고 생각했다.

누이와 매형 사이에 빈발하는 그 신기한 부부 싸움은 언제나 돈 때문이었다. 오늘도 그랬다. 상근은 저녁 먹은 그릇을 치우기도 전에 시급한 용도가 생겼으니 천 환만 내놓으라고 조르기 시작했다. 막판엔 남편이 어떻게 나올 걸 뻔히 알면서도 누이는 말대답을 했다.

"언제 내게 돈 갖다 맡겼수?"

"그르기 내가 어디 뻐젓이 달래나. 이렇게 사정사정하디 않나."

"암만 사정해두 없는 돈을 무슨 재간으루 내놔요."

"거, 너무 시시하니 굴디 말라우. 단 십 환인들 내가 쓸데없는데 쓰는 줄 아나. 거, 다 요긴통에만 쓰는 거야. 오늘은 꼭 누게다 한탁 멕에 둘 일이 생게서 그래. 술 한잔만 멕에 노문 내중에 천 환의 멧십 배, 멫백 배 돼서 돌아올 테야. 자 괘니 그러디 말구 어서 천 환만 내노라우."

"천 환은커녕 백 환두 없어요. 툭 하문 어린애처럼 없는 돈을 대구 내라구 조르니, 어디가 도둑질을 해오란 말이오?"

"정말 이러기야. 죽어두 못 내놓갔단 말이디?"

"못 내놓는 게 아니라, 내놓을 돈이 없대두 자꾸 성화구려. 난 무슨 돈 주머닌가요?"

"저엉 그렇대문 좋다, 좋아. 오늘부터 난 네 시나이(남편) 아니구, 넌 내 에미네 아니다. 흥 어디 좀 두구 보자!"

상근은 말을 마치자 우뚤해서 일어나 밖으로 나가버리었다. 그러나 막상 나가놓고 생각하니 더 화가 치밀었다. 그는 이내 되돌아서 들어오더니, 잔뜩 버티고 선 채 아내에게 트집을 거는 것이다.

"내가 돈 천 환 없어 남에게 개망신을 해두 좋단 말이가?"

"여보 누가 개망신을 하랍디까? 어엿이 내 밥 먹구 다니면서, 무엇 때메 남한테 개망신이구 소망신이구 한단 말요."

"돈이 없는 걸 어떡한단 말야. 꼭 한탁 쓴다구, 것두 사업을 위해 쓴다구 약속하구서 못 쓰문 무슨 망신야. 그래 시나이가 이렇게 망신을 해두 네년은 좋단 말이디?"

"누가 돈 쓰는 약속 하랍디까? 당신 맘대루 약속을 했으니까, 망신을 해두 할 수 없지, 어떡해요."

"이 썅년 뭐야? 너 시나일 뭘루 아니, 좀 돼데 봐라."

말이 떨어지기가 무섭게 상근의 주먹은 아내의 어깨를 사정없이 내리쳤다. 누이는 날쌔게 얼굴을 무릎 사이에 묻고, 두 손으로 뒤통수를 가렸다. 놀랍게 민감한 동작이었다. 조금만 건드려도 동그랗게 몸을 사리는 굼벵이처럼 이미 습성화되어 있었다. 여유를 두지 않고 상근의 주먹이 피스톤처럼 움직였다. 누이의 어깨와 등에서는 둔탁한 소리가 났다. 누이는 한층 더 몸을 오그리는 것이었다. 하견디기가 벅차면 누이도 그예 사정을 했다.

"아이구 정말 간 떨어지가시요. 좀 쉣다가 때리라요. 얼른요, 좀 쉐가면서 때리라구요!"

마치 아이들의 콧노래 비슷하게 들리었다. 조금도 절박한 맛이 없다. 물론 상근은 들은 체도 않는다.

"이년, 시나일 뭘루 아니!"

구호처럼 같은 소릴 반복하며, 매질하는 주먹을 멈추지 않았다. 그러노라면 누이는 마침내 항복하고야 마는 것이다.

"져엉 죽가시요, 여보. 돈 내가시요. 아, 돈을 낸대니께……."

그제야 상근은 매질을 그쳤다. 그 한마디는 그만큼 효과적이었다. 누이는 비로소 고개를 들고 가슴을 폈다. 두 손으로 헝클어진 머리를 쓸어 올렸다. 어깨와 등을 만져보았다.

"오늘 밤부터는 따루 자요! 지분거렸단 봐라."

눈을 흘기며 하는 소리다. 그래도 얼굴에는 분노나 비애의 기색이라곤 없었다. 애교를 띤 미소가 얄밉도록 물살처럼 번지었다. 나는 누이를 다시 보았다. 삼십이 넘었지만 역시 누이는 예쁘다고 생각했기 때문이다. 좀 범속한 윤곽미이기는 하지만.

"그러기 첫마디에 성큼 내놨음 동지 괜히 매두 안 맞구…… 어디 예가 얼얼한가?"

상근은 흡족한 듯이 웃고 누이의 어깨를 만져주었다.

"너무 그러문 난 도망가버리고 말가시요. 갈 데가 없어 이러구 있는 줄 압네까."

또 한번 눈을 흘기고 나서 누이는 밖으로 나갔다. 누이는 결코 남 보는 데서 돈을 다루는 일이 없었다. 밖에서 세어가지고 들어오는 것이다. 혹은 돈을 밖에다 어디 감춰두었는지도 모른다. 잠시 뒤에 누이는 들어오는 길로 백 환짜리 다섯 장을 남편 앞에 내밀었다.

"이거 시시하게 굴디 말라우. 어서 오백 환만 더 내노라우."

"죽두룩 얻어맞은 값은 어떡하구? 그나마 과한 줄 아세요!"

그러면 상근은 더 군소리 없이,

"에에 거, 할 수 없군!"

한 마디를 남기고 부리나케 나가버리었다. 기발한 스포츠의 한 게임은 여기서 끝이 나는 것이다. 그것은 참말 현대식 가정 스포츠일지도 모른다. 스포츠가 아니라면 내가 언제나 태연히 구경만 하고 있을 수 없을 것이다. 그렇지만 솔직히 나는 이런 스포츠를 구경하기 위해 누이네 집에 와 있는 것은 아니었다. 그러기 위해서 내가 세상에 태어난 것은 더더구나 아니었다. 나는 지금 하늘 옷을 잃어버린 선녀처럼 되어 있는 것이다. 그놈의 찬란한 옷을 찾아 입지 못하는 한, 나는 영 다시는 하늘로 날아 올라가지 못하고 말 것이다. 나는 새삼스레 방 안을 둘러보았다. 마치 하늘 옷을 찾아내려는 듯이. 방 가운데는 먹고 남은 저녁 그릇들이 너저분히 널려 있을 뿐이다. 한구석에는 두살잡이 재순(在順)이가 자고 있었다. 머리맡에서는 위통을 벗어젖힌 누이가 손바닥만 한 거울 조각을 문지방에 세워놓고 화장을 시작하였다. 나는 그만 멋쩍게 씩 웃어버리고 말았다.

식기를 챙겨가지고 부엌으로 나왔다. 나는 이 집의 식모나 다름이 없었다. 저녁 설거지만은 내가 하는 수밖에 없었다. 삼십이 넘은 대장부의 체신에, 꼴이 아니지만 할 수 없었다. 누이는 저녁마다 화장을 하고 출근을 해야 하기 때문이다. 누이는 술집 작부였다. 그러한 직업에 누이는 수재적이었다. 그 수재의 힘으로 몇 식구가 살아가고 있었다. 누이의 그 행동성은 강한 생활 능력을 보유하고 있었다. 무슨 회사 전무 취체역이니, 상무 취체역이니 하는 명함을 누구 앞에서나 내놓기 좋아하면서도, 몇 달 가야 단돈 십 환을 들여오지 못하는 상근에게 비할 바가 아니었다. 그러기에 저녁 설거지를 맡아놓고 하면서도 과히 욕되게는 생각하지 않았다. 그릇을 일일이 부시어 시렁에 얹고, 나는 제창물까지 한 통 길어다 놓고 들어왔다. 누이는 여태 얼굴을 매만지고 있었다. 나는 바람벽에 기대앉아서 누이를 바라보았다. 누이에게서는 강한 인간의 냄새가 풍기었다. 나는 그 냄새를 즐기는 것이었다. 참말 세상에는 인간 냄새를 풍기지 못하는 인간이 얼마나 많은지 모르겠다. 내 시선이 자기에게 부어지는 걸 의식한 누이는 얼굴을 돌리었다. 애교 있게 웃었다. 확실히 명랑하고 만족한 표정이었다. 누이는 본시 고민이나 오뇌라는 것을 전연 모르는 기질이었다. 도대체가 숙명적으로 심각해질 수 없는 인간이었다.

"넌 정말 총각으루 늙을 셈이니?"

"글쎄, 낸들 아우."

"애두, 어쩌문 그렇게 여자에 대한 욕심이 없을까?"

누이에게 있어서는 남녀 관계와 돈만이 인생의 전부였다. 누이의 화제는 언제나 그 두 가지 문제에서만 시작되었다.

"욕심이야 왜 없어요. 나두 누이 같은 여자만 있으면 단박 덤벼들었을지 몰라요. 사실이에요. 누이만큼 예쁘구 애교 있는 여자가 있으면 말이웨다. 가만하구 있어두 밥이 생기구 옷이 생기구. 그러다가 주먹만 한 번 내두르면 용돈두 나오구, 술값두 나오구. 얼마나 좋아요!"

나는 과연 오래간만에 명답을 내리는 데 성공했다. 나는 좀처럼 누이를 만족시킬 만한 대답을 하지 못했다. 누이의 얼굴엔 틀림없이 도취적인 흥분이 얇게 번지었다. 누이는 마치 여자끼리 그러듯,

"애두 못 하는 소리가 없구나!"

하고, 눈을 흘기더니 내 다리를 꼬집었다. 그러고 나서 누이는 옆방에 들어 사는 춘자(春子) 얘기를 또 끄집어냈다. 애가 좀 깔끔해서 탈이지 여태 숫처녀에는 틀림없다는 것이다.

"노상 겉으루는 새침이를 따지만, 삼십이 다된 올드미슨데, 사내 생각이 없을 줄 아니. 한번 슬쩍 건드려봐, 영락없지 뭐."

"누나하군 좀 다를걸."

"어이구, 말 좀 말어. 수염이 석 자라두 사람은 먹어야 사는 거
야. 점잖은 사람이 어딨어. 남자구 여자구, 나이 들면 다아 저 볼 재
미를 채우구 싶은 거야!"

언제나 이야기가 남녀 문제에 걸치게 되면, 누이는 놀랍도록 다
변해지고 또 대담해지는 것이었다. 누이는 처녀 시절부터 그랬다.
여자보다 남자 친구가 더 많은 편이었다. 자연 여러 가지 불미한 풍
문을 퍼뜨리고 다녔다. 학교에서는 여러 번 정학 처분을 당했고, 집
에서도 쫓겨나면 외가에 가 살았다. 그래도 간신히 여학교를 나오
자 어른들이 먼저 서둘러서 이내 정혼을 했다. 누이는 거의 매일 약
혼한 남자 집에 드나들었다. 남자 편의 부모가 눈살을 찌푸리기 시
작했다. 무슨 색시가 화류계 여자처럼 저 모양이냐고 했다. 마침내
파혼을 제의해 왔다. 파혼한 지 한 달 만에 임신이 밝혀졌다. 외가
에 가서 해산을 하고, 몇 달이 지나서 유아는 어느 집 양자로 보냈
다. 얼마 뒤, 누이는 스무 살이나 층이 지는 남자에게 출가를 했다.
그러나 일 년이 차기 전에 누이는 돌아와버리고 말았다. 김빠진 영
감태기하고 무슨 재미로 살겠느냐는 것이었다. 반년쯤 있다가 이번
에는 시골 중학교 선생의 후처로 갔다. 그래도 거기선 이 년이나 살
았다. 남편의 동료인 독신 교원과 지나치게 접근했다가, 행실이 부
실하다는 이유로 거기서도 배척을 받고 돌아왔다. 이남으로 피란
온 이후에도 상근이가 두 번째의 사내였다. 남자와 사귀는 데는 거
의 천재적이었다. 그런 만큼 남자 없이는 살지 못하는 누이였다. 누
이에게 있어서 남녀 관계란, 단순히 자웅의 뜻으로만 통하는지도
모른다. 요즈음도 누이와 상근은 그 동물적 본능을 만족시키기 위
해 밤마다 바빴다. 윗목에서, 재순일 안고 자는 나를 그들은 조금도
꺼리는 기색조차 없었다. 내가 잠들지 않고 있는 줄을 뻔히 알면서

도 누이 부부는 저희 하고 싶은 짓은 다 했다. 그들이 잠들기 전에는 나도 제대로 자지 못했다. 내가 내 육체의 일부분을 애무해 보는 것은 이럴 때였다. 제대를 하고 내가 누이를 찾아온 지 불과 한 달밖에 안 되지만, 처음 며칠 동안은 잠을 못 자서 마치 심한 신경 쇠약에 걸린 것처럼 되어 있었다. 누이 부처는 밤 시간만을 이용하는 것은 아니었다. 누이의 출근을 위해서 언제나 남보다 이른 저녁을 먹는 우리는, 상을 물리고 나도 그대로 낮이었다. 화장을 하면서 남편과 실없는 소리를 주고받다 말고, 누이는 갑자기 날더러 바람이라도 쏘이고 오라는 수가 있다. 나는 얼른 그 말의 의미를 알아차릴 수 있기 때문에 재순이를 안고 밖으로 나간다. 그러자 등 뒤에서는 영락없이 문 고리 잠그는 소리가 나는 것이었다. 그때마다 나는 당황한 심정으로 어릿어릿 주위를 살펴보곤 하였다.

화장을 끝낸 누이는 재순이를 깨워 젖을 물리었다. 젖을 먹여놓고 직장에 나가면 누이는 밤 열한 시나 되어야 돌아오는 것이다. 물론 나는 그동안 집에 혼자 남아서 애 보기도 겸해야 하는 것이었다.

쿵, 쿵, 쿵 약한 소리로 또 바람벽이 울려왔다. 이어서 '홍 주사, 홍 주사' 하고, 나를 부르는 강 노인의 음성이 들려왔다. 뜰에서 혼자 놀라고, 재순이를 문 밖에 내놓고, 나는 얼른 옆방으로 갔다. 강 노인은 언제나 마찬가지로, 요 위에 사지를 펴고 엎드려서 죽는 소리를 내고 있었다. '으으으, 으으으' 하는 그 신음 소리는 꼭 무슨 짐승의 소리 같았다. 나는 말없이 노인의 허리에 올라탔다. 그리고 두 손에 힘을 주어서, 그 허리를 아래서부터 주물러 올라가기 시작했다.

"좀 더, 좀 더, 아이구 으으웅."

노인은 그래도 부족한 모양이었다. 그 뼈만 남은 허리를 나는 사정없이 힘껏 주무르기도 하고 쥐어박기도 했다. 어떤 때는 우적우적 뼈 튀는 소리가 나는 것 같아서 손을 멈추기도 했다. 그 정도라야 노인은 효과를 느끼는 모양이었다. 반 시간 가량이나 그러고 나면 내 이마와 등에도 땀이 내뱄다. 강 노인은 여러 해 전부터 신경통으로 고생해 오는 것이었다. 하루에 몇 번씩은 으레 허리가 끊어지는 듯이 저리고 쑤셔서, 당장 숨이 넘어가는 것처럼 야단을 하는 것이다. 그럴 때마다, 밤중이건 새벽이건 바람벽을 두드리며 소리를 질러서 나를 찾는 것이었다. 노인에게도 딸자식들이 있기는 했다. 본시 딸만 오 형제를 낳아 길렀다는 것이다. 그 중, 차녀는 대구서 양부인 노릇을 하고, 삼녀는 간신히 미장원을 나와, 다달이 돈푼이나 들여오게 되자, 어떤 놈팡이와 얼려가지고 인천서 살림을 차리고 있었다. 어느 다방의 레지로 있는 넷째 딸은 거기서 먹고 자고, 집에는 한 달에 두세 번 다녀가는 정도였다. 현재는 제본소에 다니는 장녀와, 미장원에 가서 심부름을 해주는 막내딸만이 같이 살고 있다. 막내딸의 벌이란 저 하나 입치레도 될까 말까 한 정도라, 장녀의 수입으로 겨우 끼니를 이어가고 있는 것이다.

"그 배라먹을 년이 어쩌자고 계집애만 다섯씩이나 싸놓았는지 몰라! 그래 사내 하날 못 낳구. 온 죽일 년, 전 먼저 가버리구 날 이렇게 고생시키다니."

고통이 좀 가서지자 노인은 버릇이 된 말을 또 씨부리기 시작했다. 벌써 여러 해 전에 죽은 마누라가 노인은 원망스러워 견딜 수 없는 것이었다. 그 귀한 아들 하나 못 낳아주고, 하찮은 딸만 다섯이나 쏟아놓고 죽은 것이 더 한스러웠다. 딸이란 자식이 아니라고 노인은 우겨댔다. 차라리 없는 것만 못 하다 했다. 딸 열이 아들 하나를 못 당한다는 것이다.

"으으으, 인제 한결 나이. 자네두 팔이 아프겠네. 어서 그만 쉬게! 으으으."

나는 내려앉아서 이마의 땀을 닦았다. 노인은 비로소 엎드렸던 몸을 일으켜 바로 누웠다. 그리고 고개만 돌려서 나를 바라보며, 한참 더 앉아서 말동무가 되어달라고 했다. 애원하는 것 같은 눈이었다. 노인의 이야기는 늘 같은 말이었다. 역시 딸만 낳아놓고 죽은 마누라에 대한 푸념이거나, 자기의 신세타령이었다.

"자네가 내 아들이라면, 나는 오늘 죽어두 한이 없겠네. 이봐, 홍주사, 날 좀 보게. 난 참말 불쌍한 늙은이야!"

선망에 찬 시선으로 나를 뚫어지게 바라보는 것이었다. 그러다가는 으레 나더러 자기 사위가 되어달라고 졸랐다. 나는 좀 딱했다. 그저 씩 웃고 말았다. 무어라 대답하기 난처할 때 하는 버릇이었다. 나는 정말 노인의 요청에 명확히 대답할 수가 없었다. 그의 큰딸이 내 마음에 들었기 때문이다. 그렇다고 노인의 희망대로 나는 춘자와 결혼할 수는 없었다. 나는 여태, 제대 당시부터 별러온 신사복 한 벌을 장만하지 못한 처지였다. 춘자와 결혼하여 와병중에 있는 장인과 처제를 거느릴 자신이 내게는 도저히 없었다. 노인과 막내딸 춘희(春姬)만 없다면, 나는 춘자와 결혼해도 좋겠다. 죽든 살든, 합심해서 살아나가 보자고 용기를 낼 수도 있을 것이다. 그렇지만 언제 죽을지 모르는 노인을 바라보는 내게는 그러한 용기마저 솟지 않았다. 내게서 만족한 대답을 들을 수 없는 노인은 마침내 저쪽으로 얼굴을 돌리며,

"돈이 있나, 자식이 있나, 몸이나 성킬 하나……."

하고 훌쩍훌쩍 아이처럼 울기 시작했다. 그럴수록 나는 점점 더 거북해지는 것이다. 조금도 나는 노인에게 동정이 가지 않기 때문이다.

춘자는 종잇장처럼 흰 얼굴이었다. 희다 못해 푸르게 보이기도

했다. 스물일곱이었다. 국민학교 교사가 되는 것이 소원이었다. 오래전부터 국민학교 교원 자격 검정고시 준비를 해오고 있었다.

"어서 시집갈 생각이나 해요! 한사쿠 공분 해 뭘 해. 선생이 되문 그래 만년 처녀루 늙을 셈이오?"

언젠가 누이가 한 말에, 춘자는 대뜸 눈썹을 곤두세웠다.

"개돼지처럼 먹구 자구 아이만 나문 젤인가요. 자기의 취미와 재능을 살려 가치 있는 생활을 해야 사람이죠."

"여자가 취미나 재능은 해서 뭘 해요. 그저 알뜰한 살림 재미를 봐야지."

춘자는 경멸하는 눈으로 누이를 보았다.

"재순 엄마는 그래서 알뜰한 재미에 취하셨군요. 내 걱정일랑 말구 재순 엄마나 어서 그 알뜰한 재미를 실컷 즐기세요."

춘자의 얼굴에는 조소에 찬 미소까지 어리었다. 그러나 누이는 태연했다.

"누군 종류가 다른가! 사람은 다 마찬가지라우. 과년하도록 시집 안 간다구 버티던 사람이 한번 사내 맛을 보문 더 사죽을 못쓴데다."

춘자의 얼굴이 파랗게 질렸다. 입술이 떨렸다. 차차 그 낯빛이 도로 해쓱해지면서, 경멸과 조소가 뒤섞인 표정이 되었다. 춘자는 일부러 입을 열지 않은 채 저희 방으로 들어가버리고 말았던 것이다. 그 뒤 열흘이 지난 오늘까지도 춘자는 누이와 말을 건네지 않는 것이다. 춘자가 경멸하고 있는 것은 누이만이 아니었다. 누이의 남편인 상근은 물론 자기 부친마저 경멸하고 있는 것이다. 그것은 평시의 언동으로 알 수 있었다. 더욱이 그 눈은 언제나 누구에게 대한 멸시와 조소로 차 있었다. 춘자의 눈은 마치 남을 경멸하고 조소하는 작용을 하기 위해서 생겨난 것 같았다. 그러한 춘자도 왜 그런지 나만은 경멸하지 않는 모양이었다. 그 눈으로 짐작할 수 있었다. 나를 대할 때만은 그 눈에서 경멸과 조소의 빛이 완전히 걷히는 것이다. 그럴 때의 춘자의 눈은 놀랍도록 신선했다. 총명한 눈이었다. 누이는 자꾸 춘자를 건드려보라고 나를 충동하였다. 그렇게 깔끔하고 팩팩한 여자가 도리어 살림은 앙큼하게 한다는 것이다. 이때도 나는 씩 웃어버리고 말았다. 춘자를 건드리는 것은 그리 어려운 문제가 아니었다. 그렇지 않아도 춘자와 마주 앉을 때마다, 그 날씬한 허리를 안아보고 싶어서 나는 가슴이 떨리곤 했다. 끼니때나 잘 때가 아니면 상근은 들어오지 않기 때문에, 이른 저녁을 먹고 누이가 출근하고 나면, 나는 늘 혼자서 재순일 데리고 놀았다. 그럴 때 춘자는 영어나 수학책을 들고 곧잘 나를 찾아왔다. 단정하게 무릎을 모으고 앉아서, 가늘고 흰 손가락으로 모르는 데를 가리킬 뿐, 춘자는 용건 이외의 말은 별로 하지 않았다. 불빛에 더욱 해쓱해 보이는 그 얼굴을 건너다보며, 나는 심한 피로를 의식하는 것이다. 그 허리며 무릎이며, 엉덩이가 너무 가까운 곳에 있기 때문이다. 그런 것들을 통째로 나는 안아보고 싶어지는 것이었다. 이것은 조금도 불순한 욕망은 아닌 것이다. 이 너무나 당연하고 정당한 욕망을 누르기 위해서 나는 그지없이 피로해지는 수밖에 없었다. 며칠 전에 나는 누이의 소견을 춘자 앞에 종시 털어버리고야 말았다.

"누이는 날더러 자꾸만 춘자씰 건드려보라고 권한답니다. 나는 대답할 말이 없어서 그냥 웃구 말았습니다."

춘자의 얼굴이 석고상처럼 굳어버렸다. 나는 마침내 이런 소리까지를 덧붙이지 않을 수 없었다.

"춘자 씨 부친께서도 나보구 한사코 사위가 되어달라구 조른답니다. 그때마다 나는 뭐라구 할 말이 없어서 정말 딱해집니다."

춘자는 얼어붙은 듯이 몸을 움직이지 않았다. 숨소리마저 끊어져버린 것 같았다. 나는 모로 움직여 상반신을 벽에다 기대었다. 바위처럼 내리누르는 피로를 감당할 수가 없어서였다. 나는 눈을 감고 열병 환자처럼 엉뚱한 소리를 중얼거렸다.

"하나두 나의 죄는 아닙니다. 그렇다구 물론 춘자 씨 죄두 아닙니다. 정말입니다. 누구의 탓두 아닙니다. 춘자 씨의 부친이나 우리 누이의 잘못두 아닙니다. 그저 명확한 사실은, 우선 나에게는 한 벌의 신사복이 필요하다는 것뿐입니다. 그뿐입니다. 나는 언제까지나 염색한 군복만을 입구 있을 수는 없으니까요."

이윽고 춘자는 그림자처럼 소리 없이 일어나 나갔다. 잠시 뒤 집 후원에서는 여인의 가느다란 울음소리가 흘러나왔다. 어둠도 그 소리를 아주 덮어버리지는 못했다. 땅 속으로 길을 찾아 흐르는 물줄기처럼 가느다란 울음소리는 어둠 속을 새어왔다.

내가 누이네 집을 찾아왔을 때, 상근은 인사가 끝나자, '남북 석탄 주식회사 상무 취체역 오상근'이라는 명함을 내놓았다. 앞으로는 국가의 원조도 받을 수 있는 아주 유명한 회사라고 했다. 그동안은 활동력 있는 수완가가 없어서 운영난으로 거의 정리 상태에 빠져 있었다는 것이다. 그러던 것을, 요즘 와서 상근의 동지들이 중심이 되어 새 자본주를 끌어대 가지고, 착착 재건 준비 중에 있는데, 불원 정식 발족을 보게 될 것이라고 했다. 그 회사만 제대로 움직이기 시작하면, 이렇게 초라한 흙벽돌집의 단칸방을 얻어 지내는 궁상한 꼴을 면할 뿐 아니라 고급 승용차를 슬슬 굴리고 다니게 될 것이라고도 했다. 그때는 나를 위해서 과장 자리 하나는 자기가 책임지고 마련하겠노라는 것이었다. 상근은 아침저녁 밥숟갈을 놓기가 무섭게 뛰어나가곤 했다. 그가 연락처로 정하고 밤낮 나가 살다시피 하는 곳은 '모란'이라는 다방이었다. 날마다 거기서 동지들과 만나 재건 준비의 제반 연락과 타협을 한다는 것이었다. 하루는 나보고도 같이 나가보자고 했다. 회사의 중역이 될 인물들에게 미리 인사를 해두는 것이 앞으로 유리하리라는 것이다. 나도 동감이었기에 하자는 대로 상근을 따라 나가보았다. '모란'은 큰길에서 골목으로 쑤욱 들어가 있는 별스레 우중충한 다방이었다. 우리가 들어서자 저쪽 구석에 둘러앉았던 서너너덧 명이 상근을 향해 앉은 채 고개를 끄떡해 보였다. 상근은 한쪽 손을 들어 보이고 다가가서 그들 틈에 끼어 앉았다. 옆의 겸상을 끌어당겨놓고 내게도 앉기를 권했다.

"이 사람은 내 처남이웨다. 제대 군인인데, 일본서 대학을 나온 수잽네다!"

상근은 그러고 나서, 고불통대를 닦고 있는 오십이 다 된 사내를 가리키며,

"부사장님께 인사드리게."

했다. 나는 내 이름을 대고 머리를 숙였다. 다음에는 단추 떨어진 구제품 양복저고리를 입고 있는 사내를 가리켰다.

"전무 취체역."

나는 먼저 모양으로 이름을 대고 머리를 숙였다. 신경질적인 얼굴에 캡을 쓴 감사역과 콧등에 흉터가 있는 총무 부장에게도, 나는 같은 식으로 일일이 통성을 했다. 그들은 한결같이, 남북 석탄 주식회사 부사장, 전무 취체역, 감사역, 총무 부장이라는 큼직한 명함을 한 장씩 내놓았다. 이 명함의 직함과는 도무지 어울리지 않는 그들의 풍채를 바라보며, 나는 자꾸만 신기한 생각이 들었다. 내게 인사를 시키고 난 상근은 친구들을 둘러보며,

"자, 누구 차 한 잔 안 사나?"

했다.

"좀 기달려보우. 얼마 있음 전주가 나올 테지."

구제품 양복의 대답이었다.

"제에기. 그럼 누구 담배라두 한 대 주우."

코에 흉터 있는 사내가 담배를 내밀었다. 그는 내게도 한 개비 권했다. 피울 줄 모른다고 했더니,

"허어, 그거 참 부럽습니다."

하고 도로 집어넣었다. 점퍼에 캡을 쓴 친구가 마침 옆을 지나가는 레지에게 오늘 신문을 좀 보여달라고 청했다. 레지는 잠깐 거들떠보고는 잠자코 가버렸다. 역시 기다려도 신문을 가져오지 않았다. 캡 쓴 사내는 얼굴색이 변해 가지고 카운터 쪽으로 갔다.

"사람을 너무 괄시하지 말아요. 그래두 단골손님 아니오. 당신넨 영업이니까, 좀 더 친절시레 손님을 대해야 할 거 아니오."

캡은 서너 종류의 신문을 얻어 가지고 돌아왔다. 그러자 구제품 저고리가,

"문 감사, 너무 까다롭게 굴지 말우. 돈 없음 어디 가나 괄시 받게 마련야. 그러다 예서도 쫓겨나문, 안심하구 모일 장소두 없지 않소!"

하고 웃었다.

"그래, 서울 천지에 다방이 여기뿐이란 말요?"

"암, 다방이야 많지. 찻집은 얼마든지 있단 말요. 그렇지만 밤낮와 살면서두 운이 좋아야 차 한 잔쯤 팔아주는 패를 환영할 덴 없단 말유."

"옳은 말야! 이거 어디 이렇게 궁해서야 견디겠나. 어서 남북 석탄 회사가 활발히 움직여야겠는데, 어디 돈 낼 놈이 제대루 말을 들어줘야지."

이 패에서는 그중 연장자인 고불통대가 하는 말이었다. 그는 아까부터 수건으로 열심히 닦고 있던 고불통대를 주머니에 집어넣었

다. 그리고 신문을 펴 들었다. 다른 사람들도 일제히 신문을 들여다보기 시작했다.

그날부터 나는 그들의 일에 기대를 걸지 아니하였는데, 며칠 뒤 밤늦게 돌아온 상근은 당장 무슨 수라도 생길 듯이 어서 이력서를 한 장 써놓으라고 했다. 꼭 믿는 것은 아니었지만, 그래도 혹시나 싶어 다음날 나는 이력서를 써주었던 것이다. 상근은 소리를 내서 읽어내려 갔다. 생년월일을 읽고 나서,

"음, 그러면 서른한 살이군, 우선 그만하문 나이루는 과장 자격이 되네."

하고, 다시 읽어가다가, 학력란에 이르러 동경 모 사립대학 예과 일학년 중퇴라는 조목을 보더니, 이래선 안 된다고 그는 머리를 내저었다. 회사 규칙상 과장 이상은 반드시 대학 출신이어야 된다는 것이다. 자기가 주장하면 체면을 보아서라도 들어주기는 하겠지만, 위신 문제도 있고 하니, 아예 학력을 속이자는 것이다. 지난번에 자기가 그렇게 소개하지 않았느냐고 하며, 어서 대학 졸업으로 고치라고 했다. 나는 허위 이력서를 꾸며서까지 과장이 되고 싶지는 않다고 했다. 상근은 나를 경멸하듯이 큰 소리로 한바탕 웃었다.

"자넨 상게두 세상이란 걸 모르네기래."

그의 논법에 의하면, 서로 속이고 속고 하는 게 세상이라는 것이다. 나는 이력서를 도로 받아놓은 채, 고칠 생각은 않고 어름어름 며칠을 넘기었다. 그랬더니, 이번에는 곧 회사가 발족한다고 하며 상근이 편에서 이력서를 재촉했다. 나는 전번에 썼던 것을 그대로 내놓으며 평사원이라도 좋다고 했다. 상근은 잠시 말없이 나를 바라보더니,

"폐양 감사두 지 싫으문 만다구, 져엉 그렇대문 할 수 없디. 그러나 자넨 영 출센 글렀네."

그러고 나서 이력서를 들고 나갔던 것이다. 다음날 상근은, 수일 내로 사무실을 정리하고 들게 될 거라고 하며, 같이 나가자고 해서 나는 한 번 더 따라 나가보았다. 그날, 소위 부사장이라는 고불통대는 나에게 인사 과장이라는 직함을 주었다. 인사 과장이란 제일 중요한 부서라고 하며, 첫눈에 믿음직할 뿐 아니라, 오 상무를 보아 중역 회의에서 가결했으니 앞으로 직무에 충실해 달라는 것이었다. 그런 지 어느새 보름이 넘었건만 아무런 연락도 없었다. 그 뒤 상근의 입에서는 남북 석탄 회사 얘기는 쑥 들어가버리고 말았던 것이다.

요즈음 와서 누이는 아무래도 좀 이상하다. 점심만 먹고 나면, 이내 외출하는 날이 많았다. 저녁에도 집에는 돌아오지 않고, 그 길로 직접 출근해 버리는 것이다. 그런 날일수록 한결 긴 시간 화장에 공을 들였다. 따라서 평시보다 더욱 명랑한 표정이었다. 눈에는 미태가 넘쳐흘렀다. 오늘도 그러한 날이었다. 점심 그릇을 챙기고 들어오니까, 누이는 화장에 여념이 없었다. 손바닥만 한 거울을 문턱에 세워놓고 부지런히 얼굴을 문대고 있었다.

"어느새 나갈라우?"

"어디 가볼 데가 있어서 그래."

누이가 일찍 나가는 날은 나만 골탕을 먹었다. 왜냐하면 저녁때에 가서 재순이가 엄마를 부르며 지독히 보채기 때문이다. 습관이 되어서 저녁때만 되면 젖이 생각나는 것이다. 좀체 울지 않는 애인 만큼, 한번 행악을 부리기 시작하면 그칠 줄을 모른다. 그걸 달래노라면 내가 땀을 빼곤 했다. 화장을 하고 난 누이는 딴 사람 같았다. 약간 보태 말하면 눈이 부실 정도였다. 화장의 신비성에 나는 놀라는 것이다. 현저히 예뻐질 뿐만 아니라, 나이보다 훨씬 젊어 보이기 때문이다. 다섯 살쯤은 당겨 보였다. 요술처럼 달라진 누이의 얼굴을 바라보며, 나는 새삼스레 매혹적인 그 미모에 감탄했다.

"너두 아주 신품은 아닐 테지?"

누이는 사정없이 정체 모를 미소를 내게다 퍼부었다. 나는 갑자기 취하는 것 같았다. 옷을 갈아입느라고 드로어즈만 남기고 누이는 홀딱 벗고 있어서 더 그랬는지 모른다. 뭇 사내가 누이에게 녹아나는 까닭을 나는 이제야 깨달은 것 같았다. 나는 어느새 외면하고 있었다.

"병신이 아닌 담에야, 삼십이 넘두록 무사할 수 있을라구."

나중에 생각해 보면 모두가 야비한 수작인데, 즉석에서는 그렇게 느껴지지 않는 것이 신기했다. 나는 대답 대신 그저 웃었다. 화를 낸다는 것이 엉뚱하게 그만 웃어버리고 만 것이다. 자기 저녁은 하지 말라고 이르고 누이가 나가버린 뒤에도, 한참 동안 멍하니 그대로 서 있었다. 그러한 나의 머릿속에 춘자의 영상이 환히 떠올랐다. 눈처럼 희다는 말이 있다. 춘자의 피부가 그랬다. 마주 앉았을 때 스커트 밑으로 내민 무릎이 눈에 뜨이면 나는 가슴이 아팠다. 형벌처럼 불행과 고독을 짊어진 춘자는, 터무니없는 자존심으로 간신히 자기를 버티고 있는 것이었다. 나는 머리를 내저었다. 모두가 할수 없는 일이었다.

옆방에서 또 강 노인이 벽을 탕탕 치며 나를 불렀다. 나는 언제나 어떻게도 할 수 없을 때에 하는 버릇으로 씩 웃고 옆방으로 갔다. 강 노인은 역시 요 위에 엎드려 죽는 소리를 내고 있었다. 나는 노인의 허리에 올라탔다. 두 손으로 힘껏 노인의 야윈 허리를 주물러 올라갔다. 반 시간 가량이나 나는 그러한 동작을 계속한 것이다. 노인의 신음 소리가 누그러지는 걸 보고 나는 내려앉았다. 그러나 오늘따라 노인은 죽은 마누라를 원망하는 소리는 늘어놓지 않았다. 몹시 불안한 표정이었다. 나보고 좀 바투 오라고 했다. 다가앉았더니 노인은 내 손을 잡아서 갈비뼈가 앙상한 자기 가슴 위에 얹었다. 자기 가슴의 고동이 여느 때와 다르지 않느냐고 물었다. 나는 다르지 않다고 대답했다. 정말 아무렇지도 않느냐고 노인은 재차 물었다. 정말 아무렇지도 않다고 나는 대답했다. 강 노인은 역시 불안한 표정으로 잠시 나를 쳐다보다가, 여느 때 없이 숨이 자꾸 속으로 꺼져들어 가는 것만 같다고 했다. 이어서 죽을 것만 같다고 했다. 기운 없는 소리였다. 좀 뒤에 노인은 춘자가 다니는 제본 공장을 대강 일러주고, 딸을 좀 불러다달라고 했다. 나는 일단 우리 방으로 가서 재순이를 업고 나왔다. 그러면 얼른 다녀올 테니 조심하라고 하며, 나는 노인을 한 번 더 들여다보았다. 내가 돌아서려니까 노인은 손을 저어 말리었다. 그러고는 상반신을 움직여 겨우 일어나 앉았다. 한결 나아졌다는 것이다.

"그러면 그렇지, 인제 겨우 육십인데 그렇게 쉬 죽을라구!"

노인은 만족한 듯이 웃었다. 왜 그런지 나는 약간 실망을 느끼며 대문 밖으로 나와버렸다. 나는 재순을 업은 채 스적스적 걸음을 옮기었다. 나는 큰길로 나와서 얼마를 걸었는지 알 수 없었다. 처음에는 목적이 없었던 것이 차차 걷는 도중에 나는 춘자를 찾아가고 있다는 것을 깨달았다. 우선 나는 그러한 자신에게 놀랐다. 그러면서도 돌아서려고 하지 않고, 강 노인에게서 들은 방향을 향해 나는 걸음을 계속했다. 한 시간쯤 뒤에 나는 쓰레기가 쌓여 있는 공터에 나타났다. 그 한 귀퉁이에 함석지붕을 얹은 바라크가 서 있었다. 나는 직감적으로 그게 춘자가 있는 제본소라는 생각이 들었다. 가까이 가서 열어놓은 창 너머로 안을 들여다보았다. 이십여 명의 남녀 직공들이 종이 북데기 속에서 분주히 손발을 놀리고 있었다. 나는 두리번거리며 춘자를 찾아보았다. 얼른 눈에 뜨이지 않았다.

"뭡니까?"

한 남자가 나를 발견하고 소릴 질렀다. 까닭 없이 적의를 품은 눈이어서 좀 당황했다. 난 얼떨결에 춘자의 이름을 댔다. 춘자의 일하는 모양을 나는 몰래 바라보고 그대로 돌아가려던 참이라 또 한 번 당황했다. 그러나 이미 때는 늦었다. 여러 사람의 시선이 일제히 내게로 쏠리는 가운데 춘자도 있었다. 나는 몇 걸음 뒤로 물러서 몸을 숨기었다. 이내 춘자가 쫓아나왔다. 모욕을 당한 것 같은 표정이 춘자의 얼굴을 스쳐갔다. 계속해서 춘자의 얼굴이 붉어졌다. 드문 일이었다

"웬일이셔요?"

나는 대답할 말이 없었다. 하는 수 없이 씩 웃고 말았다. 여기에 찾아온 이유를 나도 알 수 없었기 때문이다.

"어떻게 오셨어요."

춘자는 너무했다. 거푸 묻는 바람에 나는 그만,

"부친께서 아무렇지도 않습니다."

해버렸다. 춘자는 약간 놀란 눈으로 자기 부친의 병이 갑자기 악화됐느냐고 물었다.

"아닙니다. 아무렇지도 않습니다."

춘자는 또 한 번 얼굴을 붉혔다. 춘자는 공장 앞에 있는 구멍가게에서 캐러멜을 한 갑 사서 재순에게 쥐어주었다.

"재순이 잘 가거라, 응!"

춘자는 재순의 등을 가만히 투덕거려주었다. 그러고는 바삐 공장으로 들어가버렸다. 돌아오는 길에, 강 노인이 죽었을지도 모른다는 생각이 내게 들었다. 기실 그렇게 생각된 것이 아니라, 그러기를 바라는 심리였는지 모른다. 마구 가슴이 설레었다. 집에 돌아와보니 강 노인은 아무렇지도 않았다.

춘자는 요즘 와서 수험 준비에 더욱 열중하기 시작했다. 차기 검정고시에는 기어코 응시하겠다는 것이다.

"선생님이 협력만 해주신다면……."

춘자는 뒷말을 흐려버리고 말았다. 이내 새침해졌다. 자존심을 잃고 싶지 않은 것이다. 이상하게 그 말이 내게는 잊혀지지 않았다. 두고두고 그 말을 감초 씹듯 했다. 물론 그것은 내가 협력만 해주면 어김없이 합격될 자신이 있다는 뜻임에 틀림없을 것이다. 교원 자격만 얻으면, 모범 교사가 될 자신이 있다는 말을 춘자는 그 전에 한 일이 있었다. 그리 되면 최소의 생활 보장은 문제없으리라는 말도 했다. 그러한 말들은 어떤 의미에서 나를 구속하는 것이었다. 나는 아무 데도 구속을 받아서는 안 되겠다. 자신을 위해서 나는 좀 더 냉정해져야겠다고 결심했다. 그럴수록 춘자의 야윈 모습이 자꾸 떠올랐다. 과연 춘자는 나날이 더 파리해 가는 것만 같았다. 춘자는 너무 무리를 하고 있는 것이다. 육체적으로 정신적으로, 또 심리적으로 겹치는 무리는 춘자를 극도로 피로하게 했다. 그 피로를 춘자는 스스로 의식하지는 못했다. 강한 자존심이 버티고 있었기 때문이다. 춘자는 밤을 새우다시피 공부했다. 그러고도 아침은 일렀다. 늦잠을 자는 우리가 일어나 보면, 춘자는 벌써 출근한 뒤였다. 공장에서는 어슬해야 돌아왔다. 우선 육체가 당해 낼 도리가 없을 게다. 저러다가, 노인보다도 춘자가 먼저 죽지 않을까 하는 생각이 내게는 들었다. 그래도 춘자는 무리를 하지 않을 수 없었다. 교원 자격을 얻지 못할 바에는 차라리 죽는 편이 낫다는 것이었다. 검정고시에 합격하는 것만이 자기의 운명을 바꿀 수 있는 유일한 길이라고 믿고 있는 모양이었다. 거기에 영양 부족도 겹쳐서 자연 춘자는 여위어 갈 수밖에 없었다. 그러면서도 묘한 것은 그처럼 축진 얼굴이나 몸집이 조금도 매력을 잃지 않는 일이었다.

어느 날 밤, 나는 춘자의 가느다란 몸을 힘껏 끌어안는 꿈을 꾸었다. 꿈속에서 나는 춘자를 껴안은 채 자꾸만 울었다. 인제는 하는 수 없다고 중얼거리며 나는 공연히 서러워 울었던 것이다. 그러다가 어린애 울음소리에 놀라 나는 꿈에서 깼다. 조그만 재순의 몸뚱이를 나는 잔뜩 껴안고 있었던 것이다. 그 뒤로 춘자와 마주 앉을 때마다 나는 그 꿈 생각이 났다. 금세 눈을 감으며 춘자의 몸을 끌어안을 것 같은 착각에 나는 가슴이 찌르르 하곤 했다. 어제 저녁이었다. 강 노인의 요통이 다시 시작되었다. 물론 나는 불리어 옆방으로 갔다. 한참 동안 노인의 허리를 주물러주고 내려앉았을 때였다. 춘자도 옆에 있었다. 노인은 언제나처럼 딸만 낳아놓고 죽은 마누라를 원망하고 나서, 날더러 또 자기 사위가 되어달라고 했다. 오류이 진 부친과 어린 동생이 매달려 있기 때문에 춘자는 삼십이 다 되도록 시집을 갈 수 없었다는 것이다. 어쩌다 말이 났다가도 남자 쪽에서 쑥 들어가 버리고 만다는 것이다.

"나도 불쌍하지만 저것도 가련하네. 여자란 남자와 달라, 때를 놓치면 아주 폐물이야! 어서 자네가 좀 돌봐주게."

나는 할 수가 없었다. 역시 또 씩 웃어버리는 수밖에 없었다. 춘자는 싸늘한 시선으로 부친을 노려보고 있었다. 그 눈에는 경멸과 증오가 불타올랐다. 가끔 입 가장자리에 가벼운 경련이 있었다. 실컷 중얼거리고 나서 노인은 잠이 들어버렸다. 춘자는 책을 펴놓았다. 그러나 그것은 의미 없는 동작에 지나지 않았다. 춘자는 끝내 입을 다물고 견디어내는 것이었다. 마침내 나는 일어서고 말았다. 이 시간이 주는 압박을 나는 배겨낼 수가 없었다. 그러나 그 방을 나오기 전에 나는 커다란 실언을 한 것이다.

"며칠 전에 나는 꿈을 꾸었습니다. 춘자 씨를 끌어안구 우는 꿈을 말입니다. 아주 우스운 꿈이지요."

나는 왜 그런 소릴 지껄였는지 모르겠다. 그예 나는 실수를 했구나 하는 생각만이 머릿속에 핑 돌았다. 춘자는 지독한 여자였다. 입을 열지 않았다. 고개도 들지 않았다. 가만히 책장을 넘기었다. 그 손끝이 몹시 떨리었다. 우리 방에 돌아온 나는 갑자기 전신에 피로를 느끼었다. 나는 벽에 기대앉아서 눈을 감았다. 나라는 인간은 할 수 없다고 생각했다. 그러한 내 귀에 여자의 울음소리가 들려왔다. 집 뒤란에서 나는 소리였다. 아무도 모르게 숨죽여 우는 울음소리였다. 어둠도 그 소리를 덮어버리지는 못했다. 땅 속으로 스며 흐르는 물줄기처럼 가느다란 울음소리는 어둠 속을 새어나왔다.

누이는 종내 집을 나가고야 말았다. 어린 재순이마저 팽개친 채 홀연히 종적을 감추어버리고 만 것이다. 어제 저녁에 누이 부처는 대판 싸움을 했다. 물론 언제나처럼 상근은 치고, 누이는 맞기만 하는 기묘한 싸움이었다. 이번에는 쉽사리 싸움의 결말이 나지 않았다. 워낙 상근이가 요구하는 액수가 컸기 때문이다. 오천 환을 강요한 것이다. 누이는 몇 차례 얻어맞더니, 천 환을 내주고 타협을 지으려 했다. 상근은 듣지 않았다. 이번에야말로 아주 유망한 대회사가 설립되는데, 그 준비 회합을 갖는 오늘 저녁에 자기가 주식(酒食)을 한턱 내기로 했다는 것이다.

"아아니 뭐요? 당신이 한턱을 내요? 아, 대회사가 생기는 판이니, 돈 가진 사람두 많을 거 아뇨? 어째서 하필 ×× 두 쪽밖에 없는 당신이 낸단 말요?"

누이는 처음으로 열기를 올려 몰아세웠다.

"바늘 구멍만 한 에미네 소갈머리루 허투루 챙겐하지 말라우. 누군 돈이 아깝지 않은 줄 알아! 다 앞을 내다보구 선수를 써두는 거야. 그래 둬야 내게 중역 한 자리가 돌아온대는 걸 좀 알라우."

"에이구, 메스꺼워서 내 원! 아 그 알량한 중역요? 시작두 하기 전에 깨지군 하는 회사의 중역 말예요? 그 잘난 중역은 해서 뭘 하는 거요? 대체. 그런 엉터리 중역보다는 차라리 길거리에서 담배 장사라도 하는 게 몇 곱 낫겠소."

"뭐야, 이 쌍년아! 거리에서 담배 장사나 해먹다 죽으란 말이가, 그래. 시나일 뭘루 아니 너. 그래두 상게 쥐둥아리질이야!"

상근은 일단 중단하였던 매질을 다시 계속하기 시작했다. 아무리 방어 태세를 취하여도 사정없이 내려닥치는 상근의 주먹을, 누이는 감당할 수가 없었다. 누이는 몇 번이나 나에게 구원을 청했다. 겁에 질려 악을 쓰고 울어대는 재순을 부둥켜안은 채 나는 움직이지 않았다. 이미 생활화된 이러한 부부 싸움을 위해서 내가 중재해야 할 아무런 이유도 발견할 수 없었기 때문이다. 나는 누이의 생활권을 침범하고 싶지 않았던 것이다. 누이는 할 수 없는지 마침내 삼천 환을 내주고야 말았다. 그래도 상근은 이천 환을 더 졸라보다가, 자기도 손이 아팠던지 드디어 단념하고 나가버렸다. 누이는 여느 날이나 다름없이 꼼꼼히 화장을 하고 나서 주점에 출근했던 것이다. 그러나 밤이 이슥해 돌아올 시간이 되어도 누이는 나타나지 않았다. 마침내 통행금지의 사이렌이 울어도 돌아오지 않았다. 그제야 상근이도 은근히 걱정되는 모양이었다. 자리에 누워서도 조금 더 기다려보자고 하며, 상근은 불을 끄지 못하게 했다. 자정이 지나도 종시 누이는 돌아오지 않았다. 횡포한 손님들의 강권에 못 이겨 폭음을 하고, 몸을 가눌 수가 없어서 아마 주인집에서 자고 오는지도 모른다고, 우리는 이야기하고 잠이 들었던 것이다. 언제나 밤 시간이 늦기 때문에 본시 늦잠들을 자는 편이건만, 이튿날 아침 상근은 첫새벽에 일어나 술집으로 쫓아가보았다. 그러나 아내는 거기에 없었다. 뿐만 아니라 어제 저녁에는 초입 무렵에 잠깐 얼굴만 내밀고, 앞으로는 못 나오게 될지도 모르겠다고 하고 이내 돌아가버렸다는 것이다. 상근은 얼굴이 푸르죽죽해 가지고 집으로 돌아왔다. 눈도 퀭해졌다. 믿어지지 않을 만큼 상근은 풀이 죽었다. 매를 맞구 분하니까, 어디 아는 집에라도 가서 하룻밤 자고 오는지도 모른다고, 나는 짐짓 위로 비슷한 말을 했다. 누이는 점심때가 되어도 영 돌아오지 않았다. 마침내 우리는 갔음직한 곳을 찾아나서기로 했다. 무엇보다도 재순이가 엄마를 찾으며 우는 통에 견딜 수가 없었다. 재순은 내가 업고 나섰다. 전에 들어 살던 주인집에 가본다는 상근이와 나는 한길에서 갈라졌다. 아이를 업은 채 나는 무작정 거리를 싸다녔다. 재순인 내 등에서 그만 잠이 들어버렸다. 더 무거웠다. 나는 자꾸 추어올리면서 걸었다. 내 이마와 등에도 땀이 내뱄다. 애를 업은 나의 초라한 꼴이 가게 유리창에 비쳤다. 그때마다 나는 걸음을 멈추고 내 몰골을 바라보았다.

"할 수 있나!"

번번이 나는 그렇게 중얼거렸다. 견딜 수 있는 데까지는, 현재를 견디는 수밖에 없다고 생각했다. 그것이 나의 운명인 거나처럼 나는 또 얼마 동안을 정신없이 돌아다녔다. 얼마 만에 나는 어느 뒷골목 공터에 다다른 자신을 발견했다. 한쪽 모퉁이에는 헛간 같은 함석지붕의 건물이 있었다. 그것은 물론 전에 한 번 와본 일이 있는 제본 공장이었다. 나는 그 옆으로 다가갔다. 유리 없는 창문으로 나는 그 안을 넘겨다보았다. 역시 그 안에서는 남녀 직공들이 부산히 종이를 다루고 있었다. 마침내 한 남자가 나를 발견해 주었다. 그는 용하게 나를 기억하고 있었다. 내가 청하지도 않는데, 그는 큰 소리로 춘자의 이름을 불러주었다.

뭇 시선이 이쪽을 향했다. 춘자도 나를 보았다. 좀 당황한 기색이었으나, 춘자는 이내 일손을 멈추고 정문으로 돌아 나왔다. 물론 타고 난 대로 창백하고 싸늘한 얼굴이었다.

"무슨 일이 있었나요?"

"우리 누이가 도망을 갔습니다."

"도망요? ……그럴 거예요!"

틀림없이 비웃는 어조였다.

"그래서 누이를 찾아 나왔다가, 이 앞을 지나게 돼서 잠깐 들여다본 겁니다."

그래 놓고 보니, 내 행동이 너무나 당연한 것 같았다. 춘자는 신기하게 약간 낯을 붉히며 미소를 지었다. 지난번처럼 춘자는 또 개러멜을 한 갑 사서 내 손에 들려주었다. 재순이가 깨거든 주라는 것이다. 나는 춘자를 찾아오기를 잘했다고 생각했다.

누이는 우리가 나온 틈에 집을 다녀갔다. 고리짝을 뒤져서 자기의 변변한 옷가지를 다 싸가지고 간 것이다. 한편 누이는 강 노인에게 쪽지를 맡겨놓고 갔다.

　저녁 ×× 시까지, 아무도 모르게 재순일 업고 서울역으로 나와주기 바란다. 꼭 나오너라. 내용 얘기는 만나서 하겠다.

나는 상근이가 어서 돌아오기를 기다렸다. 단독으로 처리하고 싶지 않아서다. 그러나 그 시간까지 안 돌아오면 할 수 없다. 누이보다도 재순이를 위해서 시간이 되면 나는 역에 나가기로 작정한 것이다. 한길에 있는 이발소까지 시계를 보러 나는 몇 번이나 왕복했다. 상근은 종시 돌아오지 않았다. 재순이를 업고 나는 서울역으로 나가보았다. 누이가 기다리고 있었다. 누이 옆에는 제법 미끈하게 차린 사내도 서 있었다. 누이는 얼른 재순이부터 받아 안았다.

분주히 젖을 물리고 나서, 그 사내를 가리키며,

"이이가 너이 매형이다!"

했다. 나는 어이가 없어서 누이와 사내의 얼굴을 번갈아보았다.

"이이가 재순이의 본 아버지야. 부산서 갑자기 행방불명이 되었기 날 팽개치구 달아난 줄 알았더니 그동안 피신하구 있었대는구나 글쎄. 어떤 사정이 있어서 숨어 지냈대. 그런데 인젠 그 사건두 무사히 다 해결이 나구 해서, 혹시 서울이나 오문 내 소식을 알까 싶어 왔다가, 용케 만났지 뭐니!"

누이의 말이 내게는 곧이 믿어지지 않았다. 거짓말만 같았다. 그러나 그 문제에 대해서 나는 더 생각하지 않기로 했다. 누이의 말이 사실이면 어쩌구, 거짓이면 어쩌냐. 그 진부가 누이의 행복과 과연 어떤 관계가 있겠느냐는 말이다. 부산행 열차의 개찰이 시작되었다. 누이는 더없이 만족한 표정으로 나를 보고, 이삼 일 뒤에 부산으로 내려오라고 했다.

"여태 너 군복두 못 벗었으니 어떡하니? 여보, 얘가 내려오거든, 우선 양복부터 한 벌 해 입혀야겠수. 그리구 오기만 하문 매형이 곧 취직을 시켜주신대!"

"그야 다 이를 말인가. 하나밖에 없는 처남인데."

사내는 수첩을 내서 한 장 쭉 째더니 주소를 적어주었다. 그러고는 양복 주머니에 손을 넣더니 만 환 뭉치를 하나 꺼내주었다. 여비로 쓰라는 것이다. 그밖에 딴 말은 나눌 사이도 없이 그들은 개찰구를 통과해 버렸다. 승객들이 다 나간 뒤에도 나는 잠시 그 자리에 더 남아 있었다. 이제는 어디로든 나도 떠나야 할 때가 왔다고 생각했다. 그 집에 내가 월여를 머물러 있은 것도 누이가 있었기 때문이다. 그렇다고 해서 다시 누이를 찾아갈 생각은 아예 없었다. 차라리 나는 누이와는 반대 방향으로 가야 한다고 생각하며 대합실을 나섰다. 밖에는 어둠을 뚫고 자동차가 수없이 질주하고 있었다. 나는 될 수 있는 대로 어두운 쪽을 골라서 걸었다. 열두어 살짜리 조무래기 한 놈이 앞을 막아섰다.

"아저씨, 하숙 안 가서요?"

"오냐 가자! 가구 말구. 어디라두 가자!"

나는 소년을 따라 걸었다. 어두운 골목으로 들어섰다. 불현듯 창백한 춘자의 얼굴이 눈앞을 얼씬거렸다. 뒤이어 여자의 가느다란 울음소리가 들려오는 것 같았다. 그것은 분명히 숨죽여 우는 젊은 여자의 울음소리였다. 이러한 착각을 나는 끝까지 견디어내야 한다고 생각하며 자꾸만 어둠 속을 헤치고 소년을 따라 걸었다.

전쟁 직후의 네거티브 필름
── 손창섭론

송하춘

　손창섭 소설의 현주소는 정확히 육이오 전쟁 직후로 제한된다. 그 안에 일제와 해방 후의 좌우 대립과 피란이라는 복잡한 역사가 얽혀 있지만, 그래도 그것들은 모두 전쟁이 휩쓸고 간 피란지에서부터 시작된다. 그의 작중 인물들도 모두가 피란민들이다. 그들의 삶은 아직 뿌리를 내리지 못하고 떠돌 수밖에 없는 피란 생활 그 자체다.

　피란지에서의 삶은 경제적인 궁핍과 사랑의 결핍 두 가지로 요약된다. 손창섭 소설은 이런 결핍에 대한 단순한 불만이나 고발이 아니다. 그것은 결핍된 삶 자체로서 전후의 극단적인 상황을 의미한다. 이때 결핍 또는 궁핍이란 말은 상대적으로 정상(正常)이란 말을 상정케 한다. 손창섭 소설은 왠지 정상적인 것들에 대한 이야기가 아니다. 모두가 비정상적인 것들로 가득 차 있다. 인물들은 육체적으로나 정신적으로 불구자들뿐이고, 그들의 얽힘도 정상적인 관계가 아니다. 그리고도 이런 비정상이 정상인 것처럼 리얼리티를

확보하는데, 전쟁 직후라는 특수 상황이 그 점을 가능케 한다.

손창섭 소설은 전후의 왜곡된 상황에 대한 하나의 전형이다. 이점에서 또한 손창섭 소설은 전체가 하나의 모습으로 귀착된다. 이상(李箱)의 소설이 「날개」 하나로 기억에 남듯 손창섭 소설도 한 가지로 기억된다. 그러나 그것은 「날개」나 「오감도」처럼 별개의 작품이 아니다. 손창섭 소설은 그냥 전체가 한 가지 모습이다. 소설의 현장이 하나이고, 인물들끼리의 관계가 하나이고, 가난이 하나이고, 사람이 하나이다.

먼저 그 인물들과, 그들이 얽혀 지내는 모습을 보면 다음과 같다. 손창섭 소설의 인물은 기본적으로 네 사람이다. 남자가 세 사람, 여자가 한 사람. 그들은 대개 한 집에 모여 지낸다. 때로는 방한 칸에 모여 살기도 하지만, 그들은 한 집안 식구는 아니다. 각각이 남남이거나, 최소한 두 가구 이상이 모여 이룬 복합형 취락 구조다. 그 집 혹은 그들의 방은 동굴 속처럼 어둡고 칙칙하다. 그 안에서 그들은 부조화의 조화를 이루면서 생활한다. 손창섭 소설의 전체는 불협화음이다. 가족끼리 어울려 살면서도 남남처럼 서먹하고, 남남끼리 어울려 살면서도 가족처럼 끈끈한 것이 손창섭 소설의 특징이다.

만기 치과의원(萬基齒科醫院)에는 원장인 서만기 씨와 간호원 홍인숙 양 외에도 거의 날마다 출근하다시피 하는 사람 둘이 있다. 그한 사람은 비분강개파 채익준 씨요, 다른 한 사람은 실의의 인간 천봉우 씨다. 두 사람은 다 같이 서만기 원장의 중학교 동창생이다.

「잉여인간」의 첫 장면이다. 여기서도 주요 작중 인물은 세 남자와 한 여자 모두 넷이다. 서만기와 채익준과 천봉우와, 그리고 홍인숙. 그 가운데 서만기 혼자만 생업이 있고, 채익준과 천봉우는 무직이다. 벌이가 없기 때문에 그들은 자연 벌이가 있는 서만기에게 생계를 의지할 수밖에 없다. 그리고도 손창섭 소설은 벌이가 없는 이 두 사람을 중심으로·이야기를 벌리는 것이 특징이다. 그들의 어울려 살기란 모두 정상적인 얽힘이 아니다. 서로 얽힐 수 없는 관계이지만, 전쟁이 그것을 가능케 한다는 것이 손창섭의 시각이다. 손창섭은 처음부터 가능한 인간의 관계들을 주목하지 않는다. 오히려 불가능한 관계들이 서로 어떻게 얽혀 지내는가를 그는 주목한다. 「잉여인간」의 인물들은 목적 없이 만나는 생활의 낙오자들이지만, 중학교 동창이라는 인연으로 하나의 가족적인 틀을 형성한다. 혹은 군대 동기인 경우도 있다. 혹은 이북에서 같이 지내다가 피란 나온 사람들이기도 하다. 「혈서」의 세 젊은이들, 「설중행(雪中行)」의 옛 제자와 은사, 「비 오는 날」의 동욱 남매, 「인간동물원초(人間動物園抄)」의 죄수들, 그들은 모두 방 한 칸에 여자를 사이에 두고 위험한 혼숙을 한다. 「사선기(死線記)」처럼 옛 애인의 집에 함께 기거하기도 한다. 「생활적」의 동주 부부와 봉수 부녀, 「유실몽(流失夢)」의 상근 부부와 처남도 어울릴 수 없는 관계들의 어울림으로써, 전후 피란생활에 대한 풍속도를 이룬다.

손창섭 소설의 인물들은 대부분 무력증 환자다. 「잉여인간」의 천봉우처럼 모두 실의에 빠져 있다. 천봉우는 늘 말이 없고, 방금 자다 깬 사람처럼 가수 상태에서 허덕인다. 그가 그렇게 된 이유를 작가는 육이오 때문이라고 적고 있다. 피란 나갈 기회를 놓치고 적치 삼 개월을 꼬박 서울에 숨어 지내다 보니, 빨갱이와 공습에 대한 공포감 때문에 그렇게 되었다는 것이다. 전쟁은 끝났지만, 아직도 불안한 긴장상태가 지속되고 있음을 의미한다. 중학 시절의 그는 재기 발랄한 야심가였다. 그러던 것이 전란 통에 양친과 형제를 잃고 나자 인간 만사에 흥미를 잃고 말았다.

이처럼 손창섭 소설의 인물은 모두가 전쟁 후유증을 앓고 있다. 환자의 증세는 다시 두 가지로 압축된다. 하나가 경제적인 무력감이라면, 다른 하나는 애욕의 무력감이다. 천봉우의 무력감은 일종의 성적 편집 증세로 나타난다. 간호원 인숙에 대한 천봉우의 연애 감정이 그 예다. 경제적으로나 육체적으로나 항상 무력감에 빠져 있던 그가 인숙한테만은 유난히 강렬한 애욕을 느끼는데, 그것은 정상적인 관계의 사랑이 아니라, 일방적이고도 충동적인 욕구일 뿐이다. "인숙 양을 바라볼 때만은 잠에서 덜 깬 사람같이 언제나 게슴츠레하던 그의 눈이 깨어 있는 사람의 눈답게 빛나는 것이었다." 그것은 그가 살아 있음에 대한 존재의 확인이다. 식욕과 성욕은 인간의 원초적인 본능에 값한다. 섹스를 통해서 그는 인간 본능의 밑바닥을 훑어본다. 그리고 인간의 위선을 벗겨 내기도 한다. 「생활적」의 "그날 밤 동주는 그냥 수컷이었을 뿐이다."와 같은 동물적 행위는 손창섭 소설의 전편에 깔려 있다. 전쟁으로 인한 경제적 궁핍과 인간의 훼손을 식욕과 성욕이라는 리트머스 시험지를 통해 반응해 보는 것이다. 「잉여인간」에서 이 점은 만기를 둘러싼 봉우 처의 맹목적인 애욕과, 처제 은주가 형부에게 바치는 순결한 사랑과, 간호원 인숙이의 헌신적인 사랑에서도 나타난다. 그것들은 모두 정상적인 사랑이 아니라, 극단적이고도 병적인 상태의 인간상을 말해 준다. 상호 이해와 신뢰에서 생기는 정상적인 인간관계가 아니라, 위기의 상황에서 자행되는 자기 존재에 대한 충동적인 확인이다.

「혈서」의 달수는 길을 걷다가 거리에서 문득 인간 실존의 문제에 직면한다.

한번은 거리에서 바로 자기 앞을 걸어가던 사람이 미군 트럭에 깔려 즉사했다. 그때 달수 자신도 하마터면 트럭 앞대가리에 이마빼기를 들이받을 뻔했다. 그날 이후 달수는 자기가 살아 있다는 데 불안을 느끼게 되었다. 이상하게도 대량 살육이 자행되었던 육이오 때가 아니라, 그러한 불안은 실로 그날부터였다. 따라서 자기는 왜 죽지 않고 이렇게 멀쩡히 살아 있을까가 문제되기 시작했다. 그 생각은 납덩어리처럼 무겁게 잠시도 쉬지 않고 그를 짓누르는 것이었다. 그러한 달수에게는 준석이가 살아 있다는 것은 더욱 믿을 수 없는 일이었다.

'살아 있음'에 대한 실감은 인간 위기의 자각을 의미한다. 전후 세대들이 갖는 절망감 속에서 실존의 문제가 제기된 것도 바로 이 때문이다. 전쟁을 겪고 났을 때, 그들은 '우연히 살아 있는 인간'이었다. 그들의 인생은 스스로 선택한 삶이 아니라, 그렇게 선택된 삶이었다. 전쟁의 와중에서는 오히려 그것을 깨닫지 못한다. 훗날 전쟁이 휩쓸고 간 피란지에서 그들은 자신이 살아 있음을 실감한 것이다.
손창섭 소설에서 실존의 문제는 허무주의와 깊이 관련되어 있다. 허무의 정체는 우선 책임의 부재로 나타난다.

이 자식아. 창애의 배가 불렀건 꺼졌건, 그게 나하구 무슨 상관이 있단 말이냐? 창애의 배는 어디까지나 창애의 배지, 내 배는 아니다. 창애 배가 부른 게 어째서 내 죄란 말야.

「혈서」에서 창애라는 여자를 두고 준석과 달수가 벌이는 한판 논리다.
창애 부친은 이 집 주인인 규홍이가 창애와 결혼해 주기를 바란다. 그러나 달수는 창애가 간질병 환자이기 때문에 절대로 그럴 수 없다고 한다. 준석은 결혼할 수도 있다고 주장한다. 그들 두 사람에게는 어디까지나 자기의 생각과 주장만이 문제인 것이다. 그러던 어느 날, 창애가 준석의 애를 배는 사건이 생긴다. 달수가 볼 때 그것은 절대 있을 수 없는 일이다. 그러나 준석은 그게 뭐 문제가 되느냐는 것이다. 전후 세대들은 전쟁이 바로 자기 책임이 아니듯, 어떤 일도 자기 책임이 아니라는 생각을 갖는다. 심지어는 자기가 저지른 일까지도 자기 책임이 아니라는 논리적인 강변을 낳는다. 극단의 허무주의다. 「유실몽」에서도 이런 허무주의는 비슷하게 나타난다.

하나두 나의 죄는 아닙니다. 그렇다구 물론 춘자 씨 죄두 아닙니다. 정말입니다. 누구의 탓두 아닙니다. 춘자 씨의 부친이나 우리 누이의 잘못두 아닙니다. 그저 명확한 사실은, 우선 나에게는 한 벌의 신사복이 필요하다는 것뿐입니다. 그뿐입니다. 나는 언제까지나 염색한 군복만을 입구 있을 수는 없으니까요.

이런 허무주의가 극단화하면 준석처럼 '비분강개파'가 되지만, 세상을 향해 부르짖음을 포기할 때 그의 인물은 오히려 '실의에 빠진 인물'이 되고 만다. 준석에 비해 달수가 그런 인물이다. 손창섭 소설의 인물들은 작가 자신이 표현한 대로 '비분강개파'와 '실의에 빠진' 두 가지 유형의 인물로 나뉜다. 비분강개파는 세상을 향해 적극적이지만 오히려 불합리한 데가 많고, 실의에 빠진 인물은 합리적이지만 그 대신 세상으로부터 한 발짝 물러나 있다. 비분강개파나 실의에 빠진 인물이나 전후 세대라는 점에서는 같다. 합리적인 행동도 전쟁 때문에 무기력해졌고, 불합리한 행동도 전쟁 때문에 가능해졌다. 손창섭 소설은 이 두 가지 유형의 극단적인 인물들이 꾸려내는 전후 사회의 풍속도다. 달수처럼 순리대로 살아도 세상은 절망적이고, 준석처럼 억지로 살아도 세상은 굴러간다. 육이오가 그들의 의식 세계에 그만큼 큰 피해 의식으로 자리 잡고 있는 것이다.

이런 피해 의식은 그들이 삶의 현장에 뛰어들려고 할 때 훨씬 민감하게 나타난다. 손창섭에게 삶의 현장이란 곧 가정을 의미하기도 한다. 그가 연애를 하고, 약혼을 하고, 결혼을 하고자 하는 것도 다름 아닌 가정을 꾸리자는 일로써, 삶의 현장을 마련하는 일과 같다. 맨 처음 추천작인 「공휴일」에서 이미 이 문제는 제기된다. 도일이 바로 그 '생활' 때문에 연애와 약혼과 결혼이라는 문제에 직면한 것이다. 그러나 도일은 '이성이나 결혼 문제 같은 데 대해서 남들처럼 흥미를 갖지 못하는 인물' 이다.

"결혼을 해도 그만 안 해도 그만이고, 약혼을 해도 그만 안 해도 그만이고, 파혼을 해도 그만 안 해도 그만" 이어서, 마침내 사회적 결속력이 결여된 성격으로 전락하고 마는 것이다. 이런 성격은 극단적인 허무주의의 산물로서, 일상과 괴리될 수밖에 없다. 어머니가 어머니 같아 뵈지 않고, 아내가 아내 같아 뵈지 않고, 여동생이 여동생 같아 뵈지 않는 것도 바로 그 때문이다. 그래서 그들은 일상적인 삶의 현장으로부터 늘 격리되어 있다.

아침이 되어도 동주(東周)는 일어날 생각을 하지 않는다. 송장처럼 그는 움직일 줄을 모르는 것이다. 그만큼 그의 몸은 지칠 대로 지쳐버린 것이다. 몸뿐이 아니다. 마음도 곤비할 대로 곤비(困憊)해 있었다. 심신이 걸레 조각처럼 되는 대로 방 한구석에 놓여 있는 것이다. 걸레 조각처럼.

「생활적」의 현장은 이처럼 비생활적이다. 이 폐칩된 공간 속에 두 가구 네 식구가 불협화음을 내며 산다. 동주와 춘자 부부. 봉수와 순이 부녀. 그 가운데 특히 실의에 빠진 동주와 옆방에서 신음하는 순이와의 '생활적'인 관계는 그대로 전쟁 직후의 '생활'이다.

순이는 밤에도 자는 것 같지 않았다. 밤낮없이 누워서 신음 소리만을 내는 것이었다. 그것은 마치 신음 소리를 내기 위해 장치한 기계와도 같았다. 동주는 종내 어느 날 순이에게 물어보았다. "너 어째서 그렇게 밤낮 신음 소리를 지르니? 그렇게 죽어오게 아프냐?" 순이는 얼굴을 찡그렸다. "그럼 어떻게 해요. 그냥은 심심해서 못 견디겠는걸." 그때부터 동주는 무겁고 암담한 순이의 신음 소리를 아껴주기로 한 것이다. 그 신음 소리는 머지않아 죽을지도 모르는 순이의 최선을 다한 생활이었기 때문이다.

이런 '비생활적'인 '생활'의 공간은 자주 '동굴 속'으로 표현된다. 그 동굴 속은 어둡고, 그 안에 불구자가 누워 있고, 그 옆에 하릴없는 실업자가 그것을 지켜보고, 그래서 그곳은 가난과 사랑의 위험 지대로써 모든 손창섭 소설을 하나의 암울한 폐허로 그려내는 것이다. 「혈서」의 비생활적인 생활공간도 같은 풍경이다.

이 겨울 들어 불이라고는 지펴본 적 없는 방 한가운데 다리 하나 없는 준석(俊錫)은 이불을 쓰고 누워 있는 것이다. 그는 낮이나 밤이나 한 장밖에 없는 이불 속에 엎드린 채 일어나려 하지 않는 것이다. 첫째 춥기도 하려니와, 일어나 앉아 그에게는 아무것도 할 일이 없는 것이었다. 준석이가 누워 있는 발치 쪽으로 취사도구가 놓여 있는 석유풍로와 나란히 창애(昌愛)는 언제나 그 자리에 그렇게 자리 잡고 있는 것이었다.

그 안에 한쪽 다리가 없는 불구자 준석과, 그 곁에 또 간질병 환자인 창애가 누워 있는 동굴 속 같은 풍경은 모든 손창섭 소설을 하나로 모습 짓는 전후 피란 생활의 음화다. 「유실몽」의 강 노인도 같은 분위기의 동굴 속에서 신경통을 앓고 있다. 「비 오는 날」의 움막집은 낡은 목조 건물이다. "한쪽 귀퉁이에 버티고 있는 두 개의 통나무 기둥이 모로 기울어지려는 집을 간신히 지탱하고 있었다. 기와를 얹은 지붕에는 두세 군데 잡초가 반 길이나 무성해 있었다. 나중에 들어 알았지만 왜정 때는 무슨 요양원으로 사용되어 온 건물이라는 것이었다. 전면은 본시 전부가 유리 창문이었는데 유리는 한 장도 남아 있지 않았다. 들이치는 비를 막기 위해서 오른편 창문 안에는 가마니때기가 드리워 있었다." 그 안에 "왼쪽 다리가 어린애의 손목같이 가늘고 짧은" 동옥과 "목사가 되겠노라고 하면서도 술을 사랑하는" 동욱이 함께 기거한다. 「미해결의 장」에서 이런 폐허의 장면은 전쟁과 직결되며, 그것은 곧 지구상의 병리적 대상으로 확대되기도 한다.

전찻길을 건너고, 국민학교 담장을 끼고 돌아서 육이오 때 파괴된 채로 버려둔 넓은 공터를 가로질러 나는 또 문 선생네 집을 찾아가는 것이다. 국민학교의 그 콘크리트 담장에는 사변 통에 총탄이 남긴 구멍이 숭숭 뚫려 있었다. 나는 오늘도 걸음을 멈추고 그 구멍으로 운동장을 들여다보는 것이다. 마침 쉬는 시간인 모양이다. 어린애들이 넓은 마당에 가득히 들끓고 있다. 나는 언제나처럼 어이없는 공상에 취해 보는 것이다. 그 공상에 의하면 나는 지금 현미경을 들여다보고 있는 병리학자인 것이다. 난치의 피부병에 신음하고 있는 지구덩이의 위촉을 받고 병원체의 발견에 착수한 것이다. 그것이 '인간'이라는 박테리아에 의해서 발생되는 질병이라는 것은 알았지만, 아직도 그 세균이 어떠한 상태로 발생 번식해 나가는지를 밝히지 못하고 있는 것이다.

국민학교 교정을 보는 시선이 마치 동굴 속처럼 어둡다. 어린 학생들을 보는 그의 시선도 마치 그 안의 불구자들처럼 불결하다. 동굴 속과 같은 움막집, 불구자와 같은 그 속의 인간들, 낙치의 피부병에 신음하고 있는 지구덩이, 박테리아로 표현되는 어린 학생들까지, 그의 시선은 마치 세균을 들여다보는 현미경처럼 한 가지다. 그는 사물을 개체적으로 파악하지 않는다. 모든 사물을 하나의 현미경으로 관찰할 때, 보이는 것은 한 가지로 불순한 것들뿐이다.

그러나 불구자가 있는 풍경은 음산하지만, 그 불구자를 향한 시선은 따뜻하다는 점이 또한 손창섭 소설의 특징이기도 하다. 이것이 그의 휴머니즘이다. 그들은 불구자와 함께 어울려 산다. 그의 소설 속에 어차피 완벽한 인물은 없다. 경제적으로 궁핍하거나 정신적으로 육체적으로 결핍된 인물들뿐이다. 결핍된 인물이 결핍된 인물을 돕는 모습은 괴기스럽지만 훈훈하다. 「비오는 날」의 원구는 가난하지만 동옥의 불구를 보는 마음이 아프다. 동욱이 군대에 끌려가고, 동옥이 창녀촌에 팔아 넘겨졌을 때, 원구는 마치 자기가 팔아넘기기라도 한 것 같은 죄책감에 젖는다. 간질병자인 「혈서」의 창애는 달수가 돌본다. 달수는 가난한 고학생으로 취직을 하지 못하여 실의에 빠져 있지만, 준석으로부터 끝내 창애를 지켜내지 못하였을 때 그는 손가락을 잘리는 불행을 겪기도 한다. 「생활적」의 죽어가는 순이는 동주가 보살핀다. 순이의 신음 소리를 들을 때마다 동주는 생명의 소중함을 느낀다. 신경통 환자인 「유실몽」의 강 노인은 옆방의 사내가 보살피고, 「포말의 의지」에서 창녀 옥화는 종배가 돕는다. 그러나 여기서는 돕는다는 표현이 적절하지 않다. 돕는 사람이나 도움을 받는 사람이나 다 같이 궁핍한 사람들이기 때문이다. 그의 소설은 다만 궁핍한 사람들끼리 한데 모여 견디는 것이다. 이것이 바로 손창섭 소설의 휴머니즘이다.

「사선기」는 지금까지 언급한 손창섭 소설의 거의 모든 특징들이 한데 어우러져 이룬 한 편의 감동적인 인간 드라마다. "생을 향락 하다니? 생의 어느 구석에 조금이라도 향락할 수 있는 대견한 요소 가 있단 말인가?" 이런 절규도 그동안 빠짐없이 들을 수 있었던 그 의 절망적 표현이다. "해방 이래 한결같이 계속되는 초조, 불안, 울 분, 공포, 그리고 권태 속에서, 물심 어느 편으로나 잠시도 안정감 을 경험해 본 적 없는 동식은, 결혼에 대한 특별한 관심도 느껴보지 못한 채, 앞으로 살아가노라면 어떻게든 자기의 '생활'이라는 것이 빚어지려니 싶어 어물어물 지내오다 보니 오늘날까지 남들같이 출 세도 못 하고 돈도 못 모으고, 따라서 궁상스런 홀아비의 신세를 면 하지 못하고 있는 것이다." 이러한 무기력증은 모두 전쟁과 무관하 지 않다. 해방 전에 동식과 정숙은 사랑하는 사이였다. 그 사이에 성규가 정숙을 좋아하면서 불행은 시작되었다. 동식의 집은 지주였 다. 그 때문에 해방 직후, 동식의 부자는 끌려가 매를 맞고 아버지 가 죽는다. 이때 성규는 좌익의 세력자였으므로 정숙이 만일 자기 와 약혼을 해 주면 무사히 동식을 풀어주고, 만일 그렇지 않으면 시 베리아로 유형 보내겠다고 한다. 동식을 위해 정숙은 성규와 약혼 한다. 「사선기」는 그 성규와 정숙 부부, 그리고 옛 애인 동식이 함 께 기거할 수밖에 없는 운명적인 피란살이를 다룬다. 이 소설의 현 장도 다른 소설과 마찬가지로 동굴 속 같다. "먼지와 그을음과 파 리똥으로 까맣게 전 창 하나 없는 벽과 천장 구석구석에는 거미줄이 얽히어 있고, 때우고 또 때우고 한 장판 바닥에서는 먼지가 풀석 풀석 이는 음침한 단칸방이었다. 이 방에 들어설 때마다 동식은 어느 옛날 얘기에나 나옴직한 끔찍스러운 괴물이라도 살 것 같은 우중충한 동굴을 연상하는 것이었다." 그 안에 "언제나처럼 성규는 그러한 방 아랫목 벽에 등을 기대고 앉아" 죽어가고 있다. 동식을 보는 성규의 시선은 아내의 옛 사랑에 대한 질투와 죄책감이다. 그 질투와 죄책감이 오늘의 비참한 현실과 교차될 때 그는 패배적인 인간상을 형성한다. 정숙을 보는 동식의 시선은 옛 사랑에 대한 연민과 죄책감이다. 그 연민과 죄책감도 오늘의 비참한 현실 앞에서는 승리자일 수 없다. 해방과 좌우 이데올로기의 대립과 전쟁을 겪고 난 이들 젊은이에게 남은 건 절망과 좌절일 뿐이다.

끝으로, 전후 사회의 풍속도로써, 손창섭 소설에 나타난 일본 혹은 미국에 대한 부정적인 태도를 우리는 주목할 필요가 있다. 먼저 미국을 보면, 첫 작품인 「공휴일」에서 도일의 약혼녀인 아미는 '미국 유학의 장래'가 약속되어 있는 청년에게로 달아난다. 미국은 그녀에게 우월적이고, 그에게 열등감을 유발하는 곳이기도 한다. 「미해결의 장」에서 나의 일가는 미국 유학병에 걸린 사람들이다. 움츠린 움막으로부터 어떤 해결의 실마리를 미국으로의 창구로 설정하는 것이다. "어이없게도 우리 집 식구들은 온통 미국 유학열에 들떠 있는 것이다." "오냐, 다섯 놈이 모두 박사, 석사 자격을 얻어가지고 미국서 돌아만 와봐라. 오 남매가 당장 미국서 박사, 석사 학위를 얻어가지고 귀국하게 된 것처럼 대장은 신이 나는 것이다." 그러다가 "문득 윗목에 누워 있는 나를 발견하고 나서 대장은 무슨 모욕이라도 당한 듯이 노려보는 것이다." 그에게 미국은 선망의 대상이지만, 미국화가 곧 성공이라고 믿는 당시의 풍조에 대해서는 대단히 조소적이다. 미국에 대해 그는 비판적이기까지 하다. 이에 비하면 일본은 그에게 우월적인 대상도 아니고, 그렇다고 비판적이지 않다. 다만 그곳이 우리에게 불행의 원천일 수 있다는 것만은 분명히 인식하고 있는 것 같다. 한국 유학생을 따라잡는 일제의 검은 그림자를 그는 「낙서족」에서 주목한다. 주인공 박도현은 독립투사의 아들로서, 「낙서족」은 지금까지 검토한 손창섭의 다른 소설과 달리 일본에서 겪는 우리 유학생의 수난기이다. 「생활적」의 춘자는 일본 여인이다. "해방되던 해 봄에 한국 청년과 결혼해 가지고 해방이 되자 곧 남편을 따라 한국으로 나왔다는 것이다. 남편의 고향인 전라도에 가 살다가 여수 순천 반란 사건 통에 경찰에서 일보던 남편은 학살당했다. 그 뒤 일본에 돌아가려고 부산에 오기는 했으나 호적 초본이 있어야 외무부에 정식 수속을 밟을 수 있는데, 친정과 연락이 취해지지 않아서 여태 돌아가지 못하여" 여기 눌러 산다는 것이다. 이 점은 아무 비판 없이 일본의 잔재가 소설 속에 투영되는 경우다. 그런가 하면 「설중행」에서 귀남의 어머니는 일본으로 돌아가버렸기 때문에 그 자녀에게 불행을 끼친 경우가 된다. 해방다음 다음해에 그녀는 남편과 자식을 떼어 두고 본국으로 돌아가버린다. 귀남에게 이런 비극은 다시 좌우 대립을 거쳐 육이오까지 이어진다. 모친이 떠나간 지 석 달 만에 이번에는 부친이 덜컥 죽는다. 부친은 주웅 청년단에 관계하고 있었으므로 좌익 계열에 의해죽은 것이라고 해석된다. 귀남은 다시 고모네에 맡겨지지만 그 고모네는 육이오 사변 통에 죽고 만다. 일제와 해방과 좌우 대립과 육이오는 그에게 어떤 식으로든지 동시적인 피해자로 기록되고 있음을 알 수 있다. 「생활적」에서는 전후 사회에 번지는 일본적인 것과 미국적인 것을 동시에 비판한다. 동주는 그 '미스터 高尙'이 질색이었다. '미스터 高尙'은 미국 말과 일본 말이 동시에 합쳐진 언어사용으로서, 그 당시 천박한 외래 문명의 범람을 지적한다.

손창섭 소설의 현장은 삶과 죽음이 교차하는 벼랑 끝이다. 전쟁 직후의 절박한 상황이 그것이다. 그의 인물들은 모두가 벼랑 끝에서 만난 사람들이다. 그들은 혈연이 아니면서 혈연보다 더 끈끈하게 얽혀 지낸다. 얽힐 수 없는 관계들끼리 얽히고도 끝내 절연하지 못하고 지내는 모습들이 인간적이다. 피란민 의식의 표상이다. 손창섭은 남의 이야기를 자기 이야기처럼 소설 속에 끌어들이지 않는다. 철저히 자기를 살다가 소진하면 끝이다. 그 때문에 그의 소설은 피란민 생활로 시작해서 피란민 생활로 끝이었다. 그의 작중 인물들은 대부분 대학생들이다. 엄밀히 말하면 대학 중퇴자들이다. 그럼에도 불구하고 전혀 대학생을 연상할 수 없을 만큼 밑바닥 삶을 살게 한 점은 손창섭만의 큰 특징이다. 이 점은 그가 상식선에서 소설을 쓰지 않았다는 점을 입증한다. 혹은 삶의 본질론에 입각했음을 의미한다. 전쟁을 일으킨 기성세대에 대하여 직접 전쟁에 끌려갈 수밖에 없었던 전후 세대들이 갖는 공통적인 인식은 그들의 삶이 스스로 선택한 삶이 아니라는 점이다. 그렇게 선택된 삶이라는 것이다. 이 점은 전후세대들이 갖는 실존의 문제에 닿아 있다.

손창섭의 전후 사회 인식은 경제적인 궁핍과 사랑의 결핍이다. 그 결핍은 다시 정신적인 결핍과 육체적인 불구로 요약된다. 그의 소설은 전후 사회의 결핍 그 자체에 대한 한 폭의 음화다. 그나마 그것도 인화지에 잘 현상된 사진이 아니라, 아직은 병리적인 관찰과 희화화된 인물로 남겨진 한 폭의 네거티브 필름일 뿐이다.

(고려대 교수 · 국문학)

작가 연보

1922년 평남 평양에서 태어남.

1935년 만주로 건너감.

1936년 일본으로 건너가, 교토와 도쿄에서 고학으로 중학교 몇 군데를 거쳐, 니혼 대학에 적을 두기도 하였으나, 이렇다 할 학력을 갖추진 못함.

1946년 귀국하여 고향에 감.

1948년 월남함.

1949년 「얄궂은 비」 발표.

1952년 「공휴일」을 《문예》에 발표.

1953년 「사선기」로 《문예》의 추천 완료. 「비 오는 날」 발표.

1954년 「생활적」 발표.

1955년 「혈서」, 「피해자」, 「미해결의 장」, 「저어」, 「인간동물원초」 발표. 「혈서」로 현대문학 신인상 받음.

1956년 「유실몽」, 「설중행」, 「광야」, 「미소」, 「사제한」, 「STICK씨」, 「층계의 위치」 발표.

1957년 「치몽」, 「소년」, 「조건부」, 「저녁 놀」 발표.

1958년 「고독한 영웅」, 「가부녀」, 「침입자」, 「계루도」, 「잉여인간」, 「인간시세」 발표.

1959년 「잉여인간」으로 제4회 동인문학상 받음. 「낙서족」, 「포말의 의지」 발표. 『비 오는 날』, 『낙서족』 출간.

1961년 「신의 희작」, 「육체추」 발표.

1962년 「부부」를 《동아일보》에 연재. 『부부』 출간.

1963년 「인간교실」을 《경향신문》에 연재.

1965년 「공포」, 「이성연구」 발표.

1966년 「장편(掌篇)소설집」 발표.

1968년 「환관」, 「청사에 빛나리」 발표.

1969년 『길』, 『손창섭 대표작 전집』 출간.

1970년 「3부녀」를 《주간여성》에 연재. 「흑야」 발표.

1978년 「봉술랑」을 《한국일보》에 연재.

1984년 일본에 귀화. 『잉여인간』 출간.

2010년 6월 23일, 폐질환으로 별세.

오늘의 작가총서 3

잉여인간

1판 1쇄 펴냄 1996년 1월 3일
1판 8쇄 펴냄 2004년 7월 10일
2판 1쇄 펴냄 2005년 10월 1일
2판 10쇄 펴냄 2023년 8월 9일

지은이 · 손창섭
발행인 · 박근섭, 박상준
펴낸곳 · (주) 민음사

출판등록 1966. 5. 19. 제16-490호
서울특별시 강남구 도산대로1길 62(신사동) 강남출판문화센터 5층(우편번호 06027)
대표전화 02-515-2000 팩시밀리 02-515-2007

www.minumsa.com

ISBN 978-89-374-2003-0 04810
ISBN 978-89-374-2000-9 (세트)